山西大同大学基金资助

山西大同大学博士科研启动经费项目资助

九州文库

新世纪农民工题材小说空间书写研究

刘虎 著

九州出版社
JIUZHOUPRESS

图书在版编目（CIP）数据

新世纪农民工题材小说空间书写研究／刘虎著 . --
北京：九州出版社，2023.9
　　ISBN 978 - 7 - 5225 - 2299 - 9

　　Ⅰ.①新… Ⅱ.①刘… Ⅲ.①小说创作—研究 Ⅳ.
①I054

中国国家版本馆 CIP 数据核字（2023）第 196144 号

新世纪农民工题材小说空间书写研究

作　者	刘　虎　著	
责任编辑	郝军启	
出版发行	九州出版社	
地　址	北京市西城区阜外大街甲 35 号（100037）	
发行电话	（010）68992190/3/5/6	
网　址	www. jiuzhoupress. com	
印　刷	唐山才智印刷有限公司	
开　本	710 毫米×1000 毫米　16 开	
印　张	16	
字　数	245 千字	
版　次	2024 年 1 月第 1 版	
印　次	2024 年 1 月第 1 次印刷	
书　号	ISBN 978 - 7 - 5225 - 2299 - 9	
定　价	95.00 元	

序言：当代农民工文学研究的佳著

杨剑龙

我曾在《文汇报》2006年4月4日发表时评文章《改变农民工文化生活的"孤岛"状态》，指出"并不宽裕的收入、不高的文化水平、拥挤的居住条件、高强度的劳动等，使城市农民工往往处于与城市文化的某种隔膜中"，提出"只有改变农民工文化生活孤岛状态，才能真正建设好城市文化"。关注农民工文化生活孤岛状态，逐渐成为一个热句。大约与阅读兴趣相关，与人生境遇相连，刘虎在选择博士学位论文时，以"新世纪农民工题材小说空间书写研究"为题，呈现出其开阔的学术视野与深入的理论思考。

中国作为农业大国，农民、农业、农村是中国社会发展的重要因素，期望农民增收、农业发展、农村稳定，这成为制定国策的重要基础。随着中国社会的改革开放，随着中国城市化进程的发展，大量农村劳动力进入城市。根据国家统计局颁布的数据，2020年全国农民工总量达28560万人，2021年全国农民工总量为29251万人，农民工已经成为中国现代化建设重要的生力军、城市化建设的主力军。随着农民工人数的大量增长，有关农民工的问题也不断显现，并日趋严重：劳动安全、培训就业、拖欠工资、社会保障、居住条件、子女上学、医疗救护、身份认同、文化生活、心理健康、养老保险等问题。关注与研究农民工问题，不仅具有解决"三农"问题实现共同富裕的重要价值，而且对全面建设社会主义现代化国家、全面推进中华民族伟大复兴有重大意义。

随着农民工人数的不断增长、农民工问题的不断显现，描写农民工生活、呈现农民工问题的小说大量出现，成为中国当代文坛一道风景线。经过大量阅读与深入思考，刘虎选择了农民工题材的小说为研究对象，他将研究视阈置于21世纪，以空间书写的理论与角度，在梳理了20世纪农民进城小说的发展与演变后，分别从城乡空间与身份追寻、城市异托邦与边缘境遇、空间建构与主体性重塑、空间书写典型个案研究等方面，对21世纪农民工方面的小说作了颇为全面与深入的分析研究，在独特的理论视阈、深入的问题探究、深刻的个案分析等方面，呈现出独辟蹊径、深入肯綮的新颖与深刻，使本书成为当代农民工文学研究的佳著。

空间理论从最初的地理概念，延展为物质存在的广延性和伸张性，拓展至社会学视阈后，空间概念融汇了物质形式与精神建构，拓展为社会空间、城市空间、政治空间、经济空间、文化空间等概念。西方古代空间理论主要是黑格尔的传统空间理论，呈现出空间理论思考的形而上特性；20世纪中叶的现代空间理论，注重空间的社会性与人学视野；20世纪70年代兴起的当代空间理论，更倾向于社会文化视阈的观照与思考。列斐伏尔提出了社会空间、空间生产的概念，把空间维度带回到社会批判，从空间视角重新审视社会。福柯从政治权力的角度思考空间问题，在空间、知识、权力三位一体中，提出与乌托邦相关的异托邦概念，呈现出理性主义的批判色彩。索亚提出了第三空间理论，打破传统的二元对立认知模式，具有极强的开放性和包容性。詹姆逊的超空间理论认为后现代空间是一个全球化空间，提出后现代主义文化就是空间化的文化，需要以认知图绘加以把握。哈维的空间地理学融合了地理学与空间想象，在空间、位置、场所等地理学概念中，对城市空间生产的运作进行逻辑分析，从空间生产视角拓宽与深化了对资本主义的理解。刘虎在阐释列斐伏尔、福柯、索亚的空间理论时，恰到好处地运用了空间理论与研究视角，该著"运用西方空间理论和文化身份理论，辅之以空间叙事学、社会学和文化地理学，对新世纪农民工题材小说进行整体系统的研究"，呈现出该著独特的理论视阈与研究深度。

刘虎在阅读了大量有关农民工题材小说后，以空间理论与视阈展开深入的问题研究：从城乡空间转换分析小说中农民工的身份追寻，通过对贾平凹《秦腔》《土门》、孙惠芬《上塘书》《歇马山庄》、赵本夫《无土时代》、梁晓声《荒弃的家园》等作品的分析，突出城乡差异在城市化进程中被不断放大，进城农民难以在城市实现自我价值，返乡农民工又常遭受乡村道德的压制，使得他们身份追寻一再落空。以异托邦空间视阈分析农民工在城市社会的边缘境遇，通过对贾平凹《高兴》、孙惠芬《民工》、张抗抗《北京的金山上》、许春樵《不许抢劫》、荆永鸣《大声呼吸》等作品的分析，展示农民工在城市的"他者"地位和漂泊命运，揭示他们在生活、劳动、消费等方面的遭遇和命运，剖析城乡二元体制给农民工带来的痛苦与创伤。用空间建构视角探究农民工主体性重塑，通过对项小米《二的》、陈应松《太平狗》、李一清《农民》、鬼金《金色的麦子》、孙惠芬《吉宽的马车》等作品的分析，梳理农民工乡村空间的回望与心灵空间的建造，展现他们对城市空间重构的想象，身体空间和精神空间的主体建构。该著由表及里展开深入肯綮的梳理分析，在空间理论视阈中，梳理分析农民工题材小说中农民工的身份追寻、边缘境遇、主体性重塑，在阐释空间形态与农民工生存命运的复杂关联中，对农民工在城市化进程中的诸多问题进行深入思考，从而对以城市为中心的现代化发展思路进行反思。

刘虎以21世纪农民工题材小说为研究对象，在大量阅读小说文本、遴选相关作品进行梳理分析，还精心选取了典型个案展开分析研究，以孙惠芬、刘庆邦、荆永鸣三位作家的农民工题材小说为重点进行深入研究，既分析各位作家的创作特性，又分别探究他们空间书写的个性关注。以孙惠芬的"歇马山庄"系列小说为对象，关注其"农裔城籍"身份和女性作家的特性，分析其小说中的乡民们在崇城抑乡心理作用下的离乡进城，梳理农民工在城乡游走中的物质生存困境与身份认同的焦虑，对普通乡村女性给予了更多的关注与同情。以刘庆邦煤矿叙事小说和"保姆在北京"系列小说为对象，分析作家对矿工命运和人性问题的深切关注，着力表现普通矿工的生存境遇和身份撕裂，体现出作家的社会良知与责任担当；通过保姆群体反映城市生活和城乡间的复杂矛盾，以处于弱势地位的保姆身心受伤的过程，体现出城乡发展的差异与不平等，突出了城乡之间难以跨越的文化鸿沟。以荆永鸣的"外地人"系列小说为对象，分析其小说呈现外地人尴尬的都市生活，展示外地人城市经验的获取与表达，凸显了他们城市生活的尴尬与对人性本真的坚守，成为其"外地人"系列小说的独特审美价值。刘虎认为三位作家都对农民工寄予深切的同情，对他们的精神困惑、身份归属和情感变迁进行了深入细致的揭示，又因其写作对象、创作风格和审美趣味的不同而显示出各自的独特价值。

刘虎是一位十分勤奋、勤勉、勤俭的学者，他于 2019 年考入上海师范大学中国现当代文学专业，在我指导下攻读博士学位。刘虎在读期间以第一作者身份在学术刊物上发表 6 篇论文，与导师合作完成 3 篇论文，他于 2022 年 5 月参加学位论文答辩，以优异的成绩获得博士学位。我当时对其学位论文的评价：刘虎的学位论文以 21 世纪农民工题材小说为研究对象，借用当代空间理论展开分析，在梳理了 20 世纪农民进城小说的发展与演变后，分别从身份追寻、边缘境遇、主体性重塑、个案研究等部分展开分析研究，考察了农民工生存境遇与空间形态的复杂性关联，总结了 21 世纪农民工题材小说创作的价值与存在的问题。论文拓展与深化了对 21 世纪中国文学的研究，对中国城市化进程中的农民工问题，也具有一定的警醒与参考价值。论文选题新颖、结构合理，资料翔实、分析细致，书写规范、观点公允。

刘虎于 2022 年 6 月入职大同大学文学院，其博士学位论文经过修改润色，2023 年即将出版，这是令我十分高兴的事情。在我忙碌的迁居期间，遵嘱为刘虎的学术著作做序，写下如上的文字，期望刘虎在今后的教学与研究生涯中，有更多更好的学术成果问世。

杨剑龙

2023 年 1 月 15 日

于天悦新居

（杨剑龙，文学博士，上海师范大学光启国际学者及人文学院二级教授，博士生导师，主要从事中国现当代文学研究）

目 录
CONTENTS

绪　论

在中国现当代文学史中，社会转型与文学思潮的演变几乎是同步进行的，文学一定程度上成为社会发展的传感器。20 世纪中国社会的发展总体是以西方的现代性为参照，经历了从传统、静态的前现代农业社会向现代、流动的工业社会的转变。与工业化进程相伴的是城市化的发展，城市化不仅意味着人口构成、身份职业和生活场所的改变，更意味着不同生活方式、思维理念和精神诉求的碰撞融合。我国自古就是一个传统的农业大国，"以农为本"和"重农轻商"的观念根深蒂固，这严重影响了城市现代化进程。随着改革开放的不断深入和工业化进程、城市化发展速度的不断加快，国家的政策和资源迅速向城市倾斜，城市人口持续增加，城市规模不断扩大。相应地，农村则面临着劳动力短缺、土地荒芜、发展缓慢的态势。据国家统计局分析数字表明，到 2011 年，我国城镇化人口比重达到 51.27%，城镇人口为 69079 万人，[①]城镇常住人口首次超过农村，意味着我国城市化目标的初步实现。

作为我国城镇化建设的中坚力量，农民工不仅为工业化目标的实现贡献着自己的力量，而且参与、见证着城市化的发展历程。"农民工"这一概念本身意指离开农村来到城市打工的群体，他们从熟悉的前现代农村来到陌生异质的现代、后现代城市，不仅要经受生存空间转换带来的种种不适，还要面临价值观念和心理情感的矛盾冲突，这势必给他们的现实生存和身份归属带来极大挑战。农民工题材小说是以农民工及其打工生活为叙事对象的小说类型，作家关注他们在城市化进程中的憧憬与失落、喜悦与阵痛，而农民工在

---

①十年来中国人口总量低速平稳增长［EB/OL］. http://finance.people.com.cn/n/2012/0818/c1004-18772993.html.

城乡空间的悲喜遭遇也折射出我国由传统农业社会向现代工业社会转型的艰难。农民工城乡往返的现实生活与空间的天然联系，使得我们可以从空间视域考察新世纪农民工题材小说，既要关注城乡空间的各种权力关系对农民工的规训与压制，又要看到他们的主体能动性及对空间的不断建构。考察新世纪农民工题材小说的空间书写，对于我们深入把握农民工的生活境遇和情感世界、阐明空间形态与人的生存命运之间的复杂关联、了解正在发生巨变的中国社会，都具有重要的现实意义。

第一节 研究对象、范围及现状

一、研究对象

绪论部分尝试将论著的题目进行拆分，分别从"农民工""农民工题材小说""空间书写"几个维度进行分析，廓清与论著相关的几个重要概念的内涵和外延。农民进城是贯穿 20 世纪中国现当代文学的重要叙事主题，但"农民工"称谓的产生则上溯至 20 世纪 80 年代。我们可以从以下两个方面对"民工潮"这一社会现象进行考察：一方面，我国自 1978 年实行家庭联产承包责任制以来，农民从事农业生产的积极性不断增强，农村土地解放出越来越多的剩余劳动力，他们或为追求更好的物质生活，或迫于农村土地减少的社会现实，纷纷来到城市打工。另一方面，我国的城市化建设需要大量的廉价劳动力，城市也以相对较高的经济收入吸引着广大农民。正是在城市"吸引力"和农村"外推力"的共同作用下，促进了 20 世纪 80 年代以来"民工潮"的产生，也形成了 20 世纪我国最大规模的人口迁移。国家统计局的统计数字表明，自 20 世纪 90 年代以来，我国农民工的人数逐年增加，呈现出不断扩大的态势。"据抽样结果推算，2012 年全国农民工总量达到 2 6261 万人，比上年增加 983 万人，增长 3.9%。其中，外出农民工 1 6336 万，增加 473 万，增长 3.0%"①。

新时期以来，伴随着我国经济体制改革和社会结构发展而出现的农民工群体，是城乡二元体制影响下农村剩余劳动力向城市不断转移的结果。"农民工，无论是'农民+工'或'农+民工'，都不同程度地兼有两种身份和双重角色，并且以'农'为起点，以'工'为归宿，是过渡期特有的社会现象。"②"农民工"这一概念有狭义和广义之分，广义上既包括"离土不离乡"的在乡镇企业从事非农劳动的农民，也包括离开农村来到城市打工的农民，而狭义上特指离开农村来到城市谋生的自由劳动群体。总体来说，农民工具有"亦工亦农""非工非农"的双重身份，"亦工亦农"是指他们的身份还是农民，户籍依然保留在农村，只是在农闲或者一段时间内进城从事非农劳动，并以工资为主要经济收入，但农村终究是他们的归宿和割舍不断的情感所系；"非工非农"指的是他们的工作类型、待遇处境和城市工人有很大差别，城市并不会真正接纳他们，而身份的转换又使农村成为他们回不去的过往。"'亦工亦农''非工非农'的工作状态就决定了他们在农耕文明与游牧文明向工业文明和后工业文明转型过程中的过渡性身份。"③ 这种尴尬的边缘身份决定了农民工自我定位的迷茫和徘徊游移的生命状态。同时，需要看到的是，农民工在城市与乡村之间的迁徙也增强了城乡文化的交流碰撞与相互影响，使城乡关系呈现出相比以往更为复杂多元的发展态势。农民工日益成为不可忽视的社会群体，在城市现代化建设中发挥着越来越重要的作用。

"作为一个堪与'农民''城市居民'并存的一个身份类别，'农民工'在 20 世纪 80 年代以来的中国社会中，是由制度和文化共同建构的第三种身份……凭借既有的户籍制度，城市行政管理系统和劳动部门、社会保障、公共教育等各个系统将城乡迁移人员排除在'城市居民'之外，使乡城迁移人员成为事实上的'城市里的非城市人'——制度规定的'非市民'。"④ 农民工虽然为我国的城镇化建设奉献了自己的力量，却不被城市和乡村真正接纳，

①国家统计局发布 2012 年全国农民工监测调查报告［EB/OL］. http：//www.gov.cn/gzdt/
　2013-05/27/content_ 2411923. html.
②沈立人. 中国农民工［M］. 北京：民主与建设出版社，2005：52.
③丁帆. 中国乡土小说生存的特殊背景与价值的失范［J］. 文艺研究，2005（8）：7.
④陈映芳. "农民工"：制度安排与身份认同［J］. 社会学研究，2005（3）：130.

成为徘徊于城乡空间的双重边缘人。在人口数量日益增加且存在代际差异的农民工群体中，既有传统的"过客型"农民工，也有试图超越边缘地位的新生代农民工，前者对城市和城里人怀有提防之心，只是把城市看作挣钱养家的劳动场所，并不奢望能成为真正的城里人，而后者羡慕城里人并期待能成为其中的一分子，并在消费理念、生活习惯和价值认同等方面已经和传统农民工有了明显分化。不同类型农民工在城市生存境遇和价值取向上的差别，使我们考察社会转型期的农民工形象具有了一定的时代意义。与"第三种身份"类别相似，农民工在城市的生活空间也是非城非乡的"第三空间"，处于这一空间的农民工既受到城乡文化的排挤，又进行着自我主体性的建构。需要注意的是，由于农民工大多缺乏专业技能和文化资本，他们还不能很好地应对工业化对劳动技术提出的新要求，只能在城市从事最脏最苦最累的活，劳动付出与收入回报严重不符，经常面临艰窘的物质生存与压抑的精神世界的双重苦难。

进城务工人员是我国 20 世纪八九十年代形成的特定社会人群，但对这一群体的命名却有所不同。丁帆认为"'农民工'的定义似乎还不能概括那些走出黄土地的人们在城市工作的全部内涵，因为游荡在城市里的非城市户籍的农民身份者，远远不止那些从事'打工'这一职业的农民"，"城市异乡者"这个概念似乎更能概括进城务工群体。同时，他认为广义的农民工涵括了一切进城"打工"的农民[①]。也有人认为农民工这一概念本身带有一定的歧视意味，不利于他们融入城市，并建议用"新市民""城市援建者"等称谓代替"农民工"[②]。不同名称体现出研究者迥异的思考路径，但命名方式的改变并没有影响农民工的现实生存处境。其实，在当今社会，不论是国家主流媒体还是民间社会，对进城务工人员约定俗成的称谓还是"农民工"。这一概念很好地表明了这一群体的身份特征，即以"农民"身份在"城市"空间"打工"，以维持生存。如果从广义上理解"农民工"和"打工"，我们就会发现农民工的"打工"早已不局限在工厂内的劳作，而具有了谋生方式的多样化。

---

①丁帆."城市异乡者"的梦想与现实——关于文明冲突中乡土描写的转型 [J].文学评论，2005（4）：32.

②深圳 4 名人大代表建议统一称"农民工"为"援建者" [EB/OL]. http：//news.cntv.cn/20120114/110542. shtml.

"从大量小说中概括出来的乡下人都市边缘生活的空间主要表现是：垃圾生活，杂工生活，民工生活，小买卖生活，女'性'生涯。"① 这一概括可以说基本道出了农民工在城市打工的主要类型。本论著从广义上理解农民工，考察不同空间形态下农民工的生存境遇与精神流变，并将所有离开农村进入城市谋生的自由劳动力统称为农民工。一般说来，受到城乡二元体制的影响，农民工的城市打工生活大都漂泊不定，他们如同"候鸟"一样在城市和乡村这两个生存空间来回奔波。农民工最大的身份特征是城乡边缘人，即在城市因其农民身份而得不到主流文化的认同，回到乡村又沦为故乡的"局外人"。农民工身份归属的艰难、精神价值的惶惑和"在路上"的生命状态成为作家们持续关注的焦点问题，也成为农民工题材小说重要的叙事内容。

由于国家主流意识形态对"民工潮"社会现象的关注，作家们创作了大量以农民工为叙述对象的文学作品，而这类作品在概念命名上也显得繁杂而多样，目前主要有"打工文学""乡下人进城""底层文学""城市异乡者""亚乡土叙事"等几种名称。本书之所以选取"农民工题材小说"，正是建立在对其他命名考察的基础上，下面将逐一进行分析。杨宏海被看作"打工文学"的主要倡导者和代表性学者，他认为，"所谓打工文学，主要是指由下层打工者自己创作的以打工生活为题材的文学作品，其创作范围主要在中国南部沿海开放城市"②，东南沿海作为我国最早实行改革开放的区域，吸引了大量农村剩余劳动力，成为打工者的聚集之地。"打工文学"表现的是一种相对静态的"打工"生活，强调叙述主体和叙述对象身份的一致性，表明这类题材是新时期以来新兴的一种文学类型，但这种命名并不能体现农民工在城乡之间往返的现实生活。"乡下人进城"是徐德明在 2005 年提出的概念，他以史的视野观照整个 20 世纪的农民进城叙事，并将此类叙事与现代性关联，侧重历史现象的相似性，却在一定程度上弱化了农民工这一特定社会群体生存命运的独特性。"底层文学"是 21 世纪不可忽视的文学创作潮流，但这一命名具有浓厚的意识形态性，且指向较为广泛，既包括城市下岗职工和城乡边

---

① 徐德明. 乡下人的记忆与城市的冲突：论新世纪"乡下人进城"小说 [J]. 文艺争鸣，2007（4）：15.

② 杨宏海主编. 打工文学备忘录 [M]. 北京：社会科学文献出版社，2007：3.

缘人群等"小人物",也包括留守乡村的妇女、儿童和进城谋生的打工者,因此无法特指农民工群体。丁帆将进城打工者称为"城市异乡者",这一概念重在突出城乡文明的碰撞以及城乡意识形态的冲突,以城市为参照,突出异乡人融入城市的艰难,却忽视了他们在乡村空间的尴尬处境以及对自我主体性的建构。雷达认为,21世纪乡土文学的书写范畴由农村转移到城市,但关注点依然集中在进城农民的生存境遇上,因此,21世纪"进城"叙事是乡土文学的延伸和扩展,可以归为"亚乡土叙事"的范畴。与传统乡土文学相比,"这类作品一般聚焦于城乡接合部或者城市边缘地带,描写了乡下人进城过程中的灵魂漂浮状态,反映了现代化进程中我国农民必然经历的精神变迁"①。这个概念虽然在一定程度上揭示出进城农民的生活环境和精神困境,但仍是乡土文学研究的一部分,强调了"农民进城"的相似性,而忽视了农民工形象的多样性及其生存命运的独特性。

周水涛、轩红芹、王文初合著的《新时期农民工题材小说研究》认为,讲述农民进城打工生活的作品是一种具有独立文学品格的小说类型,应有能表现其本质属性的命名。相比较而言,"农民工题材小说"这一概念具有更强的概括性,能很好地涵括这类小说的外延和艺术特征,而且从题材角度对小说进行命名,也符合我国当代小说题材命名的传统②。除此而外,江腊生认为农民工题材小说重在考察农民工群体由从乡村流向城市的现实境遇和精神状态,要把握他们在社会转型背景下的阵痛与压抑,兴奋与焦虑③。陈一军认为,"农民工题材"很好地概括了进城农民的本质特征,即"农民"身份、城市空间和漂泊不定的"打工"生活,这类小说预设的"农民身份"叙事使得这一概念较为合适贴切。"农民工题材小说就是以农民工的打工生活作为题材和叙述对象的小说创作。"④ 这种以题材命名的方式简单明了,指向性强,既表明了写作的对象和文体,又突出了农民工在城乡空间的生活状态与精神

①雷达. 新世纪文学的精神生态——雷达在上海"城市文学论坛"的演讲 [N]. 解放日报,
　　2007-01-21.
②周水涛,轩红芹,王文初. 新时期农民工题材小说研究 [M]. 北京:社会科学文献出版
　　社,2010:11.
③江腊生. 新世纪农民工书写研究 [M]. 北京:人民出版社,2016:22.
④陈一军. 生命迁流与文学叙述——当代农民工题材小说研究 [M]. 长春:东北师范大学
　　出版社,2014:1.

流变。另外，选用"农民工题材小说"这个概念，还源于本论著空间意识形态的研究视角。"农民工"这一社会学命名是国家权力、精英知识分子和民间力量综合作用的结果，与本书的空间研究方法相契合。从空间视角考察农民工题材小说，有利于阐明我国社会转型期城乡空间的多样性和复杂性，对于我们了解正在发生变化的当下中国社会具有一定的现实意义。需要注意的是，因其命名的多样性和创作群体的分散性，农民工题材小说不仅没有产生具有较大影响力的经典性文本，反而成为各方力量纠缠角逐的"试验场"，和农民工的尴尬境遇相似，这类小说形式上的热闹喧哗难以掩盖其实质性的边缘地位。在具体分析之前，有必要对农民工题材小说的产生和发展演变进行简要梳理。

总体来说，农民工题材小说在 20 世纪 80 年代处于萌芽发轫阶段，20 世纪 90 年代不断发展壮大，21 世纪则迎来了成熟繁盛。20 世纪 80 年代，随着我国改革开放政策的实行，一大批农村剩余劳动力聚集在长江三角洲的沿海城市，形成了庞大的打工群体。为了记录打工生活的悲喜遭遇，一些爱好文学的打工者根据自我的现实生活经验，创作了大量的诗歌和中短篇小说，"打工文学"这样一种"在生存中写作"① 的新文学形态应运而生。林坚的《深夜，海边有一个人》、张伟明的《下一站》、安子的《青春驿站》等都是其中的代表性作品。20 世纪 80 年代早期的"打工文学"是农民工题材小说的酝酿阶段，不论从数量还是质量上来看，这一时期的文本不是很多，思想内涵稚嫩，创作主题比较单一，不能深度透视生活。20 世纪 90 年代是农民工题材小说迅速发展和不断演变的时期，作家队伍不断壮大，部分作家凭借有影响力的作品为人们所熟知。草根作家和精英作家② 在这一时期都创作了一批质量上乘的作品。草根作家如王十月的《国家订单》《无碑》、周崇贤的《隐形沼泽》，精英作家如关仁山的《九月还乡》、刘庆邦的《家园何处》、鬼子的《被雨淋湿的河》等都成为当代文坛的重要收获。与 20 世纪 80 年代相比，这一时期的小说虽然在质量和数量上都有所提升，但文学的审美内涵和洞察现

①张未民.关于"在生存中写作"——编读札记［J］.文艺争鸣，2005（3）：56.
②周水涛，轩红芹，王文初.新时期农民工题材小说研究［M］.北京：社会科学文献出版社，2010：30.

实生活的能力还显得较为薄弱，并未成为重要的文学创作潮流。进入 21 世纪，随着底层文学的兴起和国家对"三农"问题的重视，一大批专业作家加入农民工题材小说的创作队伍，作品数量激增，佳作频出，这类小说也迎来了创作高潮，特别是贾平凹的《高兴》、孙惠芬的《吉宽的马车》、赵本夫的《无土时代》、尤凤伟的《泥鳅》、王昕朋的《漂二代》等长篇小说的出版，确立了这类小说在新世纪文坛的重要地位。另外，这一时期此类小说的叙事主题逐渐由城乡二元对立向城乡融合演变，这既与世纪之交社会现实的变化有关，也与这类小说不断成熟发展的特点有关。总之，农民工是我国由传统农业社会向现代工业社会转型时期出现的社会群体，而农民工题材小说是以农民工为叙述对象的小说类型。可以说只要中国的城乡二元分化和农民工问题没有完全解决，农民工题材小说的创作就不会停步。作家们应该立足于当下发生巨变的城乡现实，以宽广的胸怀和理性的眼光进行创作，我们期待着具有思想穿透力和人类精神价值普适性的经典作品早日问世。

任何一种文学叙事都离不开空间，特别是在小说这种叙事文体中，空间在人物形象塑造、情节展开和主题表达方面更是发挥着重要作用。"小说的写作无非是在空间的改变中寻找悲哀和欢乐，寻找种种主题和美学趣味。"① 龙迪勇在认同小说时间性因素的基础上也关注小说的空间性因素，"很多现代小说家不仅仅把空间看作故事发生的地点和叙事必不可少的场景，而是利用空间来表现时间，利用空间来安排小说的结构，甚至利用空间来推动整个叙事进程"②。很长一段时间以来，线性的时间发展观固化了人们的思维，空间因素往往被人所忽视。直到 20 世纪后半叶西方文化理论界兴起的"空间转向"，人们才开始将以往给予历史和时间的热情转移到空间上来。"空间转向"对于文学创作和文化批评产生了十分重要的影响，空间也成为考察文学作品的独特视角，而文学作品中的空间并不是对现实物理空间的简单反映，而是通过对空间的想象和建构来表达作家的情感记忆和价值评判，这就使空间具有了一定的象征意义和丰富的文化内涵。正如徐岱所说："地域空间不仅仅是地理空间的同义词，而是一个集政治、经济、宗教传统与风俗习惯等为一体的文

---

①曹文轩. 小说门［M］. 北京：作家出版社，2002：168.
②龙迪勇. 论现代小说的空间叙事［J］. 江西社会科学，2003（10）：15.

化空间，意味着人与人之间关系的某种格局化。"①

本书考察新世纪农民工题材小说的空间书写，"空间书写"主要集中在文学外部空间和文本内部空间。文学外部空间主要指社会空间，是小说人物活动的时代背景和社会环境。文本内部空间一般可分为现实空间和想象空间两种。现实空间是一种实在的具体可感的存在，为小说情节的发展和人物活动的开展提供了物质基础，而想象空间常与现实生活逻辑不符，是作家根据生活经验创造出的带有明显感情色彩和主体经验的个性化空间。徐岱在探讨小说叙事的空间性时指出："叙事艺术的全部秘密也就在于通过实践媒介（语言）来创造出一个独特的价值空间。这个空间既是一个想象空间，因为句子的直接对象是它们的纯粹意向性关联物，这种关联物只能通过想象而'呈现'于我们眼前；同样，这个空间也是一个情绪空间，因为它不仅是小说家情感活动的投影，也是读者的情绪评价的产物。"② 与西方作家重视小说的空间形式探索不同，我国作家更善于空间的写实性叙事，特别是农民工题材小说这种以书写农民工现实生存境遇为主要内容的小说类型，实验性和现代性书写策略明显不足，作家常常通过农民工在城乡空间的迁徙来表现思想主题。因此，本书重点探讨"空间书写"中的"空间"性因素在人物生存命运、故事情节发展和主题意旨表达这三方面的作用。这里的"空间"既可以是具体实在的地点、场所和区域，也可以指虚构的梦境、回忆和想象，是一个有待研究者们去还原和理解的文学因素。

新世纪农民工题材小说的"空间书写"主要集中在以下两个方面：一是小说文本内部的空间意象，二是文学的空间性生产。小说文本中的空间既是客观存在的具体物质形式，但"文学与空间的关系又不是简单的再现反映，文学表征着空间、生产着空间，文学直接参与了社会性、历史性和人文性的表征性空间建构，赋予空间以意义和价值的内涵"③。在"空间转向"的理论背景下，文学作品中的空间不再局限于客观的地理环境和故事展开的背景性因素，还具备了存在的主体地位。在农民工题材小说中，空间影响着叙事节

①徐岱. 小说叙事学 [M]. 北京：中国社会科学出版社，1992：263.
②徐岱. 小说叙事学 [M]. 北京：中国社会科学出版社，1992：268.
③谢纳. 空间生产与文化表征——空间转向视域中的文学研究 [M]. 北京：中国人民大学出版社，2010：86.

奏的发展和人物形象的塑造，表征着农民工边缘的社会地位。比如，这类小说反复出现的连接城市和乡村的"道路"这一空间意象，不仅实指城乡距离的漫长遥远，还成为城乡发展差距和城乡心理距离的重要隐喻。农民工在城市简陋破败的居住空间与光鲜亮丽的城市主流空间形成鲜明对比，不仅表现了不同社会人群居住条件的优劣之分，还意味着他们社会地位的悬殊差异。农民工在城乡空间的迁徙和在城市底层的遭遇既构成了他们活动的客观背景，还进一步表现了他们被排斥的边缘地位。总体来说，农民工题材小说的空间书写起到了一定的现实表征作用和意义指涉功能。

　　西方空间理论家认为，空间并不是客观存在的对象和地理区域的简单呈现，而是社会性、历史性和文化性的统一体。法国空间理论家亨利·列斐伏尔（Henri Lefebvre）在提出影响深远的"空间生产"理论的基础上，认为空间并不是静止的客观存在物，而是一个不断建构的动态发展过程，显示出物理空间、精神空间和社会空间的互动性关系①。爱德华·索亚（Edward W. Soja）在承继列斐伏尔空间思想的基础上，提出了"第三空间理论"，鼓励人们以多种方式理解地点、家园、城市、地域领土等与人类生活和生存发展息息相关的空间性内涵②，从而使空间超越了简单的地理属性和物质范畴，空间的社会性得到人们的普遍关注。农民工题材小说中的主人公一方面受到城乡空间的影响和制约；另一方面，他们也积极建构着适合自我生存的"第三空间"。如孙惠芬《吉宽的马车》（作家出版社，2007 年版）中的吉宽在经受了城市的排挤之后，试图在城市建构能安放身心的心灵空间，以实现精神的救赎与突围。他在装修黑牡丹开在城里的"歇马山庄饭店"时，特意把马车和谷物等乡村物件移进城里，以缓解内心的焦灼与压抑。总之，作家密切关注都市空间扩张背景下农民工群体的利益表达，不仅描写他们在城乡边缘空间的现实生存境遇，而且对他们的精神世界进行深入开掘。从空间视域考察农民工题材小说，既可以洞察农民工在城市化进程中的现实遭遇及主体性诉求，又可以进一步反思我国现代化建设中存在的问题与不足。

---

①包亚明主编. 现代性与空间的生产 [M]. 上海：上海教育出版社，2003：48.

②[美] 爱德华·索亚. 第三空间——去往洛杉矶和其他真实和想象地方的旅程 [M]. 陆扬，等译. 上海：上海教育出版社，2005：9.

本节明确了论著的研究对象和相关概念，具体分析了"农民工"这一群体的产生过程以及其城乡边缘人的社会地位；通过与其他概念的比较，明确了选取"农民工题材小说"的合理性与可行性，并对这类小说的发展脉络进行了简要梳理；最后对农民工题材小说"空间书写"的概念内涵及其在小说中的具体表现进行了简单分析。

二、研究范围

农民工题材小说肇始于 20 世纪 80 年代，延续发展至今。由于这类小说的作家队伍和作品数量较多，我们有必要对研究范围予以限定。研究范围主要包括时间性限定和文本的选择，时间范围限定于新世纪至当下，一方面是因为这一时期达到了这类小说创作的高峰，文本数量众多且质量上乘，可以选取有代表性的作家作品进行分析；另一方面也与我国城市化进程的现实背景有关。再者，"新世纪"这样一个具有时代意味的开创性时间节点已经得到了学界认可，将 21 世纪的小说与之前的文学作品进行比对，可以更好地凸显文本的时代特征和文化价值。需要强调的是，"新世纪"并不是一个物理性的时间指称和严格意义上的时间概念，而应该从文化意义和题材内容的连续性方面进行综合考量，"新世纪"的时间上限可以被推至 20 世纪 90 年代中后期。文本选择侧重于 21 世纪的农民工题材小说，主要关注重要文学刊物上的相关作品，并遴选出具有空间意蕴的小说文本。由于第五章是作家空间书写的典型个案研究，具体分析孙惠芬、刘庆邦和荆永鸣的农民工题材小说空间书写的独特价值，因此，文本选择方面重点关注这三位作家 21 世纪的小说作品。

1985 年，黄子平、陈平原和钱理群提出了"20 世纪中国文学"这一概念，提倡从一个整体性长时段的历史视域出发去研究 20 世纪中国文学①。其实文学自有其更迭变迁的内在规律，赋予文学一定的历史范畴和时间界定，只是人们为研究方便而进行了命名。历史跨入新千年，站在新的时间节点，回望过去百年中国文学的发展进程，"新世纪文学"作为一种新的文学现象和文学命名得到了研究者的普遍关注。2005 年，《文艺争鸣》开设"关于新世

---

①黄子平，陈平原，钱理群. 论"二十世纪中国文学"[J]. 文学评论，1985（5）：3-13.

纪文学"的专栏,刊发了张未民、雷达、张颐武、程光炜等学者的研究论文,在文学批评界引起强烈反响。当然,"新世纪文学"并不是凭空产生的文学概念,而是20世纪末以来,学者们根据一个时期内的文学创作实绩做出的学理性命名。"新"肯定与"旧"相对,张未民从新世纪文学的新内容、新的表现形态、新的主题和新的叙事手法等几个方面考察了新世纪文学命名的合理性,阐释了开展新世纪文学研究的必要性①。雷达则在分析新世纪文学的生成演变过程和文学构成等方面表达了自己的观点。他认为,与20世纪90年代文学不同的是,打工文学、亚乡土叙事、80后写作和网络文学成为新世纪文学的重要组成部分②。其实,新世纪文学的"新"只是由一个时间性的文化惯例过渡而形成,与其说新世纪文学产生了多么不可忽视的创作成就,毋宁说是人们因对之前文学的失望而生发出的新期待与新展望。因此,新世纪文学更多的是在承续之前文学创作成果基础上的再发展,作为一种尚且没有时间下限的文学类型,其还处于不断生长阶段。

与"新世纪文学"概念同时出现的一个问题就是对"新世纪"时间起点的思考。我们固然不能忽视"新世纪"这一时间维度的具体指向,但更应该从文学所表现的主题内容和审美特征方面进行具体考量。正如李兴阳在对新世纪乡土小说的边界进行思考时所说的:"新世纪乡土小说的'新质'已先于世纪的自然更替而生长,并因此而使'新世纪乡土小说'中的'新世纪'获得了超越'世纪'框范的'跨世纪'的蕴含。"③从这种意义上讲,我们不能以历史纪元的时间概念来界定"新世纪文学"的起点,而应该把20世纪90年代的文学视为新世纪文学的前奏和准备期。文学固然有其内在的发展逻辑,但不能脱离具体的时代背景和政治环境。根据新世纪文学的发展特点和社会政治因素,有学者认为"新世纪"的起点应该以1992年邓小平同志的南方谈话为标志④。是年,中共十四大确立了社会主义市场经济的发展目标,我国的

①张未民.开展"新世纪文学"研究 [J].文艺争鸣,2006(1):1-6.

②雷达.论"新世纪文学"——我为什么主张新世纪文学的提法 [J].文艺争鸣,2007(2):30.

③李兴阳.新世纪的边界与新世纪乡土小说的边界——新世纪乡土小说转型研究之一 [J].扬子江评论,2008(1):98.

④雷达,任东华."新世纪文学":概念生成、关联性及审美特征 [J].文艺争鸣,2006(4):23-28.

城市化建设和现代化进程进一步推进，社会政治、经济和文化等各方面都面临新的转型。不论"新世纪"时间起点的界定是否合理，将新世纪文学的开端推至 20 世纪 90 年代都显示出社会因素对文学发展的重要影响。

丁帆将"农民进城"纳入新世纪乡土小说的叙事范畴，他认为："从 90 年代开始，乡村向城市迁徙和漂移的现象决定了中国乡土小说创作视点的转移……反映走出土地、进入城市的农民生活，已经成为作家关注社会生活不可忽视的创作资源。"① 如果说 20 世纪 80 年代农民进城还没有成为时代潮流，国家依然对进城农民实行部分限制，那么到了 20 世纪 90 年代中后期，随着我国市场经济的飞速发展和人口户籍制度的逐渐松动，大批农民进城已成为不可忽视的社会现象。根据相关统计表明，20 世纪 80 年代初期，我国农民工数量已经达到一二百万人，当时这些人被视为"盲流"。1995 年，农民工人数迅速增加到 5 000 万人，到了 2 000 年，人数达到 8 000 万人，2003 年则超过 1 亿人②。"民工潮"社会现象体现在文学创作领域，就是农民工题材小说成为新世纪重要的写作潮流，并呈现出新的发展特点：一是从文学现象上看，这类小说的数量和质量与前一时期相比都有了较大改观，作家队伍明显壮大，既有在一线从事打工的草根作家，也有一大批体制内的专业作家。二是从叙事主题上来看，这类小说超越了以往城乡二元对立的叙事模式，表现城乡融合的小说文本不断增多。以往的农民工题材小说大多叙写因城乡资源分配不均而引发的生存悲剧，表现农民工在城市的物质生存困境，揭露城乡二元体制加诸他们身上的悲苦。而 21 世纪的农民工题材小说着眼于城乡关系变迁的事实，侧重表现农民工融入城市的动态过程，并书写城乡融合的发展趋势。三是从叙事重点来看，这类小说不断突出叙事的空间性。随着我国城市化进程的加快和城乡空间的不断整合，以往二元对立的城乡关系趋向同一化。作家们跳脱"非城即乡""城乡对立"的思维定式，更多关注城乡空间内部的异质性和多元性，对农民工在城乡边缘空间的生存境况和精神遭遇进行描摹。一方面，作家积极关注农民工在城乡空间受到的规约限制；另一方面，又极

---

①丁帆. "城市异乡者"的梦想与现实——关于文明冲突中乡土描写的转型 [J]. 文学评论，2005（4）：32.

②李海霞. 社会结构变迁下的社会保障制度完善 [D]. 大连：东北财经大学，2004：5.

力张扬他们的精神力量和主体价值，并对其空间建构进行集中书写。

由于农民工题材小说以中短篇小说为主，长篇小说数量有限。因此，本书重点关注 21 世纪重要文学期刊上的小说作品，阅读范围以《人民文学》《当代》《十月》《山花》《钟山》《收获》《上海文学》《长城》等文学期刊和《小说选刊》《中篇小说选刊》等文学选刊为主，内容上以是否体现空间书写为判断标准，并对遴选出的小说文本进行分类整理，发掘有代表性的作家作品。在整体研究的基础上，从空间视角对孙惠芬、刘庆邦和荆永鸣的农民工题材小说创作进行个案研究，突出其小说创作的独特价值。

三、研究现状

（一）农民工题材小说研究现状

农民进城是一个贯穿整个 20 世纪的文学创作主题，不同历史时期的作家立足于社会变迁现实，创作了大量的此类作品。新时期以来，随着改革开放的深入和社会转型的加速，农民离乡进城成为时代发展的主流，描写他们进城打工的文学作品也不断增多。特别是进入 21 世纪，国家提出"以人为本""和谐社会"等相关政策后，农民工题材小说日渐成为一种文学创作潮流，引起了评论家们的广泛关注。一大批文学研究者如丁帆、李兴阳、周水涛、徐德明、江腊生、杨宏海等从不同视角研究这类小说，涌现出大量的研究成果。其中，既有从宏观视野把握其发展走向，以文化学、社会学视角关注农民进城打工这一社会现象，也有从精英知识分子的启蒙立场出发，将这类小说置于底层叙事的研究范畴。既有对小说的叙事主题和创作主体的价值立场研究，也有叙事模式探究、作家作品解读和人物形象阐释。除此而外，还有学者从文学传播学的角度研究这类小说的发生发展及其与媒介之间的相互关系；从创作主体的差异出发，将"草根创作"和"精英创作"进行比较分析；从意识形态角度对这类小说进行多维度立体审视，以凸显其复杂性内涵。可以说，学者们围绕农民进城这一我国社会转型期特有的社会现象，展开了全面、具体而深入透彻的学理性研究。

总体来看，这些研究成果大多将农民工题材小说置于"乡土小说"或"底层文学"的研究范畴，这种研究范式忽视了这类小说的独特性，影响了研究的深度和指向性，从而给后续研究留下继续挖掘的可能。农民工题材小说与其他小说最大的不同在于叙事对象在城乡空间的辗转迁徙，与之相关的是对他们双重边缘身份的书写。城市化背景下的城乡二元结构矛盾集中体现在农民工身上，不仅改变了他们的生存空间和生活环境，也使他们面临文化冲突和身份尴尬等一系列问题。农民工题材小说的结构安排、情节推进和人物形象塑造都是在城乡空间进行，作家们通过特定的空间叙事策略进行文学创作，并在文本中体现出一定的空间诉求。因而，从空间角度考察农民工题材小说，成为重要而有效的研究方法。然而，就目前的研究现状而言，从空间视域考察这类小说的研究成果比较少，只有零散的几篇期刊论文，且缺乏一定的理论深度和系统性，还需进一步深入细致研究。

农民工题材小说的研究成果层出不穷，首先表现在概念的多样性上，不同命名体现出研究者不同的研究思路和研究方法。总体来说，目前学界对这一文学创作潮流的命名可以分为打工文学、"乡下人进城"小说、城市异乡者、底层文学和农民工题材小说等。下面将逐一进行分析：

1. 打工文学

20 世纪 80 年代以来，以杨宏海为代表的一批学者对"打工文学"进行了跟踪式调查研究。他们从文化社会学的视野出发，关注农民进城打工这一社会现象，探索"打工文学"的创作状况，并对其产生原因、本质特征和发展演变进行了细致考察。杨宏海对"打工文学"的定义较为宽广，既包括打工者创作的以打工生活为主要内容的作品，也包括一些专业作家创作的小说。他先后发表了一系列论文和研究专著，引起学界关注，如《打工文学纵横谈》《文化视野中的打工文学》等。杨宏海的"打工文学"研究具有开拓性意义和价值导向作用。值得注意的是，随着时间推移和"打工文学"创作的日渐成熟，部分打工作家也开始对"打工文学"进行研究。如王十月的《回顾与展望：打工文学的起承转合》对"打工文学"进行了历时性的线性梳理，深入分析了"打工文学"的发生发展脉络，并对其每一阶段的创作特点、整体概况以及存在问题进行了详细分析。鄢文江在《打工文学：一个未来的文学流派》①中提出，"打工文学"是一种反映特定社会背景下特定人群的生存现

---

① 鄢文江. 打工文学：一个未来的文学流派 [N]. 广州日报，2007-09-03.

状和精神价值取向的平民文学。这种文学类型是时代潮流的产物，既丰富了当代文学的创作类型，又壮大了当代文学的作家队伍。

2."乡下人进城"小说

"乡下人进城"小说是徐德明在《小城叙述：乡下人进城与城乡伦理冲突》中提出的一个学术命题。2005 年，他在《"乡下人进城"的文学叙述》中提出，"乡下人"是和"都市/城里人"相对的概念，含有身份地位的悬殊和城乡的优劣意味，是一个比"农民""民工"更为宽泛的概念，《"乡下人进城"小说的生命图景》① 对这一概念进行了进一步的阐释。徐德明在《"乡下人进城"叙事与"城乡意识形态"》中指出，迁移到城市的乡下人除了要面临城乡体制的差异、生活习惯的差别和物质生活的障碍外，"城乡意识形态"是限制他们真正融入城市的关键原因。乡下人进城，也就进入了一个异质性的社会文化环境，成了无所依赖的弱势群体，往往要遭受城乡文化的冲突，最终也难逃悲剧的命运。

3. 城市异乡者

丁帆在《"城市异乡者"的梦想与现实——关于文明冲突中乡土描写的转型》一文中，将农民进城置于新世纪乡土小说转型的历史背景下，认为这类小说以表现农民离乡进城的生活为主要内容，扩大了乡土小说的内涵和边界，但"农民工"这一命名似乎还不能概括那些离乡进城务工人员的全部内涵，而"城市异乡者"这样一个书面词语更合适、恰切些。这类人群常常在城乡文化的碰撞中遭遇着心灵冲突，他们的肉体和灵魂都处于"游走"状态。

4. 底层文学

21 世纪以来，随着底层文学的兴起和对底层话题讨论的深入，批评家们开始关注社会底层的生存状况和精神价值，思考社会结构分层造成的贫富悬殊、价值失衡等问题，农民工自然成为底层文学关注的热点话题。张清华在《"底层生存写作"与我们时代的写作伦理》中指出，农民工书写是我们当下这个时代最为朴素真诚的表达方式，这类作品所蕴含的文学主题是我们急需予以关注的重要命题。李新、刘雨的《当代文化视野中的打工文学与底层叙事》一文从概念的历史范畴、文学继承性等方面阐明了底层文学与打工文学

①徐德明. "乡下人进城"小说的生命图景［N］. 文艺报，2006-12-28.

的差异。底层文学让我们看到底层的生存状态和作家对底层人群的现实关怀，而打工文学让人们看到底层为改变自我命运做出的努力。在关注底层悲欢喜乐的同时，还有很多学者关注底层表述的问题，即底层是否有自我言说的机会。蔡翔、刘旭的《底层问题与知识分子的使命》谈到底层研究的方法问题，认为知识分子代替底层人们呼求的前提是要真正进入底层，了解底层，只有这样，才能真正表达底层人民的内心声音。

5. 农民工题材小说

周水涛、轩红芹、王文初合著的《新时期农民工题材小说研究》是一部全面系统研究新时期农民工题材小说的专著，该书从作家构成上将这类小说的创作群体分为"草根创作"和"精英创作"，并对两类作家群体创作的优劣进行了分析阐释。著者认为，"农民工题材小说"这一命名方式指向明确、概括性强，能够很好地涵纳这类小说的主要内容。陈一军在《生命迁流与文学叙述——当代农民工题材小说研究》中认为，"农民工"一词包含了进城务工农民的本质特征，即"农民"身份、城市空间和频繁颠转的"打工"生活，而且这类小说大都有一个预设的城乡二元背景，即主人公在城市的悲苦遭遇源于他们的"农民"身份，农民工题材小说也就成为一种"农民身份"的叙事。

目前，学界对农民工题材小说的研究主要集中在以下三个方面：一是主题探究，主要包括城乡冲突视域下农民工在城市的悲喜遭遇和精神的迷茫。苏奎的《永远的异乡人——论农民工主题小说》分析了进城农民在城市的生存境遇、身份认同危机以及返乡主题。二是叙事模式研究，江腊生在《当代打工文学的叙述模式探讨》中将这种文学类型的叙事模式概括为"恶有恶报""逼良为娼""落魄书生""弃妇哀怨""功成名就"五种类型。三是分析打工作家与专业作家的叙事差异。周水涛的《论农民工题材小说——关于底层叙事的差异》认为，这两类作家的平民立场和精英立场导致他们分别采用自述姿态和代言姿态。蒋路的《打工小说与作家身份研究》探讨了不同身份作家创作这类小说的异同、优势与局限。

总体来说，无论是"打工文学""乡下人进城"小说、城市异乡者、底层文学还是农民工题材小说，都反映了我国社会转型期农民进城务工这一社会现象，几个不同概念之间肯定有重合之处，但不同命名反映出研究者们不同的研究倾向。"打工文学"表现的是一种相对静态的"打工"生活，强调叙述主体和叙述对象身份的一致性，表明这类小说是新时期以来一种崭新的文学类型。"乡下人进城"小说着眼于小说叙事与现代性的关联，强化了"农民进城"的相似性，而忽视了新世纪农民工题材小说的独特性。"城市异乡者"这一概念突出了城乡文明的碰撞以及城乡意识形态的冲突，却在一定程度上忽视了农民工的自我主体性。底层文学是一个涵括性很强的概念，体现出一定的意识形态倾向。相比较而言，农民工题材小说既着力于表现农民工在城乡空间的生存境况与精神遭遇，又突出表现了他们在不同空间形态中的身份认同与价值取向。

随着西方空间理论在我国的译介和引入，研究者们开始运用空间理论分析中国现当代文学作品，为小说的再解读提供新的阐释视角。有学者已经尝试运用空间理论对新时期以来的打工文学进行整体研究，如刘丽娟的《空间视域下的新时期打工文学研究》运用空间叙事理论分析了打工文学中不同的空间表征，并对打工作家和专业作家的创作心理进行分析辨别。除研究专著外，也有单篇论文从空间角度研究这类小说，如韩伟、赵丹的《论农民工题材小说的"城市时空体"——以巴赫金时空体理论为价值观照》表明这类小说以农民工为叙述对象，以城市生活的苦闷"现在"为叙事时间，从而形成了其独特的"城市时空体"。陈一军的《农民工小说叙事的时空体》认为时间和空间是决定农民工题材小说叙事主题和题材类别的关键因素。刘欣、李立的《空间视域下的当代都市扩张与底层文学书写》从空间角度审视当代都市扩张与底层文学书写之间的关系，总结出新世纪底层文学空间结构关系的多种典型形态：空间分离、空间剥夺、空间错位。王宗峰的《农民工文学中的空间正义》认为，农民工文学的主题意义和价值判断、空间书写紧密相关，小说文本中的空间格局有利于我们把握这类作品的空间正义问题。陈家熙、翁时秀、彭华的《打工文学中的城市空间书写——基于索亚"第三空间"的分析》运用索亚的"第三空间理论"，从身体、厂区和城市三种空间层次出发，探讨打工者城市生活的空间体验，认为这既是资本权力的话语操控空间，也体现了打工群体的自我主体性建构。李灵灵的《想象"后乡土"空间：论打工文学中的南方村庄和小镇》通过对打工作家笔下的南方村镇进行分析，认为新的社会关系和生活秩序正在后乡土中国形成，应该重新看待城市与乡土的关系。也有学者运用空间理论对具体的作家作品进行个案研究，如程亚丽的《论〈吉宽的马车〉——孙惠芬创作中的空间叙述》从空间视域出发，细致分析了《吉宽的马车》中的空间意象，从城乡空间的二元对立、城市空间对主体的"询唤"和空间权力与"性资源"配置三个方面对该小说进行了个性化解读。席志武的《城乡、底层与私人化：论范雨素文学书写的空间意蕴》从城乡地理空间角度对范雨素的自传性文学进行研究，认为其作品中的两个不同区域和她生活的"皮村"在当代社会具有一定代表性。除此而外，部分青年学子在学位论文选题中也尝试运用空间理论考察农民工题材小说，如杨淋麟的《空间维度下的中国当代底层叙事研究》、赵丹的《时空体视域下的城乡书写——以新世纪农民工小说为例》、郭子铭的《新时期打工文学中的空间意蕴》等。

通过以上分析可以看出，已经有学者运用空间理论分析解读农民工题材小说，但还不够深入透彻，系统性和理论性也不足。笔者尝试在前人研究的基础上，运用西方空间理论和文化身份理论研究新世纪农民工题材小说，并对农民工与不同空间形态的复杂关系进行阐释，以期推动该论题研究向纵深处发展。

（二）空间理论研究现状

1. 国外空间理论研究现状

20 世纪以来，无论是在人们的日常生活、科学技术还是文化哲学等方面，空间都扮演着日益重要的角色，特别是空间问题进入人文社会科学研究领域后，引起了理论家们的研究热情。20 世纪下半叶出现了影响深远的"空间转向"，人们的空间认知发生巨变，开始重新思考空间的重要意义，这"被认为是 20 世纪后半叶知识和政治发展最举足轻重的事件之一。学者们开始深入审视人文生活中的'空间性'，把以前给予时间和历史，给予社会关系和社会的青睐，纷纷转移到空间上来"①。"空间转向"颠覆了以往传统的"容器"型

---

①［美］爱德华·索亚．第三空间——去往洛杉矶和其他真实和想象地方的旅程［M］．陆扬，等译．上海：上海教育出版社，2005：19.

空间认知观念，确立了空间的主体地位和本体价值，这对文学创作和文学批评带来重要影响。20 世纪文学领域对空间问题的关注经历了一个从关注文学空间的形式美学到关注空间社会文化内涵的转变过程，文学中的空间不仅是被描写和呈现的内容，还表现为外在的形式与结构安排。美国学者约瑟夫·弗兰克（Joseph Frank）在《现代小说的空间形式》中第一次提及小说的"空间形式"理论，并致力于建构以"空间形式"为主要研究内容的理论范式，开启了文学领域空间形式研究的滥觞，后来的理论家如 W. J. T. 米切尔、戴维·米切尔森等都深受其影响，也取得了一系列研究成果。在全球化的历史语境中，理论家们从文学形式研究逐渐过渡到空间的社会内涵研究。20 世纪 50 年代以来，法国哲学家加斯东·巴什拉（Gaston Bachelard）的《空间的诗学》讨论文学再现空间中的"诗意空间"，他重点阐释了家园、巢穴、阁楼、角落等诗意空间。苏联文艺理论家巴赫金在《小说的时间形式和时空体形式》中提出了"时空体"的概念，认为叙事时间和叙事空间是两个不可分割的统一体。总之，这些理论家仍然只是将空间视为时间的附属物和简单的背景装置，从而忽视了空间丰富的社会文化属性，直到 20 世纪 70 年代，列斐伏尔和福柯致力于建构本体性的空间理论，才开始对根深蒂固的线性历史决定论发起挑战。

列斐伏尔在 1974 年出版的《空间的生产》一书中认为，应该在历史性、社会性的二元维度之外，增加空间性这一新的维度，用"历史性—社会性—空间性"的三元辩证法认识现代社会的复杂关系。列斐伏尔对西方空间理论最大的贡献在于提出了"社会空间"这一概念，他认为空间具有社会性，是生产关系的重要组成部分，空间不仅在历史中产生，而且随着历史的演变不断发生意义和结构的转变。列斐伏尔还在该书中提出了认知空间的三个维度：空间实践、空间表征、表征空间，由此确立了空间生产的本体性框架。米歇尔·福柯（Michel Foucault）虽然没有明确系统地提出自己的空间思想，但其论著和访谈流露出的空间主张对于我们理解空间问题起到重要作用。"我确信：我们时代的焦虑与空间有着根本的关系，比之与时间的关系更甚。时间对我们而言，可能只是许多个元素散布在空间中的不同分配运作之一。"① 福柯从政治角度出发，关注空间、权力与知识的关系问题，认为权力的空间化是现代社会规训个体的基本策略。

当代西方空间理论是在列斐伏尔和福柯空间思想的基础上建立起来的，随着地理学、人类学和文化哲学等学科对空间问题的关注，很多人文社会科学领域的学者也对空间问题进行了积极思考，如吉登斯的"时空分延"、大卫·哈维的"时空压缩"、曼纽尔·卡斯特尔的"流动空间"、索亚的"第三空间"等空间理论打破了传统的空间认知观念，恢复了空间的本体性价值。索亚在承继列斐伏尔和福柯空间思想的基础上提出了极具开放性、包容性和广延性的"第三空间理论"，并创作了影响深远的"空间三部曲"：《后现代地理学：重申批判社会理论中的空间》、《第三空间：去往洛杉矶和其他真实和想象地方的旅程》（下文简称《第三空间》）、《后大都市：城市和区域的批判性研究》。特别是《第三空间》引入他者化的视角，打破了日常生活中非此即彼的二元对立局面，由此可以更好地思考种族、阶级和性别等问题。

在"空间转向"的理论背景下，当代西方空间理论对传统空间认知进行解构，空间不再是空洞的容器和简单的背景，而具有了不可替代的主体性意义，空间也不再是均质化、同一性的物理地点，而成为充满矛盾、斗争和异己的场域。空间批评成为一种跨学科的复杂理论形态，混合着人文地理学、城市建筑学、文化哲学、身份认同等后现代理论。总之，从空间视域研究文学作品和文化现象已经成为一种批评热潮，特别是西方空间理论引入中国后，对国内空间理论的建设起到了积极促进作用。

2. 国内空间理论研究现状

20 世纪 90 年代以来，随着我国现代化的发展和城市规模的进一步扩大，城乡空间问题呈现出较之以往更为复杂的关系。国内学术界开始密切关注都市空间问题，空间研究也被提升至理论层面。一大批国外空间理论研究成果被系统地译介引入，如包亚明主编的《现代性与空间的生产》《后现代性与地理学的政治》《后大都市与文化研究》三辑译著，重点介绍了列斐伏尔、福

---

① [法] 米歇尔·福柯. 不同空间的正文与上下文 [M] //包亚明主编. 后现代性与地理学的政治，上海：上海教育出版社，2001：20.

柯、索亚等人的空间思想。迈克·迪尔的《后现代都市状况》和迈克·克朗的《文化地理学》等一系列空间研究的代表性著作相继在国内出版。随着西方空间理论的引入，国内的空间研究在哲学、政治学、社会学、文艺学等领域也取得了突破性发展，空间成为人们关注的热点话题。汪民安的《身体、空间与后现代性》对空间转向、身体转向和后现代转向之间的内在关联进行了梳理。刘怀玉的《现代性的平庸与神奇——列斐伏尔日常生活批判哲学的文本学解读》阐释了列斐伏尔由日常生活批判转向空间生产理论的研究意义。此外，黄继刚的《爱德华·索亚的空间文化理论研究》、侯斌英的《空间问题与文化批评——当代西方马克思主义空间理论与文化批判》、刘进、李长生的《"空间转向"与当代西方马克思主义文学批评研究》等学位论文和学术著作进一步促进了空间理论在我国的介绍与生成，推动了空间理论的发展与传播。

具体到文学研究领域，很多学者有意识地运用空间理论分析文学现象，阐释文学作品，进行作家个案研究，涌现出一大批研究成果，推动了西方空间理论的本土化生成。如陆扬的《空间理论和文学空间》以西方现代小说为例，阐明了文学研究和空间理论的不可分割性，文学空间并非如镜子一般直接反映现实空间，二者呈现出相互影响的动态关系。谢纳的《空间生产与文化表征——空间理论视域下的文学空间研究》运用西方空间理论分析中国现代小说，揭示出空间生产与文学表征之间的互动关系。吴冶平的《空间理论与文学的再现》将列斐伏尔、福柯、大卫·哈维、卡斯特尔、爱德华·索亚等空间理论家的空间思想与中西方的文学作品相结合，体现出文学与空间的紧密联系。近年来，文学领域对空间问题的关注主要集中在什么是空间批评，如何构建本土化的空间思想，如何运用空间理论解读小说等问题上。如刘进的《论空间批评》从整体上强调空间批评是在西方"空间转向"背景下形成的批评形态，并分析了"空间批评"的形成背景、理论基础及其特点。吴庆军的《当代空间批评评析》在梳理空间批评发展历程的基础上指出，空间批评注重空间的社会属性和文化属性。还有学者认为空间批评为中国现当代文学研究提供了新的理论方法与研究路径，裴萱的《现代性空间转向与文学研究新路径》、程菁、黄敏的《空间：考察 20 世纪 90 年代中国小说的一个视角》和张文诺的《空间转向视域下的中国现当代文学研究》等论文都是其中的代表性成果。除了从宏观层面观照文学研究，还有一部分学者对作家作品进行微观分析，运用空间生产理论和身体政治学揭示文学背后藏匿的权力规训，如罗岗的《再生与毁灭之地——上海的殖民经验与空间生产》、冯爱琳的《规训与反叛：空间建构中的女性身体》等。

从以上国内空间理论的研究现状可以看出，随着 20 世纪下半叶"空间转向"的发生和西方空间理论译著的传入，研究者的时空观念发生了很大转变，空间在社会生活、文化实践和理论生成等方面扮演着日益重要的角色。文学领域也出现了空间研究的热潮，学者们或宏观概述"空间批评"的概念、内涵与发展脉络，尝试建构具有中国特色的空间理论，或从微观入手，运用空间理论解读作家作品和文艺思潮。然而，多数研究都将空间视为都市空间，并以都市文学为研究对象，侧重考察文学与都市之间的关系，一定程度上忽视了城乡空间的互动性，忽视了空间问题的多样性和复杂性。20 世纪 90 年代以来，随着我国城市化进程的加快和都市规模的不断扩大，城乡空间的矛盾也日益突出，这不仅引发了很多社会现实问题，而且也影响了中国当代文学的发展面貌与基本走向。考察农民工题材小说的空间书写，对于把握我国社会转型期城乡空间的多样性和复杂性，理解正在发生变迁的社会具有重要意义。

第二节　研究方法、思路与框架

一、研究方法与主要思路

本书主要运用西方空间理论和文化身份理论，辅之以空间叙事学、社会学和文化地理学等，对新世纪农民工题材小说进行整体系统的研究。通过文本分析和作家个案研究，重点考察城乡迁移空间、城市异托邦、农民工心灵空间①及城市空间想象等，挖掘空间表征背后的空间意识形态，分析我国社会

---

①"心灵空间"这一概念引自刘丽娟，她在其专著中对这一空间形态的内涵有详细的分析。参见刘丽娟．空间视域下新时期打工文学研究［M］．北京：中国社会科学出版社，2019：12.

转型期农民工的生存境遇和他们对空间正义的诉求，最后总结这类小说空间书写的意义与不足。论著拟解决的主要问题有两个：一是通过阅读 21 世纪重要文学期刊中的农民工题材小说，从中筛选整理出具有空间意蕴的文本。二是在研读西方空间理论著作的基础上，对空间理论的发展脉络进行梳理，对有代表性的理论家及其观点进行整合。之所以将研究对象的时间限定在"新世纪"，一是因为这一时期农民工题材小说创作达到高峰，作家群体较为活跃，作品数量丰富，质量相对上乘，为研究者的分析阐释提供了样本。二是因为这一时期西方空间理论在中国当代文学批评方面产生了重要影响，而我国都市规模的不断扩大所导致的城乡空间矛盾，也为空间理论的本土化生成提供了现实基础。之所以在众多文学体裁中选取小说这种文学类型，是因为小说作为一种叙事艺术，便于从空间角度对情节发展、人物塑造和主题表达等进行研究。总之，"空间转向"背景下的空间被视为具有主体性、生产性、多样性和异质性的重要存在，这种空间认识论对传统的时空观念提出挑战，恢复了空间在日常生活、社会实践和文学领域中的重要作用。本书尝试以空间理论为主要批评方法，对新世纪农民工题材小说进行整体性研究，期望在前人研究的基础上更好地凸显这类小说的独特价值，以推动相关论题研究向纵深处发展。

美国文艺理论家勒内·韦勒克和奥斯汀·沃伦合著的《文学理论》作为经典的文艺理论著作，以"外部研究"和"内部研究"为框架构筑其理论体系，着重强调文学的"内部研究"，认为"只有重视对作品的'内部研究'，才能真正理解文学作品的审美意义和价值"①。这种观点对于文学研究起到了一定促进作用，但在近年来兴起的文化社会学的影响下，这种二元文学研究方法受到了一定质疑。文化研究的代表人物布尔迪厄（Pierre Bourdieu）的场域理论认为，文学并非思想意识的单独存在，而受到社会政治、历史环境和文化制度的多重影响。人们应将文学置于具体的历史文化语境中予以考察，将文学作品视为文化研究的重要组成部分并进行动态研究。在文化理论家看来，文学批评不再是对一个封闭文本进行阐释，而应该以问题意识为导引，

---

① [美] 勒内·韦勒克，[美] 奥斯汀·沃伦. 文学理论 [M]. 刘象愚，等译. 杭州：浙江人民出版社，2017：7.

以作品分析为切入，对文学文本与社会关系进行互动式交叉研究，以期对社会重大问题做出积极回应。总之，社会历史文化语境既是文学文本产生的前提条件，又与文学文本存在互动性关联，以这样的研究方法阐释文学并对文学作品进行历史化解读，可以考察文学生产的重要意义。

20 世纪下半叶的"空间转向"思潮促进了空间批评的兴起。空间批评是以文化地理学和后现代文化理论为基础，同时广泛吸收文化身份和后殖民主义等理论而形成的一种复杂批评话语。20 世纪 90 年代以来，空间批评广泛吸纳文化研究等相关理论，强调文学的文化内涵和社会意义，并对文学与社会的关系进行综合分析。也就是说，文学作品中的空间不只是人物活动的简单背景和冰冷空洞的地理场所，而是因为人的参与而具有了丰富的意义指涉功能和社会文化内涵。我们既可以运用空间批评的方法探讨不同空间形态内社会群体之间的关系，也可以从人的角度对空间进行隐喻性分析。总之，空间批评超越了传统地理学的拘囿，更多地对文学空间及其背后的社会文化、权力关系和身份意识进行综合分析，从而为文学研究提供了新的思考路径。

文学叙事不能离开对空间的描写，但空间书写绝不是简单地反映现实空间，而是作家对现实空间的想象与再建构，反映了作家的情感指向和价值选择。文学作品中的空间书写和现实生活呈现出相互影响的动态关系，正如有学者所言，空间书写"并不是对空间的简单再现式反映，它直接参与空间社会性、历史性和人文性的建构，赋予空间以意义和价值内涵，并达成人与空间的互动交流，显示空间的生存意蕴，成为空间生产的重要组成部分"[1]。具体到新世纪农民工题材小说，空间书写不再局限于人物活动的地点和故事情节展开的场所，因为国家意识形态和权力资本等因素而具有了更多的社会文化内涵。农民工题材小说所建构的城乡生活空间、象征隐喻空间、文化心灵空间不仅表现出农民工在城乡文化冲突中的尴尬境遇，更意味着他们的身份归属与价值重构等问题。作为城乡空间的"候鸟"人群，空间在塑造农民工的同时，农民工也不断建构适合自我的空间形态，表现出空间之于人生存发展的重要意义。

---

[1]谢纳. 空间生产与文化表征——空间转向视域中的文学研究 [M]. 北京：中国人民大学出版社，2010：80.

西方空间理论以资本主义的城市危机为理论背景和现实基础，与我国城市化进程中的具体问题不甚相符，而且空间批评是一个具有丰富内涵的跨学科批评形态。因此，本书不对空间理论做更多形而上的阐释，也不机械套用西方空间理论，而是选取重要空间理论家的思想内核，从空间视域考察农民工的生存遭遇与精神流变，最终落脚点放到农民工在不同空间形态的生存命运上。空间毕竟是人的空间，正是因为有了人的参与，才显示出空间的社会意义和文化内涵，空间才被视为是可再生产的。"空间不仅是物质的存在，也是形式的存在，是社会关系的容器。空间具有它的物质属性，但是它绝不是与人类、人类实践和社会关系毫不相干的物质存在。反之是因为人涉足其间，空间对我们才显出意义。"① 小说中的空间形态是作家根据日常生活经验和情感记忆建构出来的，正是因为不同的社会关系，人们才赋予空间多样复杂的意义，离开了人的参与和活动，空间则会变成空洞冰冷的容器。因此，"空间"只是论著研究农民工题材小说的一个视域，关注农民工的物质生活境况、情感变迁及其与空间的关系才是本书重心所在。

除了西方空间理论，文化身份理论也是本书重要的研究方法，农民工题材小说重在对农民工的身份困境进行集中书写。"身份"一般被理解为是个人或群体对其生活的社会文化的认同，具有稳定性和恒常性特点，但当人们的生活空间发生较大改变时，身份的稳定性则会遭到不同程度的挑战。"在相对孤立、繁荣和稳定的环境里，通常不会产生文化身份的问题。身份要成为问题，需要有个动态和危机的时期，既有的方式会受到威胁。这种动荡和危机的产生源于其他文化的形成，或与其他文化相关时，更加如此。"② 农民工在"流动的现代性"（齐格蒙特·鲍曼语）生活中不仅要遭受衣食住行等现实生存问题，还要面临伦理价值错位和身份认同带来的精神冲突，最终要解决他们因生活空间改变而带来的心理悬浮感。21 世纪以来，随着我国城镇化建设速度的加快，大量农村人口不断向城镇流动，乡土社会的整体性和完整性遭到破坏，城市化进程与城乡文化耦合交缠，"在空间上表现为空间流动的加速

---

① [美] 爱德华·索亚. 第三空间——去往洛杉矶和其他真实和想象地方的旅程 [M]. 陆扬，等译. 上海：上海教育出版社，2005：11.

② [英] 拉雷恩. 意识形态与文化身份：现代性和第三世界的在场 [M]. 戴从容，译. 上海：上海教育出版社，2005：194.

和单向度位移，在时间上，则表现为多种时间形态的并存。文学写作中，脱域写作的出现就是极具症候性的表现形态"①。农民工题材小说属于"脱域写作"范畴。所谓脱域，英国社会学家安东尼·吉登斯（Anthony Giddens）认为，"指的是社会关系从彼此互动的地域性关联中，从通过对不确定的时间的无限穿越而被重构的关联中'脱离出来'"②。对物质财富的追逐使得数以万计的农民从封闭保守的农村脱离出来，他们怀揣美好的想象离开乡村来到城市，不仅要克服空间迁移带来的种种不适，还要经受价值观念碰撞带来的情感困惑。农民离乡进城，原有的身份稳定性被打破，随之而来的是身份认同的艰难与身份归属的尴尬。这使得"身份"成为农民工题材小说重点关注的问题，作家们着力表现农民工在追寻与建构自我身份时的悲欢喜忧。

一般认为，身份具有稳定性与统一性，强调个人与社会文化的相互认同。而现代建构主义认为身份并非是一成不变的，而是一个不断建构与重构的过程，"它不仅仅是被给定的，即作为个体动作系统的连续性结果，而是在个体的反思活动中必须被惯例性地创造和维系的某种东西"③。农民离开世代居住的乡村，来到梦寐以求的城市，既是对已有身份的否定与超越，也是对理想身份的追寻与重构，在城市无法获取身份认同的农民工返回乡村希冀情感的慰藉，而城乡文化差异又使他们遭遇身份的再次失落，最终沦为城乡空间的失根群体。可以说，对自我身份的追寻与确认伴随着农民工进城的始末，而城乡文化冲突与身份意识也成为这类小说的审美张力和独特价值。

二、框架结构

本书以新世纪农民工题材小说为研究对象，运用西方空间理论和文化身份理论对这类小说的空间书写进行整体性研究，突出城市化进程中农民工的边缘地位以及其对自我生存空间、心灵空间和城市空间的建构，凸显了这类小说的独特价值。论著由绪论、主体和结论三部分组成，绪论首先对研究对

---

① 伍倩. 脱域写作与新时期以来城乡题材小说的新变 [J]. 中国现代文学研究丛刊, 2021（2）：160.

② [英] 安东尼·吉登斯. 现代性的后果 [M]. 田禾, 译. 北京：译林出版社, 2000：18.

③ [英] 安东尼·吉登斯. 现代性与自我认同 [M]. 赵旭东, 方文, 译. 北京：生活·读书·新知三联书店, 1998：14.

象和研究范围做了限定，明确了"农民工""农民工题材小说""空间书写"等概念的内涵，并对"新世纪"的时间起点进行了限定。其次梳理了农民工题材小说的研究现状以及国内外空间理论的研究现状，明确了新世纪农民工题材小说的研究意义和研究价值，指出了运用空间理论阐释这类小说的可行性和必要性。最后明确了本书研究课题的研究思路、研究方法和框架结构。

主体部分共分五章，第一章是空间理论转向与农民进城小说。首先分析20世纪下半叶以来具有代表性的西方理论家的空间思想，重点分析列斐伏尔的"空间三元辩证法"、福柯的空间理论和异托邦思想以及索亚的"第三空间理论"。其次回顾了20世纪农民进城小说的发展演变过程，以历史时间节点为经，以文本叙事主题和叙事内容为纬，立体性地呈现出从20世纪20年代到21世纪以来农民进城小说的出现、中断、复兴以及高潮的发展过程，并将新世纪农民工题材小说置于20世纪的文学书写潮流，可以在历史变迁的长时段内明确这类小说的历史价值、审美功能及不足。最后简要分析我国城乡二元体制的形成与演变过程。

第二章是城乡空间与身份追寻。农民工题材小说的城市空间与乡村空间既是主人公生存活动的主要空间类型，又意味着两种截然不同的生活方式、价值理念与人生诉求。城乡二元体制和人口户籍制度造成了人们崇城抑乡的思维模式，使得城乡空间具有了丰富的意识形态内涵。广大农民在城市现代性的感召力和农村生存处境外推力的双重作用下离乡进城，而异质的城市文化对农民工实行"经济层面的接纳与社会层面的排斥"①的双重标准，大多数进城农民无法在城市实现自我价值，他们往往把故乡视为疗愈身心的精神家园，由此开启了艰难漫长的返乡之旅。由于文化身份的错位和理想与现实之间的隔阂，返乡农民工常常遭受乡村道德的压制而成为故乡的"局外人"。与农民工"在乡—进城—返乡"的空间转移相伴的是他们对自我身份的追寻与建构，城乡双重边缘人的遭遇使得他们身份追寻的目标一再落空。农民工的漂泊命运以及因身份认同而产生的焦虑、惶惑，成为农民工题材小说的重点表现内容。

---

①李立. 多维空间叙事结构下的苦难呈示与正义诉求——当代底层农民工书写的空间诉求分析［J］. 文艺理论与批评, 2012（5）：132.

第三章是城市异托邦与边缘境遇。运用福柯的异托邦空间理论，通过分析农民工在城市异托邦生活空间、劳动空间和消费空间的现实遭遇，突出他们在城市的"他者"地位和漂泊命运，最后指出城市异托邦书写的价值以及农民工的空间正义诉求。第一节是城市异托邦生活空间，农民工在城市居住条件的简陋破败表征着他们的城市"他者"地位，而空间的分化也造成了他们与城里人交往的隔阂，最终因"缝隙空间"内的行为失范而无法融入城市，甚至导致悲剧性结局。第二节是城市异托邦劳动空间，主要包括垃圾场、工厂、建筑工地、发廊、洗浴中心和城市人的"家"等具体场所。农民工在这些劳动空间既要付出常人难以忍受的体力劳动，还要遭受权力资本的压制。第三节是城市异托邦消费空间，将农民工在城市的物质消费、娱乐消费与城市上流人士的消费进行对比，明确消费所具有的阶层划分功能，而消费的区隔性也影响着不同社会群体的身份认同。总之，城市异托邦书写集中体现出城乡二元体制给农民工带来的痛苦与创伤，也表明了他们漂泊无助的城市生存境遇。

第四章是空间建构与主体性重塑。农民工题材小说的城乡关系不只有尖锐的对立冲突，两者在交流互动中也呈现出融合的发展趋势。作家们着眼于社会现实变化，着力发掘农民工身上所蕴含的主体精神，表现为他们对空间的积极建构，具体包括乡村空间的想象、自我心灵空间的建造、重构城市空间想象等。第一节为乡村空间的回望与心灵空间建造，乡村空间回望是指农民工在城乡都无法融入的情况下通过回忆乡村来慰藉自己的心灵，乡村景象成为支撑他们城市生活的精神力量。心灵空间建造是指农民工将具有文化象征意味的乡村事物移入城市，以此建构具有强烈主观意味的个人空间，实现压抑城市生活的精神突围。第二节重构城市空间的想象与主体性建构，自我主体性建构主要包括身体空间建构和精神空间建构两个方面。重构城市空间想象不仅意味着城市物理空间的改变，更意味着乡村传统文化对城市文化的成功改造，寄托着作家们对城乡融合的期待与展望。总之，农民工充分发挥个人的主体价值，通过对自我及周围环境进行积极调试，以更好地融入城市生活。

第五章是空间书写典型个案研究。基于前面章节的整体分析，本章选取孙惠芬、刘庆邦和荆永鸣三位作家的农民工题材小说进行个案研究，尝试从空间视角研究作家作品，考察他们这类小说空间书写的独特价值。第一节分析孙惠芬小说的空间书写，主要结合她的"农裔城籍"身份和女性作家特征展开论述。孙惠芬笔下的乡民们在崇城抑乡心理的作用下由乡进城，却遭受着物质生存的困境和身份认同的焦虑，成为游荡于城乡之间的边缘人，特别是作家对普通乡村女性给予了更多同情与关注。第二节分析刘庆邦小说的空间书写，主要分析他城乡交叉地带的煤矿叙事和"保姆在北京"系列小说的空间书写，考察作家在题材的坚守与转换中对人性的持续探索。煤矿叙事的空间书写主要从物理空间、心理空间和社会空间三个层面进行分析，而"保姆在北京"系列小说通过分析空间与权力的关系，进一步明确在城市人的"家"这个封闭空间内雇主对保姆的规训与改造。第三节分析荆永鸣小说的空间书写，主要从"外地人"尴尬的都市生存和城市经验的获取与表达两个层面进行分析。"外地人"的身份特征使他们面临空间丧失或被剥夺的悲苦境遇，这不仅造成他们物质生活的艰窘，更给其内心情感带来极大创伤，而尴尬中的"坚守"则表明新型城市经验对于"外地人"的改造与重塑。

结语部分首先对全书的主要内容和主要观点进行概括。其次，对"农民工"这一社会群体的内部构成进行辨析，明确了"新生代"农民工对城市现代化建设的推动作用及其与城市的深度融合关系，这些都直接影响到农民工题材小说的叙事走向与审美风格的嬗变。最后在前文分析论述的基础上，总结这类小说创作的价值与存在问题，并对其空间书写的意义与不足进行简要概述。

第一章

空间理论转向与农民进城小说

　　德国哲学家恩斯特·卡西尔（Ernst Cassirer）认为："空间和时间是一切实在与之相关联的构架。我们只有在空间和时间的条件下才能设想任何真实的事物。"① 时间和空间是人们认知理解世界的两种基本方式，然而，时间和空间不同的价值属性，导致了它们在社会发展中不同的地位和作用。20 世纪上半叶以前，在西方现代性发展中，历史决定论的线性思维占据主导地位，重在探求历史发展的规律、本质和目的，而忽视了社会发展的共时性和偶然性因素。相较于时间，西方传统哲学观念中的空间在很长一段时间内处于从属地位，充当着社会历史进程的"背景"和"容器"。"空间依旧是被看作刻板的、僵死的、非辩证的东西，而时间却是丰富的、有生命力的、辩证的。"② 可以说，受历史决定论的影响，空间在很长一段时间内一直处于被压抑和遮蔽的状态，仅被人们视为活动的背景。然而，"哪里有空间，哪里就有存在"③。20 世纪后半叶以来，随着全球经济一体化进程的加快，空间发生了较之以往更为明显的扩张与重组，空间的本体性价值日益凸显，人们的空间体验和空间感受也越来越强。西方理论界将以往过度关注时间的热情转向空间，重新考量时空关系，正视空间在社会历史中的重要作用，由此也深刻影响着城市建筑学、地理学、社会学、人类学和文学等领域的研究方法和思考路径。

---

①［德］恩斯特·卡西尔. 人论［M］. 甘阳，译. 上海：上海译文出版社，2004：66.
②［美］爱德华·W. 苏贾. 后现代地理学——重申批判社会理论中的空间［M］. 王文斌，
　译. 北京：商务印书馆，2004：16.
③［美］迈克·迪尔. 后现代血统：从列斐伏尔到詹姆逊［M］//包亚明主编. 现代性与空
　间的生产，上海：上海教育出版社，2002：85.

20 世纪 90 年代以来，我国的城市化水平不断提高，城市化不仅意味着都市规模的扩大和人口数量的增加，更意味着城乡关系的变化。与城市化进程相伴的是农民进城小说①的产生和发展，这类小说肇始于 20 世纪二三十年代，并于新世纪前后达到创作的高潮。农民工题材小说作为农民进城小说的重要组成部分，其所表现出的空间意蕴和多种空间形态，使得我们从空间理论观照这类小说成为可能。"关于城市外来者的空间叙事显然具有强烈的意识形态意味，城市空间显示了空间作用于外来他者的强大权力，它用感官刺激诱惑着外来者，用物质空间隔绝外来者，也用非理性的欲望使外来者迷失自我。"② 在"空间转向"日益兴起的文化背景下，运用空间理论考察农民工题材小说，可以有效打破城市/乡村、中心/边缘、真实/想象之间的二元划分与明显边界，从而以一个更为开放包容的视角，理解农民工在城乡空间的生存境遇以及其对空间的建构。农民工在城市的现实遭遇及其对空间的改造，表现了城市空间的多样性、异质性与复杂性，有利于我们更为全面清晰地看到我国城市化进程中更多的发展面向。

第一节　文学的空间理论转向

在西方"空间转向"的理论背景下，列斐伏尔和福柯从 20 世纪 70 年代便开始进行空间理论的建构，以对抗历史决定论和形而上学论。他们相继提出的空间理论颠覆了传统的时空观念，促使人们重新思考空间在社会发展和日常生活中的重要作用。索亚在承继列斐伏尔和福柯空间思想的基础上提出了影响深远的"第三空间理论"。其他西方学者也在各自的研究领域纷纷关注"空间"因素，并进行跨学科研究。这些空间理论摆脱了固有时空观念的束

①"农民进城"是一个贯穿 20 世纪的文学叙事主题，这一叙事主题的发展流变既与社会历史变迁的现实有关，又与这类题材本身的发展特征有关。农民工题材小说是 20 世纪 80 年代出现并被命名的一种小说类型，与"乡下人进城"小说、打工文学、底层文学等概念有部分重合之处。农民进城小说是一个比农民工题材小说内涵和外延更为宽泛的概念，具有更强的涵括性。为了与其他命名相区别，本节尝试用"农民进城小说"这一概念，梳理这类小说在 20 世纪的发展与演变。

②孟君. 中国当代电影的空间叙事研究 [M]. 北京：商务印书馆国际有限公司，2018：120.

缚，从不同维度丰富着人们的空间认知，为人们理解后工业时代的空间问题提供了新的思考角度与理论切入点。虽然空间理论是以西方资本主义国家现代化进程中出现的城市问题为思考基点，但依旧可以用其来阐释我国城市化进程中出现的空间矛盾与空间重组等一系列现实问题。结合本书探讨的主要问题，本节主要分析列斐伏尔的"空间三元辩证法"、福柯的空间理论和异托邦思想以及索亚的"第三空间理论"。这些空间理论为我们解读农民工的城乡生存境遇提供了丰富的思想资源和理论支撑。

一、列斐伏尔的"空间三元辩证法"

列斐伏尔是法国著名的哲学家和西方马克思主义的代表人物，他将空间研究与日常生活实践结合，开创了空间研究的新局面。列斐伏尔反对传统空间理论仅把空间视为社会关系容器的观点，认为空间并非独立的客观存在，而具有强烈的社会文化属性，是社会关系的重要表现形式。正如安迪兹·热兰尼（Andrzej Zieleniec）所说："列斐伏尔作品的意义在于，它凸显了空间在社会关系中的作用，并提供了一个理论与范畴基础，其他社会理论家发现，以此为基础和路径可以分析、研究空间对社会关系的重要性，并通过空间发现社会关系形态。"[1] 列斐伏尔对西方空间理论的贡献之一是提出了"社会空间"这一概念，并区分了"社会空间"与"自然空间"。"自然空间"虽然是人类社会生活的起点和源头，但当今时代影响人们生活的已然是包含复杂生产关系的"社会空间"。"空间"已经不仅仅是某些自然科学的研究对象，也不是容纳社会关系的简单容器，而是有目的有意识的社会实践和社会关系的产物。换言之，"空间"已不仅仅是静止的表示事物客观存在的名词，而是一种生产性、过程性和关系化的动词。列斐伏尔认为"空间"富有政治内涵和意识形态色彩，影响着人与社会关系的重组与分配，究其实质是"社会秩序的空间化"。这就使空间脱离了传统意义上的抽象认知，空间与人的生产活动发生紧密联系，"空间"的重要性和影响力已渗透于人类生活的方方面面。总之，列斐伏尔所认知的空间"不是通常的几何学与传统地理学的概念，而是

---

[1]Andrzej Zieleniec. *Space and Social Theory* [M]. London，SAGE Publications，2007：93. 转引自李春敏. 马克思的社会空间理论研究 [M]. 上海：上海人民出版社，2012：202.

一个社会关系的重组与社会秩序实践性建构过程；不是一个同质性的抽象逻辑结构，也不是既定的先验的资本的统治秩序，而是一个动态的矛盾的异质性实践过程。空间性不仅是被生产出来的结果而且是再生产者"①，由此也就形成了其空间理论的本体性框架。

1974 年，列斐伏尔在其空间研究的代表性著作《空间的生产》一书中提出了"空间生产"的著名概念，这成为其空间思想体系的核心所在，对后来的空间理论家们产生重要影响。列斐伏尔的空间生产理论涉及位置、边缘、界限、领域、流动等多种关键词，但其对空间的认识不是理性的客观分析，而侧重于人的主观感受和内心情感，目的在于发掘空间内涵的深刻性与复杂性，突出抽象空间在社会生活中的重要意义。列斐伏尔认为资本主义生产不仅是一种简单的物质生产，更是"不断地超越地理空间限制而实现空间的'自我生产'的过程"②。资本主义发展时期的国家统治力量通过"空间规划"，以一种异乎寻常的方式对人们的日常生活进行控制甚至某种意义上的殖民，从而导致了人们生活的区隔化与等级化。列斐伏尔从"空间"角度把握各社会阶层的形成，并与日常生活批判结合，为城市空间研究开辟了新的道路，他在空间生产理论基础上提出了空间政治学，强调空间的政治性内涵。列斐伏尔认为空间并不是人们活动的简单背景和可供分析的科学对象，而是一种充斥着政治和意识形态的产物。"空间并不是某种与意识形态和政治保持着遥远距离的科学对象（scientific objects）。相反的，它永远是政治性的和策略性的……空间一向是被各种历史的、自然的元素模塑铸造，但这个过程是一个政治过程。空间是政治的、意识形态的。"③ 比如，城市空间的鲜明比照就体现出空间的阶级性和丰富的政治内涵，鳞次栉比的高楼大厦和低矮破旧的出租房就无声地彰显出城市空间的政治性，体现了不同社会阶层对空间的占有与利用。

列斐伏尔在以往历史和社会研究的基础上加入空间这一"他者化—第三化"的元素，从而形成了"社会—历史—空间"的三元辩证法。空间成为与

---

①吴冶平. 空间理论与文学的再现 [M]. 兰州：甘肃人民出版社，2008：4.

②吴宁. 日常生活批评——列斐伏尔哲学思想研究 [M]. 北京：人民出版社，2007：4.

③[法] 亨利·列斐伏尔. 空间政治学的反思 [M] //包亚明主编. 现代性与空间的生产，上海：上海教育出版社，2002：62.

社会和历史处于同等地位的第三种维度，这种三元辩证法对传统的二元论逻辑进行解构，突出了空间在社会和历史中的重要性，成为列斐伏尔理解社会空间的主要方法。索亚指出："就开放和开拓我们社会空间无穷无尽的维度，以及就有力论证将历史性、社会性和空间性联系在一个策略均衡、超学科的三元辩证法之中而言，他（代指列斐伏尔，引者注）的影响没有任何一个学者可以比肩。"① 列斐伏尔的"空间三元辩证法"已经不仅仅局限于历史哲学范畴，而且广泛应用于社会发展及社会构成等多方面，他集中批判了资本主义所掌控的抽象空间，而其着力建构的差异空间动摇了抽象空间对人们日常生活的同化与挤压。瑞波·谢尔兹（Rob Shields）认为："列斐伏尔研究城市的日常生活，目的是要瓦解传统的理性主义或者柏拉图式的哲学理想国对城市生活的同质化设计与控制，重建一种差异性的空间乌托邦。"② 作为西方马克思主义理论家，列斐伏尔提出的"空间三元辩证法"既是对马克思辩证主义的承继，也是在新的历史环境中的创新和再发展，他创设了一种具有开放性、包容性和超越性的空间认知形态，打破了传统僵化的二元格局，这也成为索亚"第三空间"概念的理论来源和思想基础。

除了"社会—历史—空间"的三元辩证关系，列斐伏尔在《空间的生产》一书还提出了另外一组三元组合概念，索亚在《第三空间》中对这一组概念进行辨析梳理，并将其概括为：空间实践、空间的再现和再现的空间。空间实践是具有物理属性的社会空间，与城市道路、网络和工作地点等具体可感的空间形态相关，一般可以借助工具和仪器进行测量。该一重空间是以往空间研究的主要对象和目标，也是后面两重空间形态的物质基础。空间的再现是概念化的空间，与社会生产关系紧密相连，是社会空间中最重要的空间形态，也被认为是科学家、城市规划家和社会政要等精英人群创设出来以维护自身统治秩序的抽象空间。如在城市迁移和城市规模不断扩大的过程中，城市规划家控制着现实空间的建构，他们规划设计的高楼大厦主要为中产阶级服务，而社会底层人群则面临着空间被剥夺的威胁。所以，空间的再现也

①［美］爱德华·索亚. 第三空间——去往洛杉矶和其他真实和想象地方的旅程［M］. 陆扬，等译. 上海：上海教育出版社，2005：7.

②Rob Shields. *Lefebvre, Love and Struggle: Spatial Dialectics*［M］. London：Routledge，1999：89.

被认为是统治阶级的空间，其背后隐藏着无形的权力机制和意识形态操控。再现的空间是在"他者化—第三化"批评策略上对社会空间理论的发挥与再阐释，与前两种空间类型既相互区别又相互包含。再现的空间是与社会底层密切关联的反抗统治秩序的空间，体现出对社会边缘空间和底层人群的关注。再现的空间是人们为了生存而选择的反抗性空间，反映出在未被美化的空间内人们真实的空间体验。正如索亚所说："列斐伏尔的这第三个空间强调了统治、服从和反抗的关系，它具有潜意识的神秘性和有限的可知性，它彻底开放并且充满了想象。"①

　　总之，列斐伏尔提出的这三种空间形态是"空间三元辩证法"的关键和核心所在，由此建立了空间与人们生产活动的紧密关系。虽然说列斐伏尔一直强调这三种空间形态的平等地位，但仍然可以看出他对第三种空间即"再现的空间"的推崇与重视。"再现的空间"与索亚的"第三空间"具有高度的契合性，可以将"第三空间"视为索亚对列斐伏尔空间思想的再阐释和再延伸。

二、福柯的空间理论及异托邦思想

　　米歇尔·福柯是法国著名的哲学家、社会思想家，他一生著述颇丰，研究领域涉及权力、历史和知识等方面。虽然他并没有明确提出自己的空间思想，但在他的一些讲稿和访谈录中还是能看出其对空间问题的思考与关注，比如，最能代表其空间思想的《其他空间的正文与上下文》是福柯 1967 年受邀在巴黎建筑学年会上做的报告，而《福柯访谈录——权力的眼睛》也有相关内容表明他对空间问题的重视。与列斐伏尔不同，福柯从政治权力的角度思考空间问题，重点关注何种力量生产并控制空间。在他看来，空间是知识话语机制转化为真实权力的中间环节，这就形成了他"知识—空间—权力"的空间阐释框架。

　　福柯的空间理论首先表现为他对空间问题的重视。如果说 19 世纪是关注时间和"迷恋历史"的时代，空间只被人们看作客观分析的对象和空洞无物

---

①［美］爱德华·索亚. 第三空间——去往洛杉矶和其他真实和想象地方的旅程［M］. 陆扬，等译. 上海：上海教育出版社，2005：86.

的背景。那么，福柯大胆预言 20 世纪将是空间取代时间的"空间崛起"时代。"我们身处同时性的时代（epoch of simultaneity）中，处在一个并置的时代，这是远近的时代、比肩的时代、星罗棋布的时代。我确信，我们处在这么一刻，其中由时间发展出来的世界经验，远少于联系着不同点与点之间的混乱网络所形成的世界经验。"① 空间意识的生成使福柯把关注时代问题的视角由时间转向空间，而且空间问题在社会实践和人们日常生活中的重要性日益凸显，由此形成了其"空间政治"的阐释逻辑。

福柯空间理论最鲜明的特征是他对空间与权力关系的独特思考，他认为建筑在权力技术中扮演着重要角色，如医院、监狱、学校、工厂等封闭空间都是权力运行的媒介。福柯以英国哲学家杰里米·边沁（Jeremy Bentham）的"圆形监狱"为例，阐明现代社会是如何通过意识形态的规训来实现对人的控制和惩罚。"权力以符号为工具，把'精神'（头脑）当作可供铭写的物体表面，通过控制思想来征服肉体；把表象分析确定为肉体政治学的一个原则，这种政治学比酷刑和处决仪式解剖学要有效得多。"② 在"圆形监狱"内，每一个个体都有特定位置，成为被监视和规训的对象，"圆形监狱"充当了权力运行的工具和载体，每个人在这样的空间都对应着一定的权力领域，不可随意僭越，从而使整个社会形成一个庞大而真实的监视系统和规训空间。

在福柯看来，与前现代空间形态不同的是，现代社会的空间主要表现为散落的"基地"（site），而且"基地"间充满了差异、断裂与不均衡。"基地"不仅表明具体的地理场所，而且基地之间的相互关系也体现为不同的意识形态，正如福柯所说："我们并非生活在一个我们得以安置个体与事物的虚空（void）中，我们并非生活在一个被光线变幻之阴影渲染的虚空中，而是生活在一组关系中，这些关系描绘了不同的基地，而它们不能彼此化约，更绝对不能相互叠合。"③ "异托邦"（heterotopias）是在"基地"概念上形成的

①［法］米歇尔·福柯. 不同空间的正文与上下文［M］//包亚明主编. 后现代性与地理学的政治，上海：上海教育出版社，2001：18.
②［法］米歇尔·福柯. 规训与惩罚［M］. 刘北成，杨远婴，译. 北京：生活·读书·新知三联书店，2007：113.
③［法］米歇尔·福柯. 不同空间的正文与上下文［M］//包亚明主编. 后现代性与地理学的政治，上海：上海教育出版社，2001：21.

特殊空间形态，是福柯在《另类空间》一文中提出的重要概念，与并非真实存在的"乌托邦"概念相对。简言之，乌托邦是不具有真实地点的虚幻存在，而异托邦则是一种真实存在。福柯以镜子为例，很好地揭示了乌托邦和异托邦之间的关联与区别。镜子具有乌托邦和异托邦的双重属性，将虚幻空间与实在空间相联系，将多样性凝结于同一空间。在福柯看来，异托邦又分为危机异托邦和偏离异托邦。危机异托邦指的是将特权的、神圣的地点保留给一些处于危机状态的群体，如青春期男女、怀孕妇女、年迈老人等，而偏离异托邦指的是那些偏离日常行为规范的场所，如监狱、精神病院和医院等。"异托邦"的特征在于跨越边界，福柯更关注从危机异托邦向偏离异托邦的过渡和转换。

总之，在福柯看来，异托邦既是现实生活中的一种空间形态，又对既有的空间进行颠覆、质疑和挑战，强调空间的多元化与差异性。异托邦的空间特征是"混杂与并置，充满矛盾"，内部规定性是"异质性的，充满匮乏与缺憾"，"在与现实共存中谋求对同一性的颠覆，达到多样性"①。具体到我国的城市化进程，福柯的异托邦思想体现了社会弱势群体对主流空间的抵抗与消解。从这个层面看，城市异托邦书写有利于我们把握真实的城市空间构成，也有利于人们关注现代化进程中弱势群体的利益诉求。

福柯的异托邦空间思想促使我们思考，在习以为常的均质统一的日常空间外，是否还存在另类的不被人们察觉的异质空间？这些空间可能会被人忽视，却真实存在于我们身边。在全面考察福柯空间思想的基础上，笔者发现福柯在其《不同空间的正文与上下文》中所总结出的"异托邦"特征与农民工题材小说的契合。

第一，"或许在这个世界上，没有任何文化不参与建构差异地点，这对任何人类群体都是不变的"②。由于城乡二元体制的深远影响和"城乡意识形态"的深入人心，多数农民工在城中村、出租屋和棚户区这样的城市异质空间挣扎求生。"异托邦"将乡村文化和城市文化并置于同一空间，体现出城乡

---

①张一玮. 异质空间与乌托邦——一种都市文化批评的视角［J］. 唐山师范学院学报，2006
（11）：19.

②［法］米歇尔·福柯. 不同空间的正文与上下文［M］//包亚明主编. 后现代性与地理学的政治，上海：上海教育出版社，2001：22-23.

文化的层级性与多样性。

第二，"每一个社会，就如它的历史所展现的，可使既存的差异地点以非常不同的方式运作"①。在福柯看来，"基地"或"场所"并非一成不变，而会在历史变迁中产生新的内涵。就农民工的城市居住空间而言，与其说它是自然存在的城市空间，毋宁说是权力阶层根据自身利益人为建构出的区隔性场所。城中村、棚户区在改革开放前是城市贫民聚集生活之地，20世纪90年代初，随着农民工人数的增加和"民工潮"的兴起，这些边缘城市空间因为低廉的房租成为进城农民的落脚之地。

第三，"差异地点可在一个单独地点中并列数个彼此矛盾的空间与基地"②。这个特征体现出城市异托邦多元化的特征，城市异托邦作为农民工的聚合之地，可以容纳不同性格和生活经历的农民工，而这些场所蕴含的异质文化又与城市主流文化发生着或明或暗的关联。

第四，"差异地点通常与时间的片段性相关——这也就是说，它们对所谓的（为对称之故）差异时间（heterochronies）开放"③。

第五，"差异地点经常预设一个开关系统，以隔离或使它们变成可以进入"④。城市异托邦预设一个可以自由开合的系统，表面上对所有人开放，农民可以跨越城乡界限进入城市，但城乡文化的隔膜和文化资本的匮乏又常使他们无法真正逼近城市内核，只能在城乡边缘地带徘徊游荡，经受着"在而不属于"的漂泊之感。

第六，"它们对于其他所有空间所具有的一个功能，这个功能有两种极端：一方面，它们的角色，或许是创造一个幻想空间……另一方面，相反地，它们的角色是创造一个不同的空间，另一个完美的、拘谨的、仔细安排的真

---

① ［法］米歇尔·福柯. 不同空间的正文与上下文［M］//包亚明主编. 后现代性与地理学的政治，上海：上海教育出版社，2001：23.
② ［法］米歇尔·福柯. 不同空间的正文与上下文［M］//包亚明主编. 后现代性与地理学的政治，上海：上海教育出版社，2001：25.
③ ［法］米歇尔·福柯. 不同空间的正文与上下文［M］//包亚明主编. 后现代性与地理学的政治，上海：上海教育出版社，2001：25.
④ ［法］米歇尔·福柯. 不同空间的正文与上下文［M］//包亚明主编. 后现代性与地理学的政治，上海：上海教育出版社，2001：26.

实空间，以显示我们的空间是污秽的、病态的和混乱的"①。农民工题材小说中的部分主人公认为自己通过婚姻、升学或个人奋斗等途径在城市扎根，表面上享受着城市文化带给他们的自我满足感，但这种虚幻性想象和补偿性满足只是一种假象，凸显出他们城市生活的悲凉无助。

综上，福柯的空间思想是西方空间理论的重要组成部分，他对现实生活空间背后权力机制的分析为我们理解当下社会的空间问题提供了重要参照，特别是他的异托邦思想为我们分析新世纪农民工题材小说提供了新的阐释机制。福柯的"异托邦"思想重视空间的差异性与多元性，重视中间地带的丰富多样性，与索亚"第三空间理论"的精髓不谋而合。

三、索亚的"第三空间理论"

索亚作为美国当代后现代地理学家，从少年时期就表现出对空间以及城市地理的浓厚兴趣，他对空间理论和空间学科的发展倾注了自己极大的热情。西方学界对空间的反思大约开始于20世纪六七十年代，在全球化城市发展的浪潮中，洛杉矶这样的大都市也在如火如荼的城市建设中暴露出一些问题。索亚对洛杉矶城市空间进行考察，并创作出颇具影响力的"空间三部曲"：《后现代地理学：重申批判社会理论中的空间》在借鉴列斐伏尔、詹姆逊和吉登斯等人空间思想的基础上，批判了历史决定论对空间问题的忽视，重申空间在社会文化和城市建设中的重要性。《第三空间——去往洛杉矶和其他真实和想象地方的旅程》引入"他者"视角，思考更为复杂多元的城市空间问题。"第三空间"既是真实的又是想象的空间，既是对第一空间和第二空间的解构，又是对新型空间关系的建构与重构。《后大都市：城市和区域的批判性研究》从社会实践的角度出发，思考以洛杉矶为代表的后大都市存在的发展问题和城市重建等问题。《第三空间》在索亚的空间思想发展中具有承上启下的重要作用。

"第三空间理论"既是索亚本人空间思想的结晶，也借鉴了列斐伏尔的"空间三元辩证法"和福柯的异托邦空间思想，尤其是列斐伏尔提出的"空间

---

①[法]米歇尔·福柯.不同空间的正文与上下文［M］//包亚明主编.后现代性与地理学的政治,上海：上海教育出版社,2001：27.

实践""空间的再现"和"再现的空间"分别对应于索亚的物质性第一空间、构想性第二空间以及充满真实与想象的第三空间。20世纪后半叶以来，人们对空间的思考认知大致呈现出两种不同向度：空间一方面被视为可供阐释的具体物质形式，另一方面又被看作是表征生活意义和社会关系的精神形态。索亚在此基础上提出了自己的"第三空间理论"：第三空间既包括物质空间和精神空间，又不是前两种空间的简单叠加，呈现出极大的开放性和可阐释性。关于《第三空间》的写作目的，作者一言以蔽之，就是"鼓励你用不同的方式来思考空间的意义和意味，思考构成了人类生活与生俱来之空间性的地点、方位、方位性、景观、环境、家园、城市、地域、领土以及地理这些有关概念"①。下面将具体阐释索亚的三种空间认识论：

第一空间是一种真实存在的空间，属于物质空间范畴。我们司空见惯的建筑群落、城市景观、乡村邻里乃至民族国家等都是第一空间认识论的考察对象，人们的生活以及社会关系无法脱离第一空间。这种空间认识论对人们的影响较为深远，主宰人们空间认知的时间最长。第一空间认识论偏重空间的物质性和客观性，人们可以通过两种方式对其进行理解：一是传统的定量分析，即通过仔细观察和精密测量来把握；另一种是寻求社会空间场所的定性分析，广泛应用于城市的规划建设等知识领域。"尽管第一空间认识论的视野非常开阔，在精确的空间知识积累方面也给人留下深刻印象，但从根本上说它们仍是不完整的、片面的。"② 由此也就引发了索亚对第二空间和第三空间的探寻。

第二空间认识论出现的时间相对较晚，可以看作是对第一空间认识论的反拨与调整，即用精神对抗物质，用艺术对抗科学，用主观对抗客观。相比于可感知的第一空间，第二空间偏向于构想出的精神空间，"这些精神空间成了权力和意识形态、控制和监督的再现"③。社会精英通过权力将构想出的精

---

① [美] 爱德华·索亚. 第三空间——去往洛杉矶和其他真实和想象地方的旅程 [M]. 陆扬，等译. 上海：上海教育出版社，2005：9.

② [美] 爱德华·索亚. 第三空间——去往洛杉矶和其他真实和想象地方的旅程 [M]. 陆扬，等译. 上海：上海教育出版社，2005：99.

③ [美] 爱德华·索亚. 第三空间——去往洛杉矶和其他真实和想象地方的旅程 [M]. 陆扬，等译. 上海：上海教育出版社，2005：85.

神空间投射于现实生活并达到监督控制的目的。因此，第二空间侧重于主体性、内在性和个性化的表现形式，是政治家、文学家和哲学家展现才华的绝佳阵地，如文学家可以将自己头脑中构想出的空间景象通过文字或图画展现出来。如果说第一空间是物质性的客观存在，那么第二空间则属于精神性的观念存在，但这两种空间认识有时并不是界限分明、彼此隔绝的。随着结构主义的兴起以及阐释学、现象学等学科的融合，第一空间有时会诉诸精神和观念，而第二空间也在物质空间形式中扩大其研究领域。

虽然索亚对第一空间和第二空间的解释已经相当透彻了，但两者很长一段时间以来还是处于二元化的阐释范畴。为了突破这种彼此割裂二元模式，索亚在承继列斐伏尔和福柯空间思想的基础上，别出心裁地提出了"第三空间理论"，这是"源于对第一空间——第二空间二元论的肯定性解构和启发性重构，是我所说的他者化——第三化的又一个例子"①。"第三空间理论"并不是对前两种空间认识论的简单否定，而是为传统空间认识论注入新的研究方法。为了进一步说明第三空间的包容性，索亚以博尔赫斯的短篇小说《阿莱夫》为例，指出第三空间就如同阿莱夫一样，全部的宇宙都凝缩在这个细小闪光的直径仅为一英寸多的小球内，突出了第三空间极大的开放性。"第三空间理论"打破了传统的二元认知模式，一切看似对立的事物都汇聚在一起，主观与客观、精神与物质、意识与存在、想象与真实、抽象与具象等，一切有关阶级、种族、性别和权力等内容都被包含其中。第三空间的神秘性使人们对空间充满好奇，这也成为社会底层反抗空间霸权的有力武器。总之，第三空间具有极强的开放性和包容性，永远面向新的未来，充满无限可能。

在物质性第一空间和精神性第二空间的二元认知理念下，空间常被认为是均质化统一性的存在，而这两种空间的复杂关联及两种空间之外的边缘空间常常被遮蔽。索亚的"第三空间理论"可以视作对前两种空间认识论的解构和再建构，既包括前两种空间形态，又不是对它们的简单叠加，强调空间的开放性、复杂性与多样性，目的在于呈现破碎化的真实空间，瓦解主流意识形态所建构的美好空间。也就是说，人们在理解城市空间构成时，不能仅

---

① [美] 爱德华·索亚. 第三空间——去往洛杉矶和其他真实和想象地方的旅程 [M]. 陆扬，等译. 上海：上海教育出版社，2005：102.

凭整体性的概念认知，而更应该通过具体的社会生活实践来感知。"第三空间理论"超越二元认知模式，加入"他者化"和"第三化"的元素，将城市空间的生产看作动态的发展过程。总之，第三空间成为一种极具开放性和未来性的新的空间认知理论，最终指引人们去往真实与想象的地方。

除了受到列斐伏尔和福柯空间思想的影响外，索亚的"第三空间理论"还受到其他后现代主义理论家的启发，诸如边缘文化、女性主义批评和后殖民批评等理论都进一步丰富完善了索亚的空间思想。以贝尔·福克斯和霍米·巴巴为例进行阐释，贝尔·福克斯（Bell Blair Hooks）在《渴望：种族、性别与文化政治》中试图突破种族、性别和阶级的分割态势，尝试建构一种充满未知与变动的"第三空间"。她为人所称道的"铁道那边"的故事就是在里面与外面的二元世界中建构一个隐秘的"他者"世界。"我们既从外面往里看，又从里面往外看。我们既关注边缘也关注中心。我们两者都了解。"①福克斯选择的边缘空间与索亚的"第三空间"具有某种相似之处，而她在《女权主义理论：从边缘到中心》一书的前言中更是明确表明了她的第三空间意识。索亚在福克斯选择的边缘空间意识到边缘既是被剥削和统治的空间，也具有一定的反抗性和能动性。与索亚的"第三空间"不同，霍米·巴巴（Homi K. Bhabha）的"第三空间"倾向于精神文化层面，他从文化差异角度看待空间的生产，并将文学翻译与后殖民理论相结合，引入"混杂性"这一概念，提出了自己对"第三空间"的理解。"第三空间生产性的能力具有一种殖民与后殖民的起源，这一点是意味深长的……其基础不是多元文化主义或杂多性的异国情调，而是文化混杂性的撰写和表达。"②霍米·巴巴对边缘身份、混杂文学的讨论使索亚深受启发，丰富扩充了他的"第三空间理论"。

总之，索亚的"第三空间理论"引入"他者化"的视角，既开拓了空间研究的范畴和思考路径，又为文学研究带来重要的启示意义。运用"第三空间理论"，可以很好地分析社会边缘人群的空间遭遇以及其对空间的主体性建构。虽然我国城市化进程出现的问题与20世纪六七十年代西方社会存在的弊

①［美］爱德华·索亚.第三空间——去往洛杉矶和其他真实和想象地方的旅程［M］.陆扬，等译.上海：上海教育出版社，2005：126.
②［美］爱德华·索亚.第三空间——去往洛杉矶和其他真实和想象地方的旅程［M］.陆扬，等译.上海：上海教育出版社，2005：182.

病不同，但仍可以运用"第三空间理论"对社会边缘人群的生存境遇进行分析。因为文学空间本身就是一个介于真实与想象之间的第三空间，既源于社会生活，又是对现实生活的提炼、想象与进一步浓缩，研究者可以通过文本与作家进行交流，进而获得丰富的空间认知。

本节关注与论著研究对象相关的西方空间理论，重点分析了列斐伏尔的"空间三元辩证法"、福柯的空间理论和异托邦思想以及索亚的"第三空间理论"，这为后文的文本阐释提供了思想基础和理论支撑。运用西方空间理论，可以从一个更为多元包容的角度对农民工的生存境遇进行分析，以体现不同空间形态与人的生存命运之间的复杂关联。

第二节 20 世纪农民进城小说的发展与演变

我国自古就是一个农耕文明较为发达的国度，以农业发展为根基，以农村人口为主要构成，在没有形成真正意义上的都市之前，城乡一体化是我国社会发展的主要模式。自近代洋务运动以来，中国开始了艰难曲折的现代化转型，但我国的现代化追求并不是自发形成的，而是伴随着西方外来文化的强势牵引。随之出现的现代都市和工厂企业打破了城乡一体的发展格局，造成了城乡分离和城乡差距的不断拉大；表现在文化形态上，就是形成了以乡村为代表的传统农耕文化和以城市为代表的现代商业文化。英国文化理论家雷蒙·威廉斯（Raymond Henry Williams）认为人们对自己的居住空间倾注了强烈的感情："对于乡村，人们形成了这样的观念，认为那是一种自然的生活方式：宁静、纯洁、纯真的美德。对于城市，人们认为那是代表成就的中心：智力、交流、知识"，同时，"说起城市，则认为那是吵闹、俗气而又充满野心家的地方；说起乡村，就认为那是落后、愚昧且处处受到限制的地方"。[①]城乡发展差距以及根深蒂固的"城乡意识形态"[②] 使城市和乡村不仅成为两

---

①［英］雷蒙·威廉斯. 乡村与城市［M］. 韩子满，刘戈，徐珊珊，译. 北京：商务印书馆，2013：1.

②徐德明. "乡下人进城"叙事与"城乡意识形态"［J］. 文艺争鸣，2007（6）：48.

种迥然相异的空间形态，更意味着生活方式、价值理念和心理文化的差异。城市成为人们心中的理想家园和梦想之地，而乡村大多沦为愚昧、闭塞和落后的代名词。

在城乡二元发展格局下，城市以发达的经济、多元的文化和先进的理念吸引着广大的农民工，表现在文学创作领域，就是农民进城小说成为 20 世纪中国现当代文学重要的书写主题。在不同历史时期，由于时代背景和关注问题的不同，农民进城小说在主题阐释、叙事形式和审美特征方面存在巨大差异，需要在具体的历史文化语境中予以辨别分析。

一、20 世纪 20 年代至 30 年代：农民进城小说的出现

20 世纪 20 年代，随着西方列强的强势入侵，中国乡村自给自足的传统生产结构开始瓦解，乡村自然经济发展受阻，造成大量农民破产失业、土地荒芜、民不聊生。加之自然灾害频发、兵匪祸乱不断和苛捐杂税的沉重，迫使农民不得不离开故土，前往城市求得生路，由此造成农民进城的社会现象和农民进城小说的出现。赵园认为："影响于三四十年代乡村题材创作极大的，是关于'乡村破产'与'乡村革命化'的理论思想。"① 城市一方面成为农民暂时求生避难的所在地，另一方面又成为压迫剥削他们的罪恶渊薮。

这一时期的农民进城小说大致可以分为两类：一类是"左翼"作家或深受左翼思想影响的作家从阶级的立场出发，对西方殖民文化入侵下的现代性进行批判。其中以王统照的《山雨》、丁玲的《奔》、茅盾的《子夜》《微波》、萧红的《生死场》、吴组缃的《栀子花》等小说为代表。《山雨》描写西方资本入侵陈家庄后导致传统手工业的破产和物价的飞升，迫使奚大有这样老实本分的农民不得不游荡于城乡之间。奚大有虽然有气力、肯吃苦，与农村土地有天然的亲切感，但沉重的赋税和连年的战乱还是逼得他典卖土地，拖家带口来城里谋生，但城市并不是理想的家园，伴随奚大有的依然是饥饿、疾病和失业，他最终无法在城市立足。《奔》中的张大憨、乔老三等人难以在农村活命，去上海找打工的姐姐和姐夫，到后才发现他二人躺在肮脏破落的房屋内快要饿死，张大憨他们只能继续向茫茫人海中"奔"去，面对一个

---

① 赵园. 地之子 [M]. 北京：北京大学出版社，2007：54.

无法预知的明天。小说不仅描写进城农民困窘的物质生存状况，更隐含着朴素的阶级意识。与很多左翼作家集中揭露城市对进城农民的戕害不同，萧红并没有刻意凸显城乡之间的二元分化，而是将城乡看作压迫底层农民的"生死场"。《生死场》中的金枝离开日本人铁蹄践踏下的村子后来到哈尔滨，却因生活习惯差异而遭到城里人的嘲笑，也遭到缝裤子男人的蹂躏，羞愧难当的金枝回到乡村，母亲并没有觉察到她的异样，更没有关心安慰她，因为在伦理道德不断瓦解的落后乡村，金枝只是母亲眼中的赚钱工具。从以上文本可以看出，西方殖民主义影响下的现代城市往往成为人性腐蚀、道德败坏的罪恶之地。左翼作家在对城市及城市文化进行批判的同时，也表达了他们对进城农民的深切同情。

除了上述政治经济视域下的现代性批判之外，这一时期另一类农民进城小说是启蒙视野下的文化批判。其中比较典型的文本有老舍的《骆驼祥子》、沈从文的《丈夫》、鲁迅的《祝福》《阿Q正传》、王鲁彦的《李妈》等。与左翼作家鲜明的阶级立场和对城市罪恶的批判不同，以鲁迅为代表的乡土文学作家们并不关注进城农民的社会身份，也不对城乡关系做过多阐释，而重在揭露封建社会底层人民身上所蕴含的民族劣根性和病态人格，借此以引起"疗救的注意"。《阿Q正传》中的阿Q可以被看作中国现代文学中比较典型的进城打工者，他因求爱风波进城，却被人污蔑陷害成抢劫犯，最后还要因没有画好的圆而自责懊恼。《祝福》中的祥林嫂是现代文学史上较早的女佣形象，以鲁四老爷为代表的雇主人家的厌恶和解雇直接导致了她的悲剧命运。《丈夫》中的老七因为乡村的贫穷而来到县城做"生意"（妓女），"做了生意，慢慢地变成城市里人，慢慢地与乡村离远，慢慢地学会了一些只有城市才需要的恶德"[1]。进城看望妻子的乡下丈夫目睹了妻子的"接客"后，人的自我意识逐渐复苏，老七和丈夫最后一同返乡。这一结局表明作家想要用淳朴自然的乡村道德来抵抗恶浊腐朽的城市文化。《李妈》中的李妈在丈夫被抓、山洪卷走房屋的悲惨处境下，将年幼的儿子托付给姑母，自己到上海做女佣，刚进城的李妈拥有农村人善良的品性，她吃苦耐劳，干活卖力踏实，却没有得到雇主和之前进城的"老上海"姨娘们的认可，他们的歧视和侮辱

①沈从文.沈从文小说选集［M］.北京：人民文学出版社，1957：79.

促使了李妈个人意识的觉醒。和《骆驼祥子》中人力车夫祥子在城市的堕落如出一辙，城市之"恶"教会了李妈"以恶制恶"，最终将她改造成一个刁钻古怪、揩油偷懒的"老上海"。王鲁彦和老舍都将城市看作乡村的对立面并进行集中批判，对人性的痼疾进行了深刻剖析。

总之，20世纪二三十年代是农民进城小说的萌芽期，在西方资本主义入侵和国内战争频发的现实环境中，广大农民被迫离乡进城，谋求生存。这一时期的农民进城小说主要包括政治立场下的现代性批判和启蒙视野下的文化批判两种叙事类型，表现了作家对社会底层人民的现实关怀。

二、20世纪50年代至70年代：农民进城小说的中断

1942年，毛泽东在《在延安文艺座谈会上的讲话》中明确指出："中国的革命的文学艺术家，有出息的文学艺术家，必须到群众中去，必须长期地无条件地全心全意地到工农兵群众中去，到火热的斗争中去，到唯一的最广大最丰富的源泉中去，观察、体验、研究、分析一切人，一切阶级，一切群众，一切生动的生活形式和斗争形式，一切文学和艺术的原始材料，然后才有可能进入创作过程。"[1] 1949年召开的第一次"文代会"进一步确立了"文学为政治服务""文学为工农兵服务"的文艺标准。新中国成立后，执政党面临着如何"进城"和如何接管并改造城市的现实问题，目的在于实现国家的工业化建设目标。受当时文艺方针和国家主流意识形态的束缚，自新中国成立至"文革"这段时间，并未产生真正意义上的农民进城小说。不仅如此，党和国家还号召城市的初高中毕业生上山下乡，到广阔的农村接受贫下中农再教育。

这一时期中国共产党对城市的态度是复杂的，"一方面，个体的乡土记忆与社会主义时代的意识形态规训，使得城市在'乡下人'眼中被叙述为'罪恶的所在'；另一方面，城市的物质主义诱惑及其整个国家工业化的现代性追求，又在不断消解这种'罪恶'的痕迹"[2]，这种对城市的暧昧态度在小说文本中有较为明显的体现。柳青的《创业史》中关于乡村女性徐改霞的"招工

---

①毛泽东. 毛泽东选集（第三卷）［M］. 北京：人民出版社，2003：860-861.
②徐刚."十七年文学"中的"乡下人进城"［J］. 文艺争鸣，2012（8）：36.

进城"就纠葛着进步与落后、城市发展与乡村合作化、工业建设与个人欲望等多重矛盾。小说在确立"生产性城市"的政治合法性地位后，徐改霞才得以进城做工，以此消弭"消费性城市"为其进城带来的负面影响。其他小说像艾芜《百炼成钢》中的秦德贵、草明《乘风破浪》中的李少祥等人进城是为了支持工业建设，具有政治的合法性意味。除此而外，这些招工进城人物的情感抉择也受到"生产性城市"和主流话语的规约限制，如秦德贵在邻村姑娘和电修厂工人孙玉芬之间选择了孙玉芬，而李少祥在城市广播员小刘和招工进城的同村伙伴小兰之间选择了小兰，可以说这种"生产+恋爱"的叙事模式是 20 世纪二三十年代"革命+恋爱"叙事模式在新历史时期的延伸与变异。

1950 年末，农业合作化道路的影响，加之连年的自然灾害，导致很多农民无法解决温饱，于是他们纷纷逃离乡村到城市谋生。国家为了维护社会秩序，出台了一系列政策法规，限制甚至禁止农民涌入城市。如 1951 年国家公安部公布的《城市户口管理暂行条例》将流动人口纳入法律管理范围，1953年国家政务院出台的《关于劝阻农民盲目流入城市的指示》使得人们把流入城市的农民称为"盲流"，1958 年全国人大常委会审议通过的《中华人民共和国户口登记条例》标志着限制人口自由流动的户籍制度的形成。这样就将中国人口划分为城市人口和农村人口，也意味着城乡二元体制的正式形成。由此，农民只能被固定在农村土地上辛勤劳作，并以其劳动成果为国家的工业化、现代化建设贡献力量。新中国成立初期确立的人口户籍制度虽然在一定程度上保障了国家的发展和社会秩序的稳定，但城乡二元体制使农民在福利待遇、医疗教育和社会保障等方面都无法和市民享有同样的权利，城市和农村被划分为两个判然有别的世界。除了招工、升学、当兵等有限的进城路径外，农民进城的途径几乎被阻塞。城乡二元体制作为一种国家层面的制度设计，对我国社会格局的形成与进一步发展产生了重要影响，也直接影响到农民进城小说的叙事样貌。

三、20 世纪 80 年代至 90 年代：农民进城小说的复兴

新时期以来，随着改革开放政策的实行和经济建设步伐的不断加快，市

场经济取代一体化的政治格局成为社会发展的主流。家庭联产承包责任制的落实不仅满足了广大农民对土地的需求，也在一定程度上动摇了他们对土地的传统认知，而农副产品"统购"制度的取消则进一步活跃了城乡之间的产品贸易。这极大地激发了市场经济活力，城乡关系也由以往的对峙隔离变为互通融合，沉寂的乡村大地出现喧哗与骚动。一部分农民"离土不离乡"，大力兴办乡镇企业，搞活经济，也有一大批农民"离土又离乡"，在城市现代性的感召下进城打工。

作家们有感于社会转型和城乡关系变迁的现实，创作了大量反映农民进城的文学作品。这一时期，"文学强调的不再是农民被赶出土地的被动性，非自主性，而是他们向往土地以外寻求发展，开拓新的生存空间的主动姿态；离土农民不再祥子似的向城市寻找类似土地的稳定可靠的生产资料，以维持其乡民似的生存原则和价值观念，而尝试着与最传统农民人格抵牾的商业活动方式"①。随着社会主义市场经济的进一步发展，城乡之间的互动往来日益频繁，农民利用农闲时间进城售卖农副产品成为可能。这一时期农民进城小说中的主人公大多不是进城务工，也不在城市长久停留，作家通过他们短暂的进城经历体现城乡发展的巨大差距，突出城市现代化给农民带来的心理冲击。如高晓声《陈奂生上城》中昔日的"漏斗户主"陈奂生"悠悠"上城卖油绳，他的物质欲求仅仅是买一顶御寒挡风的"两元五"帽子，却意外地入住了五元一晚的招待所。这样的城市高消费让刚解决温饱的陈奂生心疼不已，才有了后面的报复性心理和阿Q式的精神胜利满足法。

这一时期的农民进城小说还聚焦乡村知识青年，他们对城市的渴慕更多源于精神性满足和自我价值的实现。如路遥《人生》中的高加林，《平凡的世界》中的孙少平、孙兰香，铁凝《哦，香雪》中的香雪都是其中的典型代表。这些乡村知识青年大多在县城或乡镇读过初高中，他们的进城愿望里蕴含着对自我主体性的追求。如果说传统落后的乡村生活是他们正在经历的"当下"，那么冲破体制拘囿的进城则意味着他们改变命运的"未来"。《哦，香雪》中的香雪虽然并没有真正意义上的"进城"，但作家通过描写"火车""自动铅笔盒""普通话"等表征城市现代化的具体意象，体现了乡村少女对

---

① 赵园. 地之子 [M]. 北京：北京大学出版社，2007：77.

于改变自我命运的现代性诉求。《平凡的世界》中孙少平具有较高的文化素养，志向远大，他想要摆脱农村户口的牵绊，最终以"招工"的方式去外面的世界闯荡，与煤矿劳动相伴的是孙少平人格意识的成长和主体价值的不断强化，这和新世纪农民进城小说的"苦难叙事"有着本质区别。

　　总体来说，这一时期的农民进城体现出个人现代性追求与自我身份之间的错位与矛盾。以陈奂生为代表的进城农民关注城乡发展差异和物质经济的不对等性，而以高加林为代表的乡村青年更多关注城乡文化的壁垒以及人物心灵的成长。与之前文本中的城市形象不同，这一时期的城市展示出积极的一面。而且这种城市书写符合社会主义现代化前进的方向，既与改革开放以来朝气蓬勃的社会环境有关，又是作家对社会发展的浪漫性想象。

四、新世纪：农民进城小说潮流的形成

　　1992年，邓小平的南方谈话和党的十四大胜利召开，再次确立了社会主义市场经济的发展道路。我国的城市化进程进一步加快，市场经济飞速发展，工业化浪潮汹涌向前。特别是在全球一体化的发展格局中，劳动密集型产业迅速由发达国家向发展中国家转移，大量的外资合资企业在我国东南沿海地区相继落户，而农民工作为廉价劳动力为工业化建设做出了巨大贡献。随着人口户籍制度的逐渐松动和农村土地流转政策的实行，广大农民为了追求更好的生活，纷纷逃离乡村来到城市，形成了20世纪我国人口规模最大的迁移潮流，也使得"农民工"这一社会转型期特有的群体被正式命名。据相关统计表明，"1989年民工潮起，百万民工下广州，到1996年，全国农村劳动力外出打工的人数有7000万人，其中到城镇打工的人数约有5000万人。农村乡村企业职工人数达到1.35亿人，占到农村劳动力总数的30%"①。可以说，农民工已成为我国现代化建设的重要组成部分，他们为城镇化工业化目标的实现奉献了自己的青春和血汗。

　　农民工书写"首先是作为一种社会现象存在着，然后才是文学现象"②，世纪之交涌动的"民工潮"反映在文学创作中就是农民进城小说潮流的形成。

---

①刘应杰. 中国城乡关系与中国农民工人 [M]. 北京：中国社会科学出版社，2000：130.
②王祥夫. 我看打工文学 [N]. 山西日报，2009-12-21.

这一时期的农民进城小说不论是在作家构成、作品价值还是表现形态等方面，都呈现出与之前不同的审美特征。首先从作家构成上来看，这一时期的小说群体主要由打工作家和专业作家两类人群构成。打工作家大多有一线务工的亲身体验，悲苦的打工生活促使他们不愿做沉默的旁观者，于是用手中的笔揭露不公正的用人制度和不均衡的城乡发展。这类小说大多采用第一人称叙事手法，书写打工者卑微的生活处境和茫然的心理状态，具有毛茸茸的生活质感，也涌现出像王十月、郑小琼、林坚、张伟明、安子等一大批作家，他们创作的《出租屋里的磨刀声》《黄麻岭》《别人的城市》《下一站》《青春驿站—深圳打工妹写真》等都成为"打工文学"的代表性作品。值得注意的是，珠三角地区的文学期刊成为刊发这类作品的主要阵地，比如，《佛山文艺》《广州文艺》《特区文学》等杂志都刊发了大量的此类作品。这些刊物对于"打工文学"的形成和发展起到了积极推动作用，也使这一文学创作现象引起了研究者的关注。

随着我国改革开放的发展和市场经济的进一步繁荣，农民进城已成为不可阻挡的社会发展潮流。这一时期农民进城小说的最大特点是专业作家的加入，他们以农民进城为写作素材，创作了大量的小说，尤凤伟的《泥鳅》、孙惠芬的《民工》《歇马山庄的两个女人》、刘庆邦的《到城里去》、贾平凹的《高兴》、陈应松的《太平狗》、罗伟章《我们的路》《大嫂谣》等都是这一时期的重要收获。徐德明对《人民文学》《北京文学》《当代》《山花》等11种文学期刊进行统计，仅2000年到2005年期间，以"乡下人进城"为主题的小说就高达224篇①。相对于专业素养有限的打工作家，专业作家能以开阔的视野看待农民进城现象，既关注他们在城市边缘的悲苦处境和困窘的物质生活，也洞悉城乡文化的碰撞融合，描摹他们复杂的心理冲突。专业作家的创作不仅扩充了农民进城小说的数量，也从整体上提升了这类作品的艺术品质和审美表现，实现了美学叙事的新突破。

如果说20世纪80年代的农民进城小说侧重于表现城乡文化的差异，塑造在城乡两种文化中饱受煎熬的典型农民工形象，那么21世纪以来，这类小

---

①徐德明. 乡下人的记忆与城市的冲突——论新世纪"乡下人进城"小说［J］. 文艺争鸣，2007（4）：20.

说则重在展现农民工艰难的生存图景和边缘境遇，并对造成这种社会不公的城乡二元体制进行集中批判。当深受前现代乡村文化影响的农民来到陌生的现代城市，不可避免地要遭受两种文化带来的情感冲撞，苦难成为这类小说重点表现的主题。农民进城面临的苦难主要包括衣食住行、伤残疾病、犯罪作恶、拖薪欠款等物质困顿和身份认同、价值迷茫、人性压抑等精神眩惑。《泥鳅》中国瑞、蔡毅江、王玉城、寇兰、陶凤等乡村青年来到城市，想要依靠自己的努力改变命运，但他们在城市的悲惨经历可以说几乎囊括了这类小说所有的苦难：国瑞遭遇招工骗局，换了好几份工作后最终陷入圈套而丧命；蔡毅江被逼无奈走上黑道、"以恶制恶"；王玉城当卧底被人们发现后致残归乡；寇兰沦为妓女，陶凤精神失常。城市像恶魔一样吞噬着这些农民工的生命，让他们找不到自己的出路。作家站在泛道德化的伦理制高点上，批判造成农民工悲苦命运的社会制度，而疏于对人物的性格变化和心理情感做更多的细致考察。农民工进城所遭受的精神苦难在文本中更是不胜枚举，如贾平凹《高兴》中的刘高兴、荆永鸣《大声呼吸》中的刘民和邵丽《明惠的圣诞》中的肖明惠等人都在城市经受着内心的煎熬与情感的冲突。他们或许已经在城市立足，不再为物质生存而奔波劳累，却始终不被城市接受，成为徘徊于城市的"异乡者"。这样直面现实的作品揭示出我国城市化进程中存在的诸多问题，也在一定程度上彰显了作家的人道主义关怀和责任担当意识，但当作家们一哄而上，纷纷在文本中讲述大同小异的悲惨故事和农民工在城市的苦难经历时，就难免落入"苦难叙事"的窠臼，造成叙事文本同质化、模式化的写作倾向，不利于发掘城乡道德文化的同构性和城市文化的更多丰富面向。

新世纪农民进城小说的另一种叙事模式是城乡融合。随着农民工问题的日益突出，国家也积极调整发展战略，从制度层面保障他们的合法权益。"城乡统筹发展"和"新型城镇化道路"等治国理念，一方面表现出政府对城乡发展和农民工问题的重视，另一方面也潜在地影响着作家的创作。这一时期涌现出很多表现城乡融合的文本，如赵本夫的《无土时代》、杨静龙的《遍地青菜》、王华的《在天上种玉米》，这些小说表现了作家对城乡一体化的浪漫性想象。《无土时代》中进城农民天柱担任木城绿化队的负责人，在他的带领指挥下，木城种满了各种农作物，稻谷飘香。《遍地青菜》中来城里打工的保姆许小晴在雇主夫妻二人的支持下，将青菜种遍了 C 城的每个角落。《在天上种玉米》中村主任王红旗和儿子王飘飘动员村民，把整个村庄搬到北京城外的善各庄，最终村民们又把玉米种到了城市人家的房屋顶上。这些小说既表现出作家对城市现代化的批判，也寄寓着他们城乡融合的价值判断。除此而外，作家们跳出城乡对峙的二元叙事模式，张扬农民工的主体价值，重新考量农民工与城里人的相处模式，如王安忆的《骄傲的皮匠》《民工刘建华》《富萍》、范小青的《城乡简史》《像鸟一样飞来飞去》、陈旭红的《白莲浦》、池莉《托尔斯泰围巾》等都是探索城乡融合的重要文本。这些作品"没有陷在传统与现代、乡村与城市的死结里难以自拔，而是抓住人物的生活和性格，轻灵地以文学的方式实现对思想命题的超越，把人物拉回到凡俗的日常生活，拉回到时间与空间存在里"①。作家们摆脱了先验的城乡对立叙事模式，不刻意表现农民工的生存困境，而重点关注他们的主体精神世界，有些作品还通过农民工的人格力量反衬底层市民的道德缺陷，从而塑造出多元丰富的农民工新形象，预示着城乡关系的新趋向。

总体来看，世纪之交的农民进城小说写作潮流日渐兴起。打工作家创作的"打工文学"引起了人们对农民工群体的广泛关注，同时，专业作家也将创作视点移向农民工，不仅丰富了这类小说的数量，也提高了作品的艺术水准。内容上则形成了"苦难叙事"和"城乡融合"这两种较为明显的叙事主题，前者集中书写农民工在城市遭受的不公正待遇和他们冲突的内心情感，而后者则以新的艺术视角刻画多样的农民工新形象，书写城乡融合的发展趋势。

回顾 20 世纪农民进城小说的发展与演变，不论是 20 世纪二三十年代农民进城小说的出现，20 世纪 50 至 70 年代农民进城小说的中断，还是新时期农民进城小说的复兴，新世纪农民进城小说写作潮流的真正形成，农民进城叙事都始终与国家的现代化进程相关联，与民族发展的命运同频共振。考察 20 世纪农民进城小说的发展与演变，不可脱离中国社会的发展现实和现代化的历史进程，据此可以在历史的长时段内对不同时期的小说作品进行比较性

---

①周保欣. 伦理视野中的中国当代文学［M］. 北京：人民出版社，2012：24.

研究，以洞悉其所体现出的不同审美价值。

第三节　中国城乡二元体制的形成

言及农民工题材小说的空间书写，不可回避的两个生存空间是城市空间和乡村空间，农民工在这两种空间往返迁徙，体现出他们在追求现代性过程中的兴奋憧憬与失落迷茫，但城乡空间又不仅是两个简单的地理区域，更表征着两种不同的生活方式、思维理念和价值取向。城乡二元体制既是贯穿农民工题材小说的潜在背景，也是导致农民工生存命运的制度性因素。本节回顾我国城乡二元体制的形成与演变过程，思考其对我国现代化进程的深远影响。

城市与农村是在漫长的历史进程和社会变迁中形成的两种生存空间，农村手工业和城市工业化的分工加快了城乡社会的形成与发展。城市与农村本来并无明确的界限，生活在两个区域的人们可以自由往来，不受太大约束，但农村与城市毕竟分属两种不同的社会形态，相较于农村简单原始的社会组织，城市一般以工商制造业为支撑，聚集了大量人口，交通便捷，物质资源丰裕，社会配套设施齐全，而且城市集中着国家的政治权力，引导着社会的发展走向。在城乡社会发展悬殊的历史背景下，人们逐渐形成了崇城抑乡的认知结构和定势思维，即从思想深处推崇城市而贬抑乡村，认为城市优于乡村，城市支配乡村。"城市与乡村在当代文明中代表着相互对立的两极。城与乡各有其特有的利益、兴趣，特有的社会组织和特有的人性。它们形成一个既互相对立，又互为补充的世界。二者的生活方式互为影响，但又绝不是平等相配的。"[①] 在人类社会的发展过程中，农村与城市的地位并不平等，农村以城市为发展目标，而城市也以绝对的优势支配着农村的发展。

具体到我国的现代化发展和城乡关系变迁的现实，则表现为城乡二元体制的形成。我国的现代化是在西方资本主义经济和文化的强势入侵下逐步进

---

① [美] R.E. 帕克等. 城市社会学——芝加哥学派城市研究 [M]. 宋俊岭，等译. 北京：华夏出版社，1987：275.

行的，在内忧外患的动荡年月，农村和城市并没有明显差别，城市贫民和乡村农民都过着水深火热的生活。人们在城乡间的往来不会受到太大的干预，农民从乡村来到城市也不是特别困难的事情。正如作家尤凤伟所说："我的父亲在解放前离开村子到大连当了店员（也是外出打工）。但那时候的情况与现在迥然不同，我父亲从放下铺盖卷的那一刻起就成为一个城里人，无论实际上还是感觉上都和城里人没区别。"① 然而，这种城乡互通的社会关系到20世纪50年代则面临着极大挑战，根本原因就是国家实行的城乡二元体制，城市和农村成为两个具有明显优劣等级的生存空间，农民身份和市民身份也以户籍制度为依据被严格限定，他们在承受义务和享受权利方面有着显著差别。

新中国成立后，面对国家一穷二白的社会现实，我国以西方现代性为参照，实行重点发展城市工业、以农业支持工业的发展战略。新政府希望带领全国人民迅速摆脱贫困，实现国家富强的现代化目标。在物质资源有限的现实情况下，国家发挥计划经济的制度性优势，依靠行政力量拢合城乡资源，目的在于推动国家经济的迅速发展。"为了在一穷二白的基础上迅速建立工业体系，为了给工业化积累资金，我国实行了户籍管理制度，并在此基础上形成了粮食供应制度、教育制度、医疗和养老保险制度等措施来限制农村人口向城市流动。"② 当城市以丰富的物质资源和优越的生存环境吸引越来越多的农民时，农业生产则受到不同程度的冲击，加之流动人口影响社会的稳定和国家的工业化建设，以户籍制度为依据的城乡二元体制便应运而生。国家相继出台了一系列政策法规，以制度的形式限制人们城乡之间的自由往来。"1951年，公安部公布了《城市人口管理暂行条例》，这是新中国第一部有关户籍管理的法律法规。1957年政府实行了控制户口迁移的政策。1958年1月，全国人大常委会第91次会议讨论通过了《中华人民共和国户口登记条例》。该条例第10条第2款对农村人口进入城市做出了带约束性的规定：'公民由农村迁往城市，必须持有城市劳动部门的录用证明，学校的录取证明，或者城市户口登记机关的准予迁入证明，向常住地户口登记机关申请办理迁

①尤凤伟.我心目中的小说——在苏州大学"小说家讲坛"上的讲演［J］.当代作家评论，2002（5）：11.

②韩长赋.中国农民工的发展与终结［M］.北京：中国人民大学出版社，2007：16.

出手续。'这一规定标志着中国以严格限制农村人口向城市流动为核心的户口迁移制度的形成。"① 由此造成了我国以人口户籍为依据的城乡二元体制的确立，造成的直接后果就是把农民限制甚至禁锢在农村的土地上，不允许他们自由进城。因此，"以户籍管理为核心的城乡分治制度人为地将城乡人口划分为彼此分割且难以逾越的两大社会群体，在整个社会空间格局上造就了两种不可逾越的空间形态：农村和城市"②。以户籍制度为标准划分的农村人口和城市人口所形成的城乡壁垒，事实上把农民与市民分成了两种不同的社会身份，相应地，他们所承担的义务和享有的权利也大不相同。一般说来，城市居民可以享受国家的政策性保障和单位的福利待遇，他们在住房补贴、医疗卫生、子女教育、就业创业、退休养老等方面都有一定优待，而农民在农村不仅没有单位的工资，而且还要以自己的农业劳动成果支持国家的工业化现代化建设，由此造成了城乡发展的巨大差异。

事实上，"空间已经成为国家最重要的政治工具。国家利用空间以确保对地方的控制、严格的层级、总体的一致性，以及各部分的区隔。因此，它是一个行政控制下的，甚至是由警察管制的空间。空间的层级和社会阶级相互对应，如果每个阶级都有其聚居区域，属于劳动阶层的人无疑比其他人更为独立"③。我国城乡二元体制是国家政治权力根据现实国情和发展策略建构出的结果，这就造成了城市与农村、市民与农民之间不平等的社会关系，城市与市民在农村与农民面前拥有绝对的优势地位和支配力量。城乡二元体制对我国的现代化发展和城乡关系演变起到重要作用，也在一定程度上决定了农民工的命运处境。

改革开放以来，我国的现代化发展以时间为指向，城市与乡村不仅意味着两个具有明显优劣等级的空间，还被置换为象征着未来和过去的时间概念。即城市意味着现代化的发展趋向，给人以希望和前进的动力，而农村则意味

---

① 孙立平. 转型与断裂——改革以来中国社会结构的变迁 [M]. 北京：清华大学出版社，2004：319.

② 杨子. 城市新兴工人的空间及生产——以上海外来农民工为例 [M] //胡惠林，陈昕，王方华主编. 中国都市文化研究（第2卷），上海：上海人民出版社，2010：174.

③ [法] 亨利·列斐伏尔. 空间：社会产物与使用价值 [M] //包亚明主编. 现代性与空间的生产，上海：上海教育出版社，2002：50.

着落后保守，是过去性的时间代称。由过去走向未来，由农村走向城市成为现代化发展的必然趋势。在我国的城市化进程中，国家集中力量强化城市建设，大力提升城市发展水平，却在一定程度上忽视了农村的现代化发展。城市在现代化发展中处于主体地位，而农村则沦为被动的"他者"形象。这不仅意味着两者在物质水平上的悬殊，更意味着精神指向上的优劣。在城市现代性的感召下，农民们把城市看作寄托梦想与未来的理想场所，而他们出生成长的农村则多少显得有些破旧颓败。这种城乡断裂式的发展结构因为市场经济的加入而进一步强化，农村因无力继续支持城市工业化发展而愈显没落，而城市因聚集了大量的现代化发展成果显得魅力十足。于是，逃离农村去往城市就成为农民们改变命运的共同选择，也成为作家们持续关注的写作题材。

小　结

本节为空间理论转向与农民进城小说，首先选取有代表性的西方空间理论思想家，并对他们空间思想进行具体辨析，包括列斐伏尔的"空间三元辩证法"、福柯的空间理论和异托邦思想以及索亚的"第三空间理论"，这为下文的文本阐释提供了理论基础。继而考察 20 世纪中国农民进城小说的发展与演变，从四个历史时期分析这类小说的出现、中断、复兴及高潮。同时，将新世纪农民工题材小说置于 20 世纪农民进城小说的发展脉络中，可以从历史的长时段考察这一时期此类小说的发展新面向。最后简单分析了我国城乡二元体制的形成过程及其对农民工生存命运的重要影响。总之，第一章的空间理论概述和农民进城小说潮流的发展演变属于宏观层面的整体论述，为后文的具体分析和文本阐释提供了理论支撑与方法论基础。

第二章

城乡空间与身份追寻

爱德华·W. 苏贾认为："空间在其本身也许是原始赐予的，但空间的组织和意义却是社会变化、社会转型和社会经验的产物。"① 在我国的城市化进程中，城市与乡村不只是两个具有明显差异的地理区域，更指的是生活方式、观念认知乃至心理结构的冲突与融合。随着我国经济的持续增长，一味地追求经济发展速度造成的阶层分化和贫富不均等问题日益凸显。与城乡空间紧密关联的是农民工对自我身份的追寻与建构，而城乡发展差异和城乡二元体制又影响他们身份目标的实现，这就造成了他们无法摆脱的身份焦虑。

农村是农民工漂泊生活的起点，也是他们进城的"前史"，农村在现代化发展链条上基本处于被动的弱势地位。在城市资本强势入侵的情况下，农民的生存空间被挤压，失地现象较为严重，同时，乡村传统文化也遭遇被颠覆与解构的危机。当生于斯长于斯的农村不能满足农民们的现实需求时，他们纷纷逃离故土，"向城求生"。离乡进城意味着农民对自我身份的突围，向往"城里人"身份成为他们的精神诉求，但根深蒂固的"城乡意识形态"不仅使农民工无法融入城市，反而更加深了他们"城市异乡者"的边缘身份。在城市遭受屈辱的农民工把故乡看作疗愈身心的精神家园，而理想与现实的错位又使他们的返乡之路困难重重，这就导致了他们漂泊无依的处境和身份认同的再次失落。由此观之，与农民工"在乡—进城—返乡"的地理空间转移相伴的是他们对自我身份的不断建构，但现实情况是，他们既无法成为真正的城里人，也无法真正返回故乡，最终成为城乡夹缝中的双重边缘人。

---

① [美] 爱德华·W. 苏贾. 后现代地理学：重申批判社会理论中的空间 [M]. 王文斌，译. 北京：商务印书馆，2004：121.

第一节　城市化视域下的乡村生存图景

美国政治学家塞缪尔·P.亨廷顿（Samuel Phillips Huntington）指出："现代化带来的一个至关重要的政治后果便是城乡差距。"① 自20世纪90年代以降，伴随着我国城市化进程的加快，城市与乡村的关系较之以往更为复杂多样，两者不再是相互独立的地理区域，而发生着较为明显的重组与分化。城市工业化建设的急剧推进和城市规模的不断扩大，使乡村的生存空间受到挤压，乡村人口不断向城市聚集，呈现出越来越明显的流动趋势。"城市化的最主要特征表现在由工业化引起的生产的积聚和集中，以及由此而引起的农业人口向城市人口转移与城市生产方式和生活方式的普及。"② 城市化不仅对农民的生活方式带来明显改变，城市商业文明也不断冲击着乡村原有的伦理道德。

面对传统的农村文化和魅惑的城市现代文明，广大农民把改变命运的希望寄托在城市，离乡进城成为我国城镇化建设中重要的社会现象。"人口城市化"导致农村"空心化"、"土地城市化"导致城市发展"一律化"等都标志着中国社会正由"城乡中国"向"城镇中国"转型③。农民工作为社会转型的参与者和见证人，他们承受着社会变迁带来的悸动与惶惑、阵痛与隐忧。

一、生存空间的剥夺与挤压

费孝通在《乡土中国》中指出，从基层上看去，中国社会是乡土性的，"以农为生的人，世代定居是常态，迁移是变态"④。我国自古就是一个农业大国，人们安土重迁，世代生活在以血缘和地缘为基础的农村。面对汹涌向

---

① [美] 塞缪尔·P.亨廷顿.变化社会中的政治秩序 [M].王冠华，等译.北京：生活·读书·新知三联书店，1989：66.
② 王圣学.城市化与中国城市化分析 [M].西安：陕西人民出版社，1992：43.
③ 王鹏程.从"城乡中国"到"城镇中国"——新世纪城乡书写的叙事伦理与美学经验 [J].文学评论，2018（5）：212.
④ 费孝通.乡土中国 [M].青岛：青岛出版社，2019：10.

前的城市化浪潮，传统的小农经济和自给自足的农耕生活方式显得有些不合时宜，乡村在城市化发展中处于不断萎缩的态势。我国的现代化建设以城市为中心，而农村则处于被动附属的边缘地位，且因城市资本的加入而强化了城乡发展的等级性与差异性。在资本力量的强势作用下，城市越来越趋向于规模化发展，而乡村则在都市扩张中遭遇着土地面积锐减、人口向城市迁移、生态环境恶化等一系列现实问题。

农村既是农民成长生活的地方，承载着他们原初生命阶段的印记，也是他们漂泊生活的起点和爱恨交加的所在。农民工生活的空间主要在城市，但农村刻录着他们"向城求生"的历史动因。在城市化浪潮的发展背景下，农民工题材小说中的乡村一般成为被否定和弃置的对象，处于被挤压的边缘位置。当城市规模不断膨胀而城市用地又无法满足工业建设的需求时，乡村便成为被蚕食的对象。城乡空间重组造成了大量农田被侵占，进而引发农民们内心的焦虑无助。贾平凹《秦腔》（作家出版社，2018 年版）中清风街的年轻人纷纷外出打工挣钱，无人耕种庄稼，土地大面积荒芜，甚至老人去世后连抬棺材的人都没有了。村主任夏君亭为了追逐经济利益，把村里的土地开发成商业用地，村民也开始效仿城里人做起了生意。贾平凹感叹道："农村出现了特别萧条的景况，劳力走光了，剩下的全部是老弱病残。原来我们那个村子，民风民俗特别醇厚，现在'气'散了。"① 作家着眼于城乡关系变迁的现实，正视城市化运动给农民和农村带来的深刻影响，并着力表现农民生存空间受到挤压时的茫然无措。《土门》中代表传统文明的仁厚村在城市化进程中显得岌岌可危，虽然村主任成义也带领村民们展开争夺土地的活动并为此丢了性命，但仁厚村轰然倒塌的悲剧结局依旧无法挽回。"推倒的旧屋木檩和椽，大多败坏，横七竖八如小山一样扔在那里，伐倒的树木，撕烂的芦苇顶棚，破了的花盆、鱼缸，干硬翘足的破皮鞋和草编椅垫到处狼藉不堪。这些丧失了家园的人，总要拦住问去哪里寻暂住地。"② "我"走在繁华的西京大街，内心却充满惶惑。城市化建设征用了农村的土地，摧毁了农民赖以生存的家园，使他们像丧家之犬一样无家可归。随着城市规模的不断扩大和城市

---

① 贾平凹，郜元宝.《秦腔》和"乡土文学"的未来［N］. 文汇报，2005-04-10.
② 贾平凹. 土门［M］. 合肥：安徽文艺出版社，2010：24.

用地需求的日益增长，传统乡村的颓败似乎不可避免，城乡差异在城市化进程中被不断放大。

20世纪90年代中期以来，"'以城市扩展、城市带、城市圈、城市群、大都市'为主要形式的城市化，进一步改变了城乡结构格局。首先是，城市的快速扩张将大量城郊农村吞并或包围，出现一批'城中村'，由此带来大量农村人口转变为城市居民，或变成'失地农民'"①。作家们关注城市化运动对农村土地的侵占与剥夺，书写"后乡土中国"② 背景下农村日益严重的"空心化"问题。"空心化"主要表现为大量农村人口逃离乡下涌入城市，农村呈现出萧条冷寂的景象。在我国的城镇化建设中，乡村在现代城市的映照下大多显得贫穷落后，保守闭塞，"它现在的样子相当破败，仿佛挂在山上的一个废弃的鸟巢"③。赵本夫《即将消失的村庄》（《时代文学》2003年第4期）中的溪村一派死寂，了无生机。梁晓声《荒弃的家园》（《人民文学》1995年第11期）中翟村的土地抛荒，人口锐减，剩下的全是老弱病残。乔叶《锈锄头》（《人民文学》2006年第8期）中石二宝在城市扩张运动中失去了维持家庭生存的土地，他不得不离开村子来城里回收废书旧报。孙惠芬《上塘书》（上海文艺出版社，2015年版）中上塘大道已经很少能看到青壮年，人们纷纷离开土地去城里盖高楼，已经没有人种地了。《歇马山庄》（人民文学出版社，2013年版）中村民们一心向往外面的世界，村子里常年凄冷寂静，只有当年关临近，民工们"候鸟"式的返乡才会打破村庄的沉寂。总体来说，城市规模的不断扩大和城市化建设是以牺牲农村和农民的利益为代价的，广大农民面临着生存空间被剥夺的尴尬境遇，当他们在农村看不到生活的希望时，城市便成为他们改变生存命运的理想之地。

赵本夫《无土时代》（人民文学出版社，2008年版）中草儿洼的年轻人都外出打工了，只剩下一些乡村留守人员。不仅如此，村子里十多年来没有增加过一户新屋，老屋也摇摇欲坠，每隔一段时间总会倒掉几户老屋，到处弥漫着衰败的气息。农民们世代在土地上耕耘劳作，失去土地也就意味着切

---

①陆学艺. 当代中国社会结构 [M]. 北京：社会科学文献出版社，2010：266.
②陆益龙. 后乡土中国及其出路 [J]. 社会科学研究，2015 (1)：118.
③吴玄. 发廊 [J]. 花城，2002 (5)：90.

断了他们的生活来源，农民成为乡村的"弃儿"。农民外出打工，既是他们在土地上看不到生存的希望而做出的主动选择，又是因农村土地流失而导致的无奈之举。"一方面国家使城市发展在策略上占据着极其重要的位置，另一方面国家对农业的投入不断下滑"①，当农民在土地上的付出与回报不成比例的时候，他们被迫割断与农村和土地的联系，逃往城市。《荒弃的家园》中翟村的村民们因无法承受种子、化肥和农药的高昂价格，加上县政府连年对收购的粮食打"白条"，迫使他们放弃耕种，七百多口人的村庄现在只剩下不到六十口。村书记翟广泰冒着被开除党籍甚至牺牲生命的危险，和县委县政府的领导据理力争，希望把在外打工的村民们都召唤回来，无奈这只是一场徒劳。"种地的农民们不还是要吃亏的么？农民们又不是天生的傻瓜，干嘛一年年吃亏，一年年不'反思'哇？如今全国的人不都讲'反思'的么？"② 同样，荒湖《谁动了我的茅坑》（《长江文艺》2008年第10期）中曾经的种粮能手平均在算过一笔账后觉得种粮食再好也无法脱贫，因此他放弃农田后来到城里回收破烂。平均和田禾都愿意把自家的良田贡献出来，支持疤子和他女婿曹兵在村里开办石灰厂，以此换得就业岗位。可见，城市现代化并没有带动农村的同步富裕，反而使城乡差距逐渐拉大。在物质利益的诱惑下，千百年来以土地为生的农民们别妻弃子，离开熟悉的家乡，奔赴城市寻求新的出路。诚如尤凤伟在谈及长篇小说《泥鳅》的创作动机时所说的："表面上是写了几个打工仔，事实上却是中国农民的问题。农民问题颇为触目惊心。由于土地减少、负担加重、粮价低贱、投入和产出呈负数，农民在土地上看不到希望，只好把目光转向城市。"③

法国著名社会学家孟德拉斯（Henri Mendras）认为："农民在心中内心深处坚信，他的土地是独特的，因为他是唯一了解、爱恋和拥有它的人。认识、爱恋和占有，这三者是不可分离的。"④ 对于中国这样一个农业大国的农民特别是老一辈农民而言，土地于他们而言不仅是谋生的生产资料，而且是一种

①严海蓉. 虚空的农村和空虚的主体 [J]. 读书, 2005 (7): 81.
②梁晓声. 荒弃的家园 [J]. 人民文学, 1995 (11): 16.
③尤凤伟.《泥鳅》我不能不写的现实题材的书 [EB/OL]. http://www.people.com.cn/GB/wenyu/66/134/20020910/819079.html.
④[法] H. 孟德拉斯. 农民的终结 [M]. 李培林, 译. 北京: 社会科学文献出版社, 2010: 44.

深沉的情感寄托。与土地所能提供的物质保障相比，乡村空间的剥夺给他们带来的内心焦虑和身份困惑更为严重。王祥夫《五张犁》（《人民文学》2005年第12期）中张沟村的土地已经被城市建设征用，靠土地为生的农民也都做起了小买卖或进城打工，但五张犁还是会习惯性地耕地劳作，他会锄掉花草而种上青菜，因此被人们称作"神经病"。城市现代化建设侵占了大量的农村土地，但农民们依旧无法割舍对土地的深沉依恋，土地成为他们心中的精神支柱甚至价值信仰。陈应松《夜深沉》中在广州城做建材买卖的隗三户因为一场意外大病使他萌生了回老家武家渊的念头，他并不看重土地所带来的实际利益，只是想要回本来属于自己的宅基地和菜园。村主任武大雨和胡妖儿在村里大搞圈地运动，集中田地发展养殖业、兴办农家乐。隗三户想要回自己土地的愿望最终落空，可悲的是，三户对故乡土地的精神性依恋与村民对土地的实用性认知存在严重的价值错位，三户把故乡看作安放疲惫身心的归宿，而其他人看重的却是土地所能带来的经济利益。生存空间的被剥夺带给农民的不仅是家园破灭的失落，更是他们对自我身份认同的焦虑。三户认为自己身份证上的户籍地址还是武家渊，他应该还是这里的村民，有权在属于自己的土地上劳作，但他已经十几年没种地了，况且现在也无地可种，农民身份遭到了极大挑战。乡村失地者不禁产生"我什么也不是，既不是城里人也不是乡下人。我成了虚无"① 的身份焦虑，生存空间的被挤压和乡村的日渐颓败让游子们身心俱疲，产生何处是故乡的内心追问。

如果说生存空间的被剥夺造成了农村人口的大量外流，导致乡村逃离者产生情感困惑和身份残缺，那么乡村留守者们的物质贫困和内心情感等问题同样是农民工题材小说的重点表现内容。作家不仅集中书写现代化进程中乡村艰难的物质生活，而且关注乡村留守人员在压抑环境中的精神困境。由于现实生存条件的限制，外出打工的多是农村的男性青壮年，而老人、妇女和儿童则成为乡村的留守人员。在留守人员中，妇女们既要承担照顾老人和孩子的重任，还要在贫瘠的土地上劳作以维持生计。"自20世纪80年代，农村劳动力开始大规模向城市流动，其中大量的农村已婚男性劳动力外出到城市

---

① 陈应松. 夜深沉 [J]. 人民文学, 2010 (4)：130.

务工，农村留守妇女现象随之开始出现。"① 乡村男性为了养家糊口而进城打工，无暇顾及留守女性的情感需要，从而使她们陷入了无边的寂寞与荒寒。作家们持续关注乡村留守女性并进行文学书写，孙惠芬《歇马山庄的两个女人》（《人民文学》2002 年第 10 期）中成子要和父亲一起进城务工，初为人妻的李平感受到了前所未有的孤独，李平和潘桃这两个乡村留守女性走到一起，但这种惺惺相惜的情谊还是被世俗的眼光无情绞杀，潘桃因嫉妒有过城市生活经历的李平而将她在城市当小姐的"秘密"公之于众，李平本想用一场婚礼回归乡村生活，不料她在承受留守妇女之苦的同时还要受到乡村伦理的歧视和规约。

罗伟章《我们的路》中妻子金花独自一人承担着种地和照顾孩子的重任，常年的体力劳动让年轻的金花变得日渐衰老："她比我小两岁，现在只有二十六，但看上去怎么说也是四十岁的人了，额头和眼睑上的皱纹，一条一条的，又深又黑，触目惊心。"② 如果说田间地头的辛苦劳作给留守妇女带来的是身体的病痛折磨，那么乡村权力的觊觎则让她们的处境更为凄惨。有的留守女性面临被乡村权势骚扰的威胁，如陈应松《野猫湖》（《钟山》2011 年第 1 期）中的香儿，孙惠芬《民工》（《当代》2002 年第 1 期）中的鞠广大妻子等；有的因不甘忍受寂寞而与他人有染，如《我们的路》中的文香、《无土时代》中的刘玉芬等。赵本夫《无土时代》中草儿洼的男人们常年外出打工，留守妇女们备受煎熬和相思之苦，她们钦佩村主任方全林，并以各种方式引诱他。孙惠芬《吉宽的马车》中乡村留守女性因为情感的空虚而以和乡村"懒汉"吉宽逗笑取乐为能事。总之，物质生存的艰难、乡村道德的腐败、基层权力的腐化都使乡村留守女性的生存空间日渐逼仄，折射出我国城市化进程中乡村的畸形发展态势。

"城市目的论不断地把农村包围到以城市为中心的意义表述体系中，城市的'文明'和'现代'建立在把农村作为封闭没落的他者之上，使农村除了作为城市的对立面，除了是空洞的'传统'和'落后'的代名词外，不再有

①李强. 大国空村：农村留守儿童、妇女与老人［M］. 北京：中国经济出版社，2015：16.
②罗伟章. 我们的成长［M］. 北京：作家出版社，2007：126.

什么其他意义，这是意识形态上农村的虚空化。"① 新世纪农民工题材小说集中书写农村的破败沉寂、土地的荒废弃置和留守人员的艰窘生活，这既呈现出我国城市化进程中乡村的真实面貌，反映出城乡关系的不对等性，又体现了作家直面现实的勇气和揭示问题的批判精神。

二、精神文化的式微与困顿

乡村本来是一个具有独立文化属性的生活空间，但在历史进程中，城市文化逐渐演化成更高级的文化形态，而乡村文化则不断被边缘化。20 世纪 90 年代以来，城市与乡村之间的联系不断增强，城市文化及城市生活方式悄然渗透于乡村，动摇了乡村原有的生产方式和价值理念。城市化视域下的乡村生存图景不仅表现为乡村生存空间的被剥夺与被挤压，还体现为城市精神文化对乡村传统文化和伦理道德的侵蚀。"故乡在社会不公的现实中、在现代文化工业的'启蒙'下，接受了贫穷强加于她的毒素，她失去了往日的美德，失去了她健康的活力。"② 特别是随着农民工在城乡间的双向流动，城市文化不断地向乡村传播，影响着人们的思想观念和行为方式，具体表现为集体利益让位于个人发展、土地意识让位于商品经济、传统民俗文化让位于现代都市文化。

社会主义市场经济在提升经济总量的同时，也暴露出一些不容回避的问题，如过分追求经济发展的速度，把金钱当作衡量事物价值的唯一标准。消费主义文化极大地激发出人们的物质欲望，传统的人伦观念和亲情关系在商品经济时代被无情摧毁，出现了道德堕落、价值观扭曲和人性异化等现象。"在现代商品经济大潮的冲击下，以伦理为中心的社会开始向以市场为中心的社会转型，传统价值体系的根基开始动摇，人们的意识形态和价值观念发生了巨大的改变。"③ 农村几千年来塑就的保守本分、勤勉克己等传统美德不再被奉为圭臬，金钱至上的价值观念大行其道。吴玄《发廊》中的方圆和晓秋在城里开发廊挣钱，不仅改变了故乡西地传统落后的乡村面貌，成为村子里

①严海蓉. 虚空的农村与空虚的主体 [J]. 读书, 2005 (7): 82.
②吴志峰. 故乡、底层知识分子及其他 [J]. 天涯, 2004 (4): 23.
③陈瑶. 方方作品《奔跑的火光》中的女性意识 [J]. 江淮论坛, 2003 (6): 145.

发家致富的榜样，而且颠覆了人们固有的思想认知和生育观念，"我妹妹一个月寄回家的钱，就比我父亲一年劳作赚的还多。后来，村里凡有女儿的，日子过得大多不错。从此，村人再也没有理由重男轻女了，反而是不重生男重生女了"①。邵丽《明惠的圣诞》（《十月》2004 年第 6 期）中乡村妇女徐二翠对高考落榜的女儿明惠冷嘲热讽，而当明惠把自己在城市卖身换来的钱邮寄给母亲的时候，徐二翠又变得喜笑颜开。在物质利益第一的观念作祟下，亲人们把女人当成赚钱工具，原本为人所不齿的皮肉生意竟成为村里人致富的捷径，乡村伦理在商品经济时代被无情解构。

乡村女性冲破伦理道德的限制，以身体为资本换取物质财富，可见城市文化对乡村社会秩序和道德生态的重要影响。乡村价值体系的动摇不仅冲击了乡村的经济关系结构，更潜在地改变了人们思考问题的方式。王梓夫《落花水流红》（《江南》2002 年第 2 期）中桃花冲的陈瘌子因为家里穷苦而被人看不起，当他用女儿小簸箕在城市卖身换来的钱在村里盖起二层楼房的时候，村民们的态度发生明显转变，开始巴结谄媚他。杨晓峰为了让小簸箕帮他偿还欠村民们的贷款而抛弃了青梅竹马的恋人叶子。冬梅的养父明知她在外受人欺凌，但为了增加家庭收入而拒绝解救她，当冬梅带着二十万元的赔偿费归来时，养父和之前的表现判若两人。甚至连独立要强的叶子在表姐的一再怂恿下，也打算到城里出卖自己的青春。孙惠芬《天河洗浴》中吉美的母亲为了满足自己的物质欲望，明知女儿在城市里做着不光彩的皮肉生意却并不阻止，甚至断然拒绝了女儿不想再回城市的诉求。洁身自好的堂妹吉佳长相平平，老实本分，返乡时没带回多少物质财富，却遭到了同村人的讥笑和家人的冷落，这让吉佳羞愧难当，也让她感到了成长家园的缺失和故乡的陌生。"同是陌生，在歇马镇和家里是不一样的，在歇马镇，那陌生生出在她神情恍惚的时候，在家里，陌生则生出在神情和直觉都清醒之后。"②

曾经熟悉的家园景象不复存在，对金钱的过分追逐扭曲了人性，乡村世界上演着一幕幕人性异化的"活剧"。梁晓声《荒弃的家园》讲述城市化背景下翟村的破败死寂，农民外出打工，土地大面积荒芜，十七岁乡村少女芊

---

① 吴玄. 发廊 [J]. 花城，2002（5）：91.
② 孙惠芬. 天河洗浴 [J]. 山花，2005（6）：9.

子的哥哥嫂子、姐姐姐夫都进城打工了，只留下她照顾瘫痪在床的老母亲。外出打工的同龄人返乡时带回的城市消费理念和开放的思想观念冲击着芊子的内心，也冲击着乡村的传统价值观念。"如今城里人都笑贫不笑娼了！这就是咱们挣钱的机遇啊！卖油条也是卖，卖大饼也是卖，咱们能有多少力气可卖？想开了，左右不过一个卖，卖身子和卖别的有什么不同。"① 乡村生活的凋敝闭塞和外面世界的发达丰裕形成了鲜明对比，这激发出芊子对财富的极度渴望。芊子把对现实生活的不满、对哥嫂的怨恨全都集中在母亲身上，认为瘫痪的母亲是她追求物质财富的绊脚石，她不但虐待殴打老娘，还教唆姐夫的弟弟更生推倒煤油灯纵火烧死了自己的母亲。最终，少年更生精神失常，芊子被关押拘留，老村长广泰在救芊子母亲的时候也被烧死，意味着乡村伦理道德在城市化进程中的轰然倒塌。

当然，我们不能简单地斥责这些乡村女性的行为并给她们带上道德枷锁，而应该看到资本的力量和身体交易背后所隐藏的更为深刻的欲望机制。正如阿里夫·德里克（Arif Dirlik）所说："身体是资本，也是象征符号；身体是工具，也是自身控制和被控制被支配的'他者'。身体还是一种话语形式，在现代性的状况之中。在身体和社会之间，具有多种不平等的权力关系。"② 乡下女性的身体既是自我的，她们对自己的身体具有一定的支配权和选择权，但身体又不真正属于她们，而在一定程度上沦为权力和欲望的工具。阎连科《柳乡长》（《上海文学》2004年第8期）中柳乡长上任后看到椿树村贫穷落后的现状后，他发动全村的青年男女进城打工，激励他们把村里的"草房变成大瓦房""土瓦房变成小洋楼"。槐花靠自己开娱乐城赚的钱在村子里盖起了气派的小洋楼，柳乡长为槐花立起了"学习槐花好榜样"的石碑，并开动员会号召村里的年轻女孩也能像槐花一样去城里"做了鸡"，以实现椿树村的集体脱贫。吊诡的是，当活动结束，人们四散开后，柳乡长朝石碑吐了一口痰，又朝碑的青石座上踢一脚，留下一个大脚印。从柳乡长这些看似矛盾的行为可以看出他从心理上是非常鄙视槐花的卖身行为，但为了提升自己的政

---

①梁晓声. 荒弃的家园 [J]. 人民文学, 1995 (11): 22.

②[美] 李欧梵. 上海摩登——一种都市文化在中国 (1930-1945) [M]. 毛尖, 译. 北京: 北京大学出版社, 2001: 135.

绩，他把槐花和村里其他女性的身体当成了实现自我价值的工具，显示出乡村女性身体交易背后更为深刻的权力隐喻。

城市化运动和商品经济不但动摇了乡村价值体系，而且影响到乡村传统文化的传承与发展。"对于所有与精神层面的事物有关的东西，农民们已被现代世界粗暴地拔根了。"① 风俗习惯属于传统文化的重要表现形式，是人们在潜移默化中形成的文化认知，对其日常生活具有一定的规约作用。俄国文学评论家别林斯基认为："'习俗'构成着一个民族的面貌，没有了它们，这民族就好比是一个没有面孔的人物，一种不可思议、不可实现的幻象。"② 在新世纪农民工题材小说中，对乡村文化风俗的描写不仅体现了乡村的凋敝，而且也反映出农民精神世界的惶惑。刘继明《放声歌唱》中的钱高粱是乡下有名的跳丧鼓歌师，后因生计问题进城出苦力，在建筑工地抬几百斤重的预制板，即便如此，他也觉得进城打工是明智之举。原来在乡下受人尊敬的跳丧鼓歌师钱高粱在城市却被人视若草芥，他在工地上不慎摔断了一条腿，多次找包工头赔偿却一直未果，无奈之下和儿子小乐爬上了法院的楼顶，唱起了高亢激愤的跳丧鼓歌。传统的民俗文化在城市日渐消亡，唱了一辈子跳丧鼓的龙师死后竟然没有人为他唱跳丧鼓送葬，由此引发了钱高粱内心的追问："那么我呢？我死后谁来唱跳丧鼓为我送葬？"③ 古老的民间文化终究不敌汹涌向前的城市消费文化，跳丧鼓歌的乐音飘荡于城市上空，引发人们对即将消逝的民间文化的追思与缅怀。

肖江虹因对西南地区民俗文化的关注而使他的小说呈现出浓郁的地方特色，表现了作家对城市现代化的思考与批判。《当大事》以一个乡村葬礼仪式切入，反映了农村的衰败景象和乡村文化的没落。无双镇的年轻人几乎都外出打工了，留在村子里的全是些老弱病残，就连儿子松柏也因工作任务重，不能回家参加父亲的葬礼。村民们无法完成松柏爹的葬礼仪式，只好求助附近的钻井队，而工程队以正在勘探矿藏为由拒绝了他们，并声称"你说的那

---

① [法] 西蒙娜·薇依. 扎根——人类责任宣言绪论 [M]. 徐卫翔，译. 北京：生活·读书·新知三联书店，2003：68.
② [俄] 别林斯基. 别林斯基选集（卷一）[M]. 满涛，译. 上海：上海时代出版社，1952：40.
③ 刘继明. 放声歌唱 [J]. 长江文艺，2006（5）：11.

个是小事，我们这是大事""一句话，你们脚下踩着的是一捆一捆的大票子"①。颇有意味的是，工程队里的一位小伙子因为赶工程进度也无法回家参加父亲的葬礼。最后，无奈的村民们只好在屋子旁边挖个坑，将逝者匆匆掩埋，令人唏嘘。传统葬礼中绕棺、悬幡、过桥等仪式被一再删减，葬礼仪式的精神内涵在商品经济时代被轻易解构。肖江虹还写出了杀猪行当的日渐消亡，教书匠成为杀猪匠，年轻道士为了挣钱也选择进城打工。《百鸟朝凤》以两代唢呐匠的不同遭遇凸显乡村风俗在时代变迁中的不同命运，寄寓着作家对乡村文化传承的隐忧。第一代唢呐匠不仅把吹唢呐当作谋生手段，而且将其视为一种精神生活而赋予其神圣性。拜师学艺的庄严仪式、演奏形式的繁复多样、外出活动的最高礼遇，这些无不透露出民俗文化活动在乡村生活中的重要意义。在市场经济和商品文化的刺激下，传统的唢呐行当受到严重冲击，年轻的唢呐匠视生存为第一要务，纷纷离乡进城，民俗文化传承面临断层的危机。"他（杀猪匠，引者注）的背影越来越单薄，仿佛一枚枯黄下坠的松针，就算落了地，也不会有半点声息。"②"在车站外一块巨大的广告牌下，一个衣衫褴褛的老乞丐正举着唢呐呜呜地吹，唢呐声在闪烁的夜色里凄凉高远。"③ 作家用哀伤的笔触写出杀猪行当和唢呐行当的没落，也隐喻着城乡文化碰撞中乡村文化的日趋颓败。当传统自然经济无法抵御轰隆向前的城市现代化建设时，作家满含悲悼之情，为不断式微的乡村文化奏响一阕阕哀伤的挽歌。

随着我国市场经济的进一步发展和消费文化的日益兴起，城市文化在一定程度破坏了乡村原有的文化生态，影响了乡村文化的承继与发展。总之，社会转型时期的中国处于新旧交替、传统与现代杂糅的过渡阶段，而这一时期的农民工也经受着情感的冲突与精神的迷茫。

三、向城求生的追寻与渴望

20 世纪以来，随着我国现代城市的发展和工业文明的兴起，人们的生活

---

①肖江虹. 当大事 [J]. 天涯，2011（3）：95.

②肖江虹. 悬棺 [M]. 武汉：长江文艺出版社，2019：106.

③肖江虹. 悬棺 [M]. 武汉：长江文艺出版社，2019：62.

方式、心理认知和社会经济结构都发生了明显改变。"现代城市已不仅是一个地理概念、社会概念，它还是一个内涵极其丰富的文化概念——是一种崭新的生活方式。"① 在城乡资源分配不均和城乡生活存在巨大差异的现实背景下，离开农村去往城市成为中国现当代文学重要的书写主题。城乡生活差异和崇城抑乡的社会心理极大激发了一大批农村青年对外面世界的渴望，正如戴锦华所说："整个 80 年代的文学里有一个潜在的声音，便是对都市的呼唤。""把都市空间设定为一种文明的因而更民主、更美好的所在。"② 不论是乡村少女香雪（铁凝《哦，香雪》）对城市的无限遐想，还是高加林（路遥《人生》）和孙少平、孙兰香（路遥《平凡的世界》）为改变农民身份所做出的努力抗争，城市文明都以巨大的诱惑吸引着这些乡村青年。

英国历史学家霍布斯鲍姆在分析欧洲工业化过程中的移民现象时指出："19 世纪是一部清除乡下人的庞大机器，多数乡下人都进了城，至少是离开了乡下传统的饭碗，尽其所能地在陌生的、可怕的，但也是充满无限希望的新天地里寻找生计。"③ 欧洲的城乡移民事实同样适用于当下的中国现实，据国家统计局数据显示，截止到 2019 年底，"全国人户分离的人口 2.80 亿人，其中流动人口 2.36 亿……全国农民工总量 2 9077 万人，比上年增长 0.8%。其中，外出农民工 1 7425 万人，增长 0.9%；本地农民工 1 1652 万人，增长 0.7%"④。如果说 20 世纪 80 年代逃离乡村还只是农村知识青年为实现自我理想做出的现代性选择，那么到了 20 世纪 90 年代中后期，随着城市建设对自由劳动力的需求不断增加，加之城乡户籍制度的改革和农村失地现象的日益严重，"进城"已成为广大农民为改变自我生存处境而做出的共同选择，甚至内化为一种集体无意识，嵌入他们的头脑中。"对大城市的怀恋比任何一种思乡病更严重。对他来说，家就是这类大城市中的任何一个，而最相邻的村落

---

① 李书磊. 都市的迁徙——现代小说与城市文化 [M]. 长春：时代文艺出版社, 1993: 3.
② 戴锦华. 犹在镜中：戴锦华访谈录 [M]. 北京：知识出版社, 1999: 68.
③ [英] 霍布斯鲍姆. 资本的年代（1848-1875）[M]. 张晓华, 译. 南京：江苏人民出版社, 1999: 45.
④ 中华人民共和国 2019 年国民经济和社会发展统计公报 [EB/OL]. https://tech.sina.com.cn/roll/2020-02-28/doc-iimxxstf5048924.shtml.

也成了异域。他宁可死于人行道上而不愿'回'到乡村。"① 在农村贫穷落后现实的外推力和城市现代性的强力感召下，农民进城成为不可阻挡的时代潮流，作家们及时关注这一社会现象并进行文学性演绎，创作了大量的农民工题材小说。

诚如前文分析我国城乡关系和城乡二元体制的形成过程，城市和乡村长期以来在政治、经济和文化方面的不对等性，造成了两者发展的巨大差异。由于城市对农村资源的掠夺，广大农村呈现出衰败沉寂的景象。农民工题材小说极力书写农业发展的迟滞缓慢、农村的贫穷落后和农民生活的艰辛困顿。有学者指出："在中国当代发展的情景下，农村成为农民想要挣脱和逃离的生死场，而不是希望的田野；希望的空间、做人的空间是城市。"② 可见，城市依旧是人们心中的理想家园，而乡村大多成为愚昧、偏僻和落后的代称。城市化对乡村空间的挤压表现为大量征用农田，使农民失去了赖以谋生的土地资源，也表现为农村房屋的破损与毁坏，这些都成为农民进城的推动力量。

法国哲学家加斯东·巴什拉（Gastom Bachelard）认为："家宅庇佑着梦想，家宅保护着梦想者，家宅让我们能够在安详中做梦。"③ 家宅一定程度上已经超越了生存居住的实用性功能，因为情感的投入而具有了更多的精神内涵。城市化视域下的乡村"家宅"大多是破烂陈旧、腐朽不堪的。赵本夫《即将消失的村庄》中的溪口村气死沉沉、了无生机，房子倒塌的声音让人心悸，"轰隆一声，冒一阵尘烟，就意味着一家从溪口村彻底消失了"④。夏天敏《接吻长安街》（《山花》2005年第1期）中小江在云南乡下的房子潮湿、阴冷，平时家里弥漫的是煮猪食散发出的馊臭味，下雨后门口的那条泥泞小路裹着牛屎、马粪和猪尿，发出阵阵恶臭。《柳乡长》中槐花和父母以及几个妹妹就住在"两间泥草屋，一堵倒坏院落墙"的家里。寒酸破败的居住环境表征着农村的贫穷落后，这成为多数农民进城务工的直接动因。"当家宅本身就已经腐朽衰败、残破不堪，或者当家宅中总是充满不幸的往事、漂浮着痛

---

① [德] 奥斯瓦尔德·斯宾格勒. 西方的没落 [M]. 齐世荣，等译. 北京：商务印书馆，1991：217.
② 严海蓉. 虚空的农村与空虚的主体 [J]. 读书，2005（7）：74.
③ [法] 加斯东·巴什拉. 空间的诗学 [M]. 张逸婧，译. 上海：上海译文出版社，2013：4.
④ 赵本夫. 即将消失的村庄 [J]. 时代文学，2003（4）：80.

苦的记忆的时候，它往往会成为腐蚀心灵、囚禁梦想、扭曲性格的枷锁。"①
如果说第一代农民工进城的主要目的是挣钱翻修房屋，以获得更好的生活居
住条件，那么"新生代"农民工则更加认同城市生活方式，扎根城市、住进
城市的高楼才是他们最大的心愿，父辈们曾经呕心沥血建造的房屋在他们心
中成为一个巨大而空洞的符号。

　　"中国传统文化中的'家'更强调宗族传统与家法戒律，这种文化印象偏
向于对人的制约，与年轻人寻求突破、渴望自由的性格是相悖的。在这一方
面，城市文化的优势则体现了出来。事实上，我们也可以看到这种文化上的
优势已经影响了中国劳动力的整体流动，并间接造成了中国城乡发展的巨大
落差。"② 当农村的房屋因为坍塌或长时间无人居住而沦为空宅时，既表明乡
土文明在现代化进程中的衰落，也意味着农民对自我身份的追寻。在传统农
民心中，能建造一座属于自己的房屋是毕生追求，但这一朴素的愿望也因为
动荡的社会现实和不断变更的土地制度而一再被延宕。新时期以来，随着社
会改革的持续推进和经济的不断增长，农民建造房屋的梦想终究变为现实。
《李顺大造屋》（《新华月报》1979 年第 8 期）中李顺大建造房屋的曲折经历
表现了农民为实现居住愿望而做出的不懈努力。"房屋"不再只是家人们生活
的住所，而具有了重要的精神指向功能，但新世纪农民工题材小说中的农村
房屋却偏居一隅，备受冷落。《即将消失的村庄》中十几年前溪口村村民外出
打工挣钱后还会在村子里盖二层楼房，满足他们对"家宅"的美好想象。然
而当年轻人外出见识了更广阔的天地后，对盖房和农村土地失去兴趣，老乔
的儿子乔小法打工挣了不少钱，终究没在村里盖房，"十年了，村里没建过一
座新房，老屋却倒了几十座"③。当农民纷纷涌进城市，不断倒塌的老屋意味
着农民对自我身份的背离与舍弃。李锐《残耱》中农村老汉把为儿子们修建
青砖大瓦房当成自己最大的人生愿望，这也成为他摆脱世代住窑洞的精神动
力。可是当儿孙们相继搬到城里生活后，青砖灰瓦的漂亮院子人去房空，"一
眼一眼的空窑，一座一座的空院子，白天不冒烟，黑夜不点灯，全都死气沉

---

①龙迪勇. 空间叙事学［M］. 北京：生活·读书·新知三联书店，2015：268.

②王纵横. 空间隔离的文化反叛——对中国社会城乡文化矛盾的一种解读［J］. 山东社会科
　　学，2016（5）：30.

③赵本夫. 即将消失的村庄［J］. 时代文学，2003（4）：80.

沉的，全都无声无息的，僻静得叫人发怵"，只留老人独自嗟叹："你这几间瓦房拴不住人，也拴不住心，就留着自己当画儿看吧，只要不死，就还能看十年八年的。"① 当老一辈农民的安居梦想与新一代农民的进城愿望严重错位时，乡村家宅就成为乡土文明不断走向末路的明证。农村房屋不论是破旧还是气派，终究无法阻挡农民走出农村的决心，因为"城市消费文化向乡村的迅速传播所激起的新需求，是根本无法从土地上得到满足的。正是这一新需求成为促使乡村劳力，尤其是青年男女向外流动的一个强大动因"②。

如果说城乡二元体制下的乡村空间有些没落消沉，乡村所能给予的高度不能给农民带来改变生活的希望，有时还成为他们追求新生活的羁绊。那么，城市现代性则以其高度发达的物质文明吸引着广大农民，还未进城的农民对城市的最初想象集中在"高楼"这一空间形态上，寄托着他们渴望融入城市的愿望。孙惠芬《舞者》（《山花》2001年第11期）中从小生活在贫瘠山旮旯子的少女贞把距离乡村不远的青堆子小镇当作了解世界的窗口，能住进城里的楼房并用上瓦斯汽成为她进城的最初动力。"那里热闹、繁华，像电影里的北京城……我在心里暗暗下着决心，等我长大，一定要做小镇上的女人，要让奶奶高看一眼，要为母亲在奶奶面前争气。"③ 宋剑挺《麻钱》（《当代》2004年第2期）中刘干家老家的草房每年下雨都要翻修一回，费时费力，他和妻子庄妹在窑厂辛苦地拉砖干活，就是为了能盖一座遮风避雨的大瓦房。侯蓓《柳巧儿的庆祝》（《山花》2005年第1期）中柳巧儿在这个城市最高建筑物的地下层从事健身俱乐部的业务推广工作，她像所有乡下人一样，对高楼大厦怀有一种莫名的敬仰和热爱，"在她看来，似乎楼房的高度越高，就越接近天堂"④。张慧敏《玻璃门》（《山东文学》2005年第1期）中的秀竹对城市的想象都是通过电视了解的，之所以和丈夫度蜜月时来到城里，是因为"每当那些明闪闪的高楼从荧屏上匆匆晃过的时候，秀竹就想，要是自己也能到这样的高楼里待上一待该多好"⑤。从以上文本可以看出，农民进城前对城

①李锐. 残槺 [J]. 收获，2004（5）：28.
②曹锦清. 黄河边上的中国 [M]. 上海：上海文艺出版社，2000：62.
③孙惠芬. 舞者 [J]. 山花，2000（11）：21.
④侯蓓. 玻璃火焰 [M]. 北京：作家出版社，2007：185.
⑤张慧敏. 玻璃门 [J]. 山东文学，2005（1）：31.

市的渴望与幻想集中在"高楼"这一空间形态上,"意味着一种对高度的敬仰,而高度正代表着现代的一种异己力量,以及经由这力量所唤起的一种异己的生活想象"①。城市建筑某种程度上成为现代化的外在表征,进城农民对城市高楼的渴望意味着他们的现代性追求是很强烈的。只不过这一想象流于浅表化,从而导致他们的城市想象与现实遭遇存在巨大差异。与农村开阔平视的自然空间相比,城市空间需要人们更多的仰视,城乡建筑高度的落差成为城乡发展速度的重要隐喻。乡村不断追随城市发展的步伐,使得其不论是在物质发展还是精神文化上都逐渐成为现代城市的附属品。

"城市的组织原则是自然权利而非生有权,所以个人会被其感召,去追求更高的自我感,去寻求个人的命运。"② 由于城乡资源分配的不均和城乡户籍制度的影响,农民对城市和城里人身份充满渴望,这也成为农民工题材小说重要的书写主题。邵丽《明惠的圣诞》中肖明惠高考落榜后受到了母亲许二翠的冷眼和嘲讽,小学毕业的同乡桃子进城打工,回家时带回城里的男朋友,这让具有一定文化优势的明惠更加坚定了进城的决心,她化名为圆圆进城打工不只是为了挣钱,还想要摆脱自己的农民身份,进而成为真正的城里人。生活在农村的徐二翠即便是村里的妇联主任,也被肖明惠认为是没出息的,而做"城里人"和"城里人的妈"则成为她追求城里人身份的铿锵宣言。《荒弃的家园》中芊子禁不住城市物质享乐的诱惑,竟伙同他人将瘫痪在床的老娘残忍杀害。随着人潮涌入城市的芊子天真地认为:"一百种好命运,一百种将属于她芊子的一种比一种光明、一种比一种荣华、一种比一种富贵的好命运,肯定的,已在城市的怀抱中殷殷地期待着她呢!"③ 不只是芊子这样的青春少女渴望城市,翟村的中年妇女甚至腿脚利索的老太婆们都一个个斗志昂扬地去外面的世界闯荡。刘庆邦《到城里去》(《十月》2003 年第 3 期)更是吹响了农村人想要扎根城市的集结号。虽然丈夫杨成方只是县上预制板厂的临时工,宋家银在生活中也时刻以工人家庭的标准为参照,处处维护自己工人家属的身份。即使丈夫后来在城里捡拾垃圾,她也认为只要在城里,就

①蔡翔,董丽敏等.空间、媒介和上海叙事 [M].上海:上海大学出版社,2013:42.

②[美] 理查德·利罕.文学中的城市:知识与文化的历史 [M].吴子枫,译.上海:上海人民出版社,2009:285.

③梁晓声.荒弃的家园 [J].人民文学,1995 (11):29.

比在农村强。

新世纪农民工题材小说中农民们正是出于对农村落后生存环境的不满，才坚定了他们走向城市的决心。夏天敏《接吻长安街》中的小江害怕自己被绑在小山村里，过土里刨食的苦难生活，"一想到一辈子就喂猪种地养娃娃，年纪不大，就头发灰白、腰杆佝偻、脸上沟壑纵横、愁容满面的日子，我心里就害怕万分，痛苦万分"①，于是他义无反顾地来到北京的建筑工地打工。相较而言，他热爱城市干净宽阔的水泥路、莲花状的路灯和鳞次栉比的高楼大厦。傅爱毛《保卫老公》(《长江文艺》2005年第8期)中乡下女性陈清娅担心自己一辈子被束缚在黄土地上，害怕自己像母亲一样过着单调枯燥的乡村生活，她对城里人的生活充满向往。"她不想过那样的日子。她想幸福。她想嫁一个在城里做事的体面男人。她想像城里女人那样坐在机关里上班，风刮不着，日晒不着。永远远离猪尿和牛粪。"②"作为一个摆脱物质和精神贫困的人的生存本能来说，农民的逃离乡村意识成为一种幸福和荣誉的象征。"③ 在城乡生活条件的巨大差异下，农民把城市看作实现个人理想的所在地，进而产生向城求生的强烈愿望，他们艳羡城里人身份和城市生活，憧憬城市爱情，并把对城市的物质想象理解为城市本身，而并未意识到城乡文化的巨大隔阂。

通过以上分析可以看出，城市化视域下的乡村"家宅"大多呈现出坍圮倒塌的衰败面貌，这既是城市现代化对农村剥夺的恶果，也是农民特别是年轻一代农民的自主选择，他们逃离乡村而涌向城市意味着对自我身份的突围。在城乡互动日益增进和大众传媒影响力不断扩大的现实语境下，"现代化促使人们产生流动的欲望并对流动感到习惯。这种流动既是横向的，又是纵向的。农民想要离开他们的村庄流动到城市以寻求更好的生活，干体力活的人渴望从事白领工作以提高自己的社会地位并增加工资收入"④。在城市现代性的感召下，广大农民对城市生活充满向往并且认同城市生活方式，于是义无反顾

---

① 商昌宝主编. 接吻长安街：小说视界中的农民工 [M]. 太原：北岳文艺出版社，2014：266-267.

② 傅爱毛. 保卫老公 [J]. 长江文艺，2005 (8)：22.

③ 丁帆. 中国乡土小说史论 [M]. 南京：江苏文艺出版社，1992：30.

④ [美] 托马斯·伯恩斯坦. 上山下乡 [M]. 李枫，等译. 北京：警官教育出版社，1993：1.

地踏上了去往城市的新征程，他们在异乡能否真正实现自我身份的转变？他们在城市会有怎样的命运遭际？这些都成为作家们持续关注的重点问题。

本节分析城市化视域下的乡村生存景观，把城乡发展置于城市化进程的历史背景下予以考察。我国的城市化在促进农村经济结构调整、增加农村就业人口的同时，也剥夺了农村的生产资源，挤压了农民的生存空间。不仅如此，城市消费文化还冲击着农村的伦理道德和思维观念，加深了农民内心的纠葛与矛盾。当农村土地不能满足他们的生存愿望时，"向城求生"就成为不可阻挡的时代潮流，农民们意欲摆脱传统文化的束缚，对自我身份进行追寻与重构。

第二节　农民进城遭遇与城市身份建构

广大农民从前现代农村来到现代化城市，他们在城乡迁徙中经受着情感冲突与身份焦虑，不仅要解决物质生存的困难，还遭受着城乡文化冲突带来的心理震动。农民工携带乡村文明来到全然陌生的城市文化场域，势必要遭受两种不同文化带来的心理裂变：离开了乡村，但乡土记忆和乡村文化依旧根植于他们内心，来到城市，却对能否融入新奇的城市文化焦虑不安。"空间之所以会对个体产生如此重大的影响，是因为空间是人与文化生存的根基，一旦空间存在拒斥、束缚，抑或是个体生命从一个空间去向另一个空间，都产生心理不适。生存空间的转变不能同主观意愿相适应，甚至在同个人意愿完全相反时，个体便产生了一种痛苦迷惘、焦躁不安的情绪，这在很大程度上是由文化冲突引发的，而这种冲突正是由空间的迁徙行为引起的。"[①] 对于跨越城乡空间的农民工而言，自我身份的确认尤为重要，由于城乡文化的巨大差异，农民工们并未能深入城市文化内核，城市身份建构的受挫导致了他们近乎悲剧的命运。

本节主要分析农民工的城市生活遭遇及其城市身份建构的艰难，结合小说文本中的自然生命意象（"麦子""泥鳅""太平狗""马车"）阐明异质

①颜水生，段惠芳，林岚. 新时期小说空间叙事研究 [M]. 北京：科学出版社，2020：83.

性城市空间对乡土生命的吞噬，继而分析这类小说的空间隐喻及农民工的精神焦虑，最后落脚于对城乡文化空间中农民工生存命运的关注。

一、城市空间与城市身份建构

城市与乡村分属两个迥然相异的地理文化空间，长期的城乡二元分治使农民对城市充满向往，但要真正融入城市却充满诸多的障碍与不适。农民由乡进城，首先感受到的是两种空间形态的鲜明差别，新奇的城市建筑和陌生的城市空间会对他们的内心造成不同程度冲击。即使农民进城前已通过他人和大众传媒对城市有了一定程度的理解和想象，但当真正置身其中，陌生的城市环境还是会调动起他们的身体感觉，使其意识到城乡空间的巨大差异，并对他们的内心世界和情感认知产生重要影响。在中国现当代文学中，很多作品叙写进城乡下人初到城市的惊奇、诧异与悸动。茅盾《子夜》中吴老太爷初来上海滩，就被闪烁的霓虹灯、穿梭而过的各类电车和一眼望不透到头的建筑群吓得一命呜呼。城乡空间的差异不只表现在物质形态上，更体现在精神文化等深层向度上，作家通过农民进城后的种种不适和窘态表现城市在农村面前的主体地位。

新世纪农民工题材小说空间书写的叙事模式之一就是城乡空间的交替出现，作家通过对比两种空间形态表现城乡文化的差异，看似写实的"风景叙事"背后隐藏着作家"城恶乡善"的价值预判，也预示着农民工在城市的命运遭际。李肇正《姐妹》中宁德珍的丈夫去世后，她来到城里的发廊打工，感受到城市太阳和乡下的不同。"乡下的太阳厚塌塌一大片一大片的，地就跟摊饼的平底锅一样，阳光是烙在锅里的一张饼子；城市里的太阳被高楼大厦切割成一小块一小块的，跟饼干似的。城市的阳光扎眼，是从无数的玻璃幕墙上反射下来的，针尖般锐利。"① 张弛《城里的月亮》中进城乡下女孩万淑红初到城市，觉得"是一片灯的海洋"，黑夜中高层建筑的轮廓"以一种豪华而又冷漠的气派"，"使初来者不能不肃然起敬甚至惶恐不安"，巍峨高耸的建筑群落使初来乍到的万淑红"不由自主地身子往后一缩"②。徐则臣笔下的

①李肇正. 姐妹［J］. 钟山，2003（3）：24.
②张弛. 城里的月亮［J］. 十月，2003（4）：192.

"京漂"们从苏北小镇来到现代化的大都市，真切地感受到城乡空间的鲜明差别。《跑步穿过中关村》中的敦煌流浪街头时觉得"北京的风是黑的，凉的；老家的风是淡黄的，暖的"①，《我们在北京相拥》中沙柚感知的北京城和故乡香野有着实质性的不同：故乡香野地是平面的，人们不论站在哪里都明白自己的位置；而北京是立体的，人们陷于高楼间，却找不到自己的影子。这些城市外来者在他们寓居的城市并没有找到真正的立足之地，因此他们时常感到茫然而惶惑。

同样，孙惠芬《吉宽的马车》中乡下懒汉吉宽为了实现自己的爱情梦想，离开歇马山庄那片孕育无限生机的田野和自己心爱的马车，来到槐城汽车站后，他发现城市与乡村的种种不同："城市的日光是一块一块的，有着处处可见的边界，城市根本就没有空间，它的每一寸空间都充满了声音。"② 城市没有广袤无垠的田地和生气勃发的动物植物，有的只是一眼过不到头的高楼大厦和往来穿梭的各种车辆。与歇马山庄宁静悠然、趣味盎然的乡村生活相比，城市空间显得那么冰冷而陌生。吉宽之所以会产生如此强烈的空间感受，是因为初到城市的他时刻以乡村生活经验为参照，对城市的厌恶恐惧正源于他对乡村的深沉眷恋。陈应松《太平狗》中初到汉口的程大种感受到的城市空间是凄寒的冷色调、嘈杂的声音和混乱迷茫的气息。"黄昏的城市发出冷灰色的光芒，马路牙子上到处是油腻腻响当当的呛人声音，到处蒸腾着炒菜的热气和辣味，到处是泼出的脏水和冲出来的碗筷声。"③ 这一段有关城市空间的描写充分调动主人公的视觉、听觉和嗅觉等多种感觉器官，表现出陌生的城市空间与辽阔静寂的神农架自然空间的强烈反差。这些小说内容看似在表现城乡空间的差异，实则表明了城乡文化的不对等性。城乡文化在互动过程中不仅形成了明显的优劣等级，而且显示出城市文化的绝对性优势。

索亚认为，应该把客观存在的空间与人们对空间的理解结合起来，"人们活动中的对象和人们的活动不能分开，和活动中的空间不能分开，也和人的

---

① 徐则臣. 跑步穿过中关村 [M]. 重庆：重庆出版社，2008：152.
② 孙惠芬. 吉宽的马车 [M]. 北京：作家出版社，2007：51.
③ 陈应松. 太平狗 [J]. 人民文学，2005（10）：28.

主观理解不能截然分开"①。可见，城乡空间对农民工而言并非是一种客观存在，而与人的生存活动和主观理解密切关联。在崇城抑乡的心理作用下，广大农民潜意识中都有冲破阻碍由乡进城的情感冲动，对城市空间的想象既表明他们渴望摆脱农村生存现状进而融入城市的愿望，又体现了他们对自我固有身份的突围与重置。但是，农民身份并不是靠"进城"就能解决的，横亘于他们面前的不仅是城乡经济发展的巨大差异，更是难以逾越的心理文化鸿沟。由于农民进城前对城市的美好想象和先验性认同，一定程度上决定了他们"进城"之旅的悲剧意义。

英国作家阿兰·德波顿（Alian de Botton）在《身份的焦虑》一书的开篇就谈道："新的经济自由使数亿中国人过上了富裕的生活，然而，在繁荣的经济大潮中，一个已经困扰西方世界长达数世纪的问题也东渡到了中国：那就是身份的焦虑。"②特别是对于社会转型期由乡进城的农民工而言，身份认同问题显得尤为重要。他们虽然离开了熟悉的农村，但户籍身份依旧是农民，他们虽然在城市务工，却不属于真正意义上的城里人。现代建构主义认为，身份并非是一成不变的，而是一个持续自我建构的过程，身份"是在演变中持续和在持续中演变的过程，只有在实现对内的守持和对外的'同化'的时候，身份才能达到自洽与稳定"③。农民工为了更好地适应城市生活，他们渴望通过城市身份建构实现自己的进城梦想，但由于他们并未和城市建立持久稳固的联系，其城市身份想象大多基于表层化的物质层面，这也就导致了他们城市身份建构的虚妄性与悲剧性。

农民工的离乡进城经历了空间的巨大转换，"这是一个从旧世界到新世界，从熟悉的世界到陌生的世界，从自我世界到'他者'世界的转换，更为重要的是，这是一个从现成的、既定的空间，向一个不确定的、完全陌生的、有待于自我构建的空间转换。而这个空间的转换和构建过程，也正是他的现代主

①强乃社.空间性与社会理论重建——索亚空间哲学思想的一条重要线索［J］.社会科学辑刊，2011（6）：11.
②［英］阿兰·德波顿.身份的焦虑［M］.陈广兴，南治国，译.上海：上海译文出版社，2007：1.
③钱超英.身份概念与身份意识［J］.深圳大学学报（人文社会科学版），2000（2）：90.

体性的自我塑造（self-fashion）过程，两者同时并进，互补互动"①。农民工为了更好地适应城市生活，他们主动进行自我城市身份的建构。孙惠芬《歇马山庄的两个女人》中乡下姑娘李平从小就渴望城市，她怀着对城市的美好想象离开家乡来到城里，她对城市人身份的理解就是穿着紧身小衫和牛仔裤，把自己打扮得很酷，她幻想通过衣着的改变得到城市的认可，但这种盲目的外在改变体现出她试图跨越城乡鸿沟时的身份焦虑。王十月《纹身》（《山花》2006年第4期）中打工少年在工厂受到阿峰等人的欺负，而和他年龄相仿的小伙子因为胳膊上纹了一片刺青而躲过了挨打。少年天真地认为纹身就是护身符和自我强势身份的外在标识，于是他找人给自己胳膊上纹了一条巨龙，结果工厂因为纹身而解雇了他。最后，走投无路的少年因加入黑社会收取保护费而锒铛入狱，可见纹身并没有缓解少年的身份焦虑，反而更加深了他的身份撕裂感。

对于这些尚未获得城市户籍的农民工而言，他们对城市身份的追寻主要体现在物质方面，而那些通过婚姻获得城市户口的乡下女性，她们的户籍身份已经发生改变，但文化身份的差异依旧存在，她们始终不能被城市真正接纳。"城市是当代中国价值冲突交汇的场所，大量的流动人口涌入城市，两种文化冲撞，从而产生的错位感、异化感、无家可归感空前强烈。在乡村，谁也没有办法抵御现代化浪潮的席卷，离开乡村的年轻人再也不愿意回去，不但身体不愿意回去，精神也不愿意回去。"② 李铁《城市里的一棵庄稼》中崔喜认为城市是天堂一般的存在，为了实现自己的进城梦，她嫁给了驼背秃顶的城市离异男人宝东。为了得到城里人的肯定，她时刻注意自己的言行举止，并按照城里人的审美标准要求自己，把护肤霜厚厚地涂在脸上，但在丈夫和婆婆眼中，她充其量只是一个生活在城里的乡下人。崔喜的"村姑面孔"和"脸上的那层紫色的皮"并未随着她的进城和获得城市户籍而消散，反而成为其乡下人身份的明证。同样的农村出身和生活经历让崔喜和修车工人大春产生了情感共鸣，也让她感受到纯真爱情带来的心灵悸动，但为了保住自己的

---

① 张德明．空间叙事、现代性主体与帝国政治——重读《鲁滨孙漂流记》[J]．外国文学，2007（3）：110.

② 雷达．新世纪文学的精神生态——雷达在上海市作家协会"城市文学讲坛"的演讲 [N]．解放日报，2007-01-21.

城里人身份，她不得不放弃爱情而回归平淡琐碎的城市家庭生活。"城市对她不过是一种精神的象征，而丈夫、家庭、舒适的生活等都不过是这幕精神戏剧中的一个道具，它远没有男女之间的这种微妙感受来的真实。可是，她知道自己离不开城市了。"① 如果说崔喜是移植进城里的一棵庄稼，那么丈夫宝东就是为她提供生命养分的土壤，只是这棵庄稼最终因水土不服而日益枯萎，这种依附寄生关系决定了城乡关系的不对等性，农民工仿佛中了城市的蛊，受其摧残折磨而又无法离开。

新世纪农民工题材小说中乡下女性获得城市身份的主要途径是嫁给城里人，这就形成了此类小说"城男乡女"的婚姻结构模式，这一方面表现了城市人身份的强大吸引力，另一方面也体现出城市对乡村"性资源"的剥夺与重新配置。《吉宽的马车》中许妹娜放弃吉宽而选择其貌不扬甚至有过犯罪前科的小老板李国平，只因为嫁给他可以实现自己留在城市的愿望。邓刚《怀念一个没有去过的地方》中小米从农村来到武汉的饭店打工，她和崔喜、许妹娜等人的选择一样，在爱情与城市之间选择了后者，"我只是喜欢武汉、喜欢做一个武汉人，喜欢在武汉的马路上走来走去，在武汉的人群当中走来走去。也许这样做很傻，也许这样做很难，也许我会失去什么，但我不会失去生命，我也不会失去机会"②。城市人身份建构对进城乡下女性来说是关乎未来和命运的重要抉择，只要有一线希望，她们都会拼尽全力去争取。吴君《福尔马林汤》中程小桃为了能留在云城并喝上云城人煲的汤，心甘情愿地献出自己的贞操，即便被人欺骗，遭受身体和心灵的侮辱也毫不退缩。除此而外，李肇正《姐妹》中宁德珍嫁给了性无能的城市男人黄钢生，李肇正《傻女香香》（《清明》2003 年第 4 期）中香香嫁给城市鳏夫刘德民，刘思华《城里不长庄稼》（《人民文学》1994 年第 5 期）中三月嫁给了自己并不爱的小老板。这些乡下女性进城前就对城市怀有浪漫性想象，但当她们为融入城市而进行自我身份建构时，才发现城乡户籍壁垒的森严和城乡文化隔膜的深厚。正如程小桃所说："都是有户口的人，为什么户口和户口有这么大的区别？为

---

① 李铁.冰雪荔枝［M］.石家庄：河北教育出版社，2006：190.
② 邓一光.怀念一个没有去过的地方［J］.十月，2000（4）：36.

什么想得到他们的一个户口就要先受这些委屈呢?"①这些话语直指城乡户籍制度对人生存的重要影响,其实与户籍制度紧密相连的是人们在享受权利方面的巨大差异。总之,农民工在进行城市人身份建构时遭遇着身心的磨难与情感的冲突。

"城市真是一个魔鬼,它连你的灵魂、你的血液、你的骨骼也能悄悄换去,但他换去你的灵魂、你的血液和骨骼之后他又不接纳你……"② 城市消费文化和城市现代性促使农民走出乡村,但城市并不是他们理想中的生存家园。城乡二元的社会结构依然对人们的生活产生重要影响,制度层面的城乡关系可能会趋向于逐渐缓和,但深层文化心理方面的融合还有很长的路要走。

二、城市对乡土生命的摧毁

农民工题材小说中主人公的活动范围一般包括城市和乡村这两种空间形态。由于城乡二元体制的影响和国家政治权力的渗透,城乡空间呈现出明显的意识形态性,即城市在现代化发展中处于主导地位,而乡村则处于被动的边缘位置。城市人员构成较为复杂,文化多元混合,人们依靠规章制度行事,讲究工作的效率和竞争机制,乡村的血缘亲情和共同的价值诉求在城市空间纷纷失效,加之商品经济的发达和消费主义的盛行,人们的日常交往容易演化为赤裸裸的金钱关系。因此,城市的社会关系趋向于浅表化和机械化,"共同情感的匮乏、急剧的竞争、居无定所、阶层和地位的差异,职业分工引起的个体的单子化、使人和人之间的沟壑加深,在密密麻麻的人群中,个体并没有被温暖所包围,而是倍感孤独"③。农民工携带乡村文化记忆进入陌生的城市空间,城乡文化的冲突碰撞不可避免,根植于心的乡土记忆不断强化着他们的农民身份,而强势的城市文化又不断摧毁他们固有的乡土认知,由此形成的"空间的错位"给农民工带来极大心理震荡。"空间的错位"是苏贾在《后现代地理学:重申批判社会理论中的空间》一书中提出的重要概念,他认为"社会思维中的空间概念或空间表征不能被理解为类似假设地(抑或

---

①吴君. 福尔马林汤 [J]. 厦门文学, 2005 (12): 11.

②商昌宝主编. 接吻长安街: 小说视界中的农民工 [M]. 太原: 北岳文艺出版社, 2014: 266.

③汪民安. 现代性 [M]. 南京: 南京大学出版社, 2012: 27-28.

相反）独立于社会物质条件的思维方式的各种投射"①，也就是说，"空间的错位"是社会关系在空间方面的具体反映。农民工身处这样的错位空间，身体和灵魂往往无法得到统一，还要常常面临内心的纠葛与身份的撕裂。

隐喻是作家们创作时经常采用的写作手法，言在此而意在彼，通过描摹常见的日常事物或景象，形象地表达某种思想观念和情感立场，具有含蓄蕴藉、引人深思的审美效果。"隐喻或象征，表现了一种相关的存在。某种东西的意义存在于一个置于其间的另一存在的关联中。隐喻所自发生的那个地方是人与自然之间的广泛的认同与对等。"② 新世纪农民工题材小说作家常运用隐喻手法，通过描写乡村自然意象在城市的遭遇，表现城市空间对乡土自然生命的吞噬，暗示农民工在城市的命运遭际。《太平狗》设置了多种二元对立的元素：城里人/农民工、武汉城市/神农架乡下、城市的狗/赶山狗，这集中体现了城乡二元体制背景下城市对农民工的戕害。我们如果从"太平狗"在城市的悲惨遭遇入手进行分析，则可进一步明确乡土自然生命被毁弃的过程。神农架的赶山狗太平是生活在原始森林的灵性物种，"似狗非狗，似狼非狼"，勇猛剽悍，善于捕猎，具有旺盛的生命力。程大种带着太平狗来到城市，却遭到姑妈的嫌弃和鄙薄，意味着乡村亲情伦理在城市空间的失效，城里人也视太平狗为怪物而对它痛下狠手。程大种被逼无奈只好以一百元价格把它卖到屠宰场，太平狗和其他丑陋凶残的流浪狗被关在笼子里，随时面临被屠杀的危险。太平既要想办法躲过剐狗人的铁棍子，还要为了活命和流浪狗殊死搏斗，太平狗的遭遇成为农民工被城市鲸吞的真实写照。太平狗在神农架是如此的"勇猛""豪气"，不仅"紫铜色毛像森林一样葱郁闪亮"，而且可以和几百斤的野猪搏斗，但来到充满欲望的城市后，太平狗就沦为他人肆意玩弄的对象和满足口腹之欲的消费对象，原始蓬勃的生命力在现代城市空间变得萎靡困顿，"为什么在城里无法狂吠和奔跑呢？为什么不敢撕咬"③，乡村动物来到压抑的城市后丧失了生命的野性。同样，农民工来到陌生的城市，也面临着异己力量的排斥与敌视，只有回归温暖的故乡，得到故乡地气的恩

---

①[美] 爱德华·W. 苏贾. 后现代地理学：重申批判社会理论中的空间 [M]. 王文斌，译. 北京：商务印书馆，2004：192.

②耿占春. 隐喻 [M]. 北京：东方出版社，1993：300.

③陈应松. 太平狗 [J]. 人民文学，2005（10）：30.

泽和庇佑，人们才能重获生机。因为他们"像一株株植物，承接着、汲取着大地的养分，它们的身体里有这种聚集吸收的根须。他们的生命属于遥远的山冈和无处不在的大地"①。太平狗最终拖着伤痕累累的躯体回到了遥远的神农架，而主人却在城市黑工厂里饱受折磨，最终客死他乡。太平狗和程大种的城市遭遇既有命运的同构性，也具有一定的反讽性，作家借用太平狗的回归故乡衬托城市对农民工生命的无情吞噬。

在我国这样一个传统的农业大国，农民对土地的情感和记忆主要体现在庄稼上。庄稼不仅是农民们劳作的对象，也是农耕文化的载体，在他们心中有着举足轻重的地位。与农民进城相关联的是"庄稼进城"，这是农民工题材小说重要的书写主题，我们仅从小说题目便可窥见一斑：《麦子》《城里不长庄稼》《城市里的一棵庄稼》《老树客死他乡》《在天上种玉米》《金色麦子》《瓦城上空的麦田》等。某种程度上，庄稼已成为进城农民的精神寄托，移植进城市后的庄稼遭遇也成为农民工生存命运的重要隐喻。

本节拟以几篇小说为例，阐述农民工乡土记忆被不断摧毁的过程和"庄稼进城"的遭遇。刘庆邦《麦子》中乡下姑娘建敏在姑姑开的福来酒家做门迎，每天从早上十点站到晚上十点，迎来送往，机械的程式化操作让建敏脸上的笑容多少显得有点不太自然。建敏从乡下人爱惜农田的惯性思维出发，把从家里带来的小麦粒种进了酒店门前的花池空地里，发芽的麦苗齐整整、绿油油的，惹来了城里人的驻足观看，这让建敏"笑得比以前自然了"。但好景不长，城里的绿化队还是把尚未出穗扬花的麦苗连根拔起，取而代之的是一丛丛绿草。"记忆具有空间和时间累积的知识性，而城里没有属于乡下人的景观记忆，城市里的一切纪念性建筑与文化仪式都与乡下人的经验世界漠不相关。城市的迅速变化不会造成乡下人的失忆，而只会更加巩固他们对乡村的记忆。"② 乡下人的记忆带有一定的诗意性，陌生的城市会激活他们心中潜藏已久的乡土记忆，并以这种诗意记忆抵御外界的侵扰。建敏在花池种麦子就是将乡土记忆付诸实践的过程，然而，错位空间内的种植行为还是让她有

①张颐武主编. 全球华语小说大系·乡土卷 [M]. 北京：新世界出版社，2012：77.
②徐德明. 乡下人的记忆与城市冲突——论新世纪"乡下人进城"小说 [J]. 文艺争鸣，2007（4）：17.

点心虚，当北京干部嚷嚷着要拔掉麦苗和城市绿化队准备清除麦草时，建敏既万分心痛又不敢声张，最后从心底发出微弱的追问："种草就一定比种麦子好吗？"① 建敏只能眼睁睁地看着城市绿化队拔掉她种的麦子后种上青草，她却无话可说。种在城里的麦苗被拔除的过程就是建敏的乡土记忆被不断清除的过程，显示出城市文化的强权与蛮横。城市没有为麦苗的生长提供足够的空间，建敏只能在梦中回望故乡土地上那一片片碧绿的麦田。

徐岱认为："地域空间不仅仅是地理空间的同义词，而是一个集政治、经济、宗教传统与风俗习惯等为一体的文化空间，意味着人与人之间关系的某种格局化。"② 城乡主体认知的差异，导致了城里人和乡下人对种草与种麦的不同理解，种进城市的麦苗最终因无法抵抗城市霸权而被连根拔起，缺少文化身份认同的农民工在城市也难逃被侵蚀的命运。《城里不长庄稼》中三月和秀子像移植进城市的两棵"庄稼"，她们的生命在城市摧残下日渐萎靡。三月选择用自己的身体换取城市户口和物质财富，但在秀子看来，她"好像一朵含露的花，现在只剩下了花，露珠已干涸"③。移植进城的"庄稼"虽然能够勉强活命，却丧失了生命的光泽与风华。《城市里的一棵庄稼》中崔喜这棵"庄稼"在城市空间苦苦挣扎，为维持自己的城里人身份付出一切，最终还是水土不服，"她就像一棵被强光晒蔫的植物，正一点一点被白亮亮的阳光吞没"④。鬼子《瓦城上空的麦田》（《人民文学》2002 年第 10 期）中李四虽然把精心培育的"麦田"（意指三个子女）种进了瓦城，他们却因背弃乡村伦理道德而成为飘浮于城市上空的空洞能指。城乡空间的森严等级和城乡文化的巨大差异决定了"庄稼进城"的悲剧命运，也体现了农民工在两种文化冲突中的情感纠结与精神焦虑。

有些作品虽然没有直接讲述"庄稼进城"，但通过叙写乡村意象在城市的消亡，以此来表现农民工的城市遭遇。尤凤伟《泥鳅》（春风文艺出版社，2002 年版）中的"泥鳅"这一意象成为国瑞等农民工城市生存的真实写照，小说讲述了有关泥鳅的民间传说，这种看似丑陋污秽的生物以泥为食，却在

---

① 刘庆邦. 小呀小姐姐 [M]. 北京：中国言实出版社，2019：53.
② 徐岱. 小说叙事学 [M]. 北京：商务印书馆，2010：263.
③ 刘思华. 城里不长庄稼 [J]. 北京文学，1994（1）：26.
④ 李铁. 冰雪荔枝 [M]. 石家庄：河北教育出版社，2006：216.

洪水来临之时口含砾石补住缺口，挽救了老百姓的性命。泥鳅虽然生活于河水污泥处，却具有强健的生命力，是乡村精神的图腾。国瑞把泥鳅带到城市本是为了给自己带来好运，却不幸成为都市上流人士宫超、玉姐等人口中的一道美食——"雪中送炭"。显然，城市并不适合泥鳅生存，只有回到故乡的河里，才能焕发它原始的生命力。《吉宽的马车》中乡村懒汉吉宽三十岁之前在村子里过着优哉乐哉的自由生活，他听鸟叫虫鸣，看蝶蜂翻飞，赏四季美景，他驾驶的那辆马车则象征着淳朴自然的前现代农村生活。为了追求"细腰大屁股"的心上人许妹娜，他离开歇马山庄进城打工，也告别了传统的乡村生活。最终，破败朽烂的马车被挂在歇马山庄饭店的墙上，成为逃离乡村的人们心中沉痛而美好的记忆。"林中的鸟儿，叫在梦中；吉宽的马车，跑在云中；早起，在日头的光芒里呦，看浩荡河水；晚归，在月亮的影子里呦，听原野来风。"① 这首富有乡土气息的民谣贯穿于小说始末，成为作家喟叹乡村自然文明不断消逝的一阕哀伤挽歌。

"躯体的存在保证了自我拥有一个确定无疑的实体。任何人都存活于独一无二的躯体之中，不可替代。如果说'自我'概念的形成包括了一系列语言次序内部的复杂定位，那么，躯体将成为'自我'含义之中最为明确的部分。"② 也就是说，躯体具有明确的主体性，是人们与他人区分的重要标志，也是体现个人价值和人格尊严的具体表现形式。由于农民工缺少经济文化资本，他们中的大部分靠出卖力气生活，但其身体经常遭受肆意欺侮，最后落得个身体残疾或被毁灭的可悲结局。"强健的躯体—进城受辱—伤残返乡"几乎成为这类小说的叙事模式，表现了城市的"吃人"本质。农民工带着美好的愿望来到城市，想要通过自己的努力站稳脚跟，但往往事与愿违，最后他们只能拖着伤残的身体回到依旧贫瘠的农村。《泥鳅》中国瑞因外貌酷似明星周润发而成为城市女性玉姐手中的玩物，他自认为已经跻身城市上流阶层，殊不知却陷入了别人早已设计好的圈套里，最后沦为牺牲品而被执行枪决，命丧黄泉。熊育群《无巢》（《人民文学》2007 年第 1 期）中郭运高中辍学后来广州打工，梦想着能在老家盖一座房子娶媳妇，他在城市遭受一连串打击

①孙惠芬. 吉宽的马车［M］. 北京：作家出版社，2007：3-4.
②南帆. 躯体修辞学：肖像与性［J］. 文艺争鸣，1996（4）：30.

后以极端方式结束了自己的生命，死后连个骨灰盒也没有，只能被父亲用蛇皮袋子装着带回老家。王十月《开冲床的人》（《北京文学》2009 年第 2 期）中李想和小广西在嘈杂轰鸣的工厂打工，冲床巨大的铁掌把他们的手掌砸成了肉泥。除此而外，还有李师江《廊桥遗梦之民工版》（《上海文学》2004 年第 1 期）中的刘福利、李锐《扁担》（《天涯》2005 年第 2 期）中的金堂、宋剑挺《麻钱》（《当代》2004 年第 2 期）中的刘干家……这些农民工似乎都无法逃脱被城市无情吞噬的命运，这一方面表现出城市空间的霸权及对农民工的无情排拒，另一方面也体现了作家创作力和想象力的贫乏。

三、空间隐喻与农民工精神焦虑

列斐伏尔认为："空间里弥漫着社会关系，它不仅被社会关系支持，也生产社会关系和被社会关系所生产。"① 也就是说，生存空间既可以反映一定的社会关系，又可以反过来进一步巩固和增强这种社会关系。空间不再只是人们生活的具体地点，还成为社会阶层和文化身份的重要标志，具有一定的意义指涉功能。农民工题材小说的主人公在城乡空间转换中，不仅陷入了巨大的物质生存困境，而且还要经受伦理价值错位和身份认同带来的精神冲突。这类小说的空间形态不只是故事发生的地理场所，更具有强烈的空间隐喻性质。本节主要以铁凝的《谁能让我害羞》为例，阐释新世纪农民工题材小说的空间隐喻，考察农民工在我国城市化进程中所遭受的身份眩惑与情感冲突。

铁凝 1982 年创作的小说《哦，香雪》（《青年文学》1982 年第 5 期）中一辆停靠在台儿沟仅一分钟的火车打破了静谧自然的乡村生活，香雪和其他乡村女子进入火车车厢，见识到城市现代化的"塑料铅笔盒"和"普通话"等城市意象后，进而萌生出对外面世界的憧憬。短暂的商品交易之后，她们还要回归原来的乡村生活，而那辆象征着城市现代化的火车继续吐着白烟、逶迤前行。如果说这篇小说表现了生活于前现代农村的人们因对未知生活的向往而产生的"时间焦虑"，那么铁凝创作于 2002 年的《谁能让我害羞》则突出了农民工在城乡贫富差距和阶层对立的现实语境中所产生的"空间焦

---

① ［法］亨利·列斐伏尔. 空间：社会产物与使用价值［M］//包亚明主编. 现代性与空间的生产，上海：上海教育出版社，2003：48.

虑"。小说设置了女人/少年、矿泉水/自来水、手机/呼机、点火器/小刀等多重相互对峙的意象，表现出鲜明的城乡对立与二元分化。在电视台担任节目制片人的女人家庭条件优渥，丈夫长年驻国外做生意，宝宝喝的是"达到国际标准"的矿泉水，居住的是宽阔敞亮的湖滨雅园。相比而言，送水少年寓居在姑姑家，和表哥挤在一间6平方米的小屋。少年为客户送一桶50斤重的矿泉水挣8毛钱，生意最好的一天不过才挣7块2毛钱。社会层级的分化和经济收入的悬殊造成了少年和女人生存境遇的巨大差异，文化身份的落差和社会阶层的隔膜导致了一场本可避免的悲剧。

农民工在追求公平正义的过程中遭受着内心的焦虑，而这种精神焦虑又与其城市身份认同紧密相关，他们来到城市，原有的身份有效性丧失，而新的身份认同又尚未确立，身份的焦虑也就如影随形。"身份的焦虑是一种担忧。担忧我们处在无法与社会设定的成功典范保持一致的危险中，从而被夺去尊严和尊重，这种担忧的破坏力足以摧毁我们生活的松紧度；以及担忧我们当下所处的社会等级过于平庸，或者会堕至更低的等级。"① 在城乡二元体制的影响下，城市一般被认为是物质财富的聚集之地，是现代化前进的方向，代表着时尚、文明与先进。相应地，城市人身份也意味着更多的资源和更优越的社会地位。因此，少年会因为女人开车光临他所在的那家破旧狭窄的水站而心潮涌动，会因为女人指定让他送水而产生莫名的自豪感。"她带着风，带着香水味"，"她穿着真高级，少年的词汇不足以形容她的高级"②。可以说在一定程度上，女人成为少年对城市美好想象的寄托，来自乡下的少年渴望得到城市女人的认可，但城乡差异和社会阶层分化还是将他的愿望无情地碾为齑粉。

"镜中我"是美国著名社会学家查尔斯·霍顿·库利（Charles Horton Cooley）提出重要概念："一个人自我观念是在与其他人的交往中产生的，一个人自我的认识是关于其他人对自己看法的反映，在向别人对自己的评价之中

---

① [英] 阿兰·德波顿. 身份的焦虑 [M]. 陈广兴，南治国，译. 上海：上海译文出版社，2007：6.

② 铁凝. 谁能让我害羞 [J]. 长城，2002（3）：6.

形成自我的观念。"①也就是说，自我身份的确认和自我观念的形成是一个不断建构的过程，依赖于别人对自己的评价与指认，农民由乡进城，身份的确认很多时候来自城里人的判定。正因如此，为了得到女人的关注，少年送水时穿着从表哥那里偷来的西装、西裤、大头皮鞋等衣物，以及花格围巾、花领巾、大耳机等时尚装饰品。然而，少年的城市人身份建构在女人看来是那么怪异荒诞，认知的错位更加剧了他内心的焦虑。少年第三次送水的路上被汽车剐蹭，碰巧赶上电梯故障，但他还是扛着50斤重的水桶爬上八楼。少年所在的"一楼"与女人身处的"八楼"不仅是简单的物理空间，更隐喻着社会阶层的分化。身处"一楼"的人需要仰视"八楼"并通过不断攀爬才能到达，而身居高层的社会上流人士则具有先天的"俯视"优势。一楼的"少年"将八楼的"女人"作为自我身份建构的重要参照，而女人非但不理解少年的所作所为，还表现出极强的身份优越感和社会阶层认知的深厚隔膜，"我要为他的劳累感到羞愧么？不，女人反复在心里说"②。喝一口矿泉水对少年来说是城市人身份的象征，而这一简单愿望的一再落空意味着社会层级的固化以及不同群体交流通道的被阻塞。如果说《哦，香雪》中火车的短暂停留以及少女们与乘客的简单交流还为城乡互动留下了可能，那么《谁能让我害羞》中女人断然回绝给少年打呼机的请求则意味着城乡交流的可能性被无情掐断。"他以为他是谁，还让她呼他，难道谁都配被她呼吗！""所以女人需要有人送水，最终她才能忍受那些送水人。"③ 在城乡发展悬殊的现实语境中，弱势群体与上流人士对话的可能性几乎为零，女人在少年面前表现出的优越和傲慢更加剧着社会底层人群的精神焦虑。

　　新世纪农民工题材小说的空间形态不仅是人物活动的场所和故事发生的背景，更表征着农民工生活处境的艰难和内心情感的冲突。邓刚《桑拿》中刘忠德带着父亲的嘱托和教导离开乡村，来到三百公里外的省城打工。他和表哥刘忠才挤在一间狭小昏暗的出租屋，刘忠德当门童，表哥则专门负责给

①［美］戴维·波普诺. 社会学（第10版）［M］. 李强，等译. 北京：中国人民大学出版社，1999：148.
②铁凝. 谁能让我害羞［J］. 长城，2002（3）：11.
③铁凝. 谁能让我害羞［J］. 长城，2002（3）：8.

客人搓澡。他们工作辛劳、收入微薄，即便如此，二人也不愿再回到生养他们的乡村。刘忠德在亚马孙洗浴中心的遭遇可以被看作农民工城市生存境遇的缩影。他站在门边这样一个室内外交接处，冬夏时节室内室外两重天的气温让他这个"边缘人"饱受折磨。"一天站下来，刘忠德感到身子像被割两半了，一半热辣辣的疼痛，一半凉飕飕的麻木。"①"门边"这个缝隙空间成为农民工尴尬生活境遇的重要隐喻，他们既不能享受城市提供的各种便利资源，也不愿回到贫瘠落后的农村，最终只能在城乡夹缝中挣扎徘徊。于晓威《厚墙》（《西部》2007 年第 7 期）中少年因为家境贫困而辍学，为了补贴家用，他挖过沙子、养过林蛙、挖过煤矿、卖过蔬菜，但都以失败而告终。无奈之下，少年只好来到城里出苦力给人砸墙，每天骑着二手自行车往返于工棚和雇主家，甚至晚上还要加班加点地干活，隔壁的胖女人指责他侵犯了自己的休息权而扬言要报警。等到少年费尽全力砸完了三堵厚墙并把所有的建筑垃圾艰难地背下七楼之后，雇主却以少年没有在规定时间内完成任务影响了自己的装修和入住为由而克扣他的工钱。孤立无援的少年在索取报酬未果的情况下将凿墙的镐头对准城市雇主，用非法的暴力行为捍卫了自己的人格尊严。作家用"墙"这一意象隐喻不同人群之间心灵的隔膜与情感的对峙，一墙之隔隔开了乡村少年和城市雇主沟通的可能。实体性的墙可以被推倒砸烂，但城乡之间的无形之墙依然顽固地横亘于人们心头。值得注意的是，《厚墙》中的"少年"和《谁能让我害羞》中的"女人""少年"都是没有名字的人物代称，既可以视为发生在他们身上的具体事件，也可以被看作是我国城市化进程中农民工命运遭际的共同写照，表现了作家对社会底层人群生存境况的同情与忧思。

路易斯·沃斯（Louis Wirth）将城市工业生活与乡村生活进行对比，在他看来，"由于都市人来源广泛，背景复杂，兴趣殊异，流动频繁，因此，主宰着民俗社会的血缘纽带、邻里关系和世袭生活等传统情感不复存在。都市人需要同大量的他人打交道，但是这种接触是功能主义的、表面性的、浅尝辄止的、非个性化的"②。农民工来到本不属于他们的异质性城市空间，不但

---

① 邓刚. 桑拿 [J]. 十月，2001（5）：8.
② 汪民安. 现代性 [M]. 南京：南京大学出版社，2012：27.

要遭受物质生存的困厄，还要面临文化身份认同等精神向度的深层焦虑，很多小说着力表现的都是农民工身份归属的不确定性和漂泊无依的生存状态。正如焦祖尧《归去》中吴福所感慨的那样："明明城市人不承认他是城市人，农村人又不承认他是农村人，他成了啥人了？"① 农民工的身份困惑和精神焦虑如果不能得到有效的舒缓排遣，很有可能会导致他们人格的异化，给社会和谐稳定带来一定影响。如何构建公平正义的社会空间秩序，仍是当前中国社会亟须解决的重大现实问题。

第三节　返乡之惑与身份的再次失落

在 20 世纪中国文学的现代性书写中，作家们对城市的态度是暧昧复杂的，其中纠缠着物质性肯定与精神性怀疑的双重情感，这就使得"进城"与"返乡"成为乡土文学的重要叙事主题。"如果说'进城'的动力源于乡土中国的现代性冲动和焦虑，而'返乡'则体现为对乡土文明的依恋及由此衍生的现代性误读和错位。"② 以鲁迅为代表的乡土文学作家因不堪忍受封建宗法制度对人思想的钳制，在西方现代性的感召下逃往异地，寻求别样的人生。作为都市空间的侨寓者，乡土文学作家常常面临理想与现实错位的矛盾，在未能实现人生价值的情况下，返回故乡冀求情感抚慰成为他们的共同选择。"现代文学中的'还乡'是在封建性和资本主义文化双重夹击下的悲剧性氛围中展开的，置身其中的离家者和还乡者灵魂永远处在两者撕裂的痛苦与漂泊的疲乏中，安逸而温暖的家或家园只能在想象中、追忆中。"③ 由于返乡知识分子与深受封建思想影响的庸众之间存在情感鸿沟，寻求慰藉而不得的返乡者只好再次踏上去往异乡的路途，从而形成了乡土文学"离去—归来—再离去"的叙事模式。

从这种意义上讲，新世纪农民工题材小说的返乡叙事延续了乡土文学的

① 焦祖尧. 归去 [J]. 人民文学, 1993 (10)：11.
② 刘铮. 返乡之路——关于新世纪乡土小说中"返乡"主题的思考 [J]. 扬子江评论, 2011 (1)：58.
③ 何平. 现代小说还乡母题研究 [M]. 上海：复旦大学出版社, 2012：212.

叙事传统。不同的是，乡土文学返乡叙事的主体是知识分子，作家赋予他们一定的启蒙主义思想，并通过他们的返乡达到国民性批判的目的。而农民工题材小说的返乡主体是在城乡空间都找寻不到自我价值的农民工，作家通过他们的返乡，将城市与乡村这两个文化空间相连接，着力表现农民工在城乡边缘空间的精神困境及出路问题。

一、乡村乌托邦的幻灭

20世纪80年代以来，农民们满怀憧憬地来到异质性的城市空间，但他们并不具备现代工业所需要的专业技术，大多只能凭借原始的身体力量勉强度日。在城市生活受阻的现实境遇下，农民工自然将生养他们的故乡看作疗愈身心的理想家园。因为故乡有美丽宁静的自然风光和熟悉的乡音乡情，还有他们童年生活的美好印记，即使那些业已融入城市的农民工，在生命的某个时刻也有返乡的冲动和求而不得的焦虑。可以说，农民工作为在城乡空间迁徙的"候鸟"人群，他们与故乡有割舍不断的情感联系。从某种程度上来说，"乡土是和母亲相联系的，对乡土的感情也就类似于对母亲的感情，或竟是同一的东西"①。因此，与"进城""拔根"等概念相对，"返乡"成为农民工题材小说重要的叙事类型。作家借由农民工的视角展开叙事，通过他们的返乡完成对社会转型期乡村基本形态的想象与建构，进而揭示出返乡者在城乡空间的边缘地位及其失根的精神状态。

如果说在城市遭受的不公正待遇是农民工返乡的叙事动因，那么回归故土则是他们返乡的主体性实践。"五四"时期知识分子的返乡不同，农民工返乡是对不如意的城市打工生活的逃避，目的在于弥补城市生活的缺憾，寻求情感的慰藉。罗伟章《我们的路》中在广州城打工的郑大宝不惜以损失两个月的工资为代价，在大年初四赶回了自己朝思暮想的故乡，见到了熟悉的亲人和自己的妻子女儿，这让他心里觉得无比踏实。荆永鸣《大声呼吸》（《人民文学》2005年第9期）中王留栓和妻子带弟在城里打工，尽管王留栓勤恳老实，但他的生活却屡屡受挫，妻子带弟怀上了别人的孩子，他在找对方理论的时候却被抓进了派出所。夫妻二人离开了给他们带来梦魇记忆的城市，

---

① 王西彦. 悲凉的乡土 [M]. 广州：花城出版社，1982：3.

逃跑似的坐上了开往故乡的列车，最终回到了家乡那片熟悉的土地。李锐《扁担》中金堂在北京城打工时不幸被大车轧了双腿，他费尽千辛万苦一步一步地挪回了吕梁深山的老家，"在老神树温柔的身子后面，飘荡着几缕熟悉的炊烟。有狗的叫声远远地传过来。眼泪猛然像一阵暴雨喷涌而下"①。这样具有情感象征意味的自然风景成为金堂坚持返乡的精神动力，在他心中，故乡已不仅仅是一种具象客观的地理存在，而成为一种富有精神力量的情感寄托之地，象征着纯真、自然与美好。

　　农民工历经艰辛回到心心念念的故乡，真的能纾解他们在城里生活的悲痛，进而找寻到自我的身份认同吗？现实境况与美好想象的错位往往使他们的处境更为尴尬。"对于归来者来说，故乡属于记忆中的故乡，因为记忆已经定格在离开前的过去，离开后到返回前对于故乡而言是一片记忆的空白。所以，归来后的一切会让他感到惊异，因为，过去的记忆与眼前的现实构成了对比的反差。"② 农民工在城市受到现代文化的濡染，当他们以现代目光反观乡村时，会发现乡村的诸多问题，这也进一步加深了他们与村民之间的隔膜。《我们的路》中郑大宝回家享受了短暂的团圆之后，目睹了故乡存在的一系列现实问题：劳动力匮乏、房屋坍圮、留守儿童的身心健康、留守妇女的情感出路等。与这些现实问题相比，乡民们冷漠自私的本性更让返乡者心寒。陈应松《夜深沉》中外出打工的隗三户从广州归来，想要叶落归根却发现自己的房屋已经被村里收回，他费尽心思想要回自己宅基地的愿望一再落空，在和村支书武大雨、乡镇邓书记交涉过程中遭受到基层权力的挤压。返乡之路受阻的隗三户深切感受到"一块一块的童年记忆都在消失，都被别人占领了……"③，以前给予他情感慰藉的故乡如今看来是那么陌生和不近人情。与隗三户寻找故乡而不得的遭遇相似，胡学文《虬枝引》（《北京文学》2009年第7期）中乔风返乡本是为了和妻子离婚，真正归来后才发现一棵树村和妻子早已不见踪迹，他四处找寻却一无所获，最后只能在故乡土地上栽种一棵树以标识村庄的存在。不论是郑大宝看到家乡的颓败不堪，还是隗三户和乔

①李锐. 扁担［J］. 天涯，2005（2）：103.
②刘雨. 多元矛盾中的个性选择：中国现代作家的生命体验与创作［M］. 长春：吉林教育出版社，2003：231.
③陈应松. 一个人的遭遇［M］. 南京：江苏凤凰文艺出版社，2017：151.

风返乡找寻他们曾经的生活家园，都表现了农民工与故乡的精神性血脉关联。然而，城市工业文明已经改变了乡村原有的风貌，也造成了乡村乌托邦家园的幻灭。作家李锐认为："农村、农民、乡土、农具等千年不变的事物，正在所谓现代化、全球化的冲击下支离破碎、面目全非。亿万农民离开土地涌向城市的景象，只能用惊天动地、惊世骇俗来形容。""衣不蔽体的田园早已没有了往日的从容和宁静。所谓历史的诗意，早已沦落成为谎言和自欺。"① 记忆中的乡村景象和眼前的现实境遇形成鲜明反差，乡村不再是诗意美好的乌托邦，家园的衰败直接阻断了农民工的返乡，他们往往不得不再次进城，由此构成了农民工题材小说的叙事动力，突出了农民工在城乡空间的失根状态和归无所依的漂泊处境。

乡村乌托邦的幻灭不仅体现为现实景象与记忆家园的巨大落差，还表现为乡村精神家园的丧失和伦理道德的蜕化，这些都给返乡者带来沉重的创伤。城市商品经济以强大的势力冲击着乡土社会的价值观念，以往淳朴的人际关系趋于瓦解，取而代之的是冰冷的利益关系。刘庆邦《回家》中梁建明是村子里唯一的大学生，父母吃苦受累都是为了让他能在城市扎根。在城市找工作屡遭欺骗的梁建明不仅被克扣了毕业证，弄丢了被褥，还遭受着残忍的肉体折磨，落魄不安的他趁天黑偷偷摸摸地回到家里，本想寻求亲情的抚慰却以失败告终。母亲担心返乡的儿子遭人耻笑而把他关在家里不让出门，甚至指桑骂槐地暗示他快点离开。城市空间的电棍酷刑让梁建明遭受身体的疼痛，而乡村空间的狭隘势利更让他的心灵世界一片荒凉，再次离乡的梁建明发出了这样的内心呼号："我再也不回来了，死也不回来了。"② 陈应松《归来》（《上海文学》2005 年第 1 期）中在城市建筑工地打工的喜旺因意外去世，喜旺媳妇和喜旺妈抱着他的骨灰悲伤地返乡，家人和村民们不关心喜旺的死活，一心觊觎他的死亡赔偿金，表现出人性的冷漠。阎连科《把一条胳膊忘记了》（《作家》2013 年第 11 期）中金堂在建筑工地干活时从高处掉下来丢了性命，银子捧着他被砸伤的胳膊返乡，却遭到了金堂家人的无情拒绝，但当他们得知金堂手上还戴着一颗大戒指时，又上门找银子讨要。势利的乡民不关心人

---

①李锐. 太平风物：农具系列小说展览［M］. 北京：生活·读书·新知三联书店，2006：6.
②刘庆邦. 刘庆邦小说［M］. 北京：中国社会出版社，2006：6.

的生命价值，看重的只是实际的物质利益，原本温情脉脉的乡村道德已被赤裸裸的金钱关系替代。作家以批判的态度揭示出金钱对人性的异化和戕害，隐含着他们对城市现代性发展的忧虑。

农民工在城市生活受挫和思念故乡的情感冲动下返乡，本是为了找寻身体和灵魂休憩的港湾，却意外承受着城乡空间的双重打击。农民工在城市"无根"的漂泊境遇中返回故乡以"寻根"，却发现传统乡村在工业文明侵袭下已经幻灭，最终导致他们在城乡空间的"失根"状态。由于农民工长期生活在城市，加之对农民身份保持有一定距离，他们已经无法在乡村找到自己的价值，而城市又不会真正接纳他们，这就造成了农民工城乡双重边缘人的尴尬境遇。如王十月《寻根团》中的王六一所感慨的那样："有了城市的户口，却总觉得，这里不是他的家，故乡那个家也不再是他的家，觉得他是一个飘荡在城乡之间的离魂。"①

二、女性返乡的艰难

在新世纪农民工题材小说的返乡群体中，由于乡村女性的性别和身份特征，使得她们的返乡尤其是"小姐"的返乡引起了作家们的普遍关注。相比于男性农民工务实的进城目标，城市似乎更能激发乡村女性的浪漫想象，她们满怀期待地来到城市，暂时摆脱了土地和乡村的牵制，获得了一定的自由发展空间。然而，在城市商业文化和消费主义的作用下，乡村女性在城市的生活仍然是相对压抑的。"所谓城市与女人的关系，一面是城市对于女人的诱惑，另一面是城市对女人的异化。"② 当乡下女性面临被城市驱逐的危险时，最后可供利用的就只有她们的身体，身体的沦陷体现出城市对女性的异化，也表征着乡村文明在城市的不断溃败。

囿于经济文化资本的限制，进城女性部分在发廊、洗浴中心、桑拿房等城市空间从事女"性"服务工作，常常要经受身体的折磨和精神的凌辱，这让她们身心俱疲、苦不堪言。部分进城乡下女性在陌生的城市遭受玷污，甚

①王十月．寻根团［J］．人民文学，2011（5）：30.
②荒林，王光明．两性对话：20 世纪中国女性与文学［M］．北京：中国文联出版社，2001：136.

至面临被毁灭的结局,就像《李玉兰还乡》中的李玉兰所说的那样:"随便哪座城市都像一座森林一样,一个人就像一片树叶,烂在里面连一点痕迹都不会留下。"① 为了逃离压抑沉闷的城市生活,进城女性把故乡看作精神的救赎之地,她们的返乡意味着对乡村传统文化的回归。只是这些受到城市文化濡染并有不洁城市经历的女性返乡后往往还要受到乡村性道德和乡村权力的监督,表现了传统文化对她们的钳制与规约。

随着城乡互动的不断增强,城市文化不断地渗入乡村而影响着伦理体系的完整与稳定,但乡村固有的一些思想观念和道德认知依然在维持乡村秩序方面发挥着重要作用。其中,性道德和女性贞洁观念依旧是乡村社会几千年来根深蒂固的价值观念,这也成为评判他人道德品质的重要标准。乡下女性在进城之前,就潜在地受到乡村性道德的制约,村民们会先验性地判定城市商业文明对她们的异化。经历了城市现代文明洗礼的女性返乡后,仍然要受到乡村伦理的审视。"一旦人们孤立地观察卖淫,没有深追其根源以及在社会中赖以立足的整个基础,就会陷入采用'绝对道德'的标准来衡量的危险:对它既不理解,却简单地或不公正地做出判决。"② 当这些女性们从陌生人构成的城市回到乡村的熟人社会,男性中心主义则以其强大的势力规训着返乡的女性,也直接影响着她们的行为选择。在新世纪农民工题材小说中,大部分返乡女性都想通过改造自我的身体以融入曾经生活过的乡村家园。《歇马山庄的两个女人》中的李平刻意隐瞒自己在城市失身的事实,返乡后与自己心爱的乡下男性成子结婚。乔叶《紫蔷薇影楼》(《人民文学》2004 年第 11 期)中刘小丫在来例假最后一天与男友发生关系,并最终嫁给了这位小城摄影师。何顿《蒙娜丽莎的笑》(《收获》2002 年第 2 期)中在城市当过"小姐"的金小平返乡后依靠自己的力量开了一家按摩店,她那如蒙娜丽莎般的迷人笑容俘获了小学副校长汪楚兵,并最终嫁给了他。

这些返乡女性表面上看似达成了返乡愿望,过上了安定知足的生活,但当她们曾经的身份被知情者识破时,则会遭到乡村权力和男性的无情驱逐。

①曹军庆. 李玉兰还乡 [J]. 清明, 2001 (3): 63.
②[德] 西美尔. 金钱、性别、现代生活风格 [M]. 顾仁明, 译. 上海: 学林出版社, 2000: 131.

乡村留守女性潘桃出于嫉妒心理出卖了好友李平，并将其在城市的失身经历公之于众，李平的丈夫成子知晓后对李平拳打脚踢。曾经的嫖客窦新成的出现，打破了刘小丫平静的归乡生活，她不得不以身体的再次沦落来维系现有的生活。同样的，丁副镇长也以曾经的嫖客身份威胁骚扰金小平，丈夫汪楚兵觉得自己颜面扫地而抛弃了金小平。金小平在复仇心理的作用下，挥刀砍死了丁副镇长。相比于男性农民工，女性农民工特别是在城市从事"性"服务的女性的返乡显得更为艰难，她们不仅要遭受乡村乌托邦幻灭所带来的身心苦痛，还要经受乡村性道德的规训和族权、父权、夫权的多重打压。

与乡村伦理道德对返乡女性的规约相比，亲人们的冷漠和敌视更让她们身无所依、孤苦漂泊。当乡村女性在城市遭遇不顺时，对亲情的渴望成为她们最大的精神慰藉，而当她们拖着伤病的身体返乡时，却遭到了亲人们的拒斥和怀疑。《李玉兰还乡》中李玉兰在城市当了几年"小姐"，渴望回到烟灯村嫁一个老实本分的乡下人，过平淡踏实的安稳日子。然而，父亲和哥哥嫂子还是会因为她的城市经历而在村里抬不起头，哥哥李明义更是对她恶语相加："你还有脸回来么？你不死在外面你回来干什么？"①魏微《异乡》中徐子慧在城市打拼三年，本分守己，换了好几份工作，情感生活也不尽如人意，无奈之下回到了让自己既爱又恨的吉安小城。返乡后的徐子慧觉得家里如寒冬般冷寂，"无数双的眼睛，一支支的像箭一样落在她的要害部位，屁股，腰肢……到处都是箭，可是子慧不觉得疼，只感到羞耻"②。村民们用乡村道德赋予的权力之眼凝视返乡的徐子慧，甚至连父母也怀疑她在城市卖淫，趁她不在家的时候翻找她的行李箱。备受压抑的徐子慧晚上辗转难眠，几次将身子探出窗外，想自我了断。《我们的路》中春妹在城市遭人欺骗，未婚先孕，她抱着襁褓中的婴儿回到故乡，而这成为村民们茶余饭后的谈资和议论的焦点。家人觉得这件事让他们颜面尽扫，对她冷嘲热讽，返乡之路受阻的春妹只好再次离乡进城。

如果说李玉兰、徐子慧和春妹还只是没有得到亲情的慰藉，漂泊的身心无处安放。那么，刘继明《送你一束红花草》（《上海文学》2004 年第 12 期）

---

① 曹军庆. 李玉兰还乡 [J]. 清明，2001（3）：55.
② 魏微. 异乡 [J]. 人民文学，2004（10）：89.

中的樱桃和陈继明《青铜》(《人民文学》1999 年第 1 期) 中招儿返乡后生命的陨灭，则意味着乡村权力对返乡者的深重戕害。疾病是古今中外文学的叙事母题，具有极强的隐喻功能，拖着伤残身体的乡村女性返乡后要遭受疾病的折磨甚至生命消亡的威胁，这意味着城市文化和乡村道德对她们的双重钳制。《送你一束红花草》中美丽的乡村姑娘樱桃用在南方佴城卖淫得来的钱给家里盖起了楼房，供自己的弟弟小蟋蟀读书，但她的付出并没有得到家人的肯定，父母无法忍受村里人的闲言碎语，将生重病的樱桃赶到了鱼塘附近的茅草屋里。最终，樱桃在孤寂抑郁中悲惨死去。《青铜》中在城市做"小姐"的招儿患病后回到阔别数年的海棠村，却遭到了铁匠父亲的冷眼，而她每天洗澡用去的三桶水更是让村里人无法忍受。招儿为资助海棠村小学的校舍建设主动捐款四万元，这让村民和父亲陷入复杂的心理矛盾中。万般无奈的招儿最终选择自杀，用自己生命的消亡来救赎不洁的城市过往。与其说樱桃和招儿等返乡女性死于疾病，毋宁说是乡村的权力道德机制将她们推向了死亡的深渊。

相比于农民工题材小说的其他返乡者，返乡女性的特殊身份及其返乡时带回的物质财富让她们处于更为尴尬的境地，也呈现出社会转型期的农村社会在坚守道德与追求财富之间的悖论性矛盾。一方面，前现代乡村以城市现代化为参照，重视经济利益；另一方面，乡村固有的道德文化依旧发挥着重要的约束作用。"在金钱和伦理道德的天平上，人们总是毫不犹豫地选择了前者；而在淳朴的乡情亲情与伦理道德天平上，人们又总是毫不犹豫地选择了后者。人们就是在这样的悖论与怪圈中完成利益和意识形态选择的，谁又能去体验这一出卖肉体和色相群体的内心世界呢？"① 村民和亲人们既在物质诉求上依赖返乡女性，甚至以物质财富为标准去评判返乡者，而在心里又厌恶、蔑视甚至诋毁她们，呈现出互为矛盾的吊诡态势。李玉兰知道自己给家里人丢了脸，她认为自己卖身的钱一定可以挽回父亲和哥哥嫂子的尊严。在哥哥质问辱骂她的时候，李玉兰自信地答道："我拿钱报答，我要用钱把你们丢尽

---

①丁帆．"城市异乡者"的梦想与现实——关于文明冲突中乡土描写的转型［J］．文学评论，2005（4）：37．

了的脸面再给挣回来。"① 她用自己挣来的钱在村子里盖了一座可以和村主任家相媲美的楼房，原来在村里备受歧视的李家人摇身一变，成为村里人巴结谄媚的对象，竟然有好几户人家上门提亲，想要娶李玉兰为妻。不论是哥哥李明义态度的转变，还是村里人对李玉兰返乡前后截然不同的态度，事实再次证明了金钱的魔力，表现出商品经济对淳朴乡情的侵蚀。然而，在亲人和村民们内心深处，返乡女性获取金钱的方式犹如一根毒刺深扎他们体内，不时会刺痛他们敏感脆弱的神经。《青铜》中招儿虽然为村里的小学建设慷慨捐出四万元，但依然无法得到村民们的宽宥与接纳，他们甚至会觉得这钱"不吉利"。《柳乡长》中槐花利用自己的身体在椿树村修建了气派奢华的小洋楼，柳乡长一方面为槐花建了一座纪念碑，称赞她是村子里致富的带头人，怂恿村里其他年轻人外出打工挣钱；另一方面，他仅把槐花等乡村女性当作实现自己政绩的工具，打心眼里瞧不起她们。所以柳乡长才会在为槐花建造的纪念碑上吐一口浓痰，以表示自己内心的蔑视与鄙夷。

"在历史夹缝中生存的小姐，她们承担的各种压力在世界同类职业中是少有的，身体的、经济的、人格的、心灵的。她们实际上是一个严重失语的弱势群体，在巨大的异己壁垒的压制下，出现一种很吊诡的生存状态。"② 乡村女性作为城市欲望的消费对象，她们在城市遭受屈辱不公后把曾经的故乡看作救赎之地，期望能在乡村找回自我的存在价值和人格尊严，但乡村的冷漠无情和亲人们的决绝态度让她们不寒而栗。"对故乡的陌生化，不仅是没有了家居，也不仅是物是人非的疏离感，更重要的是他们的情感也流离失所，与故园的精神纽带也被完全切断了。"③ 返乡女性回到故乡，可能面临比在城市更多的未知因素，但她们最终还是回到了魂牵梦萦的家园，家乡的拒斥与不接纳迫使她们只能再次进城。从乡村女性进城遭受身心的折磨到返乡后村民和家人的复杂态度，再到她们的再次离乡进城，此类女性的返乡叙事呈现出"尴尬—堕落—漂泊"的命运变奏曲。

①曹军庆. 李玉兰还乡 [J]. 清明, 2001 (3)：55.
②柳冬妩. 从乡村到城市的精神胎记——中国"打工诗歌"研究 [M]. 广州：花城出版社, 2006：33.
③张闳. 论祥林嫂之问——鲁迅小说《祝福》中的灵魂处境及相关难题 [J]. 文艺理论研究, 2019 (6)：49.

三、返乡之"路"的隐喻

我国长期实行的城乡二元体制，使城市与农村成为两个相互独立的生活区域。一般来说，城市与农村之间距离相对较远，且交通不便，不论是进城道路的漫长曲折，还是返乡之路的坎坷磨难，农民工往往在连接城乡的路途中奔波往返。"道路作为引导，在于它是一种空间设计，它将不同的空间联系在一起的思想，是渴望达到他处的一种愿望。"① 进城与返乡之路不仅具有地理空间的实指性意义，还具有丰富的隐喻意义意识形态内涵，即城乡间漫长的道路不仅实指两者物理距离的遥远，还意味着城乡地位的悬殊和城乡生活的差异。农民工进城动机与返乡结局的鲜明差别表现在他们身体的伤残甚至生命的丧失上，"现在的城市等待着山里人的生活确实极不安全的，他们往往以谋求更好的生活的动机开始在城里'谋事'，却以事与愿违的'出事'断送进城的生计"②。金堂（李锐《扁担》）、蔡毅江（尤凤伟《泥鳅》）等农民工身体受伤，他们尚且可以拖着病体在城市生活或返回故乡，而五富（贾平凹《高兴》）、贺兵（罗伟章《我们的路》）、喜旺（陈应松《归来》）、郭运（熊育群《无巢》）等农民工的生命在城市消亡，伴随他们的只能是骨灰的"返乡"，这显示出农民工返乡之路的艰难不易和城市对他们生命的无情践踏。

《扁担》中的金堂原是当地一位手艺过硬的木匠，为了谋求更好的发展，他跟着同村人来北京打工，不但没有找到合适的工作，还被马路上疾驰的汽车轧断了双腿，成了一个"半截子"人。丧失劳动能力的金堂无法在城市继续生存，他决心依靠自己的力量爬回吕梁山区的老家，他把废弃的轮胎当自己"行走"的"皮鞋"，把截断了的扁担当自己的"双腿"，把大小适中的鹅卵石当自己的"双手"。这样奇特的组合给金堂平添了回家的信心，竟让残疾的他高兴地唱起了歌："走四方，路迢迢，水长长，迷迷茫茫，一村又一庄。"③ 金堂用了一百多天的时间，从夏天"走"到秋天，从北京爬回五人坪

---

① 童强. 空间哲学 [M]. 北京：北京大学出版社，2011：266.

② 徐德明. 乡下人的记忆与城市冲突——论新世纪"乡下人进城"小说 [J]. 文艺争鸣，2007 (4)：18.

③ 李锐. 扁担 [J]. 天涯，2005 (2)：102.

村。这一路的风吹雨打、人情冷暖，"都被金堂反反复复、一寸一寸地尝过，一寸一寸地挪过"①，他硬是用双手把自己的半截身体挪回了家乡。故乡在金堂心中已经不仅是生活的家园，还是一种情感归宿，成为他坚持返乡的精神支柱。金堂被截去的双腿和奇异的返乡方式也犹如一个巨大的隐喻符号，不但表明农民工返乡所遭受的身心苦痛，还昭示出城市对他们的无情拒绝。刘庆邦《回家》中的梁建明是村子里唯一的大学生，父母把改变命运的希望寄托在他身上，当他在城市找工作屡次受骗、身患重伤甚至生命遭到严重威胁的时候，不得不返回家乡，而他的返乡之路也显得如此曲折坎坷。作家开篇即用大量笔墨详细描摹梁建明返乡所遭遇的重重困难，漆黑如墨的天空好像遮羞布一样减缓着梁建明心中的愧疚，他从打工的城市回到县城时口袋里仅剩三分钱，他是一步一步地走到距离县城五十多里的镇上，"他的老家梁洼离镇上还有四里多地，中间还要走两座桥，过两道河"②。梁建明不敢走大路进村，只能从村后的坑里翻过去，恶臭刺鼻的黑淤泥灌满了他的鞋，他近乎是连滚带爬地回到了家中。作家详言梁建明打工城市和老家梁家洼距离的遥远及交通的不便，既实指城乡距离的遥远，也寓指城乡心理距离的遥远，显示出返乡之"路"的意识形态性，即城市与乡村是两种界限分明的空间形态，农民工不可随意僭越，否则就有可能面临随时被驱逐的危险，甚至还要经受身体的摧残乃至生命的消亡。

如果说金堂和梁建明还只是身患重病或者残疾的返乡者，返乡之路的遥远显示出城乡的文化差异，那么郭运（熊育群《无巢》）和五富（贾平凹《高兴》）等农民工生命的陨灭则让他们肉身返乡的愿望落空，最后只能被人"兜着走"或化为一坛骨灰凄惨"返乡"。郭运带着六年来打工挣的钱想在老家黄包村盖一座婚房却捉襟见肘，无奈之下只好再次来到广州城，他觉得城市里密密麻麻的高楼大厦都和自己没有关系，他期望能在乡村拥有一个安放身心的"巢"，然而这样简单的愿望也无法实现。再次进城的郭运还是无法抵御城市的欺诈，他走投无路时竟将三岁的女童小湘女扔下天桥，自己也从桥上跳下。郭运至死也没有真正地返回故乡，也没有找到真正属于自己的

①李锐.扁担［J］.天涯，2005（2）：103.
②刘庆邦.刘庆邦小说［M］.北京：中国社会出版社，2006：90.

"巢",最终因父亲舍不得买骨灰盒而把他的骨灰装在蛇皮袋子带回了家。《高兴》中五富对城市没有像刘高兴那样的情感认同,他不奢望能成为西安人。王富和高兴、黄八等农民工走街串巷地捡拾破烂、背水泥、挖地沟,只为能邮寄更多的钱回老家,他始终惦记着生活在清风镇的亲人们,他和农村有割不断的亲情联系。高强度的体力劳动和变质发霉的馒头夺去了五富的性命,他想要衣锦还乡的愿望落空,最后被刘高兴背着走向了火葬场,满头白发的妻子抱着他的骨灰盒坐上了返乡火车。当"城市异乡者"的家园梦想在城市和乡村都无法实现时,精神支柱轰然倒塌,他们也就不可避免地走向悲剧性结局。在城市规模不断扩大的现代性语境中,失地农民踏上进城之路成为历史发展的必然趋势,而"这条路与一个遥远又陌生的世界联系着。然而,对黄包村这里走出去的农民来说,这是一条怎样的路啊"[1]?这条路的两端连接着陌生的城市和他们想要逃离的农村,这条路漫长得一眼望不到头,跌宕起落,潜藏着各种意想不到的危险。返乡成为农民工遭遇城市创伤后的共同抉择,农村虽然贫瘠落后,却是安妥他们灵魂的理想家园,因为那里有美丽宁静的自然风光,有他们熟悉亲切的乡音,还有他们魂牵梦萦的亲人。

新世纪农民工题材小说的乡村乌托邦与农民工的城市遭遇具有某种互文关系。也就是说,当农民工的城市理想和现实遭遇产生巨大落差时,温暖的乡村记忆便化为一种无形的精神力量,支撑着他们的城市生活。与其说家乡风景和淳朴人性是一种客观存在,毋宁说这是农民工在心中建构的乌托邦家园。一方面,当农民工不被城市接纳而选择返乡以平衡身份焦虑时,才发现记忆中的故乡已经渐行渐远。另一方面,经受了现代城市文明洗礼的农民工返乡时,会带着新的认知重新看待乡村家园,由此不可避免地产生人际交往的隔膜与障碍,从而使他们成为故乡生活的局外人,返乡以寻求身份认同和情感慰藉的愿望再次落空。农民工本想回到家乡疗愈自己的身心,却因身份的错位而不能顺利融入农村,他们往往只能再次启程,逃离故乡而去往城市,这也就形成了这类小说"进城—返乡—再进城"的叙事模式,而农民工在城乡间迁徙往返所造成的身份撕裂与精神焦虑也成为这类小说的审美张力。

《我们的路》中郑大宝总以为外面的钱好挣,当他在城市打工遭受磨难

---

① 熊育群. 无巢 [J]. 十月,2007 (1):41.

后，才想起家乡的温馨美好，他在思念亲人的情感冲动下连夜赶回乡村，却亲眼看到了乡村生活的凋敝和存在的诸多问题，无奈的郑大宝告别妻儿再次进城。"从没出过门的时候，总以为外面的钱容易挣，真的走出去，又想家，觉得家乡才是世界上最美的地方，最让人踏实的地方，觉得金窝银窝都比不上自己的狗窝。可是一回到家，马上又感觉到不是这么回事了。你在城市里找不到尊严和自由，家乡就能够给予你吗？连耕牛也买不上，连小孩子读小学的费用也感到吃力，还有什么尊严和自由可言？"①《无巢》中郭运来到人潮涌动的大都市，感觉自己像一粒灰尘般微不足道，前程迷茫堪忧。他回到贵州山区的老家，原以为可以将屈辱的城市经历抛至九霄云外，到头来却发现自己与乡村格格不入。村里人猜测他在外面犯了事，用怀疑的眼光看待他，而他以局外人的眼光打量故乡，感受到的是更深的孤独与落寞。无奈的郭运在物质困窘和身份失落的双重压力下，不得不再次来到让他既爱又恨的广州。焦祖尧《归去》(《人民文学》1993 年第 10 期) 中吴福从部队复员，经人介绍到露天煤矿开车，压抑的工作环境和工头的监视让他觉得自己像鸟笼里的一只鸟，他不时爬到煤矿附近的山包上大喊，以排遣自己压抑悲愤的心理。吴福认为农村自由自在的生活才是自己的理想归宿，可是等真正回家，他才感到自己已成为村民们眼中的异类。当吴福以现代城市眼光反观农村时，发现了农村生活的诸多痼疾，又开始怀念以前在煤矿开车的威风日子。"归来者的悲哀在于自己依然认为还是故乡人，他希望重新融入故乡人的群体之中，而群体却在心理上并不接纳和亲近他。他想重温记忆中的故乡旧梦，而现实中的故乡却让他看不到一点旧日的影子。"② 返乡农民工在乡村乌托邦幻灭的现实情境中不仅没有找到安放身心的理想家园，还带着更大的失落和创伤再次离乡进城。比起身体的受难和物质的艰窘，农民工面临的更为严峻问题是自我身份的确认与精神家园的找寻，唯有解决了这些问题，他们才能顺利融入城市或真正实现返乡。

农民工的活动空间主要集中在城市，但他们的根依旧在农村，他们和农

①张颐武主编. 全球华语小说大系·乡土卷 [M]. 北京：新世界出版社，2012：123.
②刘雨. 现代作家的故乡记忆与文学的精神返乡 [J]. 东北师大学报（哲学社会科学版），
　2006（5）：91.

村保持着割舍不断的血脉联系，这就使返乡成为农民工题材小说重要的叙事类型。返乡之"路"的遥远曲折不仅实指城乡间物理距离的遥远，还意味着城乡文化的深厚壁垒。"道路从来也不像它看起来的那样单纯，它实际上是不同主体之间社会关系的体现。"① 我们通过农民工返乡的艰难可以清楚看到城乡文化差异带给他们的身心痛苦，农民工在城市受到排挤歧视，想要回到乡村疗愈自己受伤的心灵，而乡村家园的幻灭不但让他们寻求身份认同的愿望落空，而且加深了他们身份归属的不确定和身心"在路上"的茫然惶惑，这些都显示出城市化进程中这些"候鸟"人群的悲剧命运。

小　结

农民工作为我国社会转型期人口数量庞大的移民群体，城市与乡村是他们生存活动的两种重要空间形态。作家们不仅集中笔墨书写农民工城乡迁徙的现实境遇，而且对徘徊于城乡空间失根一族的精神出路问题给予关注。城乡双重边缘人角色决定了农民工进城与返乡之路的坎坷，他们不仅要面临城市与乡村、现代文化与传统文化的冲突，还要经受内心的折磨与身份的撕裂。本章以农民工的城乡迁移为线索，通过他们"在乡—进城—返乡"的不同空间转换，重在展现其漂泊处境与精神眩惑。不过应该注意的是，这样的大致归类只是为了便于展开论述，并不能涵括所有的农民工题材小说，还有一部分小说重在表现农民工的个人主体性，他们以自己的方式对空间进行积极建构，目的在于更好地融入城市生活，相关内容将在第四章详细论述。

农民工在城乡空间的艰难处境体现了我国由传统农业社会向现代工业社会过渡时期所产生的诸多问题。城市现代化给农村和农民带来便利的生活，同时也影响着他们的生活方式和价值理念，导致了乡村精神大厦根基的动摇，甚至坍塌。这表现了作家对现代性发展的忧虑与反思。正如马歇尔·伯曼（Marshall Berman）所说："所谓现代性，就是发现我们身处一种环境之中，这种环境允许我们去历险。去获得权力、快乐和成长，去改变我们自己和世

---

①童强. 空间哲学［M］. 北京：北京大学出版社，2011：167.

界，但与此同时它又威胁要摧毁我们拥有的一切，摧毁我们所知的一切，摧毁我们表现出来的一切。"① 农民工就处在这样一个新与旧、破与立、传统与现代共存的关键节点上，"在乡—进城—返乡"的过程混合着他们拔根、寻根与失根的经历。这既是对农民工生存境遇和精神世界的真实写照，也映现出我国在社会转型期所遭遇的现实问题。因此，只有实现了占中国人口绝大多数的农民群体的现代化，才有可能真正实现中国社会的现代化转型。

---

①[美] 马歇尔·伯曼. 一切坚固的东西都烟消云散了——现代性体验 [M]. 徐大建，张辑，译. 北京：商务印书馆，2003：15.

第三章

城市异托邦与边缘境遇

21 世纪以来，随着我国城市化进程的加快和都市规模的不断扩大，城乡间的互动往来日益频繁，地理意义上的城乡二元空间面临着新的整合与重构，以往"非城即乡"的文学书写模式既不符合当前急剧变化的城乡关系现实，也在一定程度上遮蔽了城乡空间内部的复杂性和多样性。新世纪农民工题材小说作家超越传统的城乡二元书写，通过农民工群体将城乡差别由"城乡之间"转移到"城市之中"，重点关注城市异托邦所体现出的城乡新差异。

"异托邦"（heterotopias）来自希腊文，字面意思是"差异的地点"，是法国哲学家、社会思想家米歇尔·福柯提出的重要概念①。与"乌托邦"这一并非真实存在的想象性空间相对，"这种场所在所有场所以外，即使实际上有可能指出它们的位置。因为这些场所与它们所反映的、所谈论的场所完全不同，所以与乌托邦对比，我称它们为异托邦"②。"异托邦"是人们习以为常的日常空间之外的异质空间，而城市异托邦是在都市空间扩张背景下形成的异质性城市空间。农民工在城市底层的生活现状体现出城乡文化的巨大差异，成为城市异托邦的重要存在。本章拟从农民工日常生活的微观层面出发，结合具体小说文本，分析农民工在城市异托邦生活空间、劳动空间和消费空间的现实遭遇，关注他们的生存境况与情感冲突，进而思考城市异托邦书写的价值诉求。

---

①学者张锦指出，福柯先后三次提到"异托邦"这一概念。第一次是在 1966 年出版的《词与物》一书的前言中，第二次是在一个"乌托邦与文学"的广播节目中，第三次是在 1967 年建筑学研究会的发言稿《其他的空间》一文中。参见张锦. 福柯的"异托邦"思想研究 [M]. 北京：北京大学出版社，2016：84.

②[法] 福柯. 另类空间 [J]. 王喆，译. 世界哲学，2006（6）：54.

第一节　城市异托邦生活空间与"他者"地位

一、居住空间的"他者化"

在我国城市化建设浪潮中，鳞次栉比的建筑群和纵横交错的交通网络使城市空间越来越"乌托邦化"，而那些与现代化相冲突的异质空间则被安置于城市隐秘角落，成为不为人知的"飞地"。与都市高耸的楼房、明亮的写字楼和奢华的酒店相对，农民工大多居住在城乡接合部的棚户区、逼仄的民租房、简陋的工棚或郊区的垃圾场等区域。这些居住空间不仅成为农民工题材小说故事展开的重要场所，也映现出农民工在城市的"他者"地位。因为"空间对于定义'其他'群体起着关键性作用。在被称作'他者化'的过程中，'自我'和'他者'的特性以一种不平等的关系建立了起来"[1]。农民工心怀美好的想象来到城市，既与乡村空间隔离，又因"城乡意识形态"也与城市空间隔离，成为遭受双重空间隔离的城乡边缘人。空间隔离造成农民工身份确认的困难，城市生活压力和生存资源的匮乏常使他们的进城之路坎坷而艰难。

农民工属于城市的闯入者和流浪者，农民身份和农村生活经历使他们并未和城市建立起稳固持久的联系，他们在城市的居住环境大多是拥挤脏乱、不如人意的。如《高兴》（作家出版社，2007 年版）中刘高兴和五富等进城捡拾破烂的农民工住在池头村摇摇欲坠的"剩楼"里，巷子狭窄曲折，电线像蜘蛛网一样相互交缠。孙惠芬《民工》（《当代》2002 年第 1 期）中鞠福生和工友们住在由汽车车体改造成的工棚内，里面燠热难耐、臭气熏天、蚊虫纷飞。张抗抗《北京的金山上》（《小说选刊》2006 年第 1 期）中李大和家人住在拥挤的民房内，而对面就是富人住的别墅区。许春樵《不许抢劫》（《十月》2005 年第 6 期）中杨树根在城市的住所更是破败不堪："十九个民工集

---

① [英] 迈克·克朗. 文化地理学 [M]. 杨淑华，宋慧敏，译. 南京：南京大学出版社，2005：56.

体睡在毛竹、竹维板、油毡搭起来的临时的工棚里，砖头砌起来的床铺铺上席子，这就是他们的家了。"① 家本来是"一个巨大的摇篮"，我们的人生"在封闭中、受保护中开始，在家宅的温暖怀抱中开始"②，但是农民工在城市的"家"只是一个暂时容身歇脚的地方，有时尚且不能遮风挡雨，更遑论成为他们身心休憩的港湾。农民工虽然生活在城市，但城市异托邦与他们想象中的乌托邦城市镜像有着云泥之别，这种巨大落差强化了他们在现代生活体验中的尴尬与矛盾。农民工在城市的居住空间"象征性地标记了农村的'落后'和农民工身份的'他性'，并界分出二元化的差等的社会空间"③，显示出他们在城市的弱势处境和被动地位。

与上述小说中进城出苦力的农民工不同，徐则臣"京漂"系列小说中的主人公大多是具有一定文化的小知识分子，他们或因不满乡村生活的拘囿而离乡进城，或大学毕业后在城中村过着"蚁族"的生活，但他们始终是现代化大都市的"局外人"，正如《啊！北京》中边红旗所感慨的那样："我感觉脚底下空空的，站不稳，这样的生活让我一直有飘着的感觉。"④ 自从他那唯一能和城市发生关联的破三轮车丢失后，他发觉"整个人悬浮在了北京的半空里，上不能顶天，下不能立地"⑤。这样一种"悬浮"的生存状态既和边红旗流动的工作性质有关，也和他在城市的居住环境紧密相连。徐则臣笔下的进城农民大多从事贩卖假证、售卖盗版光碟、张贴小广告、手机贴膜等朝不保夕的工作，他们在城市的居住空间也是极不稳定的。《啊！北京》中边红旗辞掉了乡镇语文教师的工作后来到北京，先是租住在巴沟和西苑平房，后来和别人合租了一栋破楼的三室一厅。《跑步穿过中关村》中的大专毕业生敦煌因为交不起房租而被房东赶了出来，茫茫黑夜里来到一间废弃的小屋内勉强度过了一晚，最后只能找到一家按天算钱的地下室，"地下室不大，有种阴森的凉，摆设像一间逼仄的学生宿舍……好像在哪部恐怖片里见过类似的房

---

①许春樵. 不许抢劫 [J]. 花城，2002（5）：75.

②[法] 加斯东·巴什拉. 空间的诗学 [M]. 张逸婧，译. 上海：上海译文出版社，2013：5.

③王建民. 社会转型中的象征二元结构——以农民工群体为中心的微观权力分析 [J]. 社会，2008（2）：100.

④徐则臣. 跑步穿过中关村 [M]. 重庆：重庆出版社，2008：73.

⑤徐则臣. 跑步穿过中关村 [M]. 重庆：重庆出版社，2008：64.

间"①。总之，徐则臣笔下的"京漂"们在城市的居住环境大多狭小幽暗，这不仅表明了他们现实生存处境的艰难，更是对他们"乡下人"身份的一种指证和再确认，显示出他们在城市的"他者"形象。

荆永鸣创作的"外地人"系列小说通过叙写农民工城市居住空间的丧失或被剥夺，着力表现他们融入城市的辛酸和痛楚。《大声呼吸》中在北京开饭馆的刘民居无定所，数次辗转后终于租到一家拥挤的大杂院。因邻居患有心脏病，不能承受任何噪音，他和老婆秀萍每天蹑手蹑脚、屏声敛气。秀萍想要摆脱这种压抑的生活环境，只能去郊外的野地放声大哭。爱好音乐的刘民貌似已融入城里的歌舞队，但人们还是会讥笑他的土气和不入流，嘲笑他指挥的样子像厨师掂勺。相比而言，在饭馆打杂工的王留栓和在保洁公司打工的妻子带弟的城市生存境遇就显得更为艰难了，他们虽然生活在同一座城市，但聚少离多，城市没有真正属于他们的一张床，两人只能偶尔去郊外的野地"闹碴"一回。王留栓和带弟在城市雇主床上的亲热，还被主人当场"捉奸"，并报警审讯，被逼无奈的夫妻二人只好坐上"离开城市的火车，逃跑似的奔驰在广阔的原野上，一直向西……"② 同样，《北京候鸟》（《人民文学》2003年第7期）中来泰为躲赌债来到北京，为了在城市扎根，他用打工挣来的血汗钱盘下一家小饭馆，不到三个月时间，一纸拆迁令使他血本无归，最后只能靠继续蹬三轮以糊口度日。在小说结尾处，来北京城几年的来泰因喝醉酒而找不到自己的住所，最终迷失在茫茫黑夜中号啕大哭。不论是刘民和妻子居住空间的逼仄狭窄，王留栓和带弟的居无定所，还是来泰迷路找不到回家的方向，都意味着城市不能为农民工提供理想的生活家园，这些游荡在社会底层的刘民们（谐音为流民）在城市一次次经受着颠沛流离，他们急需在自由舒畅的环境中"大声呼吸"。

农民工想要通过自己的体力劳动换取微薄收入，但受到城乡二元体制的影响和现实环境的逼迫，他们在城市的居住空间常常是拥挤不堪的。游荡于城市大街小巷的农民工既无法融入城市，又无法真正回归乡村。"面对城市主流文化的冲击，农民工群体实际上形成了群体亚文化，这种亚文化是乡村文

①徐则臣. 跑步穿过中关村［M］. 重庆：重庆出版社，2008：155.
②荆永鸣. 大声呼吸［J］. 人民文学，2005（9）：59.

化的延续和重构，从而使农民工在陌生的情境中还能找到熟悉的应对方式。"① 出于对农民身份和打工生活的情感认同，农民工们常常聚集在一起，这就形成了他们共同的生活空间——城中村。王十月《寻根团》（《人民文学》2011 年第 5 期）中在广东建筑工地打工的马有贵住在城中村，这里百分之八十的住户都来自楚州，他们因为相似的生活习惯而居住在一起，走在村里，听到的基本都是乡音，就好像把楚州乡下的村子搬到了城里一样。《高兴》中的池头村住着一批进城谋生的社会底层人群，他们因为在城里干着出苦力的活计而聚合在一起。除此之外，赵本夫《无土时代》中天柱等进城农民聚集在城乡接合部的苏子村，王昕朋《漂二代》（人民文学出版社，2012年版）中农民工生活在"十八里香社区"，王十月《烦躁不安》（花城出版社，2004 年版）中工厂附近的"外来工新村"聚集了一大批农民工。在这样的移民社区，农民工将乡村的生活方式、文化传统和风俗习惯迁移至此，缓解了他们因城乡空间转换而带来的内心焦虑和身份困惑。

在城中村这样非城非乡的边缘空间，农民工会因为共同的出身、亲切的乡音和相似的打工遭遇而产生惺惺相惜的情感认同。乡村的纲常伦理和乡风民俗也会潜移默化地影响农民工们的城市生活。《高兴》中高兴、五富、黄八、杏胡、孟夷纯等农民工在城市干着捡拾破烂、搬运水泥、卖身等卑微的工作，但他们依然葆有乡下人淳朴善良、互帮互助的美德，大家会主动凑钱帮孟夷纯打官司，高兴也不会因为孟夷纯的妓女身份而轻视她，反而同情她的遭遇并真正爱上她。《漂二代》中存在两个相互对立的生活空间，一个是农民工居住的"十八里香社区"，一个是以汪光军为代表的社会上流人士居住的高档小区。生活在"十八里香社区"的农民工子弟张杰、肖祥和高档小区汪光军的儿子汪天大因为发生口角而导致肖祥被关进监狱，社区的人们会齐心协力地应对汪光军制造的"假伤门"事件，维护农民工的集体利益和人格尊严。城中村虽然在一定程度上团结了广大农民工，为他们悲苦的城市生活提供了暂时的避风港。然而，这样封闭的内部群落带有一定的孤立性和排他性，无形之中就把城市文化阻挡在外，切断了农民工和城里人的交往，不利于他

①郭星华等. 漂泊与寻根：流动人口的社会认同研究［M］. 北京：中国人民大学出版社，2011：16-17.

们形成真正的城市身份认同，也不利于他们融入城市生活。"'城中村'在本质上是城乡转型中的农民社区，是与农民工这一弱势群体相关联的孤岛型空间实体，它处于社会排斥与社会边缘化的困难境地，映现出城乡矛盾。"① 在陌生异质的城市空间，农民工抱团取暖、自成一体，他们像一座座孤岛一样散布于城市的各个角落。

农民工城市居住空间的"他者化"不仅表现为居住环境的恶劣、居住地点的偏远和居住条件的简陋，还表现为城市空间的隐蔽性和诱惑性，而且这些空间常常不具有合法性，也未被正式命名，有时还与城市主流空间发生着或明或暗的联系。新世纪农民工题材小说很多文本涉及发廊、洗浴中心、按摩房等城市暧昧空间，如《明惠的圣诞》《回家》《桑拿》《姐妹》等小说都以发廊或洗浴中心为主要的叙事空间。吴玄《发廊》中的妹妹离开故乡西地，在城市从事着名为按摩洗发实为卖淫的生计。"这样的发廊通常开在城市的边缘或者车站附近，妹妹的发廊就在车站背后的一条小巷里，若不是她在那儿开发廊，我还不知道有那样的一条小巷。"② 《吉宽的马车》中"穷鬼大乐园的舞厅""大众录像厅"和"鸡山"是满足农民工生理欲望的色情场所。乡下女性黑牡丹开在城里的"歇马山庄饭店"对外声称是具有农家风味特色的饭店，其实是她为打通城市关系而为包工头和部分公职人员提供性服务的地方。在远离乡村道德约束的现实环境中，农民工常常在城市暧昧空间宣泄压抑的内心情感。这些空间一般隐藏在城市的边缘地带，是农民工心知肚明却不愿意向外人提及的黑暗角落，当然也会因其临时性和不确定性而面临随时被取缔的风险。

法国思想家齐格蒙特·鲍曼（Zygmunt Bauman）认为："劳动力从自然的束缚中解放出来，并未使劳动力的自由流动和独立自主的状态维持多久，甚至也几乎没有使'解放了的劳动力'获得自决权，从而自由地设定自己的道路，并沿着自己设定的道路发展。"③ 农民工在现代性的感召下来到城市，却因生存资本的匮乏而只能居住在城市边缘地带，如上文所述的城中村、出租

---

① 刘海军. 新世纪乡村小说中城乡对峙的文学表达［J］. 内蒙古社会科学（汉文版），2011
　　（1）：163.
② 吴玄. 发廊［J］. 花城，2002（5）：89.
③ ［法］齐格蒙特·鲍曼. 个体化社会［M］. 范祥涛，译. 上海：上海三联书店，2002：6.

房、工棚等城市异质空间，这些空间都是我国城市化进程的衍生物。农民工在城市异托邦生活空间的现实处境不仅显示出他们居住条件的简陋寒酸，还进一步表征着他们被排斥的城市生活境遇。

二、社会交往与融入城市的艰难

由于我国城市化进程的不断加快，城市工业建设需要越来越多的廉价劳动力，广大农民主动跨越城乡界限来到城市，但他们的城市生活常常不尽如人意，表现在生活空间，就是"界分出二元化的差等的社会空间，这委实为社会空间的'再政治化'，一种微观权力意义上的'政治化'"①。农民工这一社会群体把城乡差异由"城乡之间"搬到"城市之中"，他们在城市异托邦的现实遭遇表现了城乡空间的二元分化，而这又进一步阻碍他们融入城市的步伐。

农民工怀揣着改变自我命运的梦想离乡进城，渴望得到城市的认同与接纳，而由乡进城并不只是地理空间的简单迁移，更意味着生活方式、文化心理和价值观念的碰撞磨合。"他们在现代化的幻影的召唤下自愿离开本土，开始了自我流放的过程，但是他们在客地的心理、物质地位永远是浮动的。迁移者到达异地都市受到陌生环境的冲击，感情产生异常强烈的焦虑反应。他们失去了乡亲式人际关系把握，面对的是城里人及其文化对乡下人的拒斥与敌意。"②《接吻长安街》中小江从云南乡下来北京建筑工地打工，他有浓厚的城市情结，向往文明时尚的城市生活方式。为了缩短自己和城市的距离，建构自我的都市人身份，小江希冀能像城里的年轻男女一样，和恋人柳翠在车水马龙的长安街接吻，能登上雄伟庄严、红旗飘展的天安门城楼。"天安门""长安街"是与"云南乡下""建筑工地"相对的城市中心空间，具有明显的表征意义和指向功能，意味着小江对平等自由生活的追求。对小江来说，在城市中心地带接吻虽然无法改变他打工仔的身份和现实处境，但至少能让他从心理上更加靠近城市。"城里人能在大街上接吻我为什么不能，它是一种

---

① 王建民. 社会转型中的象征二元结构——以农民工群体为中心的微观权力分析 [J]. 社会，2008（2）：100.

② 徐德明. 乡下人的记忆与城市的冲突——论新世纪"乡下人进城"小说 [J]. 文艺争鸣，2007（4）：19.

精神上的挑战，它对我精神上的提升起着直接作用，它能在心理上缩短我和都市的距离。"① 然而，小江的"接吻计划"却一波三折，先是恋人柳翠的不理解和断然拒绝，继而遭到了别人的恶意辱骂和拳脚相加，"有人说，我早就注意这人不怀好意，站在这个姑娘边贼眉鼠眼。有人说你看他那土老帽样儿，一看就是打工仔，到北京过洋瘾来了……"② 最终，城里人把"我"和柳翠扭送到派出所。在城市青年男女看来司空见惯的大街接吻行为，对于进城的小江来说却困难重重，与其说这是城里人歧视排外造成的恶果，毋宁说是城乡文化冲突酿成的悲剧。

同样，《高兴》中刘高兴在建构自我都市人身份时，也陷入了被拒斥和怀疑的尴尬境地。清风镇的农民刘哈娃满怀对城市的歆羡，改名刘高兴后来到西安城。他讲究穿戴、喜欢吹箫，时刻以都市人自居，以显示他和黄八、五富等农民工的不同。不仅如此，刘高兴还试图介入城里人的生活，并期望得到他们的认同。"他人对我们的关注之所以如此重要，主要原因便在于人类对自身价值的判断有一种与生俱来的不确定性——我们对自己的认识在很大程度上取决于他人对我们的看法。我们的自我感觉和自我认同完全受制于周围的人对我们的评价。"③ 农民工来到城市，希望通过城里人的肯定确立其自身价值。城市退休老人深受颈椎病的折磨，刘高兴热心地教他如何抬头数楼层以缓解病痛，对方却嗤之以鼻。一位老教授因忘带钥匙而无法进门，刘高兴主动用身份证帮他撬门，换来的却是别人怀疑的眼神。刘高兴建构自己的都市人身份，到头来不过是空"高兴"一场罢了，这既是因为他无法摆脱农民身份的印记，更源于人们根深蒂固的城乡文化心理。总之，刘高兴和小江对都市人身份的追寻显示出农民工融入城市的艰难，他们来到陌生的城市空间，面临"本地生活有效性丧失"（吉登斯语）的现实处境，当他们仍用乡村固有的处事方式理解城市生活时，就不可避免地遭遇情感的冲突与心灵的折磨。

有学者对福柯"异托邦"思想进行再解读时指出："从物理意义上讲，'异托邦'的存在多数与'边地''荒域''缝隙''交接点'等地理运动所

---

①夏天敏. 接吻长安街 [J]. 山花，2005（1）：37.

②夏天敏. 接吻长安街 [J]. 山花，2005（1）：38.

③[英] 阿兰·德波顿. 身份的焦虑 [M]. 陈广兴，南治国，译. 上海：上海译文出版社，2007：7.

形成的自然区块有关，但从地缘政治的角度看，'异托邦'的'属域'更多的其实是被来自'中心'的强力以驱逐、挤压、排斥或者协约、律令、限制等方式人为地构筑出来的。"① 城中村和棚户区在改革开放之前是城市贫民的生活之地，随着我国"民工潮"的兴起，这些城市异质空间因廉价的房租成为农民工的聚集地。农民工在城市的生活空间既是不平等社会关系的外在体现，又反过来进一步巩固和增强了这种社会关系。大量作品通过叙写城里人对农民工的排拒，表现他们在城市的尴尬处境。"农民进入城市所遭遇的最初考验就是交通工具对安全感的挑战，现代化的交通工具迫使众多的陌生人同时共处于一个狭小的空间内做长距离移动，这往往会使得惯于熟人社会的农民感到不适。"②《接吻长安街》中从云南偏远山区来北京打工的柳翠在公交车上看到一个空位想坐下时，旁边的女孩一脸嫌弃地起身离开。《民工》中在建筑工地打工的鞠广大因乘坐公交车时遭受过别人的白眼和殴打，导致他之后乘车时会牙齿上下磨砺，膝盖发抖。李肇正《女佣》(《当代》2001 年第 5 期）中进城当保姆的杜秀兰和丈夫壮壮刚上公交车，就被其他乘客区隔在孤立的区域。公交车这一城市公共空间看似缩短了农民工与市民的物理距离，但城乡之间的心理距离依然存在，城里人的鄙夷和冷眼更强化了他们的"异乡人"身份，使他们陷入焦虑自卑和孤独无助的境地。

农民工在城市的处境显示出城/乡、中心/边缘、市民/农民工等明显的二元区隔意味，而这被"构筑"出来的城市异托邦既与国家法律条约的管控有关，也与城里人对农民工的"污名化"③ 形象建构有关。赵本夫《无土时代》中木城出版社社长达克抱怨农民工涌入城市后造成了城市秩序的混乱和城市环境的脏乱差。"这个城市本来干干净净的，人也穿得整齐，但涌进来很多农民工，城市的秩序就乱套了，横穿马路，乱扔东西，随地吐痰，大声喧哗。穿着破烂衣衫到处行走。"④ 北村《愤怒》中进城打工的乡村女孩春儿被收容

---

① 贺昌盛，王涛. 想象·空间·现代性——福柯"异托邦"思想再解读 [J]. 东岳论丛，
　　2017（7）：85-86.
② 庞秀慧. 世纪之交"农民进城"叙事的"空间想象"[J]. 当代作家评论，2014（2）：29.
③ 德国著名社会学家诺贝特·埃利亚斯（Norbert Elias）在研究胡格诺派教徒的时候，提出
　　了"污名化"这一概念，即社会中的某一群体总是习惯性地将人性的低劣强加于另一个
　　群体，并不断维持的过程。
④ 赵本夫. 无土时代 [M]. 北京：人民文学出版社，2007：184.

所的人卖到 KTV，老板斥责像春儿这样的城市外来者："你们是农村人，不是这个城市的人，这不是你们的地方。"① "污名化"形象建构和歧视话语容易导致农民工的集体性自我隔离，他们会向内形成聚合性团体，以对抗外来势力的侵袭干扰。这样的社会关系进一步加剧了农民工在城市的陌生感和疏离感，也与我国城镇化建设的目标相背离。

福柯在《不同空间的正文与上下文》中说道："它们的角色是创造一个不同的空间，另一个完美的、拘谨的、仔细安排的真实空间，以显示我们的空间是污秽的、病态的和混乱的。"② 也就是说，与冷漠歧视的现实环境相对，"异托邦"还能创造出具有幻觉性的虚拟空间，满足人们当前的自我愿望，但这种补偿性满足是暂时和不可靠的，最终映照出农民工惨淡的现实生活。《高兴》中刘高兴坐上出租车想在西安游逛一番，他目睹了西安城霞光满天、绿树成荫的壮美绮丽景象，幸福感骤然提升，但这种幸福的错觉和他正遭受的现实形成鲜明对照，这种对比更加强化了他内心的惶惑。《明惠的圣诞》中明惠化名为圆圆来城里的洗浴中心打工，结识了城市男人李羊群并投入他的怀抱，过上了自己梦寐以求的城市人生活，但这种虚幻性满足和自以为是在一次和李羊群朋友们的聚会中被无情击碎，"她们吐出的烟雾像一条河流，但她觉得自己被隔在了河的对岸……她们开心恣肆地说笑，她们是在自己的城市里啊"③。现实的打击让明惠认清了自己和城市女人的差别，也认清了她和李羊群不属于同一个精神空间。融入城市无望的明惠最后选择了自杀，可悲的是李羊群直到最后也不明白她自杀的原因。同样，项小米《二的》中的小白离开家乡来城里打工，她天真地以为只要向城市雇主聂凯旋付出自己的青春和情感，就可以取代他的妻子而成为女主人，就可以名正言顺地做城里人的太太，而她的爱情愿望和城市情结却被聂凯旋的一句话就轻易解构了："我认为她不过是在抒发自己对城市生活的种种感受，就像报纸上常说的那样，一种'都市症候群'，不过如此而已。"④ 小说题目"二的"既是小白父母给妹

①北村. 愤怒 [M]. 北京：团结出版社，2004：65.

②[法] 亨利·列斐伏尔. 空间：社会产物与使用价值 [M] //包亚明主编. 现代性与空间的生产，上海：上海教育出版社，2002：48.

③邵丽. 明惠的圣诞 [M]. 南京：江苏凤凰文艺出版社，2016：84.

④项小米. 葛定国同志的夕阳红 [M]. 北京：北京十月文艺出版社，2005：138.

妹随意起的一个代指性的名字，也象征着乡村在城市面前的屈从俯就地位。小白没有意识到城乡空间的壁垒以及她与聂凯旋之间的身份差别，而一味沉溺于缥缈虚幻的爱情梦和城市梦，这是造成她悲剧命运的根本原因。

　　总之，由于城乡二元体制的影响和城市生存资本的匮乏，农民工融入城市的过程显得异常艰难，他们在和城里人的交往中常常受到排挤，而且成为显示对方身份优越性的"他者化"存在，而"异托邦"创设的虚幻性满足空间只会更加凸显他们晦暗的城市生活。

三、"缝隙空间"内的社会失范

　　农民来到城市原本是为了追求更好的生活，但他们大部分人只能生活在城乡接合部等边缘区域。这里从行政划分上属于城市，却不具备现代化城市的基本特征，聚集的人群大多是城市外来者，农村的文化规约在此也丧失了管理有效性。因此，城中村成为飞速发展的城市中的"孤岛"和"飞地"。学者童强将这一城乡边缘地带称为"缝隙空间"，认为"边缘化、缝隙化空间是指远离社会生活中心的区域，包括各种缝隙、角落、边缘等微不足道的空间形式"，"社会空间充满了各种缝隙与角落，社会分层中边缘的群体，即劳动力在竞争中处于劣势的群体，由于无法获得正式、较正式的职位，在空间中往往处于边缘化的区域"[①]。由于农民工受教育程度较低，在市场经济中缺乏竞争优势，他们往往只能在城市从事临时性的体力劳动，居住在城中村、棚户区、民租房，甚至是改造修整后的工棚和桥洞内，这些地方远离城市，而且不被人关注，属于"缝隙空间"。这些空间形式具有极强的自发聚合性，不但不会被消灭，而且还与城市主流空间存在着直接或间接的联系。

　　传统乡土社会是一个"熟人社会"，依靠数千年沿袭下来的乡风民俗和舆论机制约束人们，而城市文明的一个显著特征是对规则制度的推崇和对秩序边界感的强化，城市常常依靠法律来规范人们的行为。"缝隙空间"的边缘性特征使其成为乡村文明和城市文明的中间地带，生活在这一空间的人群既不受乡村舆论道德的规约，也游离于城市法制管辖的范围之外。"流动农民在城市接触的是一种与他们以前社会化完全不同的价值观和行为规范，他们不可

---

①童强. 空间哲学［M］. 北京：北京大学出版社，2011：339.

避免地会感到迷茫和无所适从。这种情形可以用迪尔凯姆的'失范'来描述，表现为个人在社会行为过程中适应的困难、丧失方向和安全感、无所适从。"① 农民工之所以会产生这种茫然无措感，既与城乡文化冲突有关，也与他们的自我角色认知有关。具体而言，农民工来到城市，一方面脱离了农村传统文化的规约，另一方面又以乡村文化代言人的身份抵御城市文明。正如有学者所言："城乡迁移者的生活目标设定（价值获得方式）以及在城市的生活原则、生活方式，基本上是以农村、农民为参照的……他们通常会以'我们是农民嘛'作为解释自己的现实状况，以及不表达、不行动的理由。"②

渠敬东在探讨法国社会学家涂尔干的思想遗产时指出："失范意味着现代社会相互共存的集体人格和个体人格之间发生龃龉，自我意识已经完全偏离了集体意识的轨道，冲破了社会整合的最后一道防线，使社会陷入了道德真空状态。"③ 农民工在"缝隙空间"的社会失范主要表现为道德层面的失范和法律层面的失范两个方面。道德失范主要表现为农民工对约定俗成的道德规范的背叛与弃离，他们来到陌生的城市空间，既脱离了乡村传统道德的限制，又以农村人的身份抵制城市现代文明的改造。因此，农民工在城市常处于自我放纵的道德真空地带，他们内心的"恶之花"在市场经济大潮中恣意蔓延。阿宁《米粒儿的城市》（《北京文学》2005年第8期）中三哥出于对权贵的攀附和经济的追逐，把清纯美丽的乡下姑娘米粒儿当作礼物送给银行行长，直接导致了米粒儿的悲剧命运。刘庆邦《神木》（《十月》2000年第3期）中外出打工的农民唐朝阳和宋金明在"有钱能使鬼推磨"的思想作祟下，把同样下煤矿出苦力的元清平当成致富发财的"点子"，将其残忍杀害后伪造事故现场，然后以死者亲人的名义找煤老板骗取钱财。如果说宋金明身上尚且保留了一些乡村道德的影子，那么唐朝阳则完全脱离了乡村礼治秩序的约束，把谋财害命的龌龊勾当当成生意去做，完全漠视人的生命价值。"唐朝阳已经习惯了从"办"的角度审视他的点子，这好比屠夫习惯一见到屠杀对象就考虑从哪里下刀一样……不过，在"办"的过程中，稳准狠都要做到，一点也不

①丁帆.中国乡土小说生存的特殊背景与价值的失范 [J].文艺研究,2005（8）:6.
②陈映芳."农民工"：制度安排与身份认同 [J].社会学研究,2005（3）:129.
③渠敬东.涂尔干的遗产：现代社会及其可能性 [J].社会学研究,1999（1）:33.

能大意。"① 人的生命在唐朝阳看来，已经被置换成冰冷的金钱，拿到钱后的两人肆意挥霍，满足自己的物质欲望和非理性需求。在远离乡村道德规约和城市法律监管的地下煤矿这一"缝隙空间"，唐朝阳和宋金明对同是农村出身的"亲人"狠下毒手，读来不禁令人毛骨悚然。

新世纪农民工题材小说有很多文本讲述进城女性在城市从事皮肉生意，她们或主动沉沦，或被动陷落，大多都为改善物质生存条件而献出自己的青春，将身体视为谋生的工具。这意味着这些女性丧失了自我的主体性，把自己降格为物的机械性存在，她们面临着灵与肉的分离和物质与情感的割裂。《明惠的圣诞》中肖明惠化名为圆圆到城市的洗浴中心打工，她对家里人谎称自己在城里给学生补课挣钱，其实她早已把自己的身体当成了赚钱的工具，每次接客换来的钱会让她感到满足和踏实，她也会因生理原因无法接客而懊恼不已。刘庆邦《家园何处》（《小说界》1996 年第 4 期）中何香停本是一个清纯保守的乡村女孩，对城市怀有一定的戒备之心，但现实生存的黯淡还是让她无法抵御糖衣炮弹的诱惑，当她知道自己的贞操已经被人肆意夺走后，她索性放下了心中的顾虑，将追逐金钱当成生活的唯一目标。李肇正《傻女香香》（《清明》2003 年第 4 期）中香香进城的目的很明确，就是要留在城市并在城市扎根，她对城市的想象集中在"居室"这一空间形态上。香香认为："在城市人的居室里，穿越了阔大的客厅，才能走进神秘的城市的房间；这客厅深处的房间，就是城市的心脏。"② 为了能走进城市人的房间，进而达到进驻城市的目的，她不惜强颜欢笑地委身于四十多岁的城市鳏夫刘德民。就在香香快要实现自己的城市梦想时，刘德民儿子的归来打破了她内心的平静，引发了她对美好爱情的向往。香香也曾内心抗争并哭泣过，但为了能住进城里人的楼房，进而获得城市人身份，她还是擦干眼泪继续委曲求全地在别人的屋檐下生活。不论是肖明惠、何香停，还是香香，这些进城乡下女性以身体为资本，换取相对优越的物质生活，她们的生存之道颠覆了传统乡村的道德认知，解构了乡村文化对性观念的束缚，但我们又不能简单地给她们套上道德枷锁，而应该将其置于社会转型和消费文化的历史语境中去予以细致

---

①刘庆邦. 黄花绣［M］. 北京：作家出版社，2009：11.

②李肇正. 傻女香香［J］. 清明，2003（4）：25.

考察。

费孝通认为："在一个变迁很快的社会，传统的效力是无法保证的。不管一种生活的方法在过去是怎样有效，如果环境一改变，谁也不能再依着法子去应付新问题了。"① 在市场经济的冲击下，乡村道德观念对于人们的约束逐渐式微。不论是男性农民工违背道德良知攫取物质财富，还是进城女性为扎根城市而出卖自己的肉体，他们都在市场经济浪潮中迷失了自我的内心，被外在的物质裹挟向前。当农民工悬浮于城乡文明的中间地带，把金钱、权力和财富当成人生追求的主要目标时，这种由道德失范而酿成的悲剧既与我国现代化建设的目标不符，也与和谐社会的理念相龃龉，应该引起人们的高度重视。

法律失范是指农民工在与城市权贵、公司老板和包工头等社会上流阶层的交往中，常常因为被逼无奈而采取暴力性的反抗行为。由于社会地位和经济实力的悬殊，农民工在城市的生存权益经常被忽视，当解决问题的正常渠道被纷纷堵塞后，他们被迫采取极端的非理性手段与社会抗衡，"缝隙空间"内的法律失范常常是他们反抗社会的无奈之举。《泥鳅》中蔡毅江、国瑞、陶兰和王玉城等进城乡下青年住在城市偏远地带，工作不稳定且频繁更换，他们向往城市生活却无法融入其中，夜晚只能坐在城市露天广场畅聊自己的梦想。蔡毅江在搬运货物中造成工伤，因没钱住院而错过了救治时机，落了个终身残疾的下场。女医生的轻蔑和侮辱激发出蔡毅江内心仇恨的种子，他最终走上黑道，以恶制恶，对城市进行疯狂的报复。这些乡村青年的命运和国瑞从乡下带来的泥鳅一样，虽然被寄养在城市的鱼缸中，但终究会成为城里人餐桌上的一道美味。《不许抢劫》中杨树根带着村里的十八个青壮年在嘉凤公司干着威胁生命的油漆工作，他们任劳任怨，省吃俭用，辛苦劳作一年期待能拿到血汗钱，但公司经理王奎却一再欺骗他们。忍无可忍的杨树根召集其他农民工以静坐等方式讨薪，最终他也因涉嫌违法而被关押审讯。邓一光《怀念一个没有去过的地方》中远子憧憬着城市的美好，在从事服装生意和承包鱼塘受挫后，他在城市组建黑帮团体，开始以恶的形式征服城市。《厚墙》中少年为了维持家庭收入在城市干着砸墙的苦力活，他加班加点砸完了三堵

①费孝通．乡土中国［M］．青岛：青岛出版社，2019：89-90.

墙并把建筑垃圾背下七楼后，雇主却因为他没有在规定时间内完成任务而克扣工钱，欲哭无泪的少年拿起镐头砸向了城市雇主。"墙"象征着城乡间的深重隔膜，一墙之隔隔开了城乡沟通的可能，农民工走投无路时只能通过暴力捍卫自己的合法权益。不论是蔡毅江、杨树根还是远子、少年，这些农民工在城市"缝隙空间"的法律失范是维护自我利益的无奈之举，也折射出我国城市化进程中存在的诸多问题。

通过本节的分析可以看出，农民工在"缝隙空间"的社会失范与他们的城市生活遭遇和身份认同有很大关联。农民离开乡村来到城市，由于他们缺乏明晰的身份认同和稳定的价值观念，加之认知方式的差异与思想观念的冲突，导致他们无法真正在城市立足。当农民工在城市遭受不公正待遇时，行为选择上的道德失范和法律失范也就在所难免。

第二节　城市异托邦劳动空间与漂泊命运

"劳动"是马克思主义哲学的一个重要概念，在中国社会主义历史阶段，党和政府高度重视劳动及劳动改造的重要作用，不断丰富和发展了马克思主义的劳动思想。"'劳动'或者'劳动中心主义'，在中国革命的历史语境中，承担着一个极其重要的叙事功能，即不仅在制度上，也在思想或者意识形态上，真正颠覆传统的贵贱等级秩序，并进而为一个真正平等的社会提供一个合法性的观念支持。"① 然而，随着 20 世纪 90 年代市场经济和消费文化的兴起，劳动的创造性内涵几乎被遮蔽，劳动主体面临着思想认知与现实处境的伦理错位。人们在思想意识和观念认知上给予劳动和劳动者崇高的地位，但实际上劳动者特别是体力劳动者的付出和回报不成比例，他们的工作条件简陋，工作环境恶劣，社会地位有待提高。

农民工为改善现实生活条件进城谋生，但他们大多缺乏专业技术和经济文化资本，只能依凭原始的身体力量，在城市干着多数人所不愿干的脏活、

①蔡翔.革命/叙述：中国社会主义文学——文化想象（1949-1966）[M].北京：北京大学出版社，2010：236.

苦活、累活。即便如此,他们的劳动价值往往还是不被承认,自我价值更是无从实现。"'打工'一词指的是与持久职业形成对比的临时工作,不具备与毛泽东时代的'劳动'相符合的身份,也表明了打工者是处在城市社会秩序之外的人。"① "打工"意味着临时受雇于某人或某单位,本身就蕴含着社会阶层的分化。农民进城打工和工人在工厂上班还是有本质区别:工人身份意味着他们属于城市,即使待遇不高,工作辛苦,他们在工厂工作也是名正言顺的;而农民身份则表示农民工的户籍关系在农村,进城务工只是临时的谋生手段,最终还要回到农村,这就意味着农民工必定要面临职业频繁更换和自我身份认同等一系列现实问题。"叙事的空间性首先体现在故事层面的空间投影上。"② 本节重点分析的城市异托邦劳动空间主要包括垃圾场、工厂、建筑工地、发廊、洗浴中心和城市人的"家"等劳动场所。

一、垃圾场

城市异托邦劳动空间首先体现在垃圾场这一边缘区域,垃圾场环境肮脏污浊,人们避之而不及,而农民工却被迫在这一地带挣扎求生,暗示了他们艰窘屈辱的城市生活。城市现代工业依靠严格的劳动分工和紧密配合的工厂流水线作业,对劳动者的时间观念、工作方式和身体素质都有一定要求,而缺乏生产技能的农民工被迫在城市捡拾垃圾,获取微薄收入,以维持自己的基本生存。刘高兴和五富(贾平凹《高兴》)、李四和胡来城(鬼子《瓦城上空的麦田》)、李大(张抗抗《北京的金山上》)、王才(范小青《城乡简史》)、李多粮(白连春《我爱北京》)等农民工都在垃圾场以回收旧货、捡拾垃圾为生。

垃圾在城里人看来是毫无价值的废品,而农民工却在垃圾场这一边缘地带"寻宝"以维持生计,意味着他们艰辛悲怆的城市生存境遇。《高兴》中刘高兴、五富和黄八走街串巷,或吆喝着回收废品,或翻扒垃圾桶捡拾垃圾,城里人称呼他们为"破烂",连刘高兴也说道:"哦,我们是为破烂而来的,

---

① [澳]杰华. 都市里的农家女:性别、流动与社会变迁 [M]. 吴小英,译. 南京:江苏人民出版社,2006:45.

② 徐岱. 小说叙事学 [M]. 北京:中国社会科学出版社,1992:260.

没有破烂就没有我们。"① "垃圾"这一意象成为农民工被现代化遗弃的重要隐喻,象征着他们在城市的"零余者"身份。即便捡拾垃圾这样卑微的苦力活,也需要同乡人的引荐才能涉足,而且捡拾的范围也被严格限定,不可随意越界跨区域作业。如《高兴》中捡拾垃圾的农民工群体内部存在明显的等级分化:第五等是初入城市者,只能沿街道翻扒垃圾桶。第四等需要别人介绍,蹬三轮车走街串巷。第三等则承包一个区域,有着稳定的收入来源。第二等承包一个大区,以次等级人群的进贡为收入来源。第一等级叫大拿,按照不同级别收取不同的保护费和管理费,而大拿们又和城管、公安等部门发生着或明或暗的联系。可见,捡拾破烂的农民工和城市主流空间并不是彼此割裂的,两者处于一种相互交织的状态。贾平凹直面城市空间的多元复杂性,将拾荒者这一隐蔽的社会群体与城市主流空间发生关联,揭示出城市资本与权力的结合,唤起了人们对城市异质空间内弱势群体生存命运的关注。

刘庆邦《到城里去》中乡村妇女宋家银羡慕城市人身份,一心渴望做城里人。即使丈夫杨成方以临时工的身份在县里的预制板厂辛苦劳作,工厂倒闭后只能在城里捡垃圾,她也觉得比在农村强。她唯一的一次进城是为了探望偷拿别人东西而被刑拘的丈夫,结果"她进了城,还得从城里退出来。她退了一程又一程……后来宋家银退到了城外,退过一片庄稼地,又退过一块菜园"②,最后退到垃圾场的旁边。农民由乡进城,遭遇着主动跨越与被动隔离带来的现代性矛盾,他们看似已冲破城乡界限来到城里,却往往不被城市所接纳。宋家银时刻以工人家属的身份自居,但残酷的现实击碎了她虚幻的城市梦,也让她明白了城乡鸿沟的难以逾越,但倔强的宋家银把再次进城的希望寄托在放弃参加高考的儿子杨金光身上。新一代农民工进城打拼,因缺少技术文化资本,也就无法逃脱近乎宿命般的悲剧命运。

鬼子的《瓦城上空的麦田》中两位父亲都有浓厚的城市情结,胡来城的父亲向往城市生活,他带着年幼的胡来城在城里回收废品,临死前叮嘱胡来城要永远住在城里,即便在瓦城捡垃圾也会发财的。山区老汉李四一心要把自己精心培育的"麦田"(喻指三个子女)送到瓦城,并给他们分别取名李

---

① 贾平凹. 高兴 [M]. 北京:作家出版社,2007:152.
② 张颐武主编. 全球华语小说大系·乡土与底层卷 [M]. 北京:新世界出版社,2012:38.

香、李瓦、李城（谐音为"理想的瓦城"），寄寓着自己的城市理想，但到头来城市不但没有接纳他，在城市生活的三个子女还将他拒之门外。失落的李四遇到胡来城的父亲，两人一见如故，喝得酩酊大醉，不料胡来城的父亲出车祸意外去世。为了报复三个不孝的子女，李四把胡来城父亲的骨灰和自己的身份证放到女儿李香的家门口，李四制造的"假死亡"事件却被儿女们信以为真。当在城市以捡拾垃圾为生的李四一再去找三个儿女说明事实真相时，却被他们认为是凭着和父亲相似的面容骗取钱财。"在他们眼里，李四还是那个捡垃圾的老头，而不是他们的父亲。他们对他的敲门感到讨厌，感到愤怒，他们总是'梆'的一声就把门关上……去吧，捡拾你的垃圾去吧，然后，把李四推到了楼道上。"① 深受乡村文明濡染的李四认为父母和子女的血缘关系不需要任何外在事物来证明，而以城市人身份自居的三个子女推崇的却是城市现代理性，认为只有通过身份证这一外在的"物"才能证明人的身份，由此显示出城乡伦理价值的错位。

英国地理学家迈克·克朗（Mike Crang）在《文化地理学》中指出，空间对于定义群体身份有着重要作用，"某些群体有着某些共同的特征。因此，谁应该属于哪个群体或被排除在外，将取决于哪些特征被视为具有决定意义"② 。丢失了身份证的李四和进城寻夫的宋家银在错位的城市空间寸步难行，找不到自我的存在价值，最后只能命丧他乡或被迫返乡。城市异托邦是一个自由开合的系统，表面上对所有人开放，其实有着严格的准入制度，需要经过某种仪式或者进行净化方可进入。农民工跨越城乡界限来到城市，却有可能招致身体和精神的双重打击，垃圾场这一城市异托邦劳动空间表征着他们艰窘悲怆的城市生活。

二、建筑工地、工厂

建筑工地是为扩建城市而形成的临时场所，农民工在这里从事着超负荷的体力劳动，生命安全和身体健康得不到保障，但他们也因暂时拥有了糊口

---

① 鬼子. 瓦城上空的麦田 [J]. 人民文学, 2002 (10)：39.

② [英] 迈克·克朗. 文化地理学 [M]. 杨淑华, 宋慧敏, 译. 南京：南京大学出版社,
2005：55.

的工作而满足。许春樵《不许抢劫》中杨树根带着同村的人在城市建筑公司从事危害生命的油漆工工作,没有任何防护设备,他们爬高爬低地干着机械单调的工作,刺鼻的气味熏得他们鼻涕和眼泪横流。十几个人住在临时搭建的工棚里,住宿条件简陋,吃的就更简单了,"早晚熬一大锅稀饭,中午煮一锅干饭,烧一锅海带冬瓜或青菜豆腐"①。即便生活条件简陋,工作环境恶劣,生命安全得不到保障,他们还是坚持按时出工,只为能早日拿到辛苦钱。罗伟章《大嫂谣》(《人民文学》2005 年第 11 期)中年过半百的大嫂在家庭经济的重压下来到建筑工地,在烈日炎炎下干着搬砖块、推斗车、拌灰泥等重体力活儿,最终因体力不支而被斗车车轮碾压双腿,造成重伤。张学东《工地上的俩女人》(《长江文艺》2007 年第 9 期)中杨改花在工地为数百名出苦力的农民工做饭,常常累得她腰酸背痛,儿子磙子因患有疾病使她一贫如洗,她还面临被工头随意克扣工资的威胁。

如果说上述小说以写实的方式表现农民工在建筑工地的辛劳付出,带有一定的社会批判意味。那么马秋芬的《蚂蚁上树》和江少宾的《蜘蛛》则用隐喻手法,表现农民工们在城市异托邦劳动空间的现实遭遇,给人们带来深刻的启示意义。"隐喻并不仅是在两种事物或概念之间构成'比较',而是在不同质的事物或观念之间建立对等、创造类同。"②《蚂蚁上树》向读者展示了一幅生动而火热的建筑工地劳动场景,来自乡下的吴顺手和其他农民工像蚂蚁一样在沈阳城的建筑工地高空作业,无论刮风下雨,还是烈日当头,他们都不敢懈怠,最终吴顺手不慎从高层架子上摔下来丢了性命。农民工为城市建设添砖加瓦、默默付出,到头来却如蚂蚁般卑微,不被人重视。正如文中所写的:"绿灯盏工号真如一棵参天大树,楼体外面罩着的绿网,像树干上的一层苔衣。从这里看那货梯真如一只小小的蚂蚁。这蚂蚁悠悠地往上爬,爬爬停停,停停爬爬。"③ "蚂蚁"也成为农民工城市打工生活的真实写照,也成为他们卑微处境的形象隐喻。《蜘蛛》(《青年文学》2006 年第 21 期)运用现代主义的手法,以夸张变形的方式表现农民工孤寂异化的城市生活。马

①许春樵. 不许抢劫 [J]. 十月,2005(6):61.

②耿占春. 隐喻 [M]. 北京:东方出版社,1993:170.

③马秋芬. 蚂蚁上树 [M]. 沈阳:沈阳出版社,2018:39-40.

多和黑七进城打工，主要负责粉刷建筑物的外墙，他们从高空看下去，觉得密密麻麻的人群像甲壳虫一样向他们不断袭来，而他们这些"蜘蛛"则被网罗其中，无处逃身。农民们离开熟悉的乡村环境，来到陌生的城市，他们在城市所能提供的有限范围内忙忙碌碌、一刻不停。劳作的艰辛、职业的频繁更换和城市资本的压制导致了他们漂泊无依的生存状态。

工厂的封闭性强，常与外界世界隔绝，工厂主在资本积累阶段看重经济效益，无视工人们的生命健康和人身权益，而临时的"工人"角色更加剧了农民工的身份焦虑。"工厂建筑集中了生产，分化了工作步骤，有利于监视，并促成了更高的准确性，层级监视对工厂是一个关键的元素。"[①] 农民工在工厂这一城市异托邦劳动空间付出辛勤劳动，常常还要受到资本的压制和权力的监视。如王手的《乡下姑娘李美凤》、王十月的《国家订单》《开冲床的人》、陈应松的《太平狗》、罗伟章《我们的路》等小说都以工厂为叙事空间。工厂这一封闭空间暂时抹平了城乡之间的差异，制造出一种人人平等的假象。在城市权力资本的强势作用下，农民工和老板之间有何平等可言？老板和包工头既是规章制度的设立者，也是利益的既得者，他们在与农民工交往中常常起着主导性的决定作用，而农民工只是被规训和监视的劳动群体，根本没有与之对话的可能。进城农民工不仅要受到国家权力制度的约束，还要受到建筑工地的工头和工厂企业老板的监督，显示出他们在市场化经济浪潮中的弱势地位。

建筑工地和工厂内的权力规训首先体现在制度设计上的专断性与强迫性，"强迫性机制指通过各种规章制度、经由身体实现对资源的机会的分配，从而激励人们做出相应的身体行为，进而固化人们的思维方式"[②]。工厂管理者设立规章制度的目的是为本阶层的利益服务，以达到对农民工的制约与规训。"纪律来自空间中不同个体的组织化，因此它必须具备一个特定的空间围场（enclosure）。围场一旦建立了，这个方格将容纳被分布的、有待训练和监视

---

① [法] 戈温德林·莱特，[法] 保罗·雷比诺. 权力的空间化 [M] //包亚明主编. 后现代性与地理学的政治，上海：上海教育出版社，2012：35.
② 潘泽泉. 国家调整农民工社会政策研究 [M]. 北京：中国人民大学出版社，2013：513.

的个体。在工厂中，这个过程促进了生产力。"① 方格子《上海一夜》中杨青在酒店当服务员，虽然每次开会时领导都会肯定他们的贡献，但公司明文规定她们这些服务生上下班只能走酒店后面那个"低陷"着、"幽长"的"半深的隧道"。杨青有一次赌气似的走正门通过，下班前就被主任告诫"最好遵守公司规定，该走哪条路就走哪条路"②，之后杨青就习惯了从属于他们的专有通道出入。"权力已经不需要具体的执行者诉诸某种强力，迫使人们顺从，而是通过符号化将秩序与等级客观化为现实的阶梯、门户、主位等无法逾越的空间位置，人们在合乎礼仪的进退、升降、揖让、迎送的动作中，就已经遵循秩序与等级的规范，还会主动地将这种规范复制在其他长河中。"③ 人们生活的空间通过特定的符号形式表现出来，或者说社会权力不断对空间进行着符码化规约，人们依赖空间符号的指引，也就默认并践行了这种社会规范。权力就这样以无声无形的方式侵入了人们的日常生活，并对人们的言行举止进行规训，以达到集体无意识。

罗伟章《我们的路》中"我"在频繁更换工作中饱尝了权力资本带来的磨难。"我"先是在广东一家水泥厂当搬运工，无偿干两个月后才开始计算工资，干了四十多天就被赶了出来，后来又在磨石厂干水磨，环境嘈杂，有毒的树胶和粉末严重危害生命健康。老板一直拖欠农民工的工钱直到快过年，最后老板逃之夭夭，只留下满心期待的农民工在工厂以泪洗面。作家以不无愤慨的语言写出了权力的不对等性和农民工在城市四处碰壁的悲惨处境。"你不要看城市大得比天空还宽，城里的工地到处都是，但城市不是你的，工地也不是你的，人家不要你，你就寸步难行。你的四周都是铜墙铁壁，你看不见光，也看不见路，你什么也不是，只不过是一条来城市讨生活的可怜虫。"④ 除此而外，《不许抢劫》中建筑公司经理王奎每个月只给工人们发100元的生活费，一再欺骗他们说剩余的钱年底一并发放，并以工程量大、任务重为借口要求他们加班加点地干活，过年也不能回家。《民工》中鞠福生和鞠

① [法] 戈温德林·莱特，[法] 保罗·雷比诺. 权力的空间化 [M] //包亚明主编. 后现代性与地理学的政治，上海：上海教育出版社，2012：33.
② 方格子. 上海一夜 [J]. 西湖，2005（4）：28.
③ 童强. 空间哲学 [M]. 北京：北京大学出版社，2011：279-280.
④ 张颐武主编. 全球华语小说大系·乡土与底层卷 [M]. 北京：新世界出版社，2012：88.

广大常年在工地没日没夜地劳作，因为回家奔丧，工头就要扣除他们整整六个月的工资，并且扬言要开除他们。

建筑工地和工厂的权力规训还表现在对农民工身体的控制上。农民工在城市处于被排斥的边缘地位，而身体的规训则让他们的处境更为艰难。福柯以边沁的"圆形监狱"为例，阐明了现代社会是如何通过权力来达到对人的控制和惩罚。"权力应该是可见的但又是无法确知的。所谓'可见的'，即被囚禁者应不断地目睹着窥视他的中心望塔的高大轮廓。所谓'无法确知的'，即被囚禁者应该在任何时候都不知道自己是否被窥视。"① 也就是说，"圆形监狱"作为权力符号持续自动地发挥着监督作用，不论它是否真正运行，其功能都是不断强化对人们的控制。《我们的路》中因为一块石料掉到了地上，老板斥责辱骂农民工，并强迫他们跪下，否则无法领到四个月的工资，包括"我"在内的农民工慑服于老板的淫威，不得不在湿地上跪了半个小时。后来大家才知道是老板故意掀翻石料来整治"我们"，对此工人们却敢怒而不敢言。鬼子《被雨淋湿的河》（《人民文学》1997年第5期）中因为服装厂丢了一件衣服，日本老板对工人们大吼大叫，并示意两个保安对一位怀孕五个多月的妇女强行搜身。老板还以拒发工资为由，强迫工人们下跪，面对这种侮辱人格的不公正待遇，乡下青年晓雷能挺身而出、拒绝下跪，维护了自己的人格尊严，也给黑暗的现实环境带来一丝光亮。残雪《民工团》中"我"和其他农民工在水泥厂出苦力，每天早上凌晨三点就会被工头叫醒，去扛每袋200斤重的水泥，如果从脚手架掉下就会当场毙命，掉进石灰池也只能回家等死。民工团内气氛压抑、人人自危，人们为了获取利益而相互告发。工头也是想尽办法折磨"我们"，院子里的一处密室有各种惩罚工人的刑具。"工头的眼睛就像粘在我们背上一样，哪怕上厕所也被他紧紧地盯着"②，权力对人身体的控制达到如此深重的地步。焦祖尧《归去》中吴福在露天煤矿开车，在这里大小便也有人管，"撒一泡尿不得超过半分钟，超过半分钟，后面的车便上来了"③。加上上下二十多层梯子的时间，他们小便的时间往往超过半分

①[法] 米歇尔·福柯. 规训与惩罚 [M]. 刘北成，杨远婴，译. 北京：生活·读书·新知三联书店，2007：226.

②残雪. 民工团 [J]. 当代作家评论，2004（2）：45-46.

③焦祖尧. 归去 [J]. 人民文学，1993（10）：5.

钟，因此经常遭到工长和值班经理的责骂。"权力/知识结构促进了对现代个人的塑造——这为空间分布提供了一个实用模式。权力之眼自动运作，它的效力最终不在于别人的监视，而在于一种更普遍、更微妙的自我监管。"① 在建筑工地和工厂这样封闭的劳动空间，权力的规训作用无处不在，农民工经受着身体和精神的双重钳制。

在工厂和建筑工地这样的劳动空间，处于主体地位的工厂主和包工头拥有绝对支配权，而农民工则常常成为被凝视和驱赶的"他者"。进城从事苦力劳动的农民工"即使站在这类建筑物的旁边，也难以融入它的空间之中，在空间感（不是空间）上，它意味着不可亲近……人们用双手生产的空间，却被空间抛到场外，异化进入到空间领域。空间中的生产，经过空间的生产，最终成为空间异化"②。农民工为城市建设贡献力量，并梦想着能在城市占有一席之地，但他们大多终究只是繁华都市的匆匆过客，只能寄身于异化的城市底层空间，还要遭受别人无端的指责和怀疑。王十月《示众》（《天涯》2006 年第 6 期）中建筑工人老冯返乡前想进自己建造的小区看看，遭到拒绝后翻墙进入，最后他脖子上被挂上侮辱性的木牌以示众。同样，曹多勇《城里的好光景》（《小说月刊》2006 年第 2 期）中身为民工的"我"闲来无事喜欢扬起脖子数楼层，心中暗想着自己与城市的关联，但小区保安对"我"这一举动心怀戒备而出面制止。《不许抢劫》中杨树根在城市从事油漆工的工作，他看着窗外如春笋般密集高耸的楼房，却没有一扇窗子和一个房间属于自己，心中的落寞之情与无奈之感油然而生。"建楼的人是不住楼的，住楼的人是不建楼的，这就跟山区里养猪的人不吃猪肉，吃猪肉的人不养猪是一样的。也就是说，总有一部分人永远陪衬着另一部分人，让穷人更穷，才能显得富人更富，都差不多就没意思了。"③ 农民工用辛勤汗水和无尽付出换来城市空间的扩大，却无法享受城市生活带来的便捷。在工程竣工前，建筑工地是农民工聚集的场所，可以自由出入，但随着工程结束，建筑工地这一城市异托邦劳动空间也就不复存在，他们与城市丧失了关联，只能被迫去找寻下

---

① [美] 罗伯特·塔利. 空间性 [M]. 方英，译. 北京：北京大学出版社，2021：155.
② 童强. 论空间语义 [J]. 厦门大学学报（哲学社会科学版），2005（4）：16.
③ 许春樵. 不许抢劫 [J]. 十月，2005（6）：78.

一个劳动场所，这种流动的劳动空间昭示出他们漂泊无依的城市生存状态。

"农民工对城市的社会参与更多展现为建设性的生产劳动，空间隔离、社会交往隔离所引致的排斥或空间剥夺，使得农民工对城市生活参与和文化融合及足够的自主精神呈现缺失状态，在这个层面上，引发空间归属在主体经验中的缺失。"① 我国的现代化建设并没有从根本上改善农民工的生存命运，反而使他们陷入了更加悲苦的境地，作家直面我国城市化进程中出现的贫富分化和城乡差距，凸显出城乡二元体制影响下农民工城市生存的辛酸。虽然市场经济从整体上提升了人们的生活水平，但"遍身绫罗者，不是养蚕人"的悲剧依然在当今社会一再上演，令人唏嘘。

三、发廊、洗浴中心

20 世纪 90 年代以来，由于商品经济和资本力量不断侵袭着乡村，几千年来固守的传统观念和伦理道德受到了一定程度的冲击。当农民的物质欲望被极大地激发之后，他们将城市看作实现梦想之地。如果说男性农民工大多可以在工厂或建筑工地等劳动空间出卖自己的体力，以换取微薄收入。那么，进城乡下女性则常常在发廊、洗浴中心和按摩屋等城市暧昧空间出卖自己的身体，并以此作为她们进驻城市的资本。在消费文化的时代语境中进城乡下女性或是主动把卖身当作致富的捷径，或是在现实生存压力下做出的无奈选择，无论如何，她们最终都沦为城市男性的消费对象。新世纪农民工题材小说的主题之一就是叙述进城乡下女性在城市堕落的过程。

发廊、洗浴中心和按摩屋等场所本来属于城市第三产业，是人们在解决温饱后更高层次的消费和享受，但这些城市异托邦劳动空间在农民工题材小说中大多意指声色之地，进城乡下女性在城市出卖自己的青春，遭受着身心的蹂躏。一般来说，发廊和洗浴中心大多位于城市边缘地带，不易被人发现，成规模地聚合在一起，而且和城市上流阶层发生着或明或暗的联系，有的则位于城市中心地带，以正规合法的经营为幌子，实则从事着色情交易。这些缝隙空间"往往是挪用的、非正式的、地下的、不确定的空间。它不可能获

---

①杨子. 城市新兴工人的空间及生产——以上海外来农民工为例［M］//胡慧林，陈昕，王方华主编. 中国都市化研究（第 2 卷），上海：上海人民出版社，2010：174.

得有关方面的、法律的正式许可，而只能以含混的占有形式出现在街头巷尾、围墙之间、高楼背后等场所"①。如宁德珍和舒小妹为了节省开支，租住在拥挤的出租屋，她们两个工作的"夜来香"发廊开在红旗村一条不规则的小路上，不时会有警察来此消费（李肇正《姐妹》）。方圆和晓秋离开保守闭塞的故乡西地，在城市以开发廊为生，位置偏远且成片聚合（吴玄《发廊》）。发廊和洗浴中心为进城乡下女性提供了暂时的落脚地，但这些场所大多位于城乡接合部且与城市主流空间相互联系，昭示着她们在城市的"他者"地位。

进城乡下女性不仅在发廊、洗浴中心等劳动空间忍受身体折磨，还要经受商品消费文化的无情挤压。《姐妹》中宁德珍和舒小妹在城市边缘地带的"夜来香"发廊上班，舒小妹有一次接待的嫖客是警察，不但没有给钱，还对她拳打脚踢，她最后以劳教的名义被关押。舒小妹的遭遇让宁德珍悲愤不已却又无能为力，也让她认清了小姐是城市的"零余者"和"无证人"这一残酷现实。于是，她把嫁给城里人并扎根城市当成自己生活的目标。"小妹，咱们都是无'证'的人，得找个'证'儿，才能在城里待下，你说对不?"② 宁德珍在表叔表嫂的撮合下，想以身体为资本获得城市人身份，但进驻城市的过程显得如此艰难。先是钢铁厂的翻砂工嫌弃宁德珍的农村出身，后来介绍的工厂科长黄钢生虽然比她大十几岁，但稳定的收入和宽敞的住房条件满足了她对城市的憧憬。即使宁德珍明知黄钢生丧失了男性功能，但她最终嫁给了这个阳痿男人，隐喻着城市现代文明对农村的宰制。宁德珍和舒小妹既是生活中的好姐妹，也是传统乡村文明的象征，她们在城市的悲苦境遇映现出乡村在城市现代化进程中的边缘地位。

《米粒儿的城市》中米粒儿从小就对城市充满热切的向往，她想通过自己的努力扎根城市，"不但她进城，全家人也跟着她进城，这才算是成功"③。为此，她先在曹老师家当保姆，看管六个月大的婴儿，后来到青春发廊给人按摩、洗头，结识了风流倜傥的三哥。她错把三哥对她一时的关心当成了爱情，付出一切只为实现自己的城市梦想，到头来才发现自己被三哥当作商品，

---

①童强. 权力、资本与缝隙空间 [J]. 文化研究, 2010 (10)：97.

②李肇正. 姐妹 [J]. 钟山, 2003 (3)：17.

③阿宁. 米粒儿的城市 [M]. 石家庄：河北教育出版社, 2006：27.

以"物"的形式送给了银行的柴行长。米粒儿在城市无法找到自我的尊严和价值,"城市对她来说,是做了一个梦,现在这个梦是做不下去了,也到了该醒的时候"①。如梦初醒的米粒儿认识到城乡文化的巨大差异,也看清了自己卑微的城市生活境遇,于是毅然地回到农村。此外,小琴(邓刚《桑拿》)、明惠(邵丽《明惠的圣诞》)、表姐、小凤和小芳(魏微《回家》)、刘小丫(乔叶《紫蔷薇影楼》)等进城乡下女性都在城市发廊或洗浴中心从事着不光彩的皮肉生意。她们为改善自我或家人的生活而饱受摧残,结果既不被城市接纳,还遭到同乡人的道德谴责,最终归无所依。

随着市场经济的不断发展,消费主义文化在我国逐渐兴起,"我们处在'消费'控制着整个生活的这样一种境地,所有的活动都以相同的组合方式束缚"②。一方面,进城乡下女性把她们的身体视为性交易的筹码,她们在物质欲望的蛊惑下沉沦堕落,找不到自我的真正价值;另一方面,她们的身体消费背后常常隐藏着男性权力的眼光,即男性把乡下女性的身体当作欲望化的消费对象,这进一步加深了她们在城市的悲剧命运。

四、保姆在城市的"家"

有学者在分析中国城乡社会时指出:"在都市社会中,人际关联较之其他任何环境是更不重视人情,而更重理性,并且人际关系趋向以利益和金钱为转移。"③ 正是出于对城市的向往和物质财富的追逐,20 世纪 80 年代中后期,数以万计的农民工抛家弃子,离开熟悉的乡村到城市谋生。不论是他们在工厂和建筑工地挥汗如雨,任人差遣,还是在发廊和洗浴中心从事卑微的服务工作,甚至捡拾破烂以维持生计,追求物质利益并实现经济富裕是他们的共同追求。如果说上述劳动空间基本属于城市公共空间,那么进城乡下女性在城市人的"家"从事家政服务工作,以保姆身份寄寓在这个城市异托邦劳动空间,这就进一步增强了她们与城市生活的具体关联。由此切入,可以更好地窥探城市家庭生活内部的生存镜像,从而进一步考察空间权力对进城乡下

①阿宁.米粒儿的城市 [M].石家庄:河北教育出版社,2006:40.

②[法] 让·鲍德里亚.消费社会 [M].刘成富,全志钢,译.南京:南京大学出版社,2014:5.

③高秀芹.文学的中国城乡 [M].西安:陕西人民教育出版社,2002:17.

女性的制约与规训。

　　"家"不仅是人们生活居住的物理场所，更是人们寄托情感、排遣忧愁和安放灵魂的精神空间。对"家"的认知理解是形成个人自我价值的重要前提，我们每个人都从"家"出发走向世界，最后又返回到梦想之"家"。巴什拉认为："对我们每个人来说都有一座梦中的家宅，一座属于回忆和幻想的家宅，它消失在一段超出真实的过去的阴影中。"① 乡村女性因不满出生之家的贫穷破落，满怀憧憬地来到了城市人"家"从事保姆工作，这些家庭丰裕的物质生活和齐全的现代化设备满足了她们对城市的现代性想象。项小米《二的》中农村姑娘小白离开愚昧落后、重男轻女的偏僻乡村，来到城里人两百平方米的复式跃层的家里，享受着小电视和中央空调等现代化智能设备带来的舒适生活。刘庆邦《走进别墅——保姆在北京之二》（《北京文学》2012 年第 5 期）中钱良蕴服务的城市雇主兰阿姨住的是连体别墅，上下三层，屋内有健身房、露天阳台和玻璃花房，屋外的湖泊里有成群的白天鹅，这样优渥高端的城市上层生活让她惊叹不已。余同友《雨水落在半空里》（《清明》2005 年第 4 期）中进城当保姆的巧雨在见识了城市人家如雪的浴缸、便捷的热水器和花洒之后，把修建一座装有现代设备的房屋当成自己的奋斗目标。

　　与其他劳动空间不同的是，进城当保姆的乡下女性深入到城市生活内部，与雇主共居一室，这进一步增强了她们对城市文化和城市生活方式的认同。所以，对于保姆而言，城市人的"家"就不只是一个临时性住所，更表征着她们对城市生活的憧憬与向往。新世纪农民工题材小说没有回避进城乡下女性的物质欲望，反而重在张扬城市生活对保姆内在精神的积极影响。杜秀兰虽然遭到了雇主的肉体霸占和精神欺凌，但她最大的愿望是在城市买房，给儿子办理蓝印户口，希望儿子能像城里的孩子一样，接受好的教育，一家人过上无忧的城市生活（李肇正《女佣》）。保姆小白回了一趟自己的老家，就更坚定了她要留在城里的想法，老家没有电话，买不到沙拉酱，不能洗热水澡，"冬天没有暖气的像冰窖一样寒冷的房子让她受不了了"②。小白见识了城市生活的精彩后，不愿一辈子被困在农村土地上生儿育女，她内心深处已

---

①［法］加斯东·巴什拉. 空间的诗学［M］. 张逸婧，译. 上海：上海译文出版社，2013：15.
②项小米. 葛定国同志的夕阳红［M］. 北京：北京十月文艺出版社，2005：116.

经与农村落后的生育思想和性别观念彻底决裂（项小米《二的》）。

相比于其他进城女性，保姆有更多机会参与到城市的家庭生活，而和男性雇主的接触则会进一步强化她们的城市梦想。《二的》中小白禁不住诱惑与雇主聂凯旋发生关系后，她以为自己能代替女主人单自雪而成为名正言顺的城里人。当她还沉醉在聂凯旋为其编织的谎言中时，对方则将她所有的付出轻描淡写地说成是"都市症候群"，小白在心中建构的城市镜像轰然倒塌。究其实质，她不过是聂凯旋填补空虚感情生活的替代品而已。《傻女香香》中香香抱着扎根城市的目的进城，她一开始在城里回收废品，结识了四十多岁的城市男性刘德民后来到他家做保姆，她把城市人的居室、阔大的客厅和席梦思床当成进驻"城市心脏"的必要条件，为此不惜献出自己的青春。当爱的意识真正萌发，香香爱上了刘德民年轻帅气的儿子，她的哭泣在刘德民看来是"傻"的表现。即便如香香、小白这样的保姆住进了城里人的"家"，但也只能屈居于别人的屋檐下，她们想要通过婚姻手段融入城市的愿望落空，最终无法获得真正的平等与尊重。

"作为社会存在的个体，无论贫富贵贱，'家'表征的都是安全感和归属感的个体性空间，但越是走进城市家庭内部，她们越是自感外来者的文化身份，城市因之成了理想与压抑并错的'他者'空间。"① 保姆虽然生活在城市人家，但她们和雇主的交往显示出不平等的社会层级关系，表明了城里人和乡下人身份地位的分化。单自雪虽然手把手地教小白如何干家务活，"教会了她如何从一个村姑逐步成为一个都市人"②，但她打心眼里瞧不起小白，要求小白以后说到她自己的时候就说"我"，不要总是说"咱们"，人称指代的不同暗示着城乡文化身份的差异。单自雪在与小白的交往中进一步确立了自己的身份优越性，而小白既要周旋在聂凯旋夫妻二人的矛盾关系中，还要顾及老太太和孩子果果的感受，她在这样压抑的城市家庭空间找不到自我的存在价值，最后消失得无影无踪（项小米《二的》）。保姆杜秀兰来到城市照顾卧床的老太太，她只能住在阴暗潮湿的房间，无法和别人交流，雇主也不允

---

①许心宏. 人与城：刘庆邦"保姆"系列的城市书写 [J]. 重庆师范大学学报（哲学社会科学版），2015（1）：52.

②项小米. 葛定国同志的夕阳红 [M]. 北京：北京十月文艺出版社，2005：79.

许她打电话和看电视。杜秀兰不仅要忍受晦暗的家庭居住环境，还要遭受城里人对乡下人的污蔑与敌视，"乡下来的，以后就要不太平了"，"只配在乡下种田，到城市来凑什么热闹？"① （李肇正《女佣》）。乡下女性进城当保姆，不仅显示了她们被凝视的尴尬地位，还进一步凸显出城市雇主的身份优越性。

福柯认为，权力"习惯针对对象进行排斥、拒绝、并设置障碍，或使其陷入不存在的状态。这种权力，亦是一种固执的法规。权力一开口，便成法规，它让它的对象依法行事。权力通过语言，在创造法则的同时，也控制了对象"②。新世纪农民工题材小说的家庭空间成为权力运行的具体场所，保姆在城里人的屋檐下讨生活，原本稳定静态的城市家庭生活因为她们的到来而显示出权力的制约作用。如刘庆邦《谁都不认识——保姆在北京之九》中冯春良来到城市雇主桂阿姨家做保姆，一进门桂阿姨就约法三章："第一，你不要和别的当保姆的老乡拉拉扯扯，第二，除了我让你去买日常用品的地方，别的地方最好不要去，第三，别人问你什么，你都说不知道，就知道干活儿。"③ 冯春良和在城市小区当保安的男朋友偶尔搭话被桂阿姨发现后说成是"违反纪律"，当冯春良外出买菜时，在小花园迅速看了看男友高进海写给她的纸条后撕碎并扔进了花坛里。即便如此小心谨慎，这一幕还是被桂阿姨发现，因为桂阿姨家的阳台正对着小花园，站在玻璃窗后面可以把小花园的人看得一清二楚。这和福柯所说的"全景敞式监狱"的权力监督机制何其相似，被监督者只能遭受着权力的规训与惩罚。因此，冯春良时刻牢记着雇主对她的训导，她觉得桂阿姨好像随时都在暗地里监视着她。同样的，张抗抗《芝麻》中乡下女性芝麻在城市雇主李阿姨家当保姆，也要受到权力的无形制约。李阿姨"凡事都有'纪律'"，"还有许多'注意'事项"，比如要求"先洗手，然后再上厕"④，还有很多规定三年来芝麻都一条一条地记着。这些所谓的纪律、要求和规定背后所隐藏的都是无处不在的权力机制，它无视个体的人格与尊严，时刻约束控制着人的日常行为。

乡下女性进城当保姆，她们虽然寄居在城市人家，却因家庭空间的私密

①李肇正．女佣 [J]．当代，2001 (5)：143.
②赵一凡等主编．西方文论关键词 [M]．北京：外语教学与研究出版社，2006：442-443.
③刘庆邦．谁都不认识——保姆在北京之九 [J]．花城，2013 (4)：127.
④张抗抗．张抗抗自选集 [M]．北京：现代出版社，2006：450.

性和排他性而始终无法真正融入其中，只能在屈就的生存状态中饱受身心折磨。"'寄'，就是在长长的旅途之中，暂且在那个木屋中借宿，暂且在这片土地上寄身。'寄'的性质，断绝了在各种名义之下，通过各种手段，将外物转化为'我的'的任何途径，拒绝了任何在根本法理的意义上界定'我的'之可能性以及这种企图所包含的专断话语。"①杜秀兰在和城市雇主宝良、贝良的性交易中赚了一笔钱，但她心里始终对丈夫充满恐惧与愧疚（李肇正《女佣》）。祝艺青受尽了城市雇主夏百合和白斯娥的百般刁难，最后躲藏在地下室的小旅馆内暗自啜泣（刘庆邦《后来者》，《十月》2013年第5期）。小白逃离压抑苦闷的城市家庭，最后消失在茫茫人海（项小米《二的》）。城市现代化激发出农民工的物质需求，但又无法真正满足他们，只能将其划入社会的边缘角落，任其漂泊。

总之，农民工以原始的身体力量推动了城市的现代化发展，但"他们所从事的上述工作大都不是'资本密集型''技术密集型'，而是'劳动密集型'，这就使得他们无缘真正的'现代工业'，依旧干的是出力气的重活儿，是简单的原始劳动，是身体与物体的相互挤压，是血肉与工具的相互研磨"②。农民工跨越城乡边界由乡进城，却因城市资本和文化资源的匮乏而几乎被排斥在现代城市空间外。这也意味着农民工大多无法真正逼近城市内核，进而实现自我现代性重塑，即便他们的身体挤进了城市，并在垃圾场、建筑工地、工厂、发廊、洗浴中心和城市人的"家"等城市空间谋得了一份职业，但城市和城市人身份于他们而言仍是一个遥不可及的存在。这些劳动空间看似稳固，为农民工提供了谋生场所，但究其实质只是他们在城市提供的有限范围内做出的无奈选择。

第三节　城市异托邦消费空间与身份建构

列斐伏尔认为："对于空间的征服和整合，已经成为消费主义赖以维持的

---

① 童强. 空间哲学 [M]. 北京：北京大学出版社，2011：122.
② 李兴阳. 中国社会变迁与乡土小说的"流动农民"叙事 [J]. 扬子江评论，2013（3）：88.

主要手段，空间作为一个整体已经成为生产关系再生产的所在地，因为空间带有消费主义的特征，所以空间把消费主义关系（如个人主义、商品化的）的形式投射到全部的日常生活之中。"① 消费文化已成为当今社会重要的生活方式，影响着人们生活的方方面面，而消费与空间的结合，更潜在地影响着人们的身份认同与阶层划分。本节重点分析农民工题材小说中城市异托邦消费空间及不同消费群体的身份建构，通过将农民工的物质消费、娱乐消费与城市上流人士的消费进行比对，以凸显农民工在城市的弱势生存地位。

一、消费文化与消费概念

21 世纪以来，随着全球一体化进程的加快，各个国家在经济贸易和商业往来中相互依赖、共同支持，逐渐形成了麦克卢汉（Marshall McLuhan）所谓的"地球村"② 这一人类命运共同体。我国以西方现代性为发展参照，不断向世界接轨靠拢，使之成为全球市场经济的重要组成部分，也使消费在人们的日常生活中占据越来越重要的地位。消费文化借助大众媒体不仅持续地干预人们的日常生活，更对人们的思想认知、行为方式和价值观念产生重要影响。丰裕充足的物质虽然为人们的消费提供了保障，但需要注意的是，由于社会资源占有的多寡和文化经济实力的悬殊，由此形成了不同的社会阶层，而消费理念、消费能力和消费水平的差异也成为阶层划分的重要符码。"布迪厄把文化趣味视为一种特定的符号资本形式，可以在实现利益的争斗中使用，让某些个体支配其他个体，从而成为一种文化资本。对布迪厄来说，凝聚并体现在文化商品消费中的品位无疑是一种阶级标志。"③ 可见，消费行为中的不同品位成为社会阶层划分的重要标志，消费者常常通过不同的消费方式来建构自我的身份特征。

如果说新中国成立前后的城市发展主要集中在生产和建设层面，那么 20世纪 90 年代以来，随着消费文化在我国的日益兴盛，"消费"逐渐取代"生

①包亚明主编. 现代性与都市文化理论［M］. 上海：上海社会科学院出版社，2008：291.

②"地球村"（global village）是加拿大传播学家马歇尔·麦克卢汉 1964 年在他的《理解媒介：人的延伸》一书中提出的重要概念，意思是随着现代科技的飞速发展，人与人之间的时空距离缩短，国与国之间的交往日益频繁，整个地球就如同浩瀚宇宙中的一个村落。

③包亚明主编. 现代性与都市文化理论［M］. 上海：上海社会科学院出版社，2008：235.

产"成为城市文化的主流话语和社会经济体系的重要存在。面对琳琅满目的消费对象，消费者不再只关注商品本身所承载的物质功能和使用价值，而更关注商品背后所隐藏的社会价值和文化意义。法国社会学家让·鲍德里亚（Jean Baudrillard）认为，在现代社会中，人们消费的对象已经不仅仅是事物本身，而更多的是对附着于物上的符号意义的消费，并通过这种消费符号显示出社会结构的复杂性与不对等性。"对'物'的消费便可能成为社会结构和社会秩序及其内在区分的主要基础。鲍德里亚认为，消费品事实上已经成为一种分类体系，对人的行为和群体认同进行着符码化和规约。"① 由此可以看出，在现代社会，消费已经溢出了简单的个人购买行为，成为社会关系结构的外在体现。消费行为本身也从物的使用价值层面脱离出来，成为体现人们身份地位和社会等级的重要符码，同时也强化着消费者的群体归属与角色认同。消费行为不只是满足人们对物的追求，也是消费者自我身份定位的过程，并在此过程中进行社会阶层的划分。人们常常根据自身的社会地位、经济能力和消费理念进出不同的消费场所，同时也就意味着在消费这一空间。人们在消费中面对不同消费品的"使用价值"可能是一致的，但不同物品所象征的差异性符号却制造出不同等级，进而建构出消费者各自的身份特征与社会地位。

城市消费文化日益兴盛并不断影响人们的日常生活，刺激人们的物质消费欲望。农民工作为我国城市化进程中特有的社会阶层，当他们置身于充满现代化声光电的大都市，会被绚烂多姿的城市消费景观所吸引，不可避免地会受到城市消费文化的影响。在消费文化和商业经济共同编织的消费神话中，貌似公平自由的消费行为背后隐藏着极大的不平等性，人们以经济地位和文化资本为依据，划分出等级意味浓厚的消费群体。"所有商品都带有价格标签。这些标签选择了潜在的消费人群……它们在现实和可能之间划了一条界线，一条既定的消费者无法逾越的界限。在市场推销和宣传的机会平等的外表后面，隐藏着消费者之间事实上的不平等，也就是说，消费者的选择权限，

①季桂保. 后现代境域中的鲍德里亚［M］//包亚明主编. 后现代性与地理学的政治，上海：上海教育出版社，2001：58.

实际上存在很大差别。"① 具体到不同代际的农民工，这种差别性消费也有不同的体现。20 世纪 80 年代，第一批进城农民工的物质诉求很明确，他们不奢望能在城市扎根，只希望能挣钱回家，改善家人的物质生活，他们在城市的消费大多限于物质性满足。随着新生代农民工进城打工，他们的消费理念和认知习惯已经和父辈们发生了明显分化，他们认同城市文化及城市生活方式，并渴望能成为其中的一分子。"老一代农民工文娱活动方式较传统，大多为打麻将、打牌、看电视，与老乡、工友聊天以打发时间。对比而言，新生代农民工业余生活娱乐休闲、新潮色彩更浓厚，逛街、逛公园、看电影、唱卡拉OK 较多。尤其是他们对网络的喜好远远超过老一代农民工。"② 相比而言，新生代农民工早已不满足于解决温饱问题，他们在日常穿衣打扮、生活习惯和文化认同等方面已经和城市青年没有明显差别，他们热衷于逛公园、看电影，尤其是对互联网的喜好已经远远超过其父辈，但高昂的房价和不菲的城市生活成本还是让农村出身的他们望而却步，融入城市的过程也显得漫长而曲折。农民工作为城市外来者，他们渴望通过消费活动满足自己的物质欲望和精神诉求，而现实处境的不如意和经济文化资本的匮乏常使他们处于低端消费行为中，并且还要在消费过程中对自我的边缘社会地位进行再确认，这就进一步加深了他们城市生活的悲剧色彩。

二、消费话语下的身份建构

鲍德里亚认为："在发达资本主义制度下，普通大众不仅被生存所迫的劳动之需所控制，而且还被交换符号差异的需要所控制。个体从他者的角度获得自己的身份，其首要来源并不是他们的工作类型，而是他们所展示和消费的符号和意义。"③ 也就是说，不同消费者的消费行为已经超出了物质本身，而成为他们身份确认的重要来源。作为低收入人群，农民工在城市的消费能力和消费水平有限，而且他们的消费偏向于物质消费，忽视或缺乏精神消费。新世纪农民工题材小说中城市异托邦消费空间的物质消费和娱乐消费带有明

---

①[英] 西莉亚·卢瑞. 消费文化 [M]. 张萍，译. 南京：南京大学出版社，2003：4.

②韦滢. 论新生代农民工的内涵和代际特征 [J]. 当代经济，2011（7）：29.

③[美] 马克·波斯特. 第二媒介时代 [M]. 范静哗，译. 南京：南京大学出版社，2000：145.

显的区隔意味，而这种差异化的消费行为也体现出农民工在城市的弱势地位。

城市异托邦消费首先体现在物质消费上，民以食为天，因此农民工进城首先要解决温饱问题。比如，《高兴》中五富为了吃饱饭跟着刘高兴来到城里，但城市并不能满足他的简单愿望。五富和刘高兴没钱买菜，只好捡拾别人不要的烂菜叶。收破烂有收入的时候能吃上放了些许盐的面条和豆腐乳，没有收入的时候只好躺在床上挨饿，最后五富因为满嘴塞满鱼翅而毙命。为节省出更多的钱邮回老家，五富省吃俭用，从牙缝里省钱，他啃着发霉变质的干馍，喝着水龙头里流出的自来水，这样极其简单劣等的饮食维持着他的城市生活。相比而言，在饮食消费方面，城市上流阶层韦达吃的也是干豆荚和饸饹等粗粮，花样之多，令五富和刘高兴惊叹不已。这些粗粮对于五富和刘高兴而言，是没钱购买而维持温饱的廉价菜品，而对韦达来说，这是出于健康养生目的的主动选择。《明惠的圣诞》中李羊群是雅园的常客，那里最便宜的矿泉水 25 元一杯，玫瑰花茶 50 元一杯，这样的高消费让明惠无法接受。而在李羊群看来，这些消费品的使用价值已被降到很低位置，而这种消费行为成为他们身份地位的重要标识。正如鲍德里亚所说："人们从来不消费物的本身（使用价值）——人们总是把物（从广义角度）用来当作能够突出你的符号，或让你加入视为理想的团体，或参与一个地位更高的团体来摆脱本团体。"[①] 面对同一事物的不同消费态度和行为选择，显示出消费者角色认知的分化和社会地位的差异。从这种意义上来说，食物已经不再仅仅停留在简单的果腹层面，而具有了阶层划分的符号性意义。

农民工在城市的物质消费不仅表现了他们物质生活的艰窘，更突出了社会资源分配的不公。王祥夫《端午》（《人民文学》2006 年第 8 期）中农民工住在临时搭建的工棚里，平时吃的是最廉价的白菜、土豆和豆腐，半勺大烩菜加两个大馒头就是他们的一顿饭，完了再去锅炉前接点水咕咚咕咚喝下去，他们饮食追求的目的就是解决温饱。临近端午，工地老板说要给大家吃鸡改善伙食，但到头来民工们空欢喜一场，只分到了鸡屁股、鸡头或鸡爪子，而鸡大腿和鸡肉不知道被"分配"到了哪里？即便如此，民工们还是有滋有味

---

① [法] 让·鲍德里亚. 消费社会 [M]. 刘成富，全志钢，译. 南京：南京大学出版社，2014：41.

地吃起来，愤愤不平的情绪在进食中逐渐消散。《二的》中保姆小白跟着雇主聂凯旋一家去三亚旅游，城乡贫富差距和消费悬殊让她感受到命运的不公，"睡上一个晚上的觉，就够一个乡下孩子交五年的学费了"①。张弛《城里的月亮》（《十月》2003 年第 4 期）中进城姑娘万淑红体会到城乡消费的巨大差异：当她脚穿高跟鞋在街上走得气喘吁吁时，内设空调的高级轿车催促她让道；当她急忙想赶回家为自己煮一碗方便面的时候，富裕人家的孩子正在高级西饼蛋糕屋里悠闲地吃着奶油蛋糕；当她看到求职大厅内光鲜亮丽的求职者时，感到自惭形秽而临阵脱逃。这种鲜明的身份区隔不仅体现出城乡消费给农民工带来的磨难，更强化着他们内心的焦灼与渴望。

农民工在城市的物质消费还体现在衣着服饰等方面。《蚂蚁上树》描绘出以吴顺手为代表的农民工在建筑工地辛苦劳作的场景。工人们按照不同的工种和身份，戴着不同颜色的帽子以示区分：出苦力的农民工戴着黄色安全帽，这种帽子价格低，质量差，随便磕碰就会破损，而甲方和领导视察工作时戴的红色帽子就大不一样了，作家以冷峻的笔法写出了不同身份的人在穿衣戴帽方面的明显差异。

> 谁是干啥的，人不说话，帽子却会说话。看颜色，大体就能一目了然谁是吃哪路饭的。在众多的颜色里，黄帽子最多，质量也最差……红色帽子的情形就大不同，因为它是甲方员工使用的颜色。帽子的硬韧度好，帽体的棱棱角角都透着精致，里边还带一圈海绵厚衬和帆布帽托儿，戴在头上通风透气，松紧可人。凡碰到西装革履的管理层到工地视察，头上都是清一色的红安全帽。就凭这些，红帽子的档次不言而喻。②

建筑工地这一城市劳动空间隐藏着无形的权力制约机制，外在的衣着服饰已经超出了简单的物质向度，成为权力资本的象征。出苦力的农民工佩戴的黄色安全帽不仅起不到保护生命安全的作用，反而成为他们弱势地位的象征。而红色安全帽则成了城里人和工地领导的"标配"，也成为他们权力晋升的通道和城市人身份的隐喻。廖珍虽是城市下岗女工，也和其他人一样在工地上干活劳作，但在吴顺手的眼里，"只有廖珍才是中街的主人"，"她头上不

---

①项小米. 葛定国同志的夕阳红［M］. 北京：北京十月文艺出版社，2005：98.
②马秋芬. 蚂蚁上树［M］. 沈阳：沈阳出版社，2018：22.

知什么时候换了一顶红色安全帽，眼睛被刺了一下，这颜色也百分之百的城里人"[1]。城乡分化在同样出苦力的人身上体现得如此明显。吴顺手向廖珍借来一顶象征上层权力和城市人身份的红色安全帽，表现了他对城市人身份的追求，也构筑起他对城市的想象性认同，而吴顺手最后从高架子摔下致死，则意味着其身份认同的虚妄性与不切实际。

城市异托邦消费还体现在进城农民工的娱乐消费上。一般来说，农民工的消费偏重物质和温饱，而轻视精神和享受，但在当今越来越发达的消费时代，随着社会整体消费水平的不断提升和城市娱乐生活的日渐丰富，瞬息万变的消费时尚不断刺激人们的消费需求，人们开始追求多样化的文化娱乐消费。娱乐消费也由以往侧重休闲放松的目的转为凸显个人生活品位、个性情趣和社会身份等目的。"每一种趣味都聚集和分割着人群，趣味是与一个特定阶级存在条件相联系的规定性的产物，聚集着所有那些都是相同条件的产物的人，并把他们与其他人区分开来。"[2] 农民工和城市上流人士在经济收入方面存在着巨大的悬殊，两者之间的娱乐消费也显示出明显的身份分化。与物质消费的区隔性、差异性类似，娱乐消费也是一种体现身份的符号性消费，不同的消费对象和消费场所区分出消费者不同的社会地位和身份特征。

农民工在城市从事繁重的体力劳动，工作环境恶劣，还要受到各种规章制度的限制，他们的个性需要和情感欲求时常无法得到满足。"从生存论角度说，工作空间的主要特征体现为压抑性和压迫性，人长期置身于这种压抑性或压迫性的监管空间里，身体成为被监看、被监管的对象，人性的发展被束缚规范。在长期监看监督的工作空间里，人性的发展被规范为一种单向片面化的模式。"[3] 为了逃避压抑的工作环境，农民工常常选择低廉简陋的娱乐场所，这既是他们对常规空间的反叛与抵抗，也表明了他们对城市生活的渴望与追寻。孙惠芬《吉宽的马车》中民工们花五块钱就可以进入"大众录像厅"看情色录像。刁斗《哥俩好》(《人民文学》2005 年第 5 期)中的弟弟只

---

①马秋芬. 蚂蚁上树 [M]. 沈阳：沈阳出版社，2018：21.

②包亚明. 游荡者的权力——消费社会与都市文化研究 [M]. 北京：中国人民大学出版社，2004：29.

③谢纳. 空间生产与文化表征——空间转向视域中的文学研究 [M]. 北京：中国人民大学出版社，2010：184.

需要花两元钱就可以在"民工舞厅"里随意扭动身躯，声嘶力竭地唱歌。农民工在录像厅、舞厅、发廊等城市空间的娱乐消费中得到了暂时放松，但当他们回到现实生活，还是要以农民工的身份继续在城市生活，还是无法摆脱沉重压抑的工作环境，还要面临现代城市文明与传统乡村文化的碰撞。《高兴》中五富和高兴每天走街串巷回收垃圾，他们虽然在生活的贫困线上挣扎，但也向往都市人丰富多样的娱乐生活。两人终于鼓起勇气去"芙蓉园"游逛，却被50元的门票阻挡在外，貌似平等的消费具有明显的排他性和限制作用。同样，《接吻长安街》中来自云南乡下的青年小江在北京的建筑工地打工，他向往北京城的风景名胜景区，但几十元的门票让他望而却步。为了实现自己在长安街接吻的目标，小江咬牙掏钱买了门票请恋人柳翠登上天安门城楼，而柳翠却被吓得脸色苍白、虚汗直流，最终他的接吻计划也是一再受阻，农民工在经济文化资本匮乏的现实境遇中很难改变自己的身份地位。

张一兵在解读鲍德里亚的《消费社会》时指出："人们在消费中如果面对商品的使用价值可能会是平等的，可是，但在作为符号和差异的那些深刻等级化了的物品面前没有丝毫平等可言。差异性符号的消费就是要制造生存等级。"① 与农民工低廉颓废的娱乐消费场所不同，城市上流人士追求的是能体现自己身份的娱乐消费，他们讲究消费的高端时尚与环境的清幽别致。不论是《明惠的圣诞》中城市官员李羊群在"小上海度假村"放松身心，怡养性情，《二的》中的知名律师聂凯旋带着家人在三亚凯莱大酒店旅游度假，还是《吉宽的马车》中宁静在咖啡厅慢品细酌，在蹦迪场所扭动腰肢，这样的消费场所和从容优雅的消费方式无不彰显出他们的成功者形象和优越的身份地位。一般来说，农民工娱乐消费的目的是宣泄压抑的内心情感，消费场所多位于城市边缘地带，消极颓败；而城市上流阶层的消费理念超前，讲究消费的个性和档次，娱乐消费场所大多富丽堂皇、气派威严，城市上流人士和农民工在不同场所的娱乐消费行为和消费形式标识出他们迥异的社会地位。

本节分析了农民工在城市异托邦消费空间的物质消费和娱乐消费，可以看出消费所具有的身份区隔性与等级差异性。农民工的物质消费主要体现在

---

① 张一兵. 消费意识形态：符码操控中的真实之死——鲍德里亚的《消费社会》解读 [J]. 江汉论坛，2008（9）：26.

饮食和衣着两个方面，而他们的娱乐消费则是逃离压抑现实环境的非理性宣泄。在消费文化与空间的合谋之下，农民工在城市不仅无法满足自己的消费需求，反而更体现出他们困厄的城市生存境遇，这些都进一步加剧了农民工内心的惶惑与精神性焦虑。

小　结

英国社会理论家安东尼·吉登斯（Anthony Giddens）借用戈夫曼的戏剧理论提出城市空间的"前台"和"后台"之说。如果说"前台"是城市是按照理想规划设计而成的统一空间，那么隐匿于空间实践之外的灰色地带则属于城市"后台"。"前台"是整齐划一的理想乌托邦，却给人不真实的感觉，"而隐藏在后的不论是什么，总是更真切、更实在的东西"[1]。城市异托邦既与城乡空间保持着若即若离的联系，又不属于真正的城市空间或乡村空间，其具有异质性、杂糅性、多样性的表现形态。总体而言，城市异托邦和城市"后台"都意指边缘性的城市空间，能使我们更好地观照农民工等社会弱势群体的生存境况，也能从整体上把握现代城市的基本构成。

新世纪农民工题材小说作家们超越以往城乡二元的书写模式，转而关注农民工在城市异托邦的现实生存状况。城市异托邦一方面表现出城乡关系的不平等性；另一方面又划分出不同的空间等级，限制人们的越界行为。农民工由乡进城，又由城返乡，他们在迁徙往返中构筑出的城市异托邦，集中表现了他们的漂泊命运与艰难处境。总体来说，农民工在城市异托邦生活空间、劳动空间和消费空间所遭受的不公正待遇，体现了空间之于人存在的重要意义，也凸显出农民工的空间正义诉求。

---

[1]［英］安东尼·吉登斯.社会的构成：结构化理论纲要［M］.李康，李猛，译.北京：中国人民大学出版社，2016：117.

第四章

空间建构与主体性重塑

列斐伏尔在提出影响深远的"空间生产"理论的基础上，认为空间不是静止的客观存在物，而是一个不断建构的动态发展过程，物理空间、精神空间和社会空间三者紧密相连。索亚在承继列斐伏尔空间理论的基础上，提出了"第三空间理论"，鼓励人们以多种方式理解地点、家园、地域和城市等与人类生活和生存发展息息相关的空间意蕴，这就使空间超越了简单的地理属性和物质范畴，空间的社会性内涵得到人们的普遍关注。人是空间性的存在，人们对自我价值的确认和身份意识的建构，都是在社会空间完成的。正是因为有了人的参与和活动，才显示出空间的社会意义，是人赋予空间不同的精神内涵。因此，对空间的研究究其实质是对生活于特定空间内人的生存境遇和精神流变的考察。

索亚认为："我们可能比以前任何时候都更加意识到自己根本上是空间性的存在者，总是忙于进行空间与场所、疆域与区域、环境与居所的生产。"① 作为具有能动性的情感主体，农民工面对城市异托邦的压制并不只是一味妥协，他们也以自己的方式对空间进行积极建构，重塑自我的主体性，以更好地适应城市生活，具体表现为农民工对乡村空间的回望、对自我心灵空间的建造、对城市空间的想象与重构等。"空间生产的过程主要在于赋予空间以一定的语义，空间的生产就是空间语义的生产、空间符号的生产。"② 农民工对空间的生产与建构是在主流文化外发挥自我的主体价值，具有强烈的个人属

---

① [美] 爱德华·索亚. 后大都市：城市和区域的批判性研究 [M]. 李钧，等译. 上海：上海教育出版社，2006：7.
② 童强. 论空间语义 [J]. 厦门大学学报（哲学社会科学版），2005（4）：15.

性，重构城市空间体现出作家对我国城市化发展的反思和城乡融合的期待，这也为我们重新思考城乡关系提供了新的思路、方法与借鉴意义。

第一节　乡村空间的回望与心灵空间建造

新世纪农民工题材小说的叙事空间主要集中在城市，作家通过叙写农民工在城市的打工生活，表现他们边缘的生活处境和尴尬的身份归属，但乡村空间在这类小说中也占有十分重要的地位。乡村不仅是体现农民身份的关键场域，也是农民工生存命运的起点。本节所述的乡村空间主要是指农民工在城乡文化冲突下对乡村空间的回望。为了更好地适应城市生活，农民工将富有象征意义的乡村事物移进城市，以此建造自我的心灵空间。不论是农民工对乡村乌托邦的追忆想象，还是对自我心灵空间的建造，都表现出他们对乡村和土地的复杂情感，也反映出作家们特别是"农裔城籍"作家①对当下城乡关系的认知与评判。

一、乡村空间的想象

费孝通在《乡土中国》中指出了中国社会的乡土性，以农为生的人们世代定居于乡村，"乡土社会在地方性的限制下成了生于斯、死于斯的社会。常态的生活是终老是乡"②。随着改革开放的不断深入，农民们为了谋求更好的生活来到城市，但土地依旧是维持外出农民与乡村世界的重要纽带，根深蒂固的乡土情结深植于他们内心。"情结"是弗洛伊德在研究人的心理动向时提出的一个学术概念，专指影响人情感变化的深层文化因素。乡土情结是指人

---

①"农裔城籍"是指从小生活成长在农村，后来因为升学、参军等原因进城而具有了城市户籍的作家群体。他们的户籍关系虽然由乡进了城，但他们和乡乡及农民仍然保持着紧密而直接的联系，这些作家最好的小说和最丰富的感情都是献给农村和农民的。参见李星．论"农裔城籍"作家的心理世界——陕西作家论之一 [J]．当代作家评论，1989（2）：112.
②费孝通．乡土中国 [M]．青岛：青岛出版社，2019：12.

们"潜意识里对故乡、对土地、对家人，包括对乡村传统文化和道德观念一种难以割舍的情感与态度"①。鲁迅早在 20 世纪 30 年代为《中国新文学大系·小说二集》编写序言时，第一次对乡土文学进行了命名。"侨寓文学的作者"通过远距离的审视并在心中建构诗意的乡村家园，而这种精神性空间形态又常常寄寓着他们的文化乡愁和乡土情结。不论是沈从文构筑的纯净美好的湘西世界，还是萧红在动乱生活中回忆儿时成长的呼兰河乐园，抑或是师陀在黑暗现实中追忆淳朴自然的果园城，等等。在这些作家的情感世界中，乡村已不仅仅是他们曾经生活过的地理空间，而成为映照丑恶现实的精神乐土。

农民工的"在城怀乡"在情感上与现代乡土作家有一定的契合，但还远没有达到知识分子文化启蒙的高度，更多的是在城市遭受不公正待遇后，通过回忆或想象来强化乡村记忆，以缓解城市生活的紧张与焦虑。孟德拉斯认为："即便是在农业劳动者以理性的和经济的方式对待土地资本的时候，他依然对土地保持着深厚的情感，在内心把土地和他的家庭以及职业视为一体，也就是把土地和他自己视为一体。"② 当城市生活遭遇不顺时，农民工或返回故乡以寻求身体和灵魂的救赎，或在回忆中建构乡村乌托邦镜像。对于他们来说，乡村土地与其说是保证其收入来源的物质存在，毋宁说是寄托乡愁的理想家园。农民工的乡村想象过滤了乡村保守闭塞的一面，代之以纯美自然的田园风光和淳厚质朴的乡村情感，他们对乡村的怀念正是基于当下不如意的城市打工生活，想象中的乡村"融入了现在的经历、现在的视界，是经过现在经验的过滤、现在情感的发酵，现在视界的扭曲和评价的，成为补救现在心理缺憾的过去"③。总之，乡村既是农民工饱受城市无根漂泊生活之后的归宿，又是维系他们城市生活的精神支柱。

在农民工题材小说的叙事方式中，大多存在农民工城市生活和乡土生活的互文性叙事，即随着他们身体的迁徙或内心活动的变化而使城乡空间交错复现。作为城乡空间的边缘群体，农民工离开熟悉的乡村来到陌生城市，在

①江腊生.新世纪农民工书写研究［M］.北京：人民出版社，2016：83.
②［法］H.孟德拉斯.农民的终结［M］.李培林，译.北京：社会科学文献出版社，2010：44.
③马大康.反抗时间：文学与怀旧［J］.文学评论，2009（1）：95.

这种城乡互照、真实与想象共存、过去和现在相比对的特定情境中，他们常常通过不断强化乡村记忆来排遣城市生活的愁绪。项小米《二的》以乡村姑娘小白在城市遭受的歧视生活为主要叙事内容，间或穿插她对自由乡村生活的回忆，城乡空间的画面交错闪现。在城市人家当保姆的小白头脑中不时浮现优美宁静的乡村生活景象，悠然自得的乡野生活给予小白精神性力量。因为乡村田野有振翅高飞的小鸟、跳跃的松鼠、潺潺的溪水和此起彼伏的蛙鸣，小白像是小山洼的主人，收获着无忧无虑的童年时光。小白通过回忆快乐的儿时生活，以抵御现实打工生活的种种不如意。陈应松《太平狗》中在城市受尽欺辱的程大种经常会想起自己的故乡，与冷漠无情的城市空间相比，静穆的神农架和温暖的丫鹊垴是那样美好。家人们在丫鹊垴过着简单而温馨的生活，冬天的时候大家围着火吃饭，虽然只是简单的懒豆腐或洋芋煮腊肉，但因为有了亲人的陪伴，却显得温暖而幸福。就连赶山狗太平在原始的神农架也是那么自由奔放，浑身散发着蓬勃的野性力量，因为"神农架的狗有无边的神力，因为它是在深厚的石头上长大的，生命与山冈和森林一样古老顽强，这是它故乡的大地赐给它的神奇力量！"[1] 陈应松《像白云一样生活》中细满受到现代物质文明的蛊惑而杀人，只有当他感受到城市的冷漠后，才意识到故乡的美好，才在回忆中实现自我的精神返乡。细满在向外人说起自己的家乡时，"他发现他叙说的家乡是如此之美，像一个童话世界——他也第一次从自己的叙说中，从别人的聆听中，发现了自己家乡的美丽，高山上与众不同的美丽"[2]。乡村的自然景象其实并未发生改变，不同的是人的生活处境及看待外界环境的眼光。

由于时空的转换和城乡生活的差异，农民工心中的乡村已然不是纯粹客观的地理空间，而是他们立足当下城市生活进行的浪漫性想象。他们对故乡风景和人事的追念带有怀旧意味，"怀旧作为一种精神活动或意识活动，它对现实创伤的修复只能是以想象过去或构想完美的方式来完成，整个怀旧活动的展开必须以想象、联想、情感体验或心理观照等审美活动为奠基。与平庸的、凡俗的、琐碎的现实生活相比，它带有浓烈的诗意化倾向；与真实发生

---

①陈应松. 太平狗［J］. 人民文学，2005（10）：41.
②陈应松. 陈应松作品精选［M］. 武汉：长江文艺出版社，2010：195.

的、面面俱到的现实生活相比，它又经过了主体的选择和过滤，带有虚构和创造的意味"①。为了释放紧张抑郁的内心情感，缓解城市生活的悲苦，农民工主动屏蔽掉乡村贫瘠凋敝的一面，突出其温情人性的特点，他们往往美化甚至神圣化自己的故乡，乡村成为安抚其漂泊心灵的精神乐园。

挪威建筑学家诺伯格·舒尔兹（C. Norberg-Schulz）在《存在·空间·建筑》中提出了"存在空间"的概念，"存在空间"是人们熟知的并倾注了一定情感的空间形态。一般来说，童年生活成长的家园和故乡属于常见的"存在空间"，人们将此作为理解世界的重要参照。对于在外流浪的游子而言，不论他们走得有多远，心中始终无法割舍与家乡的情感联系，他们对故乡的一草一木都是熟稔而饱含感情的，也常常以此为基准去评判感知外部世界。农民工为了更好地生存和发展而留在城市奔波，但乡村依然是他们的情感寄托之地，特别是当城市生活遭遇磨难时，经由他们心中召唤出的乡村景象更处于优势地位。李一清《农民》中牛天才在城市饱受了别人的白眼，感到城市都是灰蒙蒙的，只有回到魂牵梦萦的故乡，才能找到自我的归属感："这腰，在家乡的泥土上就挺直了。腿呢，踩实着我和祖辈们踩实过的土地，走起来就那么坚定有力了。"② 阿宁《灾星》中的民工福亮因在"非典"中感染肺炎而在城乡之间不断游荡，也在月饼和红菱这两个女人之间抉择。如果说月饼象征欲望化的城市，那么红菱就象征根植内心的乡土情结。城市虽然能满足福亮挣钱养家的目的，却不会真正接纳他，只有故乡才是安放身心的理想家园。城市和乡村分别占有了这些"地之子"们的身体和灵魂，也造成了他们人格的分裂与价值选择的迷茫。福亮临死之际最终选择魂归故里，因为故乡熟悉的景象于他而言是那么亲切自然，蜿蜒小道上散落的马粪和四处逃窜的野兔都会勾起他的乡情。"如果死的话，他愿意死在红菱的怀里。离家越近，死好像离他越远了。""村子正在越来越近，家越来越具体，他再也不用担心死在外面。"③ 同样，鬼金《金色的麦子》中在城市遭受男人玩弄的金子只有在回忆故乡金色的麦田、昂扬的麦穗和旷远的天空时才能得到心灵的放松，

①赵静蓉.怀旧——永远的文化乡愁［M］.北京：商务印书馆，2009：42-43.
②李一清.农民［M］.成都：四川文艺出版社，2004：18.
③阿宁.灾星［J］.时代文学，2005（2）：95.

"也许我要死了，但我不想就这么死在城里，要死也要死在麦浪滚滚的乡下，死在麦田旁细细的溪流边"①。中华民族向来安土重迁，落叶归根似乎成为游子们共同的价值皈依，特别是对于进城打工的农民而言，正是因为他们对城市生活的不满，才在头脑中创设出脱离现实的美好乡村景象，并赋予其神圣意义。可以说农民工题材小说中的乡村空间不仅是地理意义上的客观存在，更是农民工对圆满、和谐、完整而统一的生命状态的渴慕与追求。

因为农民工源自内心的乡土情结和他们对故乡、亲人及土地割舍不断的血脉联系，才使他们在遭遇城市困苦后依然可以建构起一片心灵绿洲，以躲避城市生活的挤压，但这种乡土情结也造成了他们城市生活的艰难。农民工虽已由乡进城，但潜意识的乡土价值观念影响他们融入城市的步伐，由此产生不可避免的文化心理冲突。《城市里的一棵庄稼》中嫁到城里的崔喜和城市男人宝东之间的矛盾不只是夫妻日常生活的简单冲突，而是城乡文化的碰撞与磨合。崔喜拒绝剖宫产而"之所以坚持自然生产完全是潜意识里的一种东西在作祟，那种东西叫作对抗，就像一棵迁移的庄稼对异地的土壤产生排斥反应一样，一切都源于本能"②，这种"本能"和"潜意识"是乡村生活所造就的根深蒂固的乡土情结。崔喜和进城农民大春由一见如故发展为婚外情的关键在于两人共有的乡村记忆，只有和大春在一起，崔喜才能找到源自乡村的情感共鸣，才能体会到纯真爱情带来的精神战栗。乡土情结不仅加剧了农民工城市生活的迷惘，而且乡村基层权力的压制也显示出他们乡土记忆的虚妄。在商品经济日益发达的当今社会，乡村原本温情脉脉的面纱被无情撕开，暴露出其腐败破落的一面。《民工》中在建筑工地打工的鞠广大得知老婆生病去世的消息后，和儿子鞠福生回家奔丧，沿途看到的田野风光让他们十分陶醉："庄稼的叶子不时地抚擦着他们的胳膊，蚊虫们不时地碰撞着他们的脸庞。乡村的亲切往往就由田野拉开帷幕。"③ 对故乡风景的迷恋既与他们枯燥乏味的工地打工生活相对，又与他们返乡后遭受的屈辱境遇形成鲜明对照。鞠广大明知村主任刘大头利用手中的权力霸占自己的老婆，却敢怒而不敢言，

---

①鬼金.金色的麦子 [J].上海文学，2009 (6)：32.
②李铁.冰雪荔枝 [M].石家庄：河北教育出版社，2006：187.
③商昌宝主编.接吻长安街：小说视界中的农民工 [M].太原：北岳文艺出版社，2014：186.

还要在每次外出打工前去他家送礼，极尽谄媚。基层权力的腐败专断扰乱了正常的乡村秩序，给农民带来无尽的磨难，也进一步表明了他们故乡想象的不切实际。《高兴》中刘高兴和五富在西安城郊对滚滚麦浪的迷恋对乡村收割麦子场景的美好回忆都给他们带来精神的安慰，而现实生活中的清风街却是一派萧瑟凄凉的景象。

通过上述的文本可以看出，农民工的"在城怀乡"是情感主体为了弥合过去与现在、乡村与城市、理想与现实之间的鸿沟而做出的主观努力，他们在心中创设的乡村乌托邦景象只是支撑他们继续在城市生活下去的一个梦而已。农民工暂时沉浸于诗意的想象中，正意味着现实乡村的衰败，表现了作家对我国城镇化建设过程中乡土不断消逝的悲悼之情，由此也形成了农民工题材小说淡淡的哀怨情调。

二、心灵空间的建造

德国哲学家马丁·海德格尔（Martin Heidegger）认为："人和空间的关系无非是从根本上得到诗意的栖居。"① 对于跨越城乡空间的农民工来说，寓居城市不仅意味着远离故乡，而且作为一种文化体验和特殊的生活经历，他们的身份意识也是在城乡之间不断建构完成的。农民工为城市现代化建设贡献了自己的力量，但受到城乡二元体制的影响，他们在城市的处境颇为尴尬，比起不如意的物质生活，他们的身份归属问题更值得关注。面对城乡发展的巨大差异，处于双重边缘空间的农民工难免会产生精神焦虑，但他们也不至于走向内心的沉沦与无望的漂泊，而会发挥自我的主体性，建造隐秘的心灵空间。"流动农民工寄寓的空间是一种'自我'主体性实践的事实……他们是拥有自我构建能力的自主生命，实现'自我'的生成、培育、滋养与发展。他们在城市中，往往以自我为中心来看待和改造世界，来创造、培育和滋养自己的日常生活实践。"② 对于远离故土的农民工来说，随着地域空间的转换，乡土记忆不仅没有被销蚀和取代，反而在他们的城市生活中起着日益重

---

① [德] 海德格尔. 海德格尔选集 [M]. 孙周兴编选，上海：上海三联书店，1996：119.
② 潘泽泉. 社会、主体性与秩序：农民工研究的空间转向 [M]. 北京：社会科学文献出版社，2007：286.

要的作用。现实的故乡已经面目全非，想象中的乡村也成为农民工寄托乡愁的缥缈之地，他们只有将乡村事物移进城市，并通过改造、拼贴与重新组合，才能在城市内部完成对空间意义的重新建构。

在农民工心灵空间的建造过程中，过去与当下、乡村与城市、想象与真实等看似对立的元素相互交缠，他们心中挥之不去的乡愁已不仅仅是单纯的思乡，更带有丰富的"怀旧"意蕴。"怀旧既是一个静态的文化情结，有助于我们找回自我，同时也是一个在变更了的社会语境中重新认识自己、把握自己、从而把握世界的动态过程，更是我们确认身份、寻求生存意义和生命归属的亲密途径。"[1] 因此，农民工在城市对故乡家园的找寻一定程度上就是对自我身份和生命意义的追寻，故乡于他们而言不仅是过去生活的场所，更象征着文化身份的归属与安定和谐的精神世界。《吉宽的马车》书写了一群游荡在城乡间的农民工，作家对他们的内心情感进行了深入开掘，彰显出空间之于农民工生存的重要意义。小说以一个"懒汉"吉宽的视角，描写来到陌生城市的农民工无所归依的生活处境。三十岁之前的吉宽在歇马山庄过着悠游自在、无拘无束的乡村生活。当其他人都蜂拥着奔向城市"这棵树"寻找出路的时候，吉宽驾着自己亲如兄弟的马车，感受着乡村四季变换的自然风光，"蜷在某个地方发呆、望天、看云和云打架、听风和风嬉闹"[2]。为了追求自己的初恋情人许妹娜，吉宽告别亲人、乡村和自己喜爱的马车，来到让他厌恶的城市。吉宽在建筑工地和装修公司辛勤付出，还面临随时被警察呵斥甚至驱逐的危险。恋人许妹娜的离他而去和好友林榕真的去世更让吉宽失去了在城市打拼的动力，他返回乡村后依然无法得到情感的抚慰，失落的吉宽只好再次来到城市。面对理想和现实的错位，吉宽在遭遇个人价值和身份定位的迷茫后，试图寻求精神突围的途径。

既然城乡空间都不是理想的生存家园，那么能否建造一个超越城乡限制的"第三空间"，以实现自我的精神救赎？在装修黑牡丹开在城市的"歇马山庄饭店"时，吉宽建议用乡村的辣椒、苞米、稻穗和马车装饰饭店，他的这一"创意"得到了同是乡村出身的黑牡丹的拍手叫好。这些乡村意象已经脱

---

①赵静蓉. 现代人的认同危机与怀旧情绪 [J]. 暨南学报，2006（5）：35.
②孙惠芬. 吉宽的马车 [M]. 北京：作家出版社，2007：3.

离了具体事物的能指性意义，具有丰富的象征内涵。追忆中的乡村景象在城市再现，缓解着农民工们的思乡之情，更慰藉着他们在城市挣扎受伤的心灵。"当我把黑牡丹一直藏在灯笼屁股里的大茧掏出来，齐刷刷地挂起来，我那个激动呵，仿佛真正回到了故乡的田野。"① 农民工看到移进城市的乡村事物的激动心情，既表现了他们打工生活的悲怆艰辛，也暗示了乡村诗意空间的破灭。如果说吉宽在乡村马车上的生活代表一种前现代的农业生活，那么他用自己雕刻的马车装饰"歇马山庄饭店"，则意味着其对即将消逝的传统生活方式的无尽缅怀，马车成为连接吉宽乡村生活和城市生活的重要意象。事实上，"人们可以借由空间完成新生成的主体和身份建构，创造并保持一种身份认同感，主动规划和建构一种新的归属感，或者保证权力的实施和规训系统的社会运作，完成自我与他人的社会建构"②。所以，当吉宽看到饭店大厅内一匹前蹄扬起的老马拉着一辆木轮马车，奔跑在稻穗和苞米之间时，他不禁泪流满面。这样独属农民工群体的心灵空间连通了过往和当下，超越了现实和想象，他们在自我建造的"第三空间"找到了新的身份认同和文化归属，实现了情感的互动联结，舒缓了急剧变动的社会给人们带来的内心焦灼。

马克思认为："城市派生出了社会生活的多样性，这种多样性在一定程度上拓展了人的需求结构，推动了人的全面能力体系的形成，人的个体性也被彰显出来，人类分散成各个分子，每一个分子都有自己的特殊生活原则，都有自己的特殊目的。"③ 相比而言，城市开放的社会风气和丰富的文化资源更有利于人主体性的生成，城市也为农民工提供了更多选择的机会，但由于城乡文化的天然鸿沟和农民工的弱势地位，他们在城市会遭遇各种意想不到的磨难。为了更好地适应城市生活，安顿自己疲惫的内心，农民工常常通过激活乡土记忆或复现乡土景象，实现城市空间的部分乡村化，进而为自我找寻心灵休憩的港湾。

赵本夫《无土时代》中来自草儿洼的天柱在木城担任绿化队队长，他一

---

① 孙惠芬. 吉宽的马车 [M]. 北京：作家出版社，2007：241.
② 潘泽泉. 社会、主体性与秩序：农民工研究的空间转向 [M]. 北京：社会科学文献出版社，2007：298.
③ [德] 马克思，[德] 恩格斯. 马克思恩格斯全集（第2卷）[M]. 北京：人民出版社，1972：304.

心想用乡村生活方式改造城市。在一次迎接上级部门的绿化检查活动中，他带领手下的农民工把苏子村周边的大片麦田移进城市。最终，这种独特的城市绿化景观被保留下来，也激发了城里人内心深处的土地记忆。"麦收季节终于到了。一阵阵新麦的香味溢漫在每寸空间，闻着都让人舒坦。全城像过节一样，到处欢声笑语。"① 天柱等农民工将麦苗移进城市，看似为了改善城市环境，恢复城里人的种植记忆，究其实质是他们在城乡空间都无法融入的情况下对理想家园的重新建构，以排遣城市生存压力与内心焦虑。刘庆邦《麦子》中的建敏厌倦了城市枯燥的打工生活，她把从家乡带来的麦子种在饭店门前的空地上，并满含期待地照料培育。绿油油的麦苗成为建敏在城市建造的隐秘心灵空间，缓解着她的思乡之情，并为她的城市生活提供精神动力。自从建敏把麦子种进了城市，脸上的笑容更多了，这是源于心底的情感流露，而少了几份程式化的机械模仿。和建敏的做法相似，罗鸣《城市的庄稼》中农家子弟丁克毕业后留在城里成为一名中学教员，不知什么原因过早地秃头，他尝试了各种办法都不见效。一个偶然的机会，他把从家乡带来的黄灿灿的稻谷种在门前的空地上，并用红砖盖起了一道矮墙，上面插上树枝，用绳子连起来。丁克像一个老农民似的锄地施肥，精心管理这片种在城里的庄稼。"他坐在畦垄间，一种幸福的念头就像涓涓细流流进已经干裂的土地。"② 神奇的是，不久后丁克头上竟长出了浓黑茂密的毛发，这让一直自卑压抑的他激动不已。丁克虽然已经在城市立足，但复杂的人际关系和繁乱的社会生活还是让他疲于应付，乡村仍然是他割舍不断的情感所系和永远的精神家园。丁克用矮墙围筑起的一片粮田其实是他在城市建构起的一个"孤岛"，连接着过去的乡村记忆和当下的城市生活，也给予他直面生活的勇气。不论是天柱、建敏，还是丁克，这些农民工通过迁移乡村事物的方式将城乡生活勾连，并以此建造自我的心灵空间。正如马尔科姆·考利（Malcolm Cowley）在《流放者归来》中所说的那样："即使家乡将我们流放，我们仍然对它忠诚不变；我们把家乡的形象从一个城市带到另一个城市，就像随身必带的行李一样。"③

①赵本夫. 无土时代 [M]. 北京：人民文学出版社，2007：357.
②罗鸣. 城市的庄稼 [J]. 大家，1998（3）：73.
③[美] 马尔科姆·考利. 流放者归来 [M]. 张承谟，译. 重庆：重庆出版社，2006：14.

记忆中的乡村景观在城市的部分复现，熨帖着农民工沉闷的打工生活和焦灼的内心世界，也给予他们城市生活新的精神力量。

美国空间理论家爱德华·索亚认为，在现代社会中，"人们活动中的对象和人们的活动不能分开，和活动中的空间不能分开，也和人的主观理解不能截然分开"①。空间从根本上说是人的空间，正是因为人的存在才显示出空间的多样性和丰富性。作为具有能动性的情感主体，农民工面对城市的规约并不是束手无策的，他们会从自我的情感需要出发，建造精神性的心灵空间，以纾解城市生活的悲苦与压力。"当原有的空间模式被打破之时，人们就必须改变原有的空间安排或建立新的空间来表达他们的生活需求，或者通过主体性行为来完成空间的培育、生产和维护，完成一个日常性世界，建立一种新的生活方式。当旧的和谐被摧毁，人们总会想方设法建立新的和谐。"② 农民工在城市的心灵空间其实是他们在城市边缘对自我生命意义和文化身份的追寻，只有从深层的精神向度上解决了身份归属与文化认同问题，农民工才能为漂泊流浪的生活找到暂时的归依之所，也才能更好地适应并融入城市生活。

三、城乡空间的焦虑

中国是一个具有悠久农耕文明历史的国度，虽然自 20 世纪末以来不断由传统农业社会向现代工业社会转型，但农业文明及其伦理价值的影响依旧深远，浸淫其中的作家对农村和农民怀有一种近乎本能的热爱。相应地，城市作为乡村的负面参照，被很多作家视为"罪恶的渊薮"。由于我国的城市化是在西方列强入侵背景下的被动式推进，因此作家们对现代城市的态度是复杂而含混的，"整个中国现代文学中城市在物质现代化——工业化层面被认同和肯定，而在城市精神现代化层面却始终处于抑制地位"③。当然，物质与精神之间的悖论性认知也和现代城市文化自身的属性有关，加之城乡二元文化心理的深入人心和城乡发展差距的天然存在，这些都进一步加剧了人们对现代

①强乃社.空间性与社会理论重建——索亚空间哲学思想的一条重要线索 [J]. 社会科学辑刊，2011（6）：11.
②尹保红.西方马克思主义空间理论建构及其当代价值 [M]. 北京：光明日报出版社，2016：36.
③江腊生.新世纪农民工书写研究 [M]. 北京：人民出版社，2016：71.

城市的厌恶。农民工题材小说集中书写农民工在城市的不公正待遇，表现落后的乡村现实与想象的美好家园之间的错位与矛盾。作家们的城乡想象使这类小说呈现出空间意义上的二元分化：城市被不断污名化甚至妖魔化，成为物欲横流、金钱至上、道德败坏的代名词，而乡村则代表着环境优美、人性淳朴、善良厚道。城乡空间的二元书写既受到"城恶乡善"文学传统的影响，也与作家们的城乡价值观念紧密相连。当作家以启蒙理性的眼光透视乡村的凋敝时，自然将城市看作实现个人价值的理想场所，但农民工的城市生活遭遇又使他们将故乡视为人生的最终归宿。由此导致了这类小说农民工身心的分离：当他们对物质充满渴求时，城市就是机会遍地的梦想之所；当他们在城市受尽磨难希冀精神抚慰之时，想象中的乡村又成为他们渴望返回的梦想家园。

农民工题材小说作家想要以城市的现代文明之光照亮传统乡村的黑暗角落，给渴望改变自我生存命运的农民以冲破现实的勇气。然而，城乡发展差异和城乡文化冲突常使农民工遭受身体的磨难与精神的摧残。当作家以为底层代言的身份进行创作时，城市就被看作苦难堆积和腐化堕落的罪恶化身，威胁着农民工的生存甚至他们的生命。不论是杨树根、梅来（许春樵《不许抢劫》），远子、推子（邓刚《怀念一个没有去过的地方》），李百义（北村《愤怒》），刘干家、关二生、王民（宋剑挺《麻钱》）等男性农民工进城出卖苦力希望改善自我及家人的生活条件，还是程小桃（吴君《福尔马林汤》），阿瑶（巴桥《阿瑶》），宁德珍、舒小妹（李肇正《姐妹》），冷红、冷紫（乔叶《我是真的热爱你》）等乡下女性想要通过婚姻或身体交易改变生存命运，城市都以不近人情的冷漠拒绝着他们。总之，城市里充斥着仇恨与血腥，到处都是生存陷阱，虎视眈眈地注视着茫然的农民工，让人不寒而栗。这样的城市"恶性"表达一方面受到中国现当代文学城市书写传统的影响，另一方面也与作家的情感态度和写作观念有关。农村生活成长经历和进城后的边缘地位使"农裔城籍"作家能感同身受于农民工的城市遭遇，孙惠芬就曾表示："我写民工，是因为我的乡下人身份。我其实就是一个民工，灵魂上经历着一次又一次'进城'。"① 贾平凹也这样认为："虽然你到了城市，但竭力想摆脱农民意识，但打下的烙印，怎么也抹不去，好像农裔作家都是这样，有形无形中对城市有一种仇恨心理，有一种潜在的反感，虽然从理智上知道城市是代表着文明的。"② 情绪性的表达流露出作家对现代城市的负面评价，这既基于农民工城市生活的现实处境，也与作家先验的城乡关系认知密切关联。作家在思想深处认定城市是罪恶空间，便不遗余力地将农民工进城的经历演化为不断受难的过程。

基于城乡空间的二元分化，农民工题材小说的城乡景象呈现出截然不同的面貌，与冷漠势利的城市空间相对，乡村被作家建构成和谐美好的世外桃源。想象中的故乡家园作为罪恶城市的对立性存在，一方面慰藉着漂泊在外的农民工的心灵，另一方面也寄托着作家们对乡村的深厚情感。孙惠芬的小说创作与她城乡迁移的生活经历有关，最初的写作主要表现农村人对故乡的逃离，但心中依旧割舍不断对乡村土地的深情怀念，具体表现为小说人物对农村土地、庄稼和自然风光挥之不去的依恋之情。孙惠芬说："我写乡村，大地气息往往会扑面而来。写到城市，涉及城市灵魂的、本质的东西，就觉得虚弱，没有把握。最后，我又回到乡村，回到大地，回到内心。"③《民工》中在城市建筑工地打工的鞠广大父子受到老板的盘剥欺诈，在得知妻子去世的消息后，父子二人回家奔丧。沿途的乡村自然美景让他们暂时忘却了打工生活的艰辛以及丧妻失母的苦痛，呈现出诗意化的温馨景象。

> 田野的感觉简直好极了，庄稼生长的气息灌在风里，香香的、浓浓的、软软的，每走一步，都有被搂抱的感觉。鞠广大和鞠福生走在沟谷边的小道上，十分地陶醉，庄稼的叶子不时地抚擦着他们的胳膊，蚊虫们不时地碰撞着他们的脸庞。乡村的亲切往往就由田野拉开帷幕，即使是冬天，地里没有庄稼和蚊虫，那庄稼的秸秆，冻结在地垄上黑黑的洞穴，也会不时地晃进你的眼睛，向你报告着冬闲的消息。④

---

①孙惠芬，周立民. 懒汉进城——关于长篇小说《吉宽的马车》的对谈 [N]. 文学报，2007-07-12.

②贾平凹，韩鲁华. 关于小说创作的答问 [J]. 当代作家评论，1993（1）：37.

③孙惠芬. 这是一次黑暗里的写作 [N]. 中华读书报，2011-6-24.

④商昌宝主编. 接吻长安街：小说视界中的农民工 [M]. 太原：北岳文艺出版社，2014：186.

这样一段与小说文本前后内容关联不太紧密的"风景"描写，看似突兀，实则表现了作家对乡村无法抑制的眷恋与喜爱。《吉宽的马车》中在城市开饭店的女老板黑牡丹一心想要扎根槐城，凭着自己的精明世故周旋于各种势力之间，但她始终无法舍弃与故乡的情感联系，她将从故乡带到城里的大茧藏到灯笼下面，"这每一个茧里，装着的都是歇马山庄的风景，要是你贴近它听，你能听到只有乡下才有的风声、雨声，秋天打场的梿枷声，还有各种虫子的叫声"①。同样，李一清《农民》中受到村主任逼迫而进城的牛天才在城市饱尝折磨后返回故乡，虽然返乡后的牛天才依旧经济贫困、地位卑微，但是与逼仄压抑、晦暗死寂的城市空间相比，乡村还是呈现出明亮温暖的色调，成为他梦寐以求的精神栖息地。"现在，夕阳就在我周围，在我眼前，浮在葱茏起伏的原野。我忍不住伸手随意抓了一把，柔柔的、黄黄的、暖暖的，分明把夕阳握住在掌心了……"② 作家在城乡二元的认知理念下，以罪恶的城市空间为参照，建构出的故乡景象是如此温馨美好、令人沉醉。对于很多人来说，"家乡就是全部的世界，至于其他地方，那只是外在于自己的、'陌生的'东西；只有和'家乡'这一魂牵梦萦的空间联系起来，其他的地方才能被赋予意义，因此也才有存在的价值"③。由此可见，故乡成长经历和固有的经验认知对作家产生的深远影响，正是由于他们对乡村的深情依恋和肯定性评判，才使乡村成为不证自明的正义空间，象征着自由平等与美好自足。

除了城乡空间的二元分化和截然相对外，农民工题材小说的人物命运及道德判断也与特定空间具有一定的同构性，即城市人和城市空间代表了非正义，而乡下人和乡村空间则象征着正义④，由此形成了这类小说渐趋固化的二元书写模式。农民工作为城乡空间的双重边缘人，要么在城市遭遇苦难，要么在乡村忍受贫穷，要么深恶痛绝于城市的黑暗罪恶，要么深情遥望乡村的淳美人性。城市常常被贴上罪恶的标签，而乡村往往成为对抗城市的道德性力量来源，这种文学书写模式表现了作家城乡空间的焦虑以及城乡关系想象的简单化。作家们常将农民工置于城乡两种空间，并着力讲述他们在城乡空

---

① 孙惠芬. 吉宽的马车 [M]. 北京：作家出版社，2007：123.
② 李一清. 农民 [M]. 成都：四川文艺出版社，2004：187.
③ 龙迪勇. 记忆的空间性及其对虚构叙事的影响 [J]. 江西社会科学，2009（9）：56.
④ 王宗峰. 农民工文学中的空间正义 [J]. 小说评论，2012（6）：81.

间的生存悲剧，而缺乏从人性的角度对农民工的精神状态进行深层探询。这往往使这类小说呈现出较为明显的民粹主义和泛道德主义倾向，遮蔽了城乡文化的关联性和城乡交流的可能性，使原本丰富多样的城乡关系流于表面化和简单化，未能达到历史文化和哲学视野中的认知高度，也就造成了这类小说表面繁荣、实则边缘的尴尬境遇。

第二节　重构城市空间想象与主体性建构

20世纪末以来，在西方列强坚船利炮的作用下，我国被动地进行着城市化的转型发展，相继涌现出了上海、北京、广州、武汉、天津等较大的城市或城市群落。城市化的外在特征是城市人口的增多和城市规模的不断扩大，而内在的发展特征体现为传统农业社会向现代工业社会的转型。有学者从两方面概括我国城市化的基本特征："一是城市人口的增长不是依靠自然增加和政治、军事性移民，而是经济且主要是工商业拉动的结果；二是现代城市化绝非城市人口数量的机械增长和城市空间的简单扩张，而是传统乡村社会和农业文明向现代城市社会和工业文明的整体转型。"① 由于我国庞大的农村人口和特殊的城市化发展现实，导致了城乡发展和人的生存之间的矛盾，也就是说，人的发展并未与城市化进程同步。城市的迅猛发展不断鲸吞郊区和农村的大片土地，但城市并未给予这些失地农民合法的权利，甚至拒绝他们的进入。

作为具有能动性的情感主体，农民工常通过主体性建构和城市空间想象实现自我的发展诉求，进而分享城市发展带来的红利。农民工的主体性建构主要包括身体空间建构和精神空间建构，目的在于获取新的文化身份认同。重构城市空间想象主要指农民工以乡村生活方式和思维习惯抵御城市化进程，并通过将"土地"和"庄稼"等乡村事物移进城市，达到对城市空间的乡村化建构，以缓解城市生活的压力和矛盾，同时寄寓着作家对城市现代化发展的反思与批判。

---

①涂文学. 外力推引与近代中国"被城市化"[J]. 江汉论坛，2018（10）：96.

一、自我主体性建构

"城市环境的最终产物表现为它所培养出的各种新型的人格。"[①] 农民工不仅凭借自己的劳动参与城市现代化建设，也在某种程度上受到城市文化的濡染，进而在身体空间建构和精神文化空间上完成自我的城市化。也就是说，开放、多元、包容的城市空间为农民工的主体性建构提供了条件，他们可以在一定范围内对自己的身体和精神进行调适与重构。

自我主体性的建构首先表现为农民工对自己身体空间的建构。对于个体而言，身体是感知外部世界、增进与他人交流的重要"中介"，人们既可以以身体为资本，在社会谋求生存发展，也可以根据文化环境、习俗规约和他人等外在条件对自我的身体进行调节，以更好地感知和适应外部环境。法国哲学家莫里斯·梅洛-庞蒂（Maurice Merleau-ponty）认为："我的身体在我看来不但不只是空间的一部分，而且如果我没有身体的话，在我看来也就没有空间。"[②] 可见，身体对于人们空间性形成的重要作用是很大的。新世纪农民工题材小说中主人公的身体除了遭受压制盘剥外，还有相当数量的农民工对自己的身体进行积极改造，希望在城市空间寻求新的文化身份认同。《高兴》中刘高兴虽然和五福、黄八等进城农民在城市从事卑微低贱的体力劳动，但与五福、黄八的邋遢、不修边幅和内心深处对城市的排斥不同的是，刘高兴穿着一身名牌西装、脚蹬皮鞋，腰里经常别一把洞箫。在城市捡拾破烂的刘高兴这样的着装打扮的确显得有点不伦不类，却显示出他摆脱农民身份继而融入城市的努力。五富认为刘高兴西装革履就像沐猴戴王冠般滑稽可笑，但刘高兴眼中的西装已经超越了外在的使用价值，具有了身份区分的符号意义。刘高兴从心理上认同城市文化，并期望能做真正的城市人，在他看来，城市意味着优雅美丽和文明时尚。"咱既然来西安了就要认同西安，西安城不像来时想象的那么好，却绝不像是你恨的那么不好，不要怨恨，怨恨有什么用呢，而且你怨恨了就更难在西安生活。五富，咱要让西安认同咱，你要欣赏锃光

---

① [美] R.E. 帕克等. 城市社会学——芝加哥学派城市研究 [M]. 宋俊岭，等译. 北京：华夏出版社，1987：5.

② [法] 莫里斯. 梅洛-庞蒂. 知觉现象学 [M]. 姜志辉，译. 北京：商务印书馆，2001：140.

瓦亮的轿车，欣赏他们优雅的握手、点头和微笑，欣赏那些女人的走姿，长长吸一口飘过来的香水味。"① 除了"西装""皮鞋"等外在"身体"空间的建构，"箫"也是刘高兴建构自我城市身份的重要意象，具有较强的象征意义。作家用"箫"这一意象赋予刘高兴新的文化内涵，即不论外在物质生活如何窘迫，人要有高远的精神追求，"箫"成为刘高兴城市身份认同的重要象征物。除此而外，刘高兴还通过身体的想象来确立自己的个人主体性和城市人身份。自从刘高兴把一颗肾卖到城里，他就自认为与城市有了割舍不断的血脉联系，进城后的刘高兴寻找"肾"的新主人的过程就是他建构自我城市人身份的进程。"冥冥之中，我是一直寻找着它，他肯定也一直在寻找着我。不，应该是两个肾在寻找。"② "肾"已经不仅是外在身体的一部分，而且成为刘高兴城市身份想象的重要隐喻。城市人韦达的出现击碎了刘高兴的城市身份认同，因为他移植的是肝而不是肾，这就切断了他与城市的实体性联系。进城后的农民工面临文化身份的错位，他们渴望被城市接纳，因而常常通过不断建构自己的"身体"，以寻求城市生存的意义与价值。

身体"往往在穿梭于各种空间之中并以自身的活动建立起自身的空间，它既作为社会空间的一部分，同时又是主体空间性的最主要体现，它安排各种转换、过渡、衔接，从而使得从最隐秘的个体活动到完全社会化的活动的空间衔接成为可能"③。相比于刘高兴这一具有中国传统文人气质的农民工形象而言，进城乡下女性的身体建构主要表现在外在装束和容貌的改变上，并希望以此获得新的身份认同。李平满怀期待地来到城里，为了更好地融入城市，她穿着紧身小衫和牛仔裤，以为这样就是城里的一分子了（孙惠芬《歇马山庄的两个女人》）。崔喜嫁给了城市修车师傅宝东，却总感到自己无法适应城市生活。为了得到丈夫、婆婆以及周围人的认可，她给自己脸上涂一层厚厚的护肤霜，戴着仿金的大耳环。崔喜以城里人的审美认知标准重构自我的身体空间，目的在于不断向城市生活靠拢（李铁《城市里的一棵庄稼》）。柳翠和小江同为从云南乡下来北京建筑工地打工的乡下青年，他们虽然像一

①贾平凹. 高兴 [M]. 北京：作家出版社，2007：120-121.
②贾平凹. 高兴 [M]. 北京：作家出版社，2007：222-223.
③童强. 空间哲学 [M]. 北京：北京大学出版社，2011：115.

粒随风飘来的沙子般微不足道，但他们也渴望能像城里其他年轻人一样在熙熙攘攘的长安街接吻。两人在民工朋友的帮助下，将在长安街接吻这件事神圣化和仪式化：柳翠为自己盘了头发，买来连衣裙，为男朋友买了领带、西装和据说是名牌的皮鞋。最后，柳翠和小江在工友和路人的见证下簇拥在一起忘情地拥吻（夏天敏《接吻长安街》）。作家在这种不无浪漫的想象性叙事中表现了农民工主体意识的觉醒及其对自我身体空间的建构。相比于20世纪八九十年代在城市打拼的"过客型"农民工，这些进城乡下青年从内心深处认同城市文化，并为融入城市做出积极的改变，或在衣着打扮上改变自我，或想象自己与城市的关联，目的都在于张扬自我的主体价值，建构新的身份归属与文化认同。

自我主体性的建构还表现为农民工精神空间的建构。农民工题材小说中司空见惯的是受苦受难的农民工形象，在作家趋同化的叙事中，城市好像吃人的魔窟般狰狞可怖，给广大农民工带来无限的创伤与血泪。应该看到的是，也有一部分作家摆脱了非此即彼的二元思维，注重表现城市化发展给人们带来的积极作用。农民工在多元包容的城市空间不只有被奴役的悲剧命运，他们在获取物质财富的同时也积极建构自我的现代都市人格，实现了精神层面上的城市化。农民工进城谋生主要依靠自己的体力劳动，对待劳动的不同态度折射出他们精神世界的差异，也直接决定了他们能否真正融入城市。"对待劳动的姿态，在一定意义上也暗含了农民工对待城市的姿态。当他们仅仅将劳动作为谋生手段时，城市与他们无关，劳动的对象及其成果都是一种异质的存在；但当将劳动作为一种生活方式时，城市成为他们生活的一部分，劳动的对象及其成果都是一种同质性的存在。"[1]新世纪农民工题材小说中有很多农民工高度认可自身的劳动价值，并以此建构自我的精神文化空间。《无土时代》中来自草儿洼的进城农民天柱从心里热爱绿化事业，由于踏实肯干、工作突出而担任木城绿化队队长一职。如他所言："别人干活纯粹为挣钱，我干这活还觉得快活。"[2] 天柱带领手下的农民工把苏子村大片的麦苗移植进城

①彭维锋．"三农"中国的文学建构："三农"题材文学创作与社会主义新农村建设研究［M］．北京：光明日报出版社，2015：326.
②赵本夫．无土时代［M］．北京：人民文学出版社，2007：123.

市，不仅改善了木城的生态环境，而且还以乡村自然文明对抗城市现代文明，唤醒了城里人的土地记忆。同样的，王安忆《骄傲的皮匠》（《小说选刊》2008年第3期）中来自盐城乡下的修鞋匠根海"骄傲"的资本是自己精湛过硬的修鞋技术，他坚持坚固第一的修鞋原则，连轰动一时的"山姆大叔机器修鞋店"都无法与之媲美，隐喻着人的劳动价值的不可复制性和无可替代性。《民工刘建华》中木匠刘建华技艺高超，靠自己的本事吃饭，面对城市的态度始终沉着镇定，不卑不亢，而一双犀利闪光的眼睛好像能洞察一切。"第一次看见刘建华，我就注意到他那双眼睛，特别的亮，烁烁地看着你。"① 可以说，以天柱为代表的农民工对自身的劳动价值有着清醒认知，他们并未陷入对物质财富的肆意追逐中，而是将劳动视为一种城市生活方式，并试着不断深入城市的内部肌理，进而实现身体和精神的双向进城。

美国学者科内尔·韦斯特（Corel West）认为："新的差异文化政治的显著特点是以多样性、多元性和异质性之名抛弃单一和同质；依据具体、特别和特殊拒斥抽象、一般和普遍；通过突出偶然性、临时性、可变性、试验性、转换性和变化性实行历史化、语境化和多元化。"② 随着城乡交融的进一步增强和城乡关系的新变化，作家们开始正视农民工为改变城市生存处境所做出的主观努力，挖掘他们身上所蕴含的精神品质。池莉《托尔斯泰围巾》（《收获》2004年第5期）中收破烂的老扁担爱好读书，他在回收废弃的报纸杂志时，不像其他人那样随意撕扯踩踏，而是对书本具有一种发自内心的尊重。在老扁担寒酸破旧的出租屋内，摆放着毛笔、墨水和成摞的文学杂志，表现出他对知识的追求和对文明的向往，这让身为作家的"我"感受到人与人之间的平等。老扁担一开始靠出苦力挣钱，在装修队以次充好欺骗花桥区的居民后，他没有逃跑，而是坚持来小区收破烂，并向大家坦言自己的秤是七两秤，最终以诚实守信的品格赢得了小区居民的信赖。"围巾"成为老扁担不屈人格的象征物，也成为城乡联结的重要纽带。杨静龙《遍地青菜》（浙江文艺出版社，2013年版）中失地菜农许小晴迫于无奈来到城里当保姆，她凭借着

①王安忆. 民工刘建华［J］. 上海文学, 2002（3）: 7.
②［美］科内尔·韦斯特. 新的差异文化政治［M］//罗钢, 刘象愚主编. 文化研究读本, 北京: 中国社会科学出版社, 2000: 145.

乡下人勤劳善良、吃苦耐劳的美德，赢得了城市雇主的尊重和信赖，最终把青菜种遍了 C 城每个角落，实现了自己的"田园梦"，她也被评为"感动 C 城十大新闻人物"，意味着城市空间对乡下人的接纳。迟子建《踏着月光的行板》（《收获》2003 年第 6 期）中作家虽然也以同情的笔触叙写了妻子林秀珊和丈夫王锐在城市打工的辛劳与奔波，但着重表达的是社会弱势群体即使遭遇生活的不幸，但依旧对生活充满热爱。夫妻二人在相互赶往对方城市的列车上错过了彼此，他们没有享受到渴盼已久的中秋团圆日，最后只能在各自搭乘的列车交汇处挥手致意，小说呈现出温馨感人的浪漫情调。小说结尾写道："这列车永远起始于黑夜，而它的终点，也永远都是黎明。"[1] 这意味着农民工晦暗的城市打工生活蕴含光明与希望。这些农民工在城市文化的濡染下积极建构自我的主体性，丰富了农民工题材小说的人物形象，也为我们思考城乡关系带来新的启示。

二、重构城市空间想象

新世纪农民工题材小说叙事的着力点是城乡空间的对峙，这既与我国城乡二元体制和"城乡意识形态"的深远影响有关，也表现了作家创作思维的趋同性。事实上，随着城乡一体化进程的加快，我国的城乡关系已经呈现出互动融合的趋势，越来越多的农民工开始主动追求自我的生存权益，渴望空间的公平正义。我们既要看到农民工在城市的尴尬处境，又要看到他们的自我主体意识以及对改善城乡关系的积极作用。其实，城乡不只有尖锐的冲突对立，也呈现出沟通融合的发展态势。正如雷蒙·威廉斯所说："乡村和城市自身以及它们之间的关系都是不断变化的历史现实。"[2]作家们用辩证的眼光看待城乡关系发展的新趋势，以文学方式重构城市空间想象，颠覆了以往城乡对立的二元叙事模式。

作家们根植于心的乡土情结，使得"庄稼进城"成为农民工题材小说重要的叙事类型，我们仅从小说题目便可窥得一二。如果说鬼子《瓦城上空的

①迟子建. 踏着月光的行板［M］. 北京：人民文学出版社，2018：80.
②［英］雷蒙·威廉斯. 乡村与城市［M］. 韩子满，刘戈，徐珊珊，译. 北京：商务印书馆，2013：393.

麦田》、李铁《城市里的一棵庄稼》、刘恩华《城里不长庄稼》、鬼金《金色麦子》、裘山山《老树客死他乡》等小说还只是借用乡村意象来喻指进城农民的命运遭际,那么赵本夫《无土时代》、杨静龙《遍地青菜》、王华《在天上种玉米》等小说的主人公则通过自己的劳动将乡村的"庄稼"种进了城市,将存在于头脑中改造城市空间的设想付诸实践。"为了捍卫自身的生活空间和城市的权利,被边缘化的社会群体建构自身对空间的感知和想象来对抗占主导地位的抽象空间,并通过微妙或激烈的集体行动来试图改变现有的政治和权利格局。"①最终,乡村文化以其独特的方式对城市空间进行了改造,实现了城市空间的乡村化建构,表现了作家对城乡关系的新思考及对城乡融合的新期待。

"在城市与乡村的空间张力中,进入城市空间的农民工被城市空间塑造,而城市资本同时对乡村空间进行改造;另一方面,乡村空间也试图抵制城市资本的入侵,农民工也试图以乡土意识形态改造城市空间。"② 《无土时代》前半部分一定程度上延续了这类小说惯有的"城市恶"书写。"木城"这个虚构的城市不仅在物理空间上表现为生态环境的破坏、空气的污浊和钢筋水泥的冰冷,而且在文化空间上也表现为腐化堕落、唯利是图、蝇营狗苟。总之,"木城"俨然成为现代城市的缩影,让人不得不反思城市现代化建设中存在的各种现代文明病。与农民工题材小说大多将乡村文化和农民工置于被动弱势地位不同,这篇小说的主人公充分发挥自我的主体价值,他们面对病态的城市文明并未一味地妥协退让,而是通过实际行动将"庄稼"移进城市,以乡村生活方式抵抗和改造城市空间。

赵本夫认为:"过去我们写的农民工,只有两种面孔:一种是很卑微的,一种是善于阴谋和钻营的。两种面孔其实有着一样的内心,都在寻找与城市的认同感,他们对于城市是仰视的……这种仅仅把他们作为一个弱势阶层来写的视角并不全面。"③《无土时代》中天柱和石陀就是两个迥异于传统农民工的新形象,作为乡村文明的代表,他们对庄稼和土地有一种发自本能的热

---

①尹保红.西方马克思主义空间理论建构及其当代价值 [M].北京:光明日报出版社,2016:32-33.
②王兴文.城市文化的文学表征:新世纪小说城市书写研究 [D].兰州:兰州大学,2013:30.
③赵本夫.农民工有城市人做不到的从容 [N].北京青年报,2008-04-27.

爱，期待能在钢筋水泥浇筑的"无土"之城建造起原始自然、庄稼飘香的"有土"之城。担任木城出版社社长石陀痛心疾首于城市文明病的蔓延，他认为现代城市和城里人的各种病态都是由于高楼大厦把人和土地隔开了，整个城市没有了"地气"。因此，他不但在政协会议上提倡拆除高楼大厦，让人脚踏实地，还不时拿着小锤子砸开水泥地面，让土地裸露，让花草树木自由生长。"石陀"在小说中一人分饰三角（木城出版社社长石陀、从草儿洼出走的乡村少年天易、行踪不定却才思过人的柴门），但这三个角色最终又统一于他们共有的土地精神和乡村传统文化。天柱从草儿洼来到木城担任绿化队队长，在一次迎接上级部门检查城市绿化的活动中，他带领手下的农民工将郊区的大片麦田移进城市的草坪，这一看似荒诞的举动不仅顺利躲过了上级部门的检查，还激发出城里人潜藏于心的种植记忆和乡土情感。"一时间，这（指的是城市土地长出各种庄稼。引者注）成了木城人最重要的话题。以前是说张三道李四，现在是说高粱道茄子。大家都很亢奋。"① 移进城市的麦苗不但没有被清除，反而成为一道独特的城市绿化景观被保留下来。小说最后以两则带有寓言性质的新闻报道结束，一则是木城街道涌现大量黄鼠狼，一则是全国其他城市也相继发现了玉米、大豆和高粱等农作物。赵本夫建构的乌托邦"有土"之城显然寄托着自己的浪漫想象和美好愿望，如他所言："文学中的浪漫，作家的浪漫理想，事实上是实现不了的，他只是在尽力呼唤。浪漫主义存在的基础是，越是缺失的东西，越是要呼唤浪漫，但也许我们永远实现不了，我们仍然要呼唤它。"② 木城作为现代城市的代表，其表现出的衰颓病态从根本上说是由于切断了与乡村和土地的联系。不论是刨开水泥地面的石陀还是移植庄稼进城的天柱，都体现了赵本夫对现代城市发展的忧虑和对城市生态文明的反思，他期望用乡村文明改造城市，实现城乡交融的发展目的。

随着我国城市化进程的加快和城市规模的不断扩大，城市蚕食乡村使得失地农民的数量日益增加，作家直面城市对乡村的进逼与吞噬，关注失地农民在城市的生存境况。《遍地青菜》中菜农许小晴就是在拖拉机的轰鸣声中失

---

① 赵本夫. 无土时代 [M]. 北京：人民文学出版社，2007：358.

② 赵本夫，沙家强. 文学如何呈现记忆——赵本夫访谈录 [J]. 南京师范大学文学院学报，2009（4）：5.

去了自家的土地，她迫于无奈到城里当保姆。出于劳动本能，她想在小区空地上栽种青菜，却遭遇了小区孩子们的破坏和痞子物管的阻挠，这意味着乡村伦理与城市文明的初次交锋，但作家并未将两者处理为剑拔弩张的紧张态势。许小晴在城市雇主杨大哥和赵姐的帮助下把青菜种遍了C城的每个角落，实现了城市空间的乡村化建构，"金黄色的谷穗在玉水河两岸随风起伏。辽阔无边的菜地里，一棵棵青菜叶硕茎肥"①。许小晴因为失地而进城，最终将青菜种进了城市，青菜作为小说的核心意象，接通了城市和农村这两个地域空间，喻示着城乡的融合发展。诚如城市雇主杨大哥所说："其实，在多少年以前，并没有什么城市和农村之分。我们拥有一个共同的祖先，他的名字就叫农民。所以，我们的血脉是相通的，那些血最后终究会汇流在一起。"②作家以小说人物之口，道出了自己的城乡观念及对城市现代化的思考，即城乡同根同族及一体化的发展趋势。和赵本夫笔下的天柱将麦子种进城市一样，《遍地青菜》中许小晴对城市空间的改造也寄托着杨静龙对未来城市发展的浪漫性想象。"这几乎是一个城市的童话，是我送给城市的一个美好祝愿，现实中不可能有哪个城市会是'遍地青菜'的。"③

　　与前两部作品中"麦子"和"青菜"移进城市不同，王华的《在天上种玉米》讲述的是整个"村庄"进城的故事。三桥村村民在王飘飘的带领下举家迁往北京郊区的善各庄生活，在城中村这样一个城乡文化交汇的空间，不同代际的农民工身上有着不同的乡土观念。王红旗作为老一辈农民，他对土地和庄稼有近乎本能的眷恋，进城并非他的主动选择，而是带有一定的强制性。进城后茫然无措的王红旗尝试在城市找寻自我的存在价值，先是给善各庄取名字，后来在城里打工，最后才找到安置身心的办法——在城市人家的屋顶上种玉米。对于子一代王飘飘们来说，他们没有父辈那样强烈的土地情怀，既不能顺利融入钢筋混凝土般的城市，又无法真正回归乡村，只能通过移植乡村庄稼进城，来安抚自己漂泊受伤的心灵。对于在屋顶种玉米这一"创举"，城市房东和农民工竟表现出情感认知上的一致性。"远远地他们就看

---

①杨静龙. 遍地青菜 [M]. 杭州：浙江文艺出版社，2013：63.
②杨静龙. 遍地青菜 [M]. 杭州：浙江文艺出版社，2013：66-67.
③杨静龙. 遍地青菜 [M]. 杭州：浙江文艺出版社，2013：240.

到村子的上空浮着一片绿，阳光下，就像魔术师悬浮在空中的一块块绿色的魔毯啊。等走近了，他们仰视着空中那一片片生机逼人的玉米林，竟然就有那么一段时间，忘记他们是来这里干什么了。"①房东最终要求农民工们以交地租的形式保留下了房顶上的玉米，城乡文化以微妙方式实现着共通融合。"玉米林"和前文所说的"麦子""青菜"等乡村意象将乡村和城市两个文化空间联系起来，它们既成为抚慰农民工的精神寄托物，又满足了城里人的"田园梦"，凸显了作家重构城市空间的浪漫性想象。

新世纪农民工题材小说中"庄稼进城"是对西方"田园城市"运动的积极回应。英国学者埃比尼泽·霍华德（Ebenezer Howard）曾在《明日的田园城市》一书中写道："事实并不像通常所说的那样只有两种选择——城市生活和乡村生活，而有第三种选择。可以把一切最生动活泼的城市生活的优点和美丽，愉快的乡村和谐地组合在一起……城市和乡村必须结婚，这种愉快的结合将迸发出新的希望、新的生活、新的文明。"② 21 世纪以来，随着国家"城乡统筹发展"与"和谐社会"等一系列政策理念的提出，城乡关系也由以往的对立冲突逐步走向融合乃至同一化。作家们意识到城市化的必然趋势，重视城市化对社会发展的积极作用，着力表现农民工对城乡融合的贡献。本节分析的这几篇小说叙述的不仅是农民工以自己的力量对城市空间进行改造，更意味着乡村文化在与城市文化博弈中的突围与成功，"小说中在城里种庄稼隐喻的是城市化进程中进城农民工的另一种想象性选择：即不是被城市文化同化为工于理性算计、身患城市文明病症的城里人，而是以自身农耕文化传统去改变或同化城里人，改造冷冰冰的现代文化"③。这就从精神旨趣和思想内涵上与之前的同类题材区别开来，彰显出新时代农民工的主体价值和乡村文化的重要作用，也体现出作家对以城市为中心的现代化发展思路的质疑。作家们为疗救城市文明病开出了一剂良方，那就是城市文明与乡村文明理应在不断的交流碰撞中走向新的融合与发展。

---

① 王华. 在天上种玉米 [J]. 人民文学, 2009 (2)：28.
② [英] 埃比尼泽·霍华德. 明日的田园城市 [M]. 金经元, 译. 北京：商务印书馆, 2011：6-9.
③ 王兴文. 城市文化的文学表征：新世纪小说城市书写研究 [D]. 兰州：兰州大学, 2013：42.

小　结

　　新世纪农民工题材小说重在表现城市文化的强大势力及其对农民工的肆意压制，看似极具现实批判意义的苦难叙事过于凸显城乡空间的二元分化，并在一定程度上忽视了城乡文化的同构性和城乡互动的发展趋势，从而遮蔽了农民工的主体价值。然而，生活永远不只有冰冷残酷的现实表达，也不乏温情美好的浪漫书写。为了更好地适应并融入城市生活，农民工可以在一定范围内重塑个人的主体性，并对空间进行积极建构。农民工的空间建构既包括对乡村空间的回望和对自我心灵空间的建造，对自我身体空间和精神空间的建构，也包括对城市空间的重构与浪漫性想象。农民工的空间建构是为了寻求理想的更适合自我的生活方式，体现出空间的社会意义和空间之于人生存发展的重要意义。农民工题材小说的空间建构虽然还停留在文本意义的修辞性想象阶段，但至少也体现出作家对我国城市化弊病的反思及对城乡融合的积极探索。

第五章

空间书写典型个案研究

本章为空间书写典型作家个案研究。在前面章节整体宏观论述的基础上，本章选取孙惠芬、刘庆邦和荆永鸣这三位作家的相关作品，从空间视域出发，考察他们农民工题材小说的独特价值。孙惠芬的"歇马山庄"系列小说关注不平等的城乡关系及农民工在城乡之间的生存现实。刘庆邦的煤矿题材小说和"保姆在北京"系列小说体现了作家对人性的关注与思索。荆永鸣多年来坚持创作的"外地人"系列小说既表现了农民工"尴尬"的城市生活境遇，又突出了他们在艰窘生活中的"坚守"。总之，空间书写的典型个案研究有利于我们更为具体地研究新世纪农民工题材小说，进而以点面结合的方式深化相关论题。

第一节 城乡间的游荡：孙惠芬小说的空间书写

孙惠芬有多年农村生活的经历，后因写作才华在城市扎根，城乡双重身份和城乡游走的经历成为她文学创作的重要资源。孙惠芬关注社会变革时期农民们的生存状态，突出他们在城乡双重牵引下的精神困惑与情感矛盾。城乡之间的冲突一直是孙惠芬小说的一个主题，正如她所说："'城乡之间'的矛盾和冲突，是我一直绕不开的一个主题。"① 在她的小说中，城乡空间不只是人物活动的简单背景和地理场所，还成为他们身份归属的重要隐喻，体现出城乡发展的巨大差异。

---

①孙惠芬. 街与道的宗教 [M]. 沈阳：春风文艺出版社，2011：165.

　　地理空间对于文学创作的重要性不言而喻，几乎每个作家都在着力构建自己精神世界中的"邮票般大小的故乡"①。正如湘西之于沈从文、商州之于贾平凹、香椿树街之于苏童，孙惠芬将她创作的目光聚焦于辽东大地的"歇马山庄"，并创作出系列文学作品，引起文坛关注。"歇马山庄"不仅是孙惠芬生活成长的具体地点，更是她结合自己的心灵感悟创设出的精神家园，这里有她童年和儿时的生活记忆，既是她闯荡世界的起点，也成为她魂牵梦萦的理想归宿。与罗伟章、陈应松等男性作家所铺陈的血腥、暴力和苦难不同，孙惠芬对她笔下的人物融入了自己的生命思考与情感体验，突出时代变迁给人们带来的深远影响。孙惠芬的小说侧重捕捉人们在"素常"日子里的瞬间心灵感受，整体呈现出一种温婉细腻而又亲切自然的审美风格。

一、崇城抑乡心理作用下的离乡进城

　　"乡土社会是安土重迁的，生于斯、长于斯、死于斯的社会。不但是人口流动很小，而且人们所取给资源的土地也很少变动。"② 在乡村这样一个重视血缘亲情的熟人社会，人们的生活空间有限，土地是最重要的生产资源。农民们依赖土地并倚重自我的体力劳动，由此形成了以土地为本的生存理念。随着我国由前现代农业社会向现代和后现代工业社会的过渡，乡村凝滞闭塞的生活方式必然要发生改变。20 世纪 90 年代以来，我国的城市化建设需要越来越多的劳动力，加之城乡户籍制度的松动和大量农耕土地的被侵占，一大批农民心怀改变命运的愿望来到城市。在他们看来，身处的乡村是偏僻、荒远、愚昧而未开化的弹丸之地，而想象中的城市则是文明、时尚、高雅而迷人的人间天堂。诚如有学者所言："这个世界上，有两个中国，一个农村的中国，一个城里的中国，这两个中国不一样。"③ 急剧推进的城市化浪潮不但蚕食了大量的农用土地，使农民失去了世代谋生的资源，还席卷了大量的农村

---

①美国作家威廉·福克纳（William Faulkner）致力于创作以约克纳帕塔法县为背景的系列小说作品，1955 年他在接受记者采访时说："我发现我家乡那块邮票般大小的故乡倒也值得一写，恐怕我一辈子也写不完……"

②费孝通. 乡土中国［M］. 青岛：青岛出版社，2019：87.

③葛红兵. 让农民发声，还是让农民沉默? ——我对尤凤伟《泥鳅》的批评［J］. 当代作家评论，2002（5）：36.

青壮劳动力，乡村家园变得越来越荒芜。

孙惠芬曾在首届中美文学论坛中说："千百年来坚不可摧的乡下人对土地的感情开始动摇并迅速淡漠，土地作为乡下人的精神、物质家园已经不复存在，这就是今天中国的社会现实。"① 作家关注社会历史的变迁，并通过小说表现农民们为改变生活现状所做出的不懈努力。孙惠芬小说中的人物对城市的向往与其说是历史发展的趋势，毋宁说是一种崇城抑乡心理的作祟，当然也与作家的城乡观念密切相关。孙惠芬出生成长的小镇地处沿海，这个地方通着烟台和上海等地，是一个很早就接受了外来文明的地方。"我现实中的乡村，因为很早就有着开放的气象，我的祖辈们只信奉外边，凡是外边来的，就是好的，凡是外边的，就是正确的，从不固守什么，似乎外边，就是他们心中的宗教。因此，城乡之间的矛盾，外面世界与乡村日子之间无法和谐的痛苦，很早就注入了父母的血液，又从父母那里注入我的血液。"② 这种渗入血液的对外面世界的渴望表现在小说中，就是作家笔下人物身上浓厚的城市情结，他们大多立志"到城里去"，并为圆自己的城市梦付出青春甚至生命的代价。"到城里去"把"人们内心的期盼化作了一种具体的行动，人们太希望单调的生命中能有另外一种色彩了，不变的生活秩序带给人的精神压力越大，人们要挣脱的想法就越强烈，尽管这种反抗可能是无效的，但他们似乎别无选择"③。

"向外"的渴望源于农民对城市的非理性崇拜与美好想象。《保姆》中的翁惠珠从小被"我"奶奶带到沈阳生活了五年，她有感于城市富裕的物质生活和便利的生活条件，宁愿待在城市给人家当保姆，颠沛流离，看人脸色行事，也不愿再回到生养她的姜姿屯。翁慧珠对城市的艳羡源于城乡物质生活的巨大差异。《歇马山庄的两个女人》中乡村姑娘李平怀着美好的憧憬来到城里，为了能得到城市的认可与接纳，她试图通过外在衣着的改变融入城市，而这种表面的变化体现了她试图跨越城乡鸿沟时的身份认同危机。《舞者》中的奶奶在平时的生活中总是把农村出身的妈妈和小镇的二娘四婶区别对待，

①孙惠芬. 在街与道的远方——乡土文学的发展理论 [J]. 朔方, 2010 (12)：42.
②张赟, 孙惠芬. 在城乡之间游动的心灵——孙惠芬访谈 [J]. 小说评论, 2007 (2)：43.
③周立民. 孙惠芬的后花园——论《街与道的宗教》[N]. 文学报, 2003-04-24.

表现了人们思想意识中根深蒂固的城乡不平等观念。因此，"我"从小就立志要离开贫瘠落后的山旮子，到小镇上生活。"我"对家园的告别不仅显示出改变自我生存境遇的努力，还意味着人们对城市空间的美好想象。《在外》（《长城》1993 年第 3 期）中的大姐对城市有一种盲目的崇拜心理，她一心想让自己的女儿嫁到渤海湾的城市，甚至替女儿拒绝了条件优越的小镇青年。殊不知如花似玉的女儿嫁给了城市的一个小渔民，在冷库里做着扒虾头的卑微工作，最后在郁郁寡欢中死去。和铁凝笔下的香雪喜欢说普通话的城市男人一样，《吉宽的马车》中的黑牡丹最喜欢那些说普通话的男人，扎根城市成为她最大的人生追求。所以，她在歇马山庄换了三个男人后来到槐城开了一家饭店，并期望融入城市。在吉宽的大姐眼中，凡是有本事的人，都在外面的世界打拼奋斗，而只要窝在歇马山庄，就永远没有出人头地的可能。"反正，出去变得越来越容易。反正，不出去越来越不可能。"① 除此而外，《春冬之交》（《青年文学》1989 年第 7 期）中的小兰、《灰色空间》（《海燕》1990 年第 4 期）中的一男、《岸边的蜻蜓》（《人民文学》2004 年第 1 期）中的梅花等乡下人都立志要摆脱传统乡村生活的禁锢，向往着自由美好的城市生活。

巴什拉认为，空间并非是空洞的、纯粹物理意义上的客观存在，而与人的情感体验和文化想象紧密相连。新世纪农民工题材小说的空间意识形态体现为城乡空间的二元分化，在城市现代性的参照下，乡村空间呈现出日趋没落的态势。《吉宽的马车》不仅建构出欲望涌动的城市和淳朴美好的乡村这两种判然有别的空间形态，还通过吉宽在城乡间的活动及情感变迁阐发小说主题，着力表现乡土世界才是人们灵魂的最终皈依之所。三十岁之前的吉宽是歇马山庄有名的"懒汉"，他不喜欢城市，当村里的其他年轻人都蜂拥着奔向城市谋求发展的时候，吉宽却驾着他那辆心爱的马车四处乱逛，他喜欢睡地垄沟，喜欢听鸟鸣的声音和哗啦啦的流水声。孙惠芬以吉宽的视角，对前现代的乡村生活进行了诗意描写，蕴含着作家对乡村的情感想象。吉宽懒散自由的性格特征与悠然自得的乡村生活具有文化意义上的一致性，而他为追求爱情的进城举动也显示出城市对乡村主体的询唤，预示着乡土诗意生活的日

---

① 孙惠芬. 上塘书 ［M］. 上海：上海文艺出版社，2015：22.

趋消散。

如果说《吉宽的马车》前半部分以抒情浪漫的笔调为我们描绘了一幅自然和谐、宁静秀美的农村自然风景图，那么自从吉宽受到许妹娜的诱惑进城后，隐藏于城市黑暗角落的悲凉生存图景便一一展现在我们面前，暴露出城市的冷漠无情。吉宽进城后为谋求生存，先后辗转于建筑工地、歇马山庄饭店和好友林榕真开的装修公司之间，他对城市的认知随着地理空间的转移而不断加深。在城乡空间的转换中，吉宽逐渐由一个慵懒闲散的乡村"懒汉"蜕变为一个充满现代理性的人。首先表现为吉宽金钱意识的觉醒，他在歇马山庄的时候觉得自己受不了十几个小时在太阳底下搬砖的苦力活儿，宁愿待在农村受穷也不愿到城市这棵树"觅食"，进城后的吉宽懂得了金钱的重要性，他为了节省更多的钱给许妹娜买礼物而节衣缩食。可以说金钱意识的觉醒是吉宽转变为城市"现代人"的重要标志，也意味着城市空间对乡村主体改造的成功。其次表现为吉宽对城市生存法则的逐渐适应，与歇马山庄自由无拘的乡村生活不同，城市有一套讲求规则、秩序和等级的弱肉强食生存法则。与吉宽打工的建筑工地一墙之隔的是热闹喧哗的商业街，但他们这些农民工因为没有暂住证而不能随意出入，还随时面临被警察关押审讯的危险，这更激发了他扎根城市的决心。为了深入到城市生活内部，吉宽在与城市人交往中学会了左右逢源，甚至在装修施工过程中偷工减料，目的在于实现自我利益的最大化。然而，城市事业的成功并没有给吉宽带来心灵的慰藉，反而让他怅然若失，理想中的乡村家园已经化为梦境中的乌托邦。

从一定意义上讲，"细腰大屁股"的许妹娜就是欲望化城市的外在表征，恋人许妹娜和现代化城市对吉宽具有一定的同构性，即他们既诱惑着吉宽这个乡下"懒汉"，又以自己的方式对其进行改造。吉宽适应城市生存法则的过程就是他与传统生活方式告别的历程，也是乡村家园不断丧失的过程。"马车"作为小说的核心意象在文中多次出现，如果说小说一开始吉宽驾着心爱的马车在田间地头游荡还显示出传统乡村生活方式的独立性，那么随着他的进城并在城市安家，陈旧破败的马车模型也就成为他寄托思乡之情的道具而被摆放在歇马山庄饭店内。小说通过吉宽之口反复咏叹的乡村民谣，到最后也就成为一阙哀悼乡土生命消散的悲情挽歌。

二、物质生存困境与身份认同的焦虑

随着我国城市化浪潮的进一步推进，越来越多的农民把城市当作实现人生理想的乐园，而城市的繁荣发达一定程度上是以牺牲农村和农民利益为代价的。那么，在物质利益诱惑下来到城市的农民工能否改变他们的生存命运呢？答案常常是否定的，因为"乡下人进城是一种社会变迁，流动变迁到城市中的乡下人生活障碍繁多，物质、体制层面而外，深层的文化障碍为'城乡意识形态'"①。离乡进城并不只是简单的空间转换，而是生活方式、价值理念和意识形态的碰撞与磨合。也就是说，农民工虽然跨越城乡界限来到城市，但城乡空间的文化裂隙依然存在，由于农民工对城市现代性的错位理解，加之城乡文化的矛盾冲突，他们在城市中也就难以逃脱被吞噬的命运。

孙惠芬通过农民工城乡游走的事实表现他们在城市的物质生存境遇，进而关注这些城乡边缘人的精神危机和身份认同困境。《民工》中乡村少年鞠福生是全家人的希望，父亲鞠广大倾其所有供他上高中，高考落榜后的鞠福生跟着父亲去城里的建筑工地打工，他们每天都在工地干着超负荷的体力活儿，吃的却是夹生的米饭和简单的大白菜，而且工地规定每顿饭每人只能盛饭一次。如果说食不果腹是经常发生的事，那么父子二人在工地的居住条件就更差了，他们住在由旧客车改造的车棚内，"因为车体太薄，经不住日晒，棚子里热得晚上无法睡觉，加上臭脚、汗脚招来蚊虫，工棚简直就是厕所一样的气味"②，但他们仍然在这里鼾声四起。农民工为修建城市付出心血，到头来却在城市没有自己的立足之地。因为母亲去世，鞠福生和父亲想要回家奔丧，却要以扣除半年工资和丢掉工作为代价。缺乏经济文化资本的农民工如同羔羊一般任人宰割，毫无还手之力，艰窘的城市生存境遇显示出他们孤绝的边缘地位。《灰色空间》中乡村青年一男从中学时期就梦想着能娶到城里的媳妇并在城市安家，他大学毕业后虽然留在了城里，也娶到了北大毕业的同事宋岳令，但有限的经济收入还是让他的生活捉襟见肘，突出表现在住房问题上，

---

①徐德明．"乡下人进城"叙事与"城乡意识形态"［J］．文艺争鸣，2007（6）：48-53.
②商昌宝主编．接吻长安街：小说视界中的农民工［M］．太原：北岳文艺出版社，2014：161.

因无钱购买商品房，他和妻子先是把办公室当作"家"。这个集办公、卧室、厨房和厕所于一体的"灰色空间"让他们备受压抑，后来因刚出生不久的孩子的哭闹声，他们一家三口被迫搬到地下车库，昭示出社会弱势群体艰难的生存境况。孙惠芬除过描写农民工衣食住行等现实遭遇外，还对他们的情感需求问题予以关注。《吉宽的马车》通过吉宽进城后的所见所闻，将隐藏在城市"缝隙空间"的情色交易进行了曝光。黑牡丹开在槐城的饭店之所以生意兴隆，并不是她有什么过人的商业头脑，而是因为黑牡丹为了打通城市关系而不惜出卖自己和女儿的身体。"歇马山庄饭店"表面上看是一家具有乡村风味的农家饭店，其实是黑牡丹为包工头和城市权贵提供情色服务的地方。对于普通的农民工而言，饭店附近的"鸡山"和开设在城市隐秘角落的大众录像厅、歌舞厅是他们解决生理需求的暧昧空间。"在二哥三哥四哥这样一些乡下男人那里，家究竟还意味着什么？老婆究竟还意味着什么？""乡村男人，没有一个不是为了改善家里的生活才出来的，然而他们的生活到底是否真的改善了呢？"① 农民工为谋求更好的生活来到城市，却以丧失正常人的情感需求为代价，这确实令人唏嘘不已。孙惠芬通过描写吉宽的心理活动，表现了她对农民工城市生存价值的深入思考。

孙惠芬认为："乡下人纷纷涌到城市，城市并没有成为他们心灵栖息的家园，城市在接纳他们廉价劳动力的同时，排斥着他们身心占领的需求，当他们的肉身在城乡之间往返，他们的心灵只有在城乡之间流浪。"② 如果说物质生存的艰难还可以忍受，那么农民工试图融入城市却遭到无情拒绝，就显示出城乡文化的深重隔膜。《民工》中距离工地不远的城市街道在鞠广大看来是那么繁华热闹，但限于经济收入，他们很少涉足，因为他们与那热闹永远隔着一堵无法跨越的墙。就连公交车这一城市公共空间，也让鞠广大父子深深体会到城市的拒斥与不接纳。由于他们土气不入流的着装和大包小包的行李，公交车上的其他乘客常对其嗤之以鼻，有时会责骂羞辱他们，甚至拳脚相加，以至于鞠广大之后乘坐公交车时会膝盖发抖打战，可见城市排斥和市民蔑视进一步加深了农民工的心理创伤。《吉宽的马车》中吉宽来到建筑工地打工，

---

①孙惠芬. 吉宽的马车 [M]. 北京：作家出版社，2007：65.
②孙惠芬. 在街与道的远方——乡土文学的发展理论 [J]. 朔方，2010 (12)：43.

生活空间局限于工地范围，而且打工生活枯燥乏味、机械呆板，与工地相邻的马路却是另外一个世界："一个，一到了晚上就黑乎乎一片；一个，却是车水马龙繁花似锦。"① 这两个地理空间虽然只有一墙之隔，却如同两个世界，农民工因为没有城市户籍和城市暂住证而不能随意出入，看似开放公平的城市空间实则拒绝农民工的进入。和吉宽们的城市遭遇类似，《上塘书》中申作平的儿子申福生每天要在建筑工地工作十几个小时，常常累得一出汗就虚脱。"他以为上了城，就有资格逛城，可是没有城市暂住证根本不能上街，他忍不住逛了街，结果被巡警抓住，罚他挖了三天下水道不说，还罚了一百元。"② 农民工虽然由乡进城，但城乡文化差异还是如同一只无形巨手将他们阻隔在城市空间之外，让他看不到自己的出路到底在何方。农民工作为城市潜在的流浪者，他们"被固定在一个特定空间群体内，或者在一个它的界限与空间界限大致相近的群体内。但他在群体内的地位是被这样一个事实所决定的：他从一开始就不属于这个群体"③。

农民工进城不仅要解决物质生存的困难，还要克服自我身份认同的危机。他们因固有的乡村文化心理而不被城里人接受，而传统意义上的乡村也无法真正返回，这就使他们不得不面临身份确认与文化归属等问题。"场域作为人们活动的空间环境是体现其身份归属的重要元素。空间的占有往往充满了权力隐喻。这样的隐喻尤其体现在城乡二元对立上。在空间的流动和变迁中，身份认同问题强烈地表现出来。"④《吉宽的马车》中吉宽为追求自己的爱情理想来到槐城，但许妹娜在带给他希望的同时又不断折磨他，这让他身心俱疲。吉宽在建筑工地见识了城市资本的强大和城市文化对农民工的改造，特别是好友林榕真遭到城市女人的背叛更让他对城市彻底失去了信心。然而，农民工好似中了城市投下的蛊，在返回故乡无望的情况下继续在城市游荡，任其摧残也不愿再离开。

---

① 孙惠芬. 吉宽的马车［M］. 北京：作家出版社，2007：64.
② 孙惠芬. 上塘书［M］. 上海：上海文艺出版社，2015：66-67.
③［德］齐奥尔特·西美尔. 时尚的哲学［M］. 费勇，等译. 北京：文化艺术出版社，2001：110.
④ 马琳. 空间场域·身份认同·人文关怀——经济变迁背景下的孙惠芬小说［J］. 小说评论，2009（1）：121.

我们从来都不是人，只是一些冲进城市的困兽，一些爬到城市这些树上的昆虫，我们被一种莫名其妙的光亮吸引，情愿被困在城市这个森林里，我们无家可归，在没有一寸属于我们的地盘上游动；我们不断地更换楼壳子住，睡水泥地，吃石膏粉、木屑、橡胶水；我们即使自己造个家，也是那样浮萍一样悬在半空，经不得一点风雨摇动……我们的梦想伸展到不属于我们的种群里，模糊了我们跟这个压根就跟我们不一样的种群的界限，最终只能听到这样的申明：你错了，你不能把自己当人，你就是一只兽。①

这与其说是吉宽在面对城乡文化冲突时的心灵独语，毋宁说是作家以强烈的现实批判精神表现社会转型期农民工所遭遇的身份归属和精神焦虑等问题。"生活在现代社会中的人，在享受高度自由的同时，也面临着归属感匮乏和身份感模糊的困境，从而陷于对'我究竟是谁'的追问当中。"② 在城市和乡村这两个不可化约的文化空间，农民工处于身份的悬空状态，他们离开农村以后，原有的身份有效性丧失，而城市又不能给予他们新的身份合法性。这些闯入城市的"异乡人"进退维谷，他们在身心都无法安放的现实境遇中生发出这样的感慨与追问："我们是谁？""我怎么能在这里？我为什么要来这里？"③ 这些有关身份认同的问题比现实生存困境更为持久地回荡在他们心头。如果身份归属问题得不到有效解决，有可能会导致他们人格的异化与精神的扭曲，可以说农民工如何融入城市已成为一个值得全社会关注的焦点话题。

三、游走于城乡间的乡村女性

如果说城乡间的矛盾与不和谐关系是孙惠芬小说的一个显在主题，那么女性作家的身份和生活成长的环境又使她格外关注乡村女性的命运。"我喜欢写女人，或更擅长描摹女人，是因为我童年少年在三辈女人同居一室的环境

①孙惠芬. 吉宽的马车 [M]. 北京：作家出版社，2007：189.
②吴玉军，李晓东. 归属感的匮乏：现代性语境下的认同困境 [J]. 求是学刊，2005（5）：27.
③孙惠芬. 吉宽的马车 [M]. 北京：作家出版社，2007：76.

里长大，奶奶，母亲，三个嫂子。观察她们、体察她们可以说既是我无法逃脱的宿命，也为我后来在作品中坚持不懈地抒写人物心灵的历史有了最佳的训练。"① 与陈染、林白等女性主义作家关注自我身体解放的欲望书写不同，孙惠芬更多的是从一个游走于城乡间的女性作家身份出发，在日常叙述中关注普通乡村女性的生存命运，体察社会变革时期乡村女性的情感嬗变与心灵悸动。

在物质消费和欲望盛行的当下时代，很多作家将写作对象聚焦于城市中产阶级女性，而乡村女性常常成为被遮蔽和忽视的群体。孙惠芬的小说既书写乡村女性对城市的渴慕与追求，表现她们城市梦想破灭后重返乡村的身份眩惑，也突出她们对自我主体性的积极建构，彰显了作家对乡村女性情感变迁的细致观察。不论是对希冀扎根城市的乡村女性、受尽磨难后返乡的乡村女性还是乡村留守女性，作家都没有从道德的角度对其行为选择和价值立场予以评判，而是以平视的写作姿态叙写她们在城乡空间的生存现状，进而关注她们隐秘心灵的情感变化。

相比于男性农民工挣钱养家的务实目的，乡村女性对城市和城市人身份怀有一种浪漫想象，她们天真地认为外面的世界更精彩，常常把城市想象成重塑自我的理想彼岸和改变命运的生存空间。乡村女性渴望通过婚姻等手段实现身份转换，但在强大的男权势力作用下，她们的美好憧憬只能化为虚幻的肥皂泡，一吹即破。《天河洗浴》中懵懂单纯的乡村姑娘吉美来到城里打工，禁不住老板糖衣炮弹的诱惑，不久就把身子献给了火锅店老板，换来了优越的生活条件。返乡时穿金戴银的吉美成为村民们羡慕嫉妒的对象，和她一同外出打工的堂妹吉佳也对她艳羡不已，只有当两人在天河洗浴邂逅时，当看到吉美身上一块块紫红的伤痕，吉佳才明白了她在城市所遭受的身体折磨，洞察到外在物质掩藏下那颗伤痕累累的年轻心灵。《歇马山庄的两个女人》中农村姑娘李平和自认为找到真爱的酒店老板坠入情网，直到他的老婆当着十几个服务员的面，肆意地辱骂羞辱她，对城市怀有美好想象的李平才大梦初醒，知晓了城里人的虚情假意，才发出了"城里男人不喜欢真情，城里男人没有真情。你要有真情，你就把它留好，留给和自己有着共同出身的

---

①张赟，孙惠芬. 在城乡之间游动的心灵——孙惠芬访谈［J］. 小说评论，2007（2）：40.

乡下男人"①的呼告。《保姆》中翁惠珠通过"我"的介绍来到程老师家做保姆，侍候程老师瘫痪在床的老伴。常年在城市漂泊的翁惠珠渴望得到异性的关心呵护，她错把程老师对她一时的同情当成了温馨的避风港，天真地认为她将在城市永久扎根。直到翁惠珠在沃尔玛超市"偷"男士夹克被人发现并送到派出所，她才知道自己只是城市的一个匆匆过客，城市永远也不属于自己。

孙惠芬笔下的乡村女性在物质利益的诱惑下来到城市，她们也想凭借自己的努力融入城市，但城乡文化的差异常使她们屡屡碰壁，要么迷失自我，沉沦堕落，要么带着精神的创伤重返乡村。"从客观上来说，因为贫穷和无文化，女主人公们在体现自我价值时所能依靠和使用的往往只能是性的资本和手段，也就是凭借自己的年轻貌美和贞洁获得男性的艳羡和爱慕。"②但是，孙惠芬并没有一味展示乡村女性在城市所遭受的身体伤害，而是侧重揭示她们在融入城市过程中的心灵困惑和精神迷茫。吉美在乡民们羡慕的目光中满足了自己的虚荣心，也满足了母亲对她进城的所有期待，但她内心藏匿的是根本不想再去城市的想法。十七岁进城当保姆的翁惠珠在孤苦无依和初恋情愫的双重引导下，将她走进城市的梦想寄托在男主人的夹克外套上，但夹克所象征的城市梦想终究只是像天上的云彩，虽耀眼绚烂，却转瞬即逝，翁惠珠对纯真爱情的向往和求之不得的惆怅让我们体察到乡村女性丰富的内心世界。

进城希望破灭或在城市饱尝屈辱的乡村女性渴望回到熟悉的家园，但在商品经济大潮的冲击下，乡村也由以往注重伦理道德转变为经济利益的全面获胜。在城市现代化的强势作用下，乡村不再是返乡农民工安放疲惫心灵和疗愈身心的精神乐土。《天河洗浴》中老实本分的吉佳返乡时没带回多少金钱，遭到了同村人的讥笑和家人的冷落，这让她羞愧难当，也让她感到成长家园的陌生。《歇马山庄的两个女人》中进城打工的李平在认清了城市男人的真实面目后，决心返回农村踏踏实实地和乡村青年成子过日子，她用一场热

---

①孙惠芬. 城乡之间［M］. 北京：昆仑出版社，2004：277.
②刘慧英. 走出男权传统的藩篱：文学中男权意识的批评［M］. 北京：生活·读书·新知　三联书店，1995：39-40.

闹喜庆的乡村婚礼埋葬了自己的城市梦想，村里人也对这位贤淑守礼的年轻媳妇赞赏有加。但当乡村留守女性潘桃不小心将李平之前在城市当小姐的消息扩散开后，李平的丈夫成子对李平拳脚相加，甚至将她赶回了娘家。村里人也一反以往的态度，纷纷对她怒目而视。"时代文化变迁并没有根本改变女性的精神处境，乡村的女性在都市被欺凌、被榨取，回归乡土的情感之路也被阻断。贞操观念仍然是高悬在她们头顶的利剑。"① 返乡女性希冀在乡村重新找寻自我价值的愿望再次落空，记忆中的家园已被商品经济冲击得面目全非，强大的男权思想和性道德观念依旧是紧缚在她们身上的无形枷锁。

除了进城和返乡的乡村女性，乡村留守女性的生存困境和心灵挣扎也在一定程度上折射出不平等的城乡关系。当农民外出打工成为一种时代潮流，青年男子心怀淘金梦纷纷进城后，乡村的人员构成模式和性别秩序发生改变，传统的男耕女织生活方式变成了女人家里家外一肩挑。乡村留守女性既要在贫瘠的土地上辛苦劳作，承受身体的痛苦与病痛的折磨，还要抵御漫漫长夜的情感孤寂与相思之苦。只有当年关临近，民工们"候鸟式"的返乡才会打破村庄的死寂，才会给渴望团圆的留守女性带来内心短暂的慰藉。《歇马山庄的两个女人》中新婚不久的成子要和父亲一起离开村庄去城里打工，初为人妻的李平在这个生命绽放的春天感受到了前所未有的寂寞与荒寒，"送走公公和成子的上午，成子媳妇几乎没法待在屋里，没有了蒸汽的屋子清澈见底，样样器皿都裸露着，现出清冷和寂寞，锅、碗、瓢、盆、立柜、炕沿神态各异的样子，一呼百应着一种气息，挤压着成子媳妇的心口"②。在这种孤寂压抑的生活处境中，李平和潘桃这两个乡村留守女性走到一起，以同性的关怀带给彼此情感的温暖，以此来消解男性"不在场"所造成的生命凄寒，但这种来之不易的情谊还是不可避免地被世俗流言所绞杀，同时熄灭的还有她们对生活的渴盼与热情。除此而外，《歇马山庄的两个男人》《歇马山庄》《民工》中的乡村留守女性因无法忍受内心的寂寞，加之乡村强权等外界因素的威逼利诱，他们常常面临身体的沉沦或死亡的威胁。在城市现代化浪潮的作用下，乡村伦理对女性的束缚有所松动，但她们还要受到传统性别观念的钳

---

①季红真. 人文立场的绝望坚守 [N]. 厦门晚报, 2003-05-05.
②孙惠芬. 城乡之间 [M]. 北京：昆仑出版社, 2004：283-284.

制。乡村女性从身体到精神依旧困境重重，她们的出路到底在何方？这表现了孙惠芬对乡村留守女性生存命运的深切忧思。

总之，乡村女性除了要遭受和男性同样的生活磨难以及身份认同的惶惑外，还因其女性身份而承受更多的困苦。在城市消费文化和传统性别观念的双重制约下，乡村女性的身体常常成为男性觊觎的对象，因而她们在城市找不到真正的归依。回到乡村，曾经成长的家园又在疏远甚至排斥她们，强大的男权势力和村民们暧昧的态度让人不寒而栗。孙惠芬笔下进城又返乡的乡村女性在城市和乡村都找不到真正的归属感，正如《舞者》中的乡村少女贞所感慨的那样："我迷失了家园，我不知该向何处去，城市不能使我舒展，乡村不能使我停留，我找不到宁静，没有宁静。"① 这在一定程度上可以看作孙惠芬笔下乡村女性尴尬处境的真实写照。

"从乡村到都市的迁徙毕竟给乡村女性带来新的经验和主体位置。这是以往文学惯例中外来妹进城的发迹传奇或沦落悲剧都不足以完全涵盖的。"② 孙惠芬并未将城乡处理为简单的二元对立关系，在她眼中，乡村并不是梦想中的伊甸园，城市也并非罪恶的渊薮，城乡之间虽有不和谐因素，但两者绝非只是尖锐的对峙关系。作家一方面叙写城市化进程中不平衡的城乡关系，密切关注往返于城乡间农民的生存命运；另一方面又刻画独立自主的乡村女性形象，积极探索乡村现代化的实现路径。孙惠芬小说中的乡村女性敢想敢干，果断坚决，勇敢地追求属于自己的幸福生活。《歇马山庄》中的林小青是一位富有现代意识的农村女性，她有强烈的城市梦想，对自己的婚姻、生活和事业都有清晰理性的规划。为了留在城市，她不惜把自己的贞操献给卫校的苗校长。婚后枯燥无味的乡村生活和情感创伤使林小青打掉了程买子的孩子，离开乡村来到城市实现自我价值。《舞者》中的贞在城市梦想的作用下，从小就不断地与母亲和故土告别，她对城市的追求经历了一个从表层的物质满足到精神价值实现的过程。"我"源于物质的追求来到城市，最终以专业作家的身份扎根城市，在城乡之间找寻到自己的精神家园。"一只追逐世俗利益的飞

---

①孙惠芬．舞者［J］．山花，2000（11）：33.
②王宇．现代性与被叙述的"乡村女性"［J］．扬子江评论，2007（5）：90.

蚁在荧荧火花中蜕变成一只美丽的蝴蝶。"① 这些乡下女性极力挣脱男权社会的物质束缚和精神枷锁，勇于建构自我的主体性，她们"明确表达的发展她们自身、开阔她们的视野和尝试她们的独立能力的愿望，说明了这些妇女很担心她们的未来会被限制在农村，她们渴望获得超越她们的村庄所能提供的新的体验和个人发展"②。孙惠芬通过叙写乡村女性的成长经历，肯定她们在现代化进程中的精神觉醒，并对其身上表现出的有悖于乡村伦理的行为表示理解，从而让人们看到乡村现代化过程中的艰难沉重与希望新生。

孙惠芬认为："不管世界如何变化，作为文学，有一点必须坚守，那就是对人的精神困境的探索，对人的生存奥秘、人性奥秘的探索。因为揭示人性困惑和迷茫的历史，是作家永远的职责。"③ 作家笔下的农民在崇城抑乡的心理作用下纷纷涌入城市，但理想生活与现实遭遇的强烈反差让他们坠入无边黑暗。农民工在城市不仅要克服物质生存的磨难，还面临着身份认同的危机和精神价值的困惑，这都让他们无法找到身心的真正归宿。孙惠芬感同身受于社会转型期乡村女性的情感变迁，既着力表现她们在强大男权势力作用下的身心苦痛，也极力张扬新时代乡村女性的独立价值和主体意志。

总之，孙惠芬的"歇马山庄"系列小说视野开阔、意蕴丰厚、情感细腻，具有极强的现实意义。作家集中描写城市化进程中农民由乡进城的生存困境及精神痛苦，揭示了城乡文化的对立冲突，表现了她对乡村女性生存命运的独特关注。孙惠芬的小说不以鲜明的人物形象和引人入胜的故事情节取胜，而重在捕捉人物瞬间的心灵感受，具有强烈的散文化诗意风格，"让小说在心情里疯长""写出了素常日子中素常人生的素常心情"④。孙惠芬农民工题材小说的空间书写不论对城乡不平等关系的深刻揭示，还是对新世纪女性乡土小说的写作，都具有一定的启示意义。

---

① 孙惠芬. 舞者 [J]. 山花, 2000 (11): 41.

② [澳] 杰华. 都市里的农家女: 性别、流动与社会变迁 [M]. 吴小英, 译. 南京: 江苏人民出版社, 2006: 138.

③ 孙惠芬. 在街与道的远方——乡土文学的发展理论 [J]. 朔方, 2010 (12): 43.

④ 孙惠芬. 让小说在心情里疯长 [J]. 山花, 2005 (6): 15.

第二节 在坚守与转换中思索人性：
刘庆邦小说的空间书写

作为我国当代著名的小说家，刘庆邦自 1978 年在《郑州文艺》发表第一篇小说《棉纱白生生》以来，他几十年来笔耕不辍，创作了大量的文学作品。纵观其小说创作的主题，主要包括乡民乡村生活和矿工矿井生活，这既与作家生活成长的经历有关，也与他文学创作的理念密切相连。刘庆邦在农村长到 19 岁，对农村和农民怀有深厚的情感，"只要感到血液的搏动，就记起了那块生我养我的土地……每个作家都有自己的根，我的文学之根在乡土"①。真正使刘庆邦在当代文坛确立写作独特性并名声大噪的还是其煤矿题材系列小说，他几十年来坚守在这座写作的"富矿"上，思考并挖掘人性。进入新世纪以后，刘庆邦的创作由农村题材和煤矿题材向城市生活转变，他连续创作了多篇反映进城保姆城市生活的短篇小说，反映城市化进程中底层女性的命运遭际。本节重点围绕城乡交叉地带的煤矿叙事和"保姆在北京"系列小说，考察刘庆邦小说的空间书写，理解其小说创作的独特价值。

一、城乡交叉地带的煤矿叙事

刘庆邦有九年矿区生活劳动的经历，这不仅成为他创作的灵感来源，也使他能从一个独特的视角观察我国城市化进程中的煤矿世界和矿工命运，进而书写"黑暗"世界中的普遍人性问题。刘庆邦在一次接受采访时说："有人说，认识中国就要认识中国的农民。我说，认识中国的农民就要认识中国的矿工。中国的矿工也是中国农民的另一种命运形态。矿区多位于城市和乡村的接合部，有城市的生活习惯，也有乡村的生活习惯，是杂交的、复杂的人群。"② 矿区这一混合着农业文明和工业文明的城乡接合空间，不仅成为刘庆

---

①杨建兵，刘庆邦．"我的创作是诚实的风格"——刘庆邦访谈录［J］. 小说评论，2009（3）：27.

②夏榆．刘庆邦眼中的矿区生活［N］. 南方周末，2004-12-23.

邦小说创作的叙事背景，还进一步表征着丰富的政治文化内涵，是一个充满矛盾和斗争的差异性空间。

龙迪勇认为："记忆和想象均具有非常明显的空间特性，而这种空间特性必然会给作家们的创作活动带来深刻影响。"① 刘庆邦的煤矿叙事一定程度上就是将他九年的矿工生活记忆激活并付诸笔端的实践过程，但煤矿叙事又不仅仅是对物理空间的简单呈现，而是融入了作家更多的情感记忆和审美表达。刘庆邦煤矿叙事的空间形态除了物理空间外，还有丰富的心理空间和深厚的社会文化空间。关注刘庆邦煤矿叙事的空间书写，挖掘小说的象征意蕴，成为解读其煤矿题材小说的一个有效路径。

刘庆邦煤矿题材小说的空间书写首先表现为物理空间的呈现。物理空间是列斐伏尔所说的"空间实践"，即可感知的空间，其存在于我们的日常生活中。物理空间既是小说故事情节展开的具体场景和人物活动的地点，又具有一定的社会文化内涵，体现出人物丰富多样的内心情感。"一个偶然的机会，我到煤矿去了，一去九年，才有机会看到一层炼狱般的天地。在矿工面前，我只感到自己的渺小与无力，所受的艰难困苦一句也提不起来了。"② 矿区特别是地下开采煤矿的工人所处的空间是一个与我们熟悉的地面环境迥异的客观存在，那里黑暗潮湿、空气凝滞，给人压抑沉闷甚至窒息的感觉。作家在《神木》中通过高中生元凤鸣（化名王凤）第一次下矿井的感受写出了地下物理空间的暗无天日。"这个世界跟窑上的人世完全不同，仿佛是一个充满黑暗的鬼魅的世界""巷道里没有任何照明设备，前后都漆黑一团。矿灯所照之处，巷道又低又窄，脚下也坑洼不平。巷道的支护异常简陋，两帮和头顶的岩石面目狰狞，如同戏台上的牛头马面"③。密闭幽深的矿井，是一个可以躲避法律制裁和社会规约的真空地带，这里毫无规则意识和理性约束。正是在这样无人监管的"缝隙空间"，宋金明和唐朝阳这两个进城挖煤的矿工为了钱财而不择手段。他们先是在火车站等公共空间寻找合适的"点子"，诱骗他们去矿井挖煤，在矿井内趁其不备将其残忍杀死，然后再以死者亲属的名义勒

---

①龙迪勇. 空间叙事学［M］. 北京：生活·读书·新知三联书店，2015：316.
②刘庆邦，夏榆. 得地独厚的刘庆邦［J］. 作家，2000（11）：75.
③刘庆邦. 神木［J］. 十月，2000（3）：92.

索煤矿老板。在他们眼中，金钱利益永远大于人的生命价值，这样的罪恶行径和生财之道，暴露出人性的黑暗与扭曲。《红煤》虽然没有直接描写矿井压抑的工作环境，但通过主人公宋长玉爬出矿井后的视觉冲击，体现了矿工们暂时摆脱挖煤工作后的释然以及对光明自由的无限渴望。"因在煤层洒下了足够多的汗水，他是带着繁重劳动后的轻松和大量付出后的满足仰望太阳的。在朝霞的烘托下，一轮红日冉冉升起，使以黑色格调为主的矿山霎时间变得亮堂起来。"① 这里的空间描写已经溢出了纯粹的感官范畴，具有丰富的审美体验和生命感受，表现了矿工们对光明的追求和对理想生活的渴慕。

除了低沉压抑的地下煤矿空间，刘庆邦还常将矿工置于乡村和矿区这两种不同的空间形态，并通过空间的转换突出其对人物性格的重要影响。作家"在叙事作品中书写一个特定的空间并使之成为人物性格的形象的、具体的表征，则是塑造人物形象的一种新方法——'空间表征法'"②。《神木》中宋金明在矿区地下巷道这个封闭空间杀人不眨眼，而当他恢复自己的真名（赵上河）回到生养自己的村庄时，就像换了一个人一样，逢人就打招呼问好，给村里的男人们发烟，给老婆孩子带回礼物。邻居嫂子的丈夫外出务工杳无音讯，孩子因没钱上学而面临辍学困难时，他慷慨解囊，热情相助。与其说赵上河性格具有多重性，不如说乡村文化对人的行为起到了约束作用。费孝通认为，维持乡村礼治秩序的关键在于道德观念，"道德观念是在社会生活的人自觉应当遵守社会规范的信念。它包括行为规范、行为者的信念和社会的制裁"③。乡村伦理对人行为的规范主要源于佛家思想的因果报应论，因为担心邻居嫂子的丈夫是被他们的"同行"当作"点子"而杀死的，赵上河才会积极帮助身处困境的嫂子，以求得内心的安慰。当妻子对他过年带回的钱财感到怀疑时，赵上河也会浑身哆嗦、脸色发白，心中发誓从此金盆洗手，不再谋财害命，以至于他过年给老天爷烧香烧纸时会长跪不起，甚至泪流满面。"对于生活在乡土社会，服膺传统礼治规则的民众而言，良心就是乡土文化孕育出的达摩克利斯之剑，它始终高悬在人头顶，成为凌驾于现实之上的、无

①刘庆邦. 红煤［M］. 北京：北京十月文艺出版社，2005：1-2.
②龙迪勇. 空间叙事学［M］. 北京：生活·读书·新知三联书店，2015：51.
③费孝通. 乡土中国［M］. 青岛：青岛出版社，2019.53.

处不在的秩序力量，警醒世人，维持着社会的安宁稳定。"① 可以说，乡村空间召回了赵上河人性中尚未被完全泯灭的良知，但他还是无法抵挡物质财富的诱惑，过完年又重新踏上了做"生意"的不归路。因此，在矿区和乡村这两个既交融又相异的物理空间，赵上河处于经济利益和内心灵魂不断纠结撕扯的矛盾状态。

"心理空间指外部生存空间和人物生命体验投射于人物内心之后产生的对某事或某人的感悟和认识。"② 心理特征的隐蔽性、多变性和不受控制性，使得心理空间成为空间形态中较难分析的一种类型。刘庆邦的煤矿题材小说常将人物的心理活动与外部事件结合，而心理空间描写体现出人性的复杂与异化。《神木》中唐朝阳和宋金明虽然是"做生意"的合谋者和利益共同体，但当两人的个人利益和生命安全受到威胁时，人性深处的自私本性便暴露无遗。他们在谋杀"点子"元清平时分工明确、部署细致，唐朝阳具体作案，然后以死者"亲弟弟"的名义向老板要挟，宋金明则从中斡旋，以取得利益最大化。贪得无厌的两人都觊觎元清平藏在鞋底的钱，他们表面上装作若无其事，直到宋金明拿走鞋子并想私吞时，唐朝阳才将事情挑明，最后两人平分财物。当他们得知元凤鸣正是上一个"点子"元清平的儿子时，宋金明想起了自己的儿子并动了恻隐之心，迟迟拖延谋害对方的时间。唐朝阳也早已看出了端倪，因担心宋金明和元凤鸣合伙将自己当作"点子"杀掉，他想尽快除掉这两个人，最终宋金明将镐头挥向了唐朝阳，并以自己亲手制造的假冒顶结束了他们两人的性命，完成了自我的精神救赎。在两次共同谋害"点子"的合作过程中，唐朝阳和宋金明表面看似风平浪静，实则都心怀鬼胎，刘庆邦虽然对他们心理活动的描写着墨不多，但心理空间建构还是显示出人性深处的冷漠、自私与残酷。

煤矿题材小说的社会空间重在体现空间的文化属性和不同人群之间复杂的社会关系。正如福柯所说："空间在任何形式的公共生活中都极为重要；空

---

① 詹玲 . 改革开放以来小说视域中的城乡问题研究（1978-2012）［M］. 北京：中国社会科学出版社，2014：137.

② 胡妮 . 托尼莫里森小说的空间叙事［D］. 上海：上海外国语大学，2010：39.

间在任何的权力运作中也非常重要。"① 权力的实施在空间进行，而权力实施的过程也进一步强化着社会关系的不平等性，由此可见空间与权力的紧密关系。矿区这样一个城乡交叉地带，既是农业文明和工业文明的混合区域，又掺杂着矿区管理者和矿工之间的利益纠纷。刘庆邦煤矿题材小说的社会空间书写折射出矿工们的尴尬处境和悲惨命运。随着我国城镇化速度的不断加快，越来越多的农村剩余劳动力涌入城市，这成为广大农民改变自我身份的一条捷径。"除了有农村，还有城市，城市在高处，农村在低处。人往高处走，水往低处流。有权有钱的高等人都在城市里，高楼大厦、火车飞机、公园动物园、美食美女等，也都在城市里，他要混出个人样儿，要想有点儿出息，就得到城市里去。"② 在宋长玉看来，矿区和城市有同等地位，进入矿区并成为一名正式的国家煤矿工是他奋斗的目标，但矿区这一看似开放公平的劳动空间只是矿长榨取农民工血汗的劳动场所，并没有真正接纳他们，集中表现在农民轮换工的户口问题上。乔集矿为提高生产效益，节省成本，从农村招进大批农民轮换工，但并不给他们解决户口问题，工龄满十年的农民轮换工中，只有百分之五的人有机会成为正式工人，其他人还要回到农村。因此，农民轮换工的工作具有临时性，而他们的"工人"身份也显得被动而尴尬。《红煤》对国家正式工和农民轮换工住宿条件的描写，显示出不同身份所导致的利益分化。

> 正式工和轮换工的区别，在床铺的排放位置上也看得出来。杨新生和孔令安的床铺靠里靠窗，床上能照到阳光。宋长玉和孟东辉的铺床靠外靠门，冬夏都是阴面。另外，正式工床上的铺盖是牡丹花被子，太平洋单子，轮换工的床上铺的是粗布单子，盖的是粗布印花被子。③

如此鲜明的对比显示出权力在空间占有和资源分配方面的强大作用，看似开放的矿区其实隐藏着明显的城乡分化。农民工在矿区这样的流动空间注定无法实现自己的人生理想，他们只能一次次经受"在而不属于"的漂泊流

---

①[法]戈温德林·莱特，[法]保罗·雷比诺. 权力的空间化 [M] //包亚明主编. 后现代性与地理学的政治，上海：上海教育出版社，2012：29.

②刘庆邦. 红煤 [M]. 北京：北京十月文艺出版社，2005：138.

③刘庆邦. 红煤 [M]. 北京：北京十月文艺出版社，2005：11.

离感。《月光依旧》(《十月》1997年第3期)中叶新荣以"农转非"的身份来到丈夫所在的矿区,她本想着能住进城里的楼房,过上村里人羡慕的城市生活,但现实的艰难无情地将她的梦想一一击碎:丈夫的工资不能按时发送,女儿无法安置就业,两个儿子交不起学费,一家五口只能租住在村民家的磨坊里。农村的责任田已被政府收回,改由他人耕种,进城矿工及其家属返回农村也变得不可能。"他们站在两难的位置上,只能向农村找寻精神的皈依,但又不乐意或羞于回到农村。在这种自我身份认同中,他们真切地感到了一种彻骨的痛。"① 宋长玉作为乔集矿为数不多的拥有高中文凭的农民轮换工,他不屈服于命运的安排,决心依靠自己的奋斗实现身份转换,他巴结讨好矿长的女儿唐丽华,希望通过婚姻改变自己的身份,而矿长唐洪涛动用手中权力开除他,究其实质则是对其农民身份的拒绝。由此,宋长玉开始了自己漫长的复仇之路,他也由一个努力上进的农村青年蜕变成一个利欲熏心、心狠手辣的复仇者,显示出金钱和权力对人性的扭曲与异化。

童强认为:"从权力和空间的关系而言,任一空间中的主体,将自身的意志体现在这一空间中的过程就表现为权力。而我们知道,任一主体都必然具有一定空间,因此,空间直接体现为主体的权力。"② 在矿区这个城乡接合的劳动空间,因为矿长手中占有大量资源,他们在与矿工交往时拥有绝对的主体地位,体现出权力的不对等性。《神木》中唐朝阳和宋金明所在的那家窑主有较强的安全意识,他要求矿工们每天下窑前要先拜窑神,一天也不能落下,而且来矿区挖煤的矿工先要向他的爱犬"希特勒"报到,等狗闻过他们身上的气味后才能下矿挖煤。在矿区这个不平等的劳动空间,权力时刻以无形的方式规训着处于弱势地位的矿工。当唐朝阳和宋金明跑到隐蔽的山沟偷看元凤鸣写给家人的信时,窑主的权力监督之眼让他们惶恐不安。"崖头上站着一个居高临下的人,人手里牵着一条居高临下的狗,人和狗都显得比较高大,几乎顶着了天。人是本窑的窑主,狗是窑主的宠信。"③ 这样的情形可以用福柯"全景敞式监狱"的监督制约机制进行阐释,"被规训的人经常被看见、能

---

①刘伟厚. 躲不开的悲剧——试论刘庆邦的矿井小说 [J]. 南京师范大学文学院学报,2005 (4):71.

②童强. 空间哲学 [M]. 北京:北京大学出版社,2011:247.

③刘庆邦. 神木 [J]. 十月,2000(3):97.

够随时被看见这一事实，使他们总是处于受支配地位"①。总之，权力规训的实施手段就是层级监视和严格检查，在被监督者眼中，监督者的"高大"和"居高临下"都显示出他们手中权力的强大威慑力。

刘庆邦在《红煤》后记中这样写道："我一直认为，煤矿的现实就是中国的现实，而且是更深刻的现实……我用掘进巷道的办法，在向人情、人性和人的心灵深处掘进。"② 的确，刘庆邦的煤矿题材小说暴露出我国现代化进程中存在的诸多问题，体现了作家对矿工命运和人性问题的深切关注。在煤矿题材小说的空间书写中，空间并不是简单的装置和容器，还承载着复杂的社会关系。物理空间既是小说叙事的关键因素，又间接反映了人物不同的心理情感；心理空间表征着人物内心的拜金思想和以自我为中心的利益观；社会空间体现了城乡发展的悬殊及权力关系的不对等性。总体来说，刘庆邦几十年来坚持在煤矿题材小说创作方面精耕细作，着力表现城市化进程中普通矿工的生存境遇和身份撕裂，坚持"贴着人物的血肉、感情和心灵"③ 来写，体现出作家的社会良知与责任担当。刘庆邦的煤矿题材小说已经溢出了文学叙事的审美范畴，成为我国城镇化发展的一个历史性注脚，值得引起研究者们的关注。

二、"保姆在北京"系列小说的进城女性

农村生活经历和矿工生涯为刘庆邦提供了重要的写作素材，因此，农村题材和煤矿题材占据了他小说创作的主要部分。"我的创作主要取材于农村生活和煤矿生活，这是我比较熟悉、感受比较深切的两个题材领域。"④随着城市生活阅历的不断增加，刘庆邦也尝试小说创作的转型，开始书写他生活了三十多年的城市。2014 年由北京十月文艺出版社出版的小说集《找不着北：保姆在北京》涵括了《找不着北》等 13 部短篇小说，均以进城保姆在城市的生存遭遇为主要内容。刘庆邦在该书的自序《进入城市内部》中称"保姆像

①赵一凡等主编.西方文论关键词[M].北京：外语教学与研究出版社，2006：446.
②刘庆邦.红煤[M].北京：北京十月文艺出版社，2005：374.
③刘庆邦.红煤[M].北京：北京十月文艺出版社，2005：373.
④弘明，侯钦孟.当代著名作家刘庆邦[N].中国文化报，2000-09-05.

是打入城市的尖兵，又像是潜入城市的卧底，她们承载着历史，同时又创造着历史"①。作家想通过保姆这一社会群体反映他眼中的北京城市生活和城乡间的复杂矛盾。

保姆是中国现当代文学重要的人物类型，不同时期作家笔下的保姆形象都负载着丰富的历史内涵和文化意义。如果说鲁迅笔下的祥林嫂和长妈妈折射出封建宗法制度对女性的钳制与奴役，曹禺笔下的鲁侍萍表现了男权思想对底层女性生命的戕害，那么新时期农民工题材小说中的进城保姆则突出了城乡发展的巨大差异和城乡户籍制度的深远影响。不同历史时期，对于"保姆"这一职业有不同称谓，如丫鬟、下人、阿姨、家政工作者等，外在称谓的改变并不能影响她们工作的主要内容和服务他人的性质。应该说刘庆邦选择"保姆"这一独特的打工人群反映城市生活和城乡矛盾是独具慧眼的，因为保姆身上负载着性别冲突、城乡对峙和文化身份差异等多重矛盾，既能通过她们很好地切入城市生活内核，又能反映我国城市化进程中底层劳动妇女的命运遭际。与其他农民工在城市的劳动空间（建筑工地、饭店、小旅馆、发廊等）相比，保姆进城后直接住进城市人的"家"，通过与雇主共处一室的方式参与城市家庭生活，由此可以窥探到市民生活的隐秘之处。然而，城市人的"家"对保姆而言，不单是居住和劳动的场所，更隐含着她们对自由幸福生活的憧憬。保姆在城市人的"家"感受到城乡发展的悬殊，进而激发出她们扎根城市、实现自我身份转换的强烈愿望。

加斯东·巴什拉认为："在人的一生中，家宅总是排除偶然性，增加连续性，没有家宅，人就成了流离失所的存在。家宅在自然的风暴和人生的风暴中保卫着人。它既是身体又是灵魂。"② 家不仅是家人们共同生活居住的住宅，还因情感因素的融入而具有了象征意义和文化内涵。家守护着人最初的梦想，既给予人们走向世界的勇气，也成为他们心灵休憩的温馨港湾。家一般具有私密性和排他性，保姆作为服侍雇主日常生活起居的外人，他们的到来打破了城市人生活的平静，成为城市雇主自我身份优越性的重要"他者"。"基于城乡二元户籍的不同，则有空间规训的生存地位与文化身份的尊卑之

①刘庆邦. 我不着北：保姆在北京［M］. 北京：北京十月文艺出版社，2014：2.
②［法］加斯东·巴什拉. 空间的诗学［M］. 张逸婧，译. 上海：上海译文出版社，2013：5.

别。因而，原本的雇佣关系却夹杂着社会地位与文化身份的高低贵贱之别。"① 这突出表现在女性雇主身上，她们和保姆虽然在性别上具有一致性，而文化身份的差异却显示出明显的等级秩序。城市雇主常通过不断建构不平等的身份关系，以此彰显她们与保姆身份地位的差异性与既定性。

福柯认为："空间是任何公共生活形式的基础，空间是任何权力运作的基础。"② "保姆在北京"系列小说的家庭空间成为权力运行的具体场所，保姆在别人的屋檐下讨生活，原本静态的城市家庭生活因为她们的到来而显示出权力的等级制约作用。这类小说不仅表现了保姆在城市的边缘地位和漂泊处境，还显示出城乡发展的不均衡性。作家运用对比烘托等多种手法刻画城里人的冷漠势利与自私狭隘，并强化保姆在城市人"家"所遭受的物质精神双重打压，表达对社会弱势群体的同情。权力决定了空间的生产与分配，同时又不断强化这种不平等的社会地位。城市雇主于保姆而言具有极大的主动权，他们可以随时更换甚至辞退保姆，并且不需要任何理由。《说换就换》中老魏的女儿魏国丹道听途说，对保姆怀有先天的偏见和固化认知，几年来为父亲换了十几个保姆，并且认为"好的保姆都是妖精""保姆就是一种工具，跟工具将什么感情不感情，一讲感情，必惹麻烦"③ 等。就连在北京城打拼了几年的"老江湖"郑春好，在老魏家也还是难以逃脱被雇主"说换就换"的命运。《习惯》（《作家》2013 年第 4 期）中孙海棠一年内为父亲孙德岳换了九个保姆，最后一个保姆蒋桂玲晚上只能睡在客厅的钢丝床上，还要遭受孙海棠父亲的性骚扰，这给保姆带来严重的心理创伤。随意辞退保姆表明了雇主对保姆的极端不信任和保姆工作的暂时性、不稳定性，显示出城市文化的强权。《谁都不认识》中桂阿姨养的一条名叫鹿鹿的名贵狗，每天由她亲自打理，外人不能插手。"北京的狗是人，是长了四条腿的人，它比有些人还要金贵。"④ 冯春良刚进家门，桂阿姨就对她约法三章：不能和其他当保姆的老乡

①许心宏. 人与城：刘庆邦"保姆系列"的城市书写 [J]. 重庆师范大学学报（哲学社会科学版），2015（1）：49.
②[法] 米歇尔·福柯，[法] 保罗·雷比诺. 空间、知识、权力——福柯访谈录 [M] //包亚明主编. 后现代性与地理学的政治，上海：上海教育出版社，2001：13-14.
③刘庆邦. 找不着北：保姆在北京 [M]. 北京：北京十月文艺出版社，2014：107-108.
④刘庆邦. 谁都不认识 [J]. 花城，2013（4）：127.

频繁往来；不要到别的地方乱跑；家里来了客人，没有雇主的允许，她不能随意出来，不论别人问她什么，一律回答不知道。冯春良和进城当门卫的男朋友寒暄几句，被桂阿姨说成是"违反纪律"。在城市人的"家"这个相对封闭的空间，雇主将自我身份的优越性发挥到极致，而寄寓在家庭内部的保姆则成为被凝视和规训的对象。保姆看似和雇主共处一室，言行举止却都要受到雇主的限制，究其实质，是隐藏的权力话语无时无刻不在发生作用。总之，随着保姆住进了城市人的"家"这个私人空间，家庭空间就由以往的平静变得动荡不安，空间归属权的明确过程也是处于弱势地位的保姆身心受伤的过程，体现出城乡发展的差异与不平等性。

城乡发展差异和不平等性首先体现在物质生活水平的悬殊上，保姆作为打入城市的"卧底"和"尖兵"，见证着城乡资源的不公平分配和城乡发展的失衡。《金戒指》（《人民文学》2013年第3期）中的城市雇主郁金是话剧团演员，她首饰盒里装有各种各样的金银首饰、花样繁多、让人咋舌，而保姆王家慧一直梦想着能拥有一枚真正属于自己的金戒指，但这一看似简单的愿望却总是迟迟不能实现。王家慧鬼使神差地戴上了雇主的金戒指，与其说她是为了满足自己的虚荣心，不如说是底层劳动女性对平等生活的追求与向往。《走进别墅》（《北京文学》2012年第5期）中钱良蕴从农村老家来北京城当保姆，雇主兰阿姨一家住在上下三层的连体别墅里，这里有阔大敞亮的居室、明亮温暖的玻璃花房、高档华美的服饰和运动器械齐全的健身房，这些都让初到城市的钱良蕴大为震惊，也让她感受到城乡发展的天壤之别。城市人的"家"于保姆而言不仅是劳动的场所，更意味着她们对城市生活的无限憧憬。由于文化身份的差异，保姆扎根城市的梦想大多只能是镜中花、水中月。不论是《找不着北》中的赵改妮，《榨油》中的周玉影，还是《升级版》中的杨春明，她们希望以身体为资本立足城市，进而实现自我身份转换的梦想都破灭了。保姆在城市的遭遇折射出乡村文化在我国城市化进程中的边缘地位，乡村文化以城市文化为参照，逐渐丧失了自身发展的独立性和存在价值。《谁都不认识》中桂阿姨要求保姆冯春良尽快学会说普通话，说话时不要带外地口音。《走投何处》（《长江文艺》2012年第5期）中城市亲家让从山西农村来的孙桂凤学说普通话，这样有利于孙子明明的语言发展。在汹涌向前的城市化浪潮中，普通话对方言的排斥意味着城市文化对乡土文化的无情挤压，而保姆作为城乡文化冲突的负载者，她们在社会历史转型期必定要承受内心撕裂的痛苦。

城乡之间的发展差异和不平等性还体现在保姆与男性雇主的情感纠葛上。刘庆邦的"保姆在北京"系列小说对这一主题进行了细致书写，突出了城乡之间难以跨越的文化鸿沟。刘庆邦笔下的保姆有的尽心尽力地侍候城市男性雇主，两人逐渐产生朦胧暧昧的情感；有的保姆蓄谋已久，步步为营，想要鸠占鹊巢，但无论如何，她们终究无法逃脱文化身份的既定性和城市寄居者的命运。《榨油》（《江南》2012年第5期）中周玉影离婚后在城里一家饺子馆当服务员，后来因结识了韩老爷子而开始了她缜密细致的"进城"计划：先是住进韩老爷子家当上了保姆，在半推半就中以挣二百元"小费"为由头和他发生关系，之后又以怀孕为由要挟韩老爷子必须和她结婚，等韩老爷子最终因肺炎去世后，她天真地以为自己可以以合法妻子的名义继承对方的遗产，不料韩老爷子生前已立下遗嘱：全部遗产归女儿韩大玫所有，周玉影嫁给他是别有用心，不能让她的阴谋得逞。《找不着北》（《上海文学》2012年第11期）中梅玉珊明知丈夫老秦和保姆赵改妮之间有着不正当关系，但为了维持婚姻关系和夫妻情感的稳定，她始终没有捅破这层纸。因为农村出身的赵改妮在梅玉珊眼中充其量只是满足丈夫情欲之心的道具而已，她会在适当的时候以给小赵介绍一个对象为由将她赶出家门，而丈夫老秦的认同与积极配合也表明了城市对乡村女性的无情驱逐。不论是周玉影还是赵改妮，她们想以身体作为进驻城市的资本，到头来却是一无所获、惨败收场，暗示着城乡隔膜的深厚和难以化解。

即便乡村女性跨越城乡限制嫁给了城市男人，但她们和城籍丈夫的婚姻带有强烈的不平等性，充其量只是城市丧偶男性情感空缺的替代品。《升级版》（《上海文学》2013年第7期）中保姆杨春明是雇主司马晋前妻的远房表妹，杨春明精心照料生病住院的表姐，表姐去世后她又嫁给了这个比她大二十多岁的表姐夫。即便退休的司马晋因中风瘫痪不起，但在周围人的眼中，杨春明选择司马晋也被视为"上嫁"，人们都说"这个保姆真是雇值了"①。

---

①刘庆邦. 找不着北：保姆在北京［M］. 北京：北京十月文艺出版社，2014：234.

周围人的凝视与判定成为雇主自我身份优越性的重要参照，而杨春明遭受的却是身份迷失与文化错位带来的身心漂泊。《走投何处》中孙桂凤虽然不是名义上进城打工的保姆，但她来北京照顾儿子一家的衣食起居，任劳任怨，其实就是儿子家免费的"保姆"，不论是儿媳鞠芬故意带孩子回娘家居住，还是城市亲家把她介绍给鳏夫杨师傅，其实都在间接拒绝她扎根城市。当孙桂凤得知儿子一家住的房其实是岳父为其子准备的婚房时，她在城市没了落脚之地，返回农村老家也变得不可能。"她在老家已经房无一间，地无一垄，没有了退路，变成了一个无家可归的人。"① 正如英国社会学家齐格蒙特·鲍曼所言："异乡人并不只是站错了位，从绝对意义上说，是无家可归。"② "无家可归"不仅意味着进城乡下女性失去了城市居住空间，更意味着她们无所归依的漂泊境遇。走投无路的孙桂凤最终敲开了杨师傅的家门，以保姆身份寓居在城市人家，其中隐藏着多少进城女性面对残酷现实时的辛酸与万般无奈。

与铁凝《哦，香雪》中乡村姑娘香雪对城市的遥望和浪漫性想象不同，"保姆在北京"系列小说中的乡下女性已经跨越城乡空间的阻隔由乡进城，而且直接切入城市家庭生活的内部。然而，在城市人的"家"这个封闭空间，由于保姆的农民身份和女性特征而显示出权力的制约作用，她们虽然寓居在城市雇主家，但越是走向城市生活内部，她们越感受到自己局外人的身份，而且雇佣关系的等级化和文化身份的差异性都进一步表明了她们边缘的城市地位。刘庆邦关注进城保姆这一打工人群在城市的生存遭遇和情感变迁，体现了作家对人性问题的积极探索。

在该书的序言《进入城市内部》中，刘庆邦说他之所以连续创作十几部短篇小说反映进城打工的保姆这一群体，就像多根钻杆连续接力探矿一样，又像拳击运动的组合拳，目的都在于增强表达效果，以引起人们对城市保姆的关注。然而，但从文坛平淡无奇的反响来看，并没有达到作家创作之初的预想。究其实质，刘庆邦还是没有抓住城市生活的内核和精髓，甚至多篇小说的内容和新闻报道中常见的事实并无二致，这就造成了小说内容的同质化

---

① 刘庆邦. 找不着北：保姆在北京 [M]. 北京：北京十月文艺出版社，2014：53.
② [英] 齐格蒙特·鲍曼. 现代性与矛盾性 [M]. 邵迎生，译. 北京：商务印书馆，2003：100.

和叙事的模式化，削弱了小说的现实批判精神。刘庆邦曾经说过："短篇小说之所以美，是因为它代表着人类对美的向往和理想，是一种精神重构。"① 但"保姆在北京"系列小说却疏于对进城保姆的内心纠葛和情感困惑进行更深刻细致的揭示，也没有很好地体现这些底层女性"对美的向往和理想"。我们期待享有"中国当代短篇小说之王"美誉的刘庆邦能立足变革的社会现实，继续深入开掘人性，"贴近人物的心灵"，创作出更多经得住读者和历史考验的名篇佳作。

米兰·昆德拉（Milan Kundera）说："小说在寻找'我'的路途中，就得离开看得见的行动世界，将注意力投入看不见的内在生活。"② 刘庆邦就是这样一位真正关注人物"内在生活"的作家，他着力透过纷繁浮华的外在世界开掘幽暗世界中的复杂人性，并对这些社会底层小人物寄寓自己的人道主义关怀。不论是城乡交叉地带煤矿叙事中普通矿工的艰辛劳作与身份认同，还是"保姆在北京"系列小说中进城打工保姆的情感困惑与漂泊境遇，刘庆邦始终在坚守与转化中思索人性，并对这些普通人的命运遭际充满同情，让我们看到城市化进程中底层百姓的生存境况与情感嬗变。刘庆邦"通过写作抓住时间，通过抓住时间抓住生命，建立和世界的联系"③，这样的文学作品必定比外在的物质世界更持久，也更能长久地触动我们的心灵。

第三节 "在尴尬中坚守"：荆永鸣"外地人" 小说的空间书写

荆永鸣的文学创作起步于煤矿题材小说，他从 1985 年在《矿工报》上发表第一篇小说《夜读》开始，相继发表的《狭长的窑谷》《窑谷悲歌》等小说写的都是矿区上的人和事。文学创作离不开熟悉的生存环境和丰富的生活经验，荆永鸣在内蒙古赤峰平庄煤矿工作过二十多年，对矿工生活比较熟悉，

①刘庆邦. 短篇小说之美 [J]. 理论与创作, 1999 (5)：36.
②[法] 米兰·昆德拉. 小说的艺术 [M]. 尉迟秀, 译. 上海：上海译文出版社, 2019：32.
③刘庆邦, 夏榆. 得地独厚的刘庆邦 [J]. 作家, 2000 (11)：76.

这影响了他文学创作的主题和文学观念的形成。"现在我虽然离开了煤矿，但煤矿仍然是我魂牵梦萦的地方，是我生命的大本营。我的作品虽然写的是都市，是北京，但在许多作品中仍然有煤矿的影子。"① 荆永鸣早期创作的煤矿题材小说并未引起研究者的广泛关注，真正使他在文坛崭露头角并获得各种文学奖项是 21 世纪以来创作的"外地人"系列小说，包括《外地人》《抽筋儿》《口音》《创可贴》等十部短篇小说和《大声呼吸》《北京候鸟》《出京记》等几部中篇小说，这些作品相继获得了全国煤矿文学"乌金奖"、老舍文学奖、人民文学奖等多个奖项。

在当代文坛，能持续在同一个题材深耕细作的作家并不多见，这与作家的生活经历和创作理念有关。1998 年，不安现状的荆永鸣毅然辞去公职，离开了工作二十多年的赤峰平庄矿务局，几经周折，终于和妻子在北京的胡同开了一家小餐馆。悲苦的底层生活激发出荆永鸣文学创作的热情，"也就是在那时候，我发现一个可以用文学去关注的对象。这个对象不是一个人、两个人，而是一个庞大的群体：那就是城市里的外地人"②。在北京打拼创业的经历使荆永鸣对那些在城市谋生的外地人充满同情，也使他能以平视的眼光打量这些人在城市的生存状况与精神困惑。与其他缺乏底层生活经历的作家相比，荆永鸣忠实于自己的内心感受，在平实朴素的日常叙事中观照外地人的城市生活遭遇，其"外地人"系列小说的空间书写既表现了农民工在城乡文化冲突中的尴尬境遇，又能超越城乡二元的书写模式，站在人的立场思考农民工的城市经验及其主体性生成，展现出丰富、多元、立体的城市生活景象。

一、外地人尴尬的都市生存

21 世纪以来，我国的经济发展总量不断提升，经济结构明显改变，同时，城乡人口的结构模式也发生了相应变化，表现为数以万计的农民纷纷逃离世代生活的土地，奔向城市寻求新的生活。在这个变动不居的人口迁移时代，乡村传统文化与城市现代文化如何交流碰撞？外地人在陌生的城市空间会有怎样的命运沉浮？乡土文学与都市文学如何打破城乡空间的壁垒而呈现出新

---

① 史修永等. 乌金问道：煤矿作家访谈录 [M]. 北京：煤炭工业出版社，2017：144.
② 荆永鸣. 一个外来者的城市书写 [J]. 当代作家评论，2015（2）：128.

的审美特征？这些鲜活而切实的问题既给关注时代变迁的作家们提供了新的写作资源，同时又对他们的创作提出了新的挑战。在农民工题材小说的创作队伍中，荆永鸣应该算一个特殊的作家，他没有接受过专业的科班训练，也不以写作为主业，多年来只是以北京作协合同制作家的身份默默从事文学创作，可以说他是远离了精英创作与草根创作的"边缘人"。"边缘人的状态是写作的最佳状态。因为那会比一般人多一层感受，那会比一般人看得更清。"① 创作上的"边缘人"身份和生活中的"外地人"身份使荆永鸣格外关注那些进城谋生的底层小人物，凸显他们在社会转型期遭受的生存磨难和精神惶惑。正如他所说："关注其生存状态，探索其丰富的精神世界，用'小人物'的'原生'故事去点亮读者的目光——这便是我创作系列小说'外地人'的初衷。"②

外地人尴尬的都市生存首先表现在他们居住空间的丧失与被剥夺上。城市现代性吸引广大农民工来到城市，却未能给他们提供良好的居住条件。与城里人居住环境的优美和住所的宽敞相对，农民工在城市的居住条件常常是恶劣不堪的。"恰恰是这种近处的对比与映衬'逼出'城市精英对于外来农民工的主体地位和精英立场，以及农民工群体的'弱势处境'和'他者形象'。"③ 囿于经济条件的限制，农民工在城市的居住环境大多都是逼仄压抑、不如人意的，这在荆永鸣的"外地人"系列小说中有明显体现。《走鬼》（敦煌文艺出版社，2015 年版）中进城卖菜的民生和小芹租住在一间只有几平方米的出租小屋内。《白水羊头葫芦丝》（《十月》2005 年第 3 期）中马欢和其他三十多个伙计住在鸡笼子般的宿舍。《北京邻居》（《北京文学》2012 年第 8 期）中"我"和妻子窝在四平方米的小屋子里，餐馆里的男伙计睡在饭店前厅，女服务员睡在包间。《抽筋儿》（《小说选刊》2001 年第 7 期）中北京胡同的居民们腾出库房租给外地人住，卖烧饼的丁排房和其他进城做小买卖的外地人住在拥挤狭窄的大杂院。《大声呼吸》中刘民和老婆秀萍在北京开饭

---

① 冯敏. 生活中的想象和想象中的生活——读《北京候鸟》的五条感想 [J]. 小说选刊，2003（9）：24.

② 荆永鸣. 在尴尬中坚守 [J]. 小说选刊，2003（9）：5.

③ 王建民. 社会转型中的象征二元结构——以农民工群体为中心的微观权力分析 [J]. 社会，2008（2）：100.

店，他们虽是有一定经济收入的小老板，却住在城里一个非常拥挤的大杂院里，房间昏暗局促，连窗户也没有，大白天也必须开灯。带弟和王留栓这对年轻夫妻没钱租房，只能住在各自的集体公寓，饱尝相思之苦，在家政公司做保洁的带弟看到雇主家的大房子后不禁感叹："人和人就是不一样啊，别说住这么大的房子了，就是这床咱俩也买不起。"① 这显示出进城农民工与城里人在居住条件上的鲜明差异。正如学者汪民安所说："空间的竞争，是社会竞争的主要对象。也许，居住空间的差异，最能昭示社会的阶层差异。空间从来没有像今天这样地成为社会等级的记号，也从来没有像今天这样显著地刻录社会的不均等伤痕。"②

　　街道属于城市公共空间的重要组成部分，理应是一个开放公平的场所，但由于农民工的身份特征和卑微的城市地位，他们在城市的街道经常面临被驱逐和欺凌的威胁，这引发了他们内心的恐慌不安。《走鬼》中民生和小芹在城里的小街上摆地摊卖菜，城管们随时出击，驱赶这些游走不定的"鬼"，他们只好东躲西藏、朝不保夕。《纸灰》（《北京文学》2002 年第 6 期）中民子一家晚上去给去世的父亲烧纸，民子媳妇因没有暂住证而被夜查的联防人员带走，第二次，他们只能半夜时把车开到荒无人烟的三环路外给亲人烧纸，以寄托哀思。《抽筋儿》中开桑塔纳的北京小伙撞倒了骑自行车的丁排房，不但没有向他道歉，还指责他骑着一辆破车在狭窄的胡同瞎晃悠。街道这一城市公共空间由于人们身份的差异而被区隔化，本地人因占有较多社会资源而产生身份的优越感，外地人闯入城市却沦为被凝视的"他者"。"一个是京 A 的桑塔纳，一个是没有牌照的破自行车；一个是白胖子，一个是黑瘦子；一个是本地主，一个是外地人，其差别是何等悬殊啊！"③ 两者的鲜明差异究其实质是城乡户籍的不同，外地人为城市建设付出血汗，不但得不到相应回报，还处处受到排挤和蔑视。荆永鸣通过叙写农民工在城市居住空间和生活空间的现实遭遇，表现他对我国城市化进程存在问题的反思。

　　列斐伏尔在《空间的生产》中指出："空间并非静止的容器或平台，也不

---

① 荆永鸣. 创可贴 [M]. 兰州：敦煌文艺出版社，2015：164.
② 汪民安. 身体、空间与后现代性 [M]. 南京：江苏人民出版社，2015：162.
③ 荆永鸣. 创可贴 [M]. 兰州：敦煌文艺出版社，2015：22.

是一个消极无为的地理环境。"① 空间的分配与占有其实是社会关系的外在表现形式，外地人居住空间的局促揭示了他们边缘的城市地位与尴尬处境，城市于他们而言是一个压抑的排斥性空间。比起外在居住空间的狭窄昏暗，空间的被剥夺给外地人带来的心理伤害和精神折磨更为严重。《大声呼吸》中刘民和妻子秀萍几经周折，好不容易找到一家出租屋，因为邻居的老人不能承受任何噪音，夫妻二人每天只能小心翼翼，就连秀萍想放声大哭也只能坐车到郊外的野地。爱好音乐的刘民闲来无事喜欢去公园唱歌跳舞，他认为公园是人人可以自由出入的城市公共空间，唱歌也不分什么城里城外。即使刘民积极热心地组织大家唱歌跳舞，但城里人还是会嘲笑他，"我干吗要尊重他？他是谁呀？啊？我就看他是掂大勺！怎么啦"②，城里人在轻视外地人的同时也在建构自我身份的优越性。在饭店打工的王留栓和妻子带弟住在各自的集体宿舍，只能偶尔去郊外的草地上"闹磕"一回，两人心血来潮在城市雇主床上的亲热，被房屋主人发现后立即报警，这给王留栓带来极大的精神创伤。《北京候鸟》中拖着一条瘸腿的来泰到城里打工，他在餐馆干过杂工，在汽车站帮人运送货物，虽然吃了不少苦，也遭过别人的白眼甚至殴打，但城市生活还是给他带来希望。来泰用自己所有的积蓄盘下了一家小餐馆，不料却陷入了一场别人设计好的骗局，最终赔得血本无归。小说的结尾极富象征意味，喝醉酒的来泰在风雨大作的夜晚找不到自己在北京的"家"，最终迷失在茫茫黑夜。城市寓所对于来泰这些外地人而言，只是可以暂时容身的物理场所，而不是寄托身心的理想家园。

如果说来泰和刘民因为身份限制只能徘徊在城市生活的外围，那么嫁入城市并实现身份转换的外地人能否真正融入城市呢？"当乡下人游离于城市人的生活圈外时，他们表现出来的是'漠视'；一旦有限度地介入了城市人的生活圈中，乡下人受到的是'凝视'。乡下人始终只是一个城市'他者'。"③《出京记》通过叙述乡村姑娘武月月从嫁入城市的踌躇满志到最后逃离城市的生活经历，揭示出北京人和外地人之间难以化解的矛盾。在根深蒂固的城乡

---

①Lefebvre Henry. *The Production of Space* [M]. London：Blackwell Publishing，1991：25.

②荆永鸣. 大声呼吸 [J]. 人民文学，2005（9）：49.

③徐德明. "乡下人进城" 小说的生命图景 [N]. 文艺报，2006-12-28.

观念作用下，外地人像一滴油一样，无论如何也无法融进城市这潭水，只能浮在水面，随波逐流。武月月逃离沉闷的乡村生活后，来到北京的一家饭店当服务员，她一心想嫁给北京人，以实现自我身份的转化。然而，等她真正做了北京人家的儿媳妇，却没有得到想象中的自由和幸福，反而处处受到婆婆的挤兑和冷眼，因为她并不属于这个"家"。婆婆是在皇城根长大的老北京人，并声称祖上是地地道道的旗人，她在生活中总有一种居高临下的优越感，常常对进城的乡下人嗤之以鼻。即使月月相貌出众、办事利索、能言善道，但在倨傲清高的婆婆眼里，"文化上有差异，根儿的就不一样"①。城乡隔膜犹如一堵厚墙将月月这个外地人阻隔在外，她只是这个家的局外人。身份等级观念浓厚的婆婆虽然勉强答应了儿子杨浦和月月的婚事，却在言谈举止等方面不断改造规训着月月。比如，婆婆不让月月说老家话，并强制她学说北京话，"既然做了北京人的媳妇，就得学说北京话，不然街坊邻居都笑话"②。如果说老家方言象征传统乡村文化，那么北京话则象征现代城市文化，月月学说普通话这一细节表现出乡村文明独立性在现代化进程中的逐渐丧失。"处于强势地位的城市使用强制性的手段贯彻自己的一套行为理念包括话语方式，在一整套标准化的语言体系（小说中的城市是北京，因而普通话成为普遍认同的语言）的背后，实际上埋伏着的是强者对弱势的权力实践。"③ 月月在认清了城乡差异的残酷现实后，毅然打掉了肚子里的胎儿，离开了这个给她带来梦魇记忆的城市人家。

应该注意的是，荆永鸣笔下外地人尴尬的城市生活境遇除了与城市的不接纳有关外，也与他们心中传统乡土观念的掣肘有关。也就是说，农民工并没有真正把城市当作安放身心的所在，割舍不断的家园记忆和乡土情感总会促使他们频频回望故乡。因此，《大声呼吸》中王留栓和带弟在受尽城市的屈辱后坐上了回家的列车，《口音》（《十月》2003 年第 3 期）中林老乡会因为自己说话带京腔而惶恐不安，甚至痛哭流涕。可见，根植于心的乡村情感和道德观念阻碍着外地人融入城市的步伐。

---

①荆永鸣. 出京记 [J]. 十月，2016 (2)：18.
②荆永鸣. 出京记 [J]. 十月，2016 (2)：22.
③李俊国，陈璇. 乡土者的新城市经验——荆永鸣小说解读 [J]. 渭南师范学院学报，2006 (4)：39.

　　荆永鸣的"外地人"系列小说并不刻意追求跌宕起伏的故事情节，也没有着意渲染农民工在城市的苦难生活，只是在日常化的生活叙述中突出进城小人物的尴尬处境。"'尴尬'是不是已经不知不觉地成为我小说里的一种符号呢？这是没有办法的事。进入城市的外地人，总是比城里人有着太多的尴尬。在尴尬中坚守——也许，这是我们唯一的出路。"① 这段夫子自道式的话语传达出荆永鸣对自己小说的个人解读。的确如此，"尴尬"已经不仅仅是荆永鸣小说中的"符号"，而近乎成为所有农民工都市生存的真实写照。"尴尬"既意味着外地人无法在城市获得身份归属感，也意味着他们在城乡文化碰撞中的进退失据。"农民工在由农村到城市的空间转移中被牢牢束缚在'被呈现''被看'和'主体暧昧'的空间位置，并且，农民工这一特殊群体与城市化/现代化和主流意识形态关于'现代化的中国'想象的设定之间存在着错综复杂的联系。"② 外地人在城市的尴尬境遇其实也是中国现代化进程中不得不面临并解决的难题，只有实现了占中国人口绝大多数的农民的现代化，才有可能实现真正意义上的现代化。

二、城市经验的获取与表达

　　城市与乡村在 20 世纪中国现代化进程中已经超越了简单的地理范畴而具有了更多的文化内涵，具体表现为文学书写中凸显传统乡土文明而贬抑现代城市文明，这几乎成为"五四"以来中国现当代文学的写作主题。这固然与我国社会现实和深入人心的乡土观念有关，也与人们对"现代城市"的复杂理解有关。在以京派为代表的乡土文学中，城市大多作为乡村的对立面，作家们在回望自然恬淡的乡村生活时，城市好像"大染缸"一般污浊不堪，进城乡下人似乎难逃被侵蚀和毁灭的结局。这种城乡二元观念影响了农民工题材小说的主题，农民工的进城被简单演绎为主人公不断遭受城市摧残的过程。这种"城恶乡善"的价值判断遮蔽了城市生活的丰富性和城市经验的多样性，造成了小说创作的模式化。与之不同的是，荆永鸣创作的"外地人"系列小

---

①荆永鸣. 在尴尬中坚守［J］. 小说选刊，2003（9）：5.
②邹赞. 空间政治、边缘叙述与现代化的中国想象——察析农民工题材电影的文化症候［J］.
　社会科学家，2010（2）：21.

说，则通过塑造一个个典型的打工者形象，表现他们身上的城市经验，从而让我们认识到更为真实而全面的城市形象。

"城市是一个多维的发展空间，现代城市的活力就在于不断造成文化陌生感，造成陌生经验和陌生语义，陌生也就象征着更多的机遇和挑战……新的文化时空拓展了乡土者的生存可能性，带给他们新的发展维度，生命的价值也得以肯定和张扬，这是一成不变的乡土所无法给予的。"① 荆永鸣有多年在北京开饭店的生活经历，这给他的创作打开了一扇窗户，借此得以观察寓居在城市的外地人和底层市民的现实生活，而他也在不断打量着这座发生巨大变迁的现代都市。因此，与那些陷入城乡二元思维窠臼的写作者不同，"外地人"系列小说的独特之处在于作家摆脱了概念化的城市经验，从自己对城市的真切感受出发，以开放的心态观察城市，既叙写外地人在城市的生存境遇与情感变迁，也突出城市对于农民工个人主体性建构的重要作用。"只有准确把握在时代变化中不断律动的城市脉搏，更大限度地去表现城市生活的真实与深度，而不是从传统的价值观出发，去概念化地想象城市，城市书写才会有持续的创造力和更高层次的审美表达。"② 荆永鸣笔下的外地人在城市过着艰辛漂泊的生活，他们即使有种种的性格缺陷甚或身体的残缺，却总能从破碎凌乱的现实生活中萌生出新的希望。

荆永鸣意识到城市文化的积极作用，并在小说中着力塑造外来农民工的新形象。《白水羊头葫芦丝》中马欢从榆林山区的老家来到梦想中的城市，在热闹繁华的小吃街找到一份满意的工作，他很快就适应了打工生活，并以一种昂扬向上的精神面貌开启了自己的城市生活。"能在这么大一个地方落住脚，马欢觉得一下子融入了一种大都市的繁华，精神为之一振。他恨不得找个没人的地方，吼上几嗓子，再翻几个跟头才是。"③ 由于马欢喜欢唱歌，尤其擅长哀婉高亢的陕北信天游，饭店胖老板安排他在店铺前大声叫卖，招徕顾客。一开始，马欢还有点不好意思，经过老板的简单示范，他很快就学会了。"他往铺子前一站，提神运气，吃来——白——水——羊——头——声

---

①李俊国，陈璇. 乡土者的新城市经验——荆永鸣小说解读［J］. 渭南师范学院学报，2006（4）：37.

②荆永鸣. 一个外来者的城市书写［J］. 当代作家评论，2015（2）：131.

③荆永鸣. 白水羊头葫芦丝［J］. 十月，2005（3）：150.

长腔拖出来，一个新鲜的、热热闹闹的日子，便在小吃街升了起来了。"① 不仅如此，为了更好地和来小吃街的"老外"交流，马欢还主动学起了英语，去报摊买来英语资料"恶补"。马欢以极大的热情投入这份看似低微平凡的工作，而不只是将其当作一份糊口的活计，他积极认真的工作态度得到了老板的肯定，"这个喊号就是铺子的招牌，是'眼'，是戏台上不可或缺的名角和'台柱子'，非常重要"②。可见，城市不仅为农民工提供了谋生手段，也给予了他们张扬生命激情的机会和实现自我价值的平台。

《白水羊头葫芦丝》这篇小说以马欢这个人物为中心，刻画了一系列城市底层小人物，他们都在各自的人生舞台上演绎着喜怒哀乐的人生"活剧"。在城里当清洁工的二旦踏实肯干，闲来无事向马欢学唱信天游，后来凭借这个特长登台演出，得到人们的关注。王凤柱因为谈恋爱被老板炒了鱿鱼，但他在喧嚣的城市找到了爱情，最后带着未婚妻高高兴兴地回老家结婚去了。隔壁饭店的东北女老板大凤泼辣外向，常和马欢打闹逗笑，在他失业无助的时候，大凤主动给他介绍工作。还有马欢发高烧时李果为他端来一碗茶汤，赵师傅为他买止痛片。荆永鸣笔下这些进城打工的外地人在社会底层从事着卑微的工作，但他们心中怀揣梦想，彼此扶持关心，为漂泊动荡的城市生活带来温情暖意。虽然马欢因为嗓子哑了不得不离开打工的这家饭店，但他几经周折还是回到了小吃街，有兴致的时候还会和阿英一起为路人吹奏葫芦丝，"在世俗的喧嚣声中，一种优美的葫芦丝声显得那么轻柔、曼妙，好听极了"③。这既可以看作荆永鸣对外地人城市生活的美好期许，也可以看作他对新型城乡关系的浪漫性想象。

澳大利亚学者德波拉·史蒂文森（Deborah Stevenson）在《城市与城市文化》一书中认为："与为琐屑和偏见所束缚的小镇居民不同的是，大都市的市民是'自由的'。人们唯有生活在大都市的拥挤人群中，才最为真切地体会到，大型社会单元中的沉默寡言和相互漠不关心，以及生活的理智层面，对

①荆永鸣. 白水羊头葫芦丝 [J]. 十月，2005（3）：154.
②荆永鸣. 白水羊头葫芦丝 [J]. 十月，2005（3）：165.
③荆永鸣. 白水羊头葫芦丝 [J]. 十月，2005（3）：168.

于个体独立具有重要意义。"① 荆永鸣在表现城市经验时，忠实于自我的心理感受，试图贴近生活的本来面貌，既没有回避城市给外地人带来的生存磨难，又正视城市现代化对于提升农民工生命状态的积极影响。正如他所说："他们大都处于生活的最底层，他们仅仅为了生存这一最基本的需要来到城市。他们最能吃苦也最本真，最艰辛也最执着，他们在希望与现实中默默地甚至不反抗地争取着生存的权利，然而愿望却常常被现实击碎，不过他们又总是能从破碎中萌发新的希望。"② 作家笔下的农民工在生活的重压之下顽强崛起，在失望中寻找希望，在尴尬的城市生存境遇中坚守着心中的道义与良知。《北京候鸟》中来泰在乡下整天游手好闲、赌博玩耍，来到城市后，他生命的激情被点燃，找到了自己的奋斗目标和理想追求。来泰先是在老叔开的餐馆尽心尽力地打工，并且积极参与到饭店管理中，为了有更好的经济收入，他去长途汽车站帮人搬运货物，这一切都是来泰为实现自己在城里开饭店的梦想默默准备着。来泰的美好愿望虽然最终落空，但城市改变了他之前萎靡颓废的生命状态，也让他找到了自我的生命价值。"说到老家的一些人整天没个正事儿，除了喝大酒，就是打麻将……一脸不屑，他鄙夷地说，我看那就是个吃喝等死吧。"③ 作家将来泰在城乡空间的不同心理状态进行对比，表明了城市对他"询唤"的成功及其城市经验的生成。"尽管城里人对于流民的处境常常会联想到'流离失所'这一类的字眼，但实际上它们无从想象，这种生活之于农民来说远比在农村要好。易言之，后者完全将此视为平生一种摆脱原有经济地位、生活方式而提前介入城市化过程的重要机遇。"④ 城市多元包容的文化真正激发出人们蛰伏于心底的对美好事物的想象与追求，也给予他们展现自我才华的舞台。《大声呼吸》中的刘民在解决了物质生存问题后，开始追求精神生活带来的快乐与满足，爱好音乐的他主动和城里人交朋友，并不时地组织大家一起唱歌舞蹈。刘民在文化娱乐活动中暂时抛却了本地人与外地人的区别，享受着音乐给他带来的美好与惬意。"随着旋律的变化，他的表

---

① [澳] 德波拉·史蒂文森. 城市与城市文化 [M]. 李东航，译. 北京：北京大学出版社，2015：32.

② 荆永鸣. 在尴尬中坚守 [J]. 小说选刊，2003 (9)：5.

③ 荆永鸣. 北京候鸟 [J]. 十月，2003 (7)：73.

④ 李洁非. 城市像框 [M]. 太原：山西教育出版社，1999：6.

情也在不断地变化——他时而眉头紧蹙，非常痛苦；时而双眼一闭，如同陶醉；紧接着，他又直直地盯着唱歌的一个什么人，用指挥棒一点一点地做挑逗状……"① 荆永鸣通过描写刘民指挥大家唱歌时陶醉享受的表情，形象地表现出新型城市经验赋予个体的生命价值。作家笔下的这些外地人在经受城市加诸他们身上的伤痛时，也在潜移默化中完成了城市对他们的形塑。

随着我国城乡一体化进程的不断加快，城里人和乡下人的界限其实已经越来越模糊，城里人的现代生活离不开乡下人的支持，而乡下人也尝试着适应并融入城市，由此形成了一种多元互动的发展态势，两者共同推动着社会向前发展。荆永鸣并不着意于对外地人的苦难生活做过分夸饰，而是在日常生活叙事中表现小人物的情感冲突，彰显新型城市经验之于他们的积极影响。总体来看，"外地人"系列小说的城市书写蒸腾着温热的市井生活气息，作家通过塑造丰盈的生命个体和多样的城市意象，让人们看到我国现代化进程中城市的更多发展新面向。

总之，荆永鸣能摒弃知识分子既定的先验立场，以多元文化视野观照进城打工的外地人，以平视的眼光对这些小人物予以同情和尊重。"外地人"系列小说通过叙写农民工城市居住空间和生活空间的丧失与被剥夺，凸显了他们城市生活的尴尬。无论是游荡在城乡夹缝的农民工，还是业已嫁入城市的乡下人，城市都像一座无法闯入的城堡，让他们经受身份的撕裂与内心的苦痛。这些外地人即便遭受生活的磨难，也没有丧失心中的理想，而是坚守着人性的本真，并试图在城市重获人生价值。"在尴尬中坚守"已成为荆永鸣笔下外地人的共同选择，也成为他"外地人"系列小说的独特审美价值。

小　结

本章是新世纪农民工题材小说空间书写的典型个案研究，主要聚焦孙惠芬、刘庆邦和荆永鸣三位作家的作品。之所以在众多创作者中选取这三位作家，首先是他们集中书写这类小说并有系列专辑，如孙惠芬的"歇马山庄"

①荆永鸣. 创可贴［M］. 兰州：敦煌文艺出版社，2014：183.

系列小说关注辽南地区农村的普通乡民；刘庆邦的煤矿题材小说和"保姆在北京"系列小说关注普通矿工和进城打工的保姆群体；荆永鸣的"外地人"系列小说关注进城农民工"尴尬"的生存境遇。除此而外，这三位作家的系列小说还有明显的空间意蕴。本章考察三位作家农民工题材小说的空间书写，是在前面章节分析论述基础上的进一步深化，重在明晰他们小说创作的独特价值。

"对真正伟大的小说家来讲，无论是以悲剧的方式叙述，还是以喜剧的方式反讽，写作的基本精神是爱，基本态度是同情，尤其是对底层人和陷入悲惨境地的不幸者的同情。"① 从这个意义上讲，孙惠芬、刘庆邦和荆永鸣都算得上伟大的小说家，纵然他们关注的对象不同，写作风格也各有千秋，但都对社会转型期游走于城乡空间的农民工寄予深切同情，对这些社会底层人物在面对城乡文化冲突时的精神困惑、身份归属和情感变迁进行了深入细致的揭示，又因其写作对象、创作风格和审美趣味的不同而显示出各自的独特价值。

---

①李建军. 作者的态度 [J]. 小说评论, 2002 (2): 16.

结　语

　　本书以我国社会转型期的城市化和现代化为研究背景，以新世纪农民工题材小说为研究对象，主要运用西方空间理论和文化身份理论考察这类小说的空间书写，分析农民工生存命运与空间形态的复杂关联。在具体的论述中，将新世纪农民工题材小说置于 20 世纪农民进城小说发展脉络中，从纵向的历史维度考察这一时期此类小说的发展特征。城市与乡村是农民工迁徙往返的两种主要空间形态，不论是他们在乡村的艰难生活，还是在城市现代性感召下的进城打工生活，抑或是理想与现实错位后的返乡生活，都显示出城乡空间对于农民工生存命运的重要影响，与地理空间迁移相伴的是他们对自我身份的不断追寻与建构。城市是农民工题材小说主人公活动的主要场所，见证着他们漂泊的打工生活和边缘的城市地位，特别是农民工在城市异托邦生活空间、劳动空间和消费空间的现实遭遇，表现了他们困厄艰窘的底层生活。"如果未曾生产一个合适的空间，那么'改变生活方式''改变社会'等都是空话。"[1] 空间的建构性使得农民工可以在政治的规约外寻求适合个人生存发展的空间形态，他们既可以在回望乡村中建造自我的心灵空间，在城市文化的影响下建构自我的身体空间和精神空间，还可以对城市空间进行想象与重构，这都表现出空间的社会文化内涵和空间对于人们的重要意义。孙惠芬、刘庆邦和荆永鸣这三位作家不仅创作有系列的农民工题材小说，而且他们的这类小说具有明显的空间意蕴。从空间视域出发可以更好地洞察其小说创作的独特价值，进而拓宽相关问题的研究路径和研究方法。

---

　　①［法］亨利·列斐伏尔. 空间：社会产物与使用价值［M］//包亚明主编. 现代性与空间的生产，上海：上海教育出版社，2002：47.

农民工题材小说是以农民工的城市生活遭遇和情感流变为主要内容的叙事类型，叙事对象是离乡进城的农民工群体。本书之所以选用"农民工题材小说"这一命名方式，就是想把这类小说从底层文学和乡土文学的范畴中剥离出来，分析其作为一种独立的小说类型所具有审美价值，而对于"农民工"这一叙事对象的关注就成为这类小说的题中应有之义。农民工是我国由传统农业社会向现代工业社会过渡时期出现的一个特定社会阶层，他们把以人口户籍制度为核心的城乡二元体制带到城市来，将城乡发展的差异由"城乡之间"转移到"城市之中"，他们不仅是城乡发展差距的见证者，也是城乡文化冲突的负载者。随着改革开放的持续推进和人口户籍制度的不断调整，我国的城镇化发展和工业化建设需要越来越多的廉价劳动力，农民们为了个体发展的利益诉求离乡进城，却在客观意义上推动着我国城市化的向前发展。由于农民工这一"非农非城"的尴尬身份和城乡二元体制的深远影响，使得他们的城市生活成为个人权益不断受到侵害、生命安全无法得到保障、主体人格遭受侮辱的受难过程。总之，农民工题材小说以城乡二元体制为叙事背景，叙述各种社会力量和权力资本对农民工的胁迫与挤压，具体表现为国家为了提升经济发展速度而忽视他们的合法利益，城市居民在自我身份优越性的心理作用下排斥敌视农民工，工厂企业老板在法律制度不健全的情况下肆意践踏他们的人格尊严。农民工以集体的力量促使国家在政策制定、法律制度和民生保障等方面重视他们的合法权益和正当诉求，而他们在城乡间的现实遭遇也为作家提供了写作素材。"不是作家创作了农民工题材小说，而是时代和农民工群体自身创作了农民工题材小说。"① 可以说，农民工的生存现状直接决定了这类小说的叙事主题、发展走向与审美流变。

"农民工"是指具有农村户籍身份和农村土地所有权，却在城市从事非农产业，并且以打工收入为主要经济来源的特殊群体。这是一个产生于 20 世纪80 年代，一直延续至当下的庞大移民群体，目前我国的农民工人数在 3 亿左右，其中有约一半属于"新生代"农民工。城市的发展建设越来越离不开农民工，他们已成为我国城市化建设的重要组成部分。面对人口数量如此巨大

---

①陈一军. 生命迁流与文学叙述——当代农民工题材小说研究［M］. 长春：东北师范大学出版社，2014：183.

的社会群体，笼统的概括有简化事物本真之嫌。有社会学学者从代际更迭的维度进行考察，认为"农民工在过去的 30 年中经历了从'离土不离乡'到'离土又离乡'、从'第一代'到'新生代'和'第二代'，以及从'暂住'到'常住'或'居住'的实质性转变"①。与第一代农民工相比，"新生代"农民工出生于 20 世纪 80 年代初，基本上于 20 世纪 90 年代中后期外出打工，他们比父辈有更好的机会和条件接受学校教育，"基本上不是基于'生存理性'外出，而是更多地将流动视为改变生活方式和寻求更好发展的契机"②。也就是说，与第一代农民工相比，"新生代"农民工缺少甚至没有农村劳动和生活的经验，他们对农村和农民缺乏情感认同，却因长期在城市生活求学而高度认同城市文化，甚至在日常消费、行为习惯和价值理念等方面已经和城里人没有什么差别。有学者认为，"农民工"是社会给外来务工人员贴上的一个带有明显歧视意味的标签，既不利于他们融入城市生活，也造成了人为的区隔分化，给他们的身心带来极大伤害，"农民工"这一称谓应该退出历史舞台了③。近年来，国家在户籍制度、教育医疗保障、住房政策等多方面开始向包括农民工在内的社会弱势群体倾斜，特别是 2016 年国务院出台的《国务院关于深入推进新型城镇化建设的若干意见》中明确提出了以户籍制度改革为核心的四条基本意见，目的在于推进农业人口市民化的进程④。现实生活发生的新变反映在文学创作中，需要作家们正视农民工群体的内部差异和城乡融合的趋势，超越城乡二元体制造成的冲突对立，更多地从日常生活和人性的层面叙写农民工的城市生活，以丰富这类小说的书写新面向。事实上，在新世纪农民工题材小说中，已经涌现出一大批表现城乡融合和新生代农民工城市生活的佳作，如赵本夫的《无土时代》、荆永鸣的《北京邻居》《北京房东》、王安忆的《富萍》《保姆们》、陈旭红的《白莲浦》等，但这类作品的数量相对有限，而且在反映生活的深度广度方面仍有待继续开掘。

---

①王春光. 新生代农民工城市融入进程及问题的社会学分析 [J]. 青年探索, 2010 (3): 5.
②邓秀华. "新生代"农民工的政治参与问题研究 [J]. 华南师范大学学报 (社会科学版),
　2010 (1): 15.
③朱启臻. 取消'农民工'称谓的背后 [J]. 人民论坛, 2012 (2): 6.
④国务院关于深入推进新型城镇化建设的若干意见 [EB/OL]. http://politics. people.
　com. cn/n1/2016/0206/c1001-28116429. html.

21世纪以来，随着我国城市化进程的加快和市场经济的进一步发展，经济发展水平和经济总量空前提高。与此同时，市场经济发展过程中的一些弊端也逐渐显现出来，如权钱交易、金钱至上、唯利是图、贫富差距扩大等。在文学不断走向市场而变得越来越商业化的同时，仍有很多作家着眼于我国社会转型期暴露出的各种问题，运用现实主义手法创作了大量的农民工题材小说，不仅叙述农民工在城乡空间的生活遭遇，还对他们在现代化进程中因身份悬置而引发的精神眩惑和情感冲突进行深入开掘，极力张扬这些社会弱势群体对公平自由生活的渴望与追求，体现了作家的时代良心和责任担当。关注农民工等社会底层人群"已经成为一个具有相当规模的自在的文学运动，体现着文学界知识分子的良知以及与当下生活对话的能力"①。长期以来，作为游走于城乡间的"候鸟"人群，农民工因缺乏文化技术资本而成为"沉默的大多数"，失去了自我言说的权利和机会。作家们以介入现实的姿态书写他们在现代化进程中的希望与失落、挣扎与彷徨，并借此以引起"疗救的注意"。农民工也从以往被遮蔽和漠视的尴尬境遇中走进了大众视野，引起了人们的广泛关注。正如尤凤伟所说："我们不要小看了自己，因为对我们的读者来说，你已经充当了那些发不出声音的被压迫者代言人。只要通过倾听并且让他们的声音在你的书中占据一些篇幅，就是一种功德。我们不能忽视这种文学的'功德'。"② 新世纪农民工题材小说对农民工的生存命运和精神嬗变进行了一定程度的追寻与探析，并对我国城市化进程中出现的一些问题进行了反思与批判，体现出知识分子的主体意识和现实批判精神。有些作品还能深入农民工的精神世界，不断探求他们的内心情感，突出他们为实现个人价值所做出的不懈努力，其中的名篇佳作和典型人物必将留存于中国当代文学史，这些都表明这类小说的创作价值及其对当下文学创作的启示。

同时，我们也要看到，虽然农民工题材小说在一段时间内成为作家们青睐的创作类型，然而与文本数量与日俱增不符的是，这类小说的质量良莠不齐，并没有产生具有超越性审美品格的经典作品。与汹涌向前的社会现实相

---

① 徐德明. 乡下人进城小说的生命图景 [N]. 文艺报，2006-12-28.
② 尤凤伟. 我心目中的小说——在苏州大学"小说家讲坛"上的讲演 [J]. 当代作家评论，2002（5）：12.

比，这类小说在反映生活的深度和广度以及揭示人物精神世界的复杂性上都显得较为薄弱。很多作品的视野格局比较狭小，仅局限于对农民工日常生活的表层叙述，反复表现的叙事主题是城乡二元体制影响下农民工艰辛悲怆的生活遭遇，而对他们在面临城乡文化冲突时的复杂心理和"在路上"的情感困惑挖掘得还不够深入，这就造成了这类小说为人所诟病的"苦难书写"。"他们的审美理想中似乎隐含着这样一种叙述逻辑：作品要深刻，就必须让它体现出某种极端的情感冲击力；而要使叙事具备这种情感冲击力，就必须让人物呼天抢地、凄苦无边。这是一种典型的'苦难焦虑症'式的写作。"① 究其原因，是作家目睹或听闻了农民工等社会弱势群体所遭受的不公正待遇后，在还没有和写作客体拉开必要的审视距离时，在愤慨不平的心理作用下进行创作，难免显露出峻急的情绪。这就需要作家们沉潜下来，与写作对象拉开必要的距离，并对社会事件进行多维度的历史观照，通过社会现实反映我国城市化进程中出现的某些共性问题，以创作出富有超越品格和历史文化内涵的经典作品。

纵观中外书写乡下人进城的经典文学作品，不论是巴尔扎克的《高老头》、司汤达的《红与黑》，还是曹雪芹的《红楼梦》、老舍的《骆驼祥子》，这些小说不仅全面反映了当时的社会历史现实，还对人物的心灵世界和人性问题进行了深入思考。相较而言，新世纪农民工题材小说的很多作品只流于对生活现状的如实反映和客观叙述，在比狠斗惨的苦难叙事中满足读者窥探底层的欲望，而对社会现象背后的制度因素、道德文化、价值取向和民族文化心理缺少深层次的探寻。这样的文学作品满足于常识性的反复唠叨，而对人的内心精神和思想情感起不到很好的引领作用。根源在于创作者缺乏现实批判精神，缺乏对农民工现实生存境遇连筋动骨般的情感共鸣，这些作品"让我们看到更多的是生活中的冰冷与疼痛，叹息与麻木，是人与人之间的撕裂与伤害，而那些呼唤爱、表现美，看取光明、引人向善的具有正面精神价值力量，能给人希望与振奋的暖色调作品却难得一见"②，这就造成了此类小说创作的破碎化、情绪化与片面性。因此，作家们不能仅停留在描摹不公正

---

① 洪治纲. 心灵的见证 [M]. 广州：广东人民出版社，2009：51.
② 赵学勇，梁波. 新世纪"底层叙事"的流变与省思 [J]. 学术月刊，2011（10）：122.

事件本身的层面，而应该深入探求农民工的心理世界，并对人性问题进行更深层次的叩问。此外，这类小说经常采用传统的现实主义叙事手法，这固然可以反映我国城市化进程中的某些问题，但单一的写作手法在阐释丰富多变的社会现实时难免捉襟见肘。作家们在立足现实主义的同时，还应以虚心虔诚的心态积极学习古今中外的文学经典，博采众长，综合运用现代主义、意识流、象征、隐喻、反讽等多种创作手法，将我国由传统农业社会向现代工业社会过渡期所隐含的艰辛与阵痛、坎坷与光明、希望与未来等多重因素表现出来。

"空间本身即是一种'产物'，是由不同范围的社会进程与人类干预形成的，又是一种'力量'，它要反过来影响、指引和限定人类在世界上的行为和方式的各种可能性。"① 可见，空间不仅是人们活动的物理场所和简单的地理区域，而且与人的情感认知和生存境遇密切相关。我们既可以从空间角度理解人的生存命运，又可以从人的生存境况切入，理解感知不同的空间形态。新世纪农民工题材小说与其他小说最大的不同在于多样的空间书写，这体现出空间形态与农民工生存处境的复杂关联，而且两者之间的关系已经溢出了文学的审美范畴，具有了更多的社会性意义和意识形态内涵。

农民工题材小说最主要的两种空间形态是乡村空间与城市空间，农民工在两种空间的迁徙流转体现了他们作为城乡双重边缘人的悲剧命运。农民工为了改变不如意的当下生活离乡进城，却因农民身份和弱势文化地位而不被城市真正接纳，遭受屈辱磨难后想要返回故乡以寻求情感慰藉，却又被乡村放逐。城乡文化冲突使农民工成为遭受双重空间隔离的边缘人，他们进城前对城市的美好想象与进城后所承受的城市异托邦现实境遇形成鲜明对比，最终只能在城乡空间漂泊游荡、无所归依。"乡下人把我当作城里人，城里人又把我当作乡下人。对于遥远的故乡，对于这座城市，我都是永远的外人"②，这成为农民工悲剧命运的真实写照。与农民工城乡生存困境相连的是他们自我身份认同的尴尬，这种身份归属的不确定性也成为这类小说的书写主题。

---

① 阎嘉. 文学理论精粹读本 [M]. 北京：中国人民大学出版社，2006：137.
② [澳] 杰华. 都市里的农家女：性别、流动与社会变迁 [M]. 吴小英，译. 南京：江苏人民出版社，2006：216.

随着我国城市化进程的不断加快和都市规模的日益扩大，城乡之间的互动往来日益频繁，城乡关系也由以往的对立冲突逐步走向融合。城市异托邦书写改变了以往地理空间的城乡二元格局，关注城市空间内部的新差异，而农民工在城市异托邦生活空间、劳动空间和消费空间的现实境遇，表征着他们边缘的城市地位和"他者"形象。城市异托邦书写使人们能在消费文化的时代语境中更好地观照晦暗驳杂的城市异质空间，极力伸张农民工在城市的生存权利，呼唤公平正义的城市空间秩序。"在当代社会，空间权力已经成为一种基本人权，空间正义是社会正义的基本内容；人的平等权利不仅体现在人格、机会、制度等方面，也深刻体现在空间权利上；空间权利是人的一种实体性、基础性权利；没有平等的空间权利，也就没有人的真正现实平等。"① 可见，空间正义已成为社会正义在空间分配层面的具体反映，也日益成为当代社会民主精神诉求的重要组成部分。

美国存在主义哲学家保罗·蒂里希（Paul Tillich）认为："存在者，就意味着拥有空间。每一个存在物都努力要为自己提供并保持空间。这首先意味着一种物理位置——躯体、一片土地、一个家、一座城市、一个国家、世界……不拥有空间，就是不存在，所以在生命的一切领域之中，为空间奋争都是一种存在论的必要。"② 在现代社会中，空间与人的存在紧密关联，空间的建构性使得农民工可以寻求适合自我的空间形态，以更好地适应并融入城市生活。具体表现为农民工通过回望乡村空间并将富有文化意义的乡村事物移进城市，建造自我的心灵空间，以此缓解城市打工生活的紧张与焦虑；充分发挥个人的主体能动性，在城市文化的积极作用下建构自我的身体空间和精神空间，寻求城市身份认同；用乡村文化和乡村事物改造城市，对城市空间进行重构与浪漫性想象。总之，空间的建构性体现出空间之于人生存发展的重要意义。

农民工题材小说作家很多具有"农裔城籍"的双重身份。农村生活经历和成长经验使得这些"地之子"们将创作目光投诸农民工时，往往会给予他们更多的同情与道德关怀。因此，为了彰显既定的"城恶乡善"价值预判，

---

① 陈忠. 城市意义与当代中国城市秩序的伦理建构［J］. 学习与探索，2011（2）：5.
② 何光沪选编. 蒂里希选集（下）［M］. 上海：上海三联书店，1999：1119.

作家们往往会在文本中设置城市与乡村这两种判然有别的空间形态，而且特定空间内人们的生存命运和空间价值取向具有一定的同构性，即城里人及城市空间代表了非正义的负值性伦理，而农民工和乡村空间则象征着正义的正值性伦理。如此鲜明的城乡空间认知显示出作家城乡关系想象的简单化。文学创作固然不可脱离作家的价值评判，但如果以先验的不证自明的主观臆想去图解现实，则会落入民粹主义的泥淖，从而遮蔽了理性的价值评判与行为选择。"作家们自然而然地站在底层农民工的立场上，以代底层立言、维护农民工利益自居，因而有意无间形成'农村即正义'这种偏颇的道德认知方式。"①作家很少从人性的角度分析农民工在城市的命运起伏和精神嬗变，而是运用城乡对峙的思维模式进行创作，这就使城乡空间的二元书写成为这类小说无法摆脱的两极。农民工往往只能在这两极之间徘徊游荡，要么在城市遭受屈辱与不公正待遇，要么在农村过着不为人知的苦难生活，由此也就导致了小说内容的同质化和叙事趋向的模式化，反映出作家空间意识的固化。面对不断发生新变的社会历史现实，除了书写城乡空间，作家们还应更多地观照人们的心灵空间和精神空间，关注记忆的空间性和想象的空间性对于文学创作的潜在影响②，从而进一步提升空间叙事的策略和能力。

总体来说，新世纪农民工题材小说的空间书写与农民工的生存命运有着密切关联。作家们不仅对农民工在不同空间形态的生存境遇和内心情感予以关注，还对城乡空间的权力机制、人口户籍制度、身份认同、城乡资源分配等问题进行集中批判，体现了现实主义文学的强大生命力和作家的时代使命感。列斐伏尔认为："社会主义社会中的个人有接近一个空间的权利，以及拥有作为社会生活与所谓的文化活动等之重心的都市生活权利。"③城市现代化发展是人类多样文明成果不断汇聚的过程，表现出人们对幸福生活的渴望。农民由乡进城，本来是为了分享城市发展带来的红利，却意外承受着城乡发展差距带来的诸种磨难，最终沦为传统与现代、乡村文明与都市文化夹缝中

①江腊生．城乡焦虑·叙事伦理·和谐意识——新世纪文学中的农民工书写 [J]．文艺争鸣，2011（14）：37．

②龙迪勇．空间叙事学 [M]．北京：生活·读书·新知三联书店，2015：34-39．

③[法]亨利·列斐伏尔．空间：社会产物与使用价值 [M] //包亚明主编．现代性与空间的生产．上海：上海教育出版社，2003：57．

的边缘人。正因为如此，当代都市空间的扩张和城市化的进一步发展，不能仅停留在经济效益的快速提升等物质层面，还应重点关注社会弱势人群的全面发展等社会伦理问题，关注他们在城市空间所遭受的不平等、非正义现象。"社会主义空间正义就是要体现空间生产实践与正义尺度的统一，凸显空间生产的持续发展与主体的终极价值关怀，即空间生产与主体的日常生活以及全面发展的统一。"① 面对日益多元的差异性社会空间，作家们不仅要从宏观层面把握城乡空间的现实问题，还要体察不同社会群体的主体性空间需求，以"人的城镇化"建设目标为核心，构建多元文化共存的城市空间。

---

①尹保红．西方马克思主义空间理论建构及其当代价值［M］．北京：光明日报出版社，2016：9．

参考文献

一、学术著作（以出版时间先后顺序排列）

[1][美] R. E. 帕克等. 城市社会学——芝加哥学派城市研究 [M]. 宋俊岭，等译. 北京：华夏出版社，1987.

[2][美] 塞缪尔·P. 亨廷顿. 变化社会中的政治秩序 [M]. 王冠华，等译. 北京：生活·读书·新知三联书店，1989.

[3][挪威] 诺伯格·舒尔兹. 存在·空间·建筑 [M]. 尹培桐，译. 北京：中国建筑工业出版社，1990.

[4][美] 约瑟夫·弗兰克. 现代小说中的空间形式 [M]. 秦林芳编译. 北京：北京大学出版社，1991.

[5][德] 奥斯瓦尔德·斯宾格勒. 西方的没落 [M]. 齐世荣，等译. 北京：商务印书馆，1991.

[6]王圣学. 城市化与中国城市化分析 [M]. 西安：陕西人民出版社，1992.

[7]徐岱. 小说叙事学 [M]. 北京：中国社会科学出版社，1992.

[8]丁帆. 中国乡土小说史论 [M]. 南京：江苏文艺出版社，1992.

[9]赵园. 地之子——乡村小说与农民文化 [M]. 北京：十月文艺出版社，1993.

[10]耿占春. 隐喻 [M]. 北京：东方出版社，1993.

[11]海德格尔. 海德格尔选集 [M]. 孙周兴编选，上海：上海三联书店，1996.

[12][美] 托马斯·伯恩斯坦. 上山下乡 [M]. 李枫, 等译. 北京: 警官教育出版社, 1996.

[13]刘慧英. 走出男权传统的藩篱: 文学中男权意识的批评 [M]. 北京: 生活·读书·新知三联书店, 1996.

[14][法] 米歇尔·福柯. 福柯访谈录: 权力的眼睛 [M]. 严锋, 译. 上海: 上海人民出版社, 1997.

[15]叶南客. 边际人——大过渡时代的转型人格 [M]. 上海: 上海人民出版社, 1997.

[16][英] 安东尼·吉登斯. 现代性与自我认同 [M]. 赵旭东, 方文, 译. 北京: 生活·读书· 新知三联书店, 1998.

[17]申丹. 叙述学与小说文体学研究 [M]. 北京: 北京大学出版社, 1998.

[18]李书磊. 都市的迁徙——现代小说与城市文化 [M]. 长春: 时代文艺出版社, 1993.

[19]陶东风. 社会转型与当代知识分子 [M]. 上海: 上海三联书店, 1999.

[20][美] 爱德华·W. 萨义德. 东方学 [M]. 王宇根, 译. 北京: 生活·读书·新知三联书店, 1999.

[21][美] 戴维·波普诺. 社会学 (第 10 版) [M]. 李强, 等译. 北京: 中国人民大学出版社, 1999.

[22]李洁非. 城市像框 [M]. 太原: 山西教育出版社, 1999.

[23][英] 安东尼·吉登斯. 现代性的后果 [M]. 田禾, 译. 南京: 译林出版社, 2000.

[24][美] 马克·波斯特. 第二媒介时代 [M]. 范静哗, 译. 南京: 南京大学出版社, 2000.

[25]罗钢, 刘象愚主编. 文化研究读本 [M]. 北京: 中国社会科学出版社, 2000.

[26]刘应杰. 中国城乡关系与中国农民工人 [M]. 北京: 中国社会科学出版社, 2001.

[27]包亚明主编. 后现代性与地理学的政治 [M]. 上海：上海教育出版社，2001.

[28][法] 伊夫·瓦岱. 文学与现代性 [M]. 田庆生，译. 北京：北京大学出版社，2001.

[29][德] 齐奥尔特·西美尔. 时尚的哲学 [M]. 费勇，等译. 北京：文化艺术出版社，2001.

[30]荒林，王光明. 两性对话：20世纪中国女性与文学 [M]. 北京：中国文联出版社，2001.

[31][法] 莫里斯·梅洛-庞蒂. 知觉现象学 [M]. 姜志辉，译. 北京：商务印书馆，2001.

[32][法] 齐格蒙特·鲍曼. 个体化社会 [M]. 范祥涛，译. 上海：上海三联书店，2002.

[33]格非. 小说叙事研究 [M]. 北京：清华大学出版社，2002.

[34]陆学艺. 当代中国社会阶层研究报告 [M]. 北京：社会科学文献出版社，2002.

[35]高秀芹. 文学的中国城乡 [M]. 西安：陕西人民教育出版社，2002.

[36][英] 斯图尔特·霍尔. 表征：文化表象与意指实践 [M]. 北京：商务印书馆，2003.

[37][美] 马歇尔·伯曼. 一切坚固的东西都烟消云散了——现代性体验 [M]. 徐大建，张辑，译. 北京：商务印书馆，2003.

[38][法] 莫里斯·布朗肖. 文学空间 [M]. 顾嘉琛，译. 北京：商务印书馆，2003.

[39][美] 戴维·哈维. 后现代的状况——对文化变迁之缘起的探究 [M]. 阎嘉，译. 北京：商务印书馆，2003.

[40]包亚明主编. 现代性与空间的生产 [M]. 上海：上海教育出版社，2003.

[41]张鸿雁主编. 城市·空间·人际：中外城市社会发展比较研究 [M]. 南京：东南大学出版社，2003.

[42]刘雨. 多元矛盾中的个性选择：中国现代作家的生命体验与创作

［M］．长春：吉林教育出版社，2003．

［43］［英］齐格蒙特·鲍曼．现代性与矛盾性［M］．邵迎生，译．北京：商务印书馆，2003．

［44］陈晓明主编．现代性与中国当代文学转型［M］．昆明：云南人民出版社，2003．

［45］［英］西莉亚·卢瑞．消费文化［M］．张萍，译．南京：南京大学出版社，2003．

［46］包亚明．游荡者的权力——消费社会与都市文化研究［M］．北京：中国人民大学出版社，2004．

［47］［德］恩斯特·卡西尔．人论［M］．甘阳，译．上海：上海译文出版社，2004．

［48］陆学艺．当代中国社会流动［M］．北京：社会科学文献出版社，2004．

［49］孙立平．转型与断裂——改革以来中国社会结构的变迁［M］．北京：清华大学出版社，2004．

［50］［美］爱德华·W．苏贾．后现代地理学——重申社会理论中的空间［M］．王文斌，译．北京：商务印书馆，2004．

［51］李强．转型时期中国社会分层［M］．沈阳：辽宁教育出版社，2004．

［52］孙惠芬．城乡之间［M］．北京：昆仑出版社，2004．

［53］［英］迈克·克朗．文化地理学［M］．杨淑华，宋慧敏，译．南京：南京大学出版社，2005．

［54］李欧梵．未完成的现代性［M］．北京：北京大学出版社，2005．

［55］沈立人．中国农民工［M］．北京：民主与建设出版社，2005．

［56］［英］拉雷恩．意识形态与文化身份：现代性和第三世界的在场［M］．戴从容，译．上海：上海教育出版社，2005．

［57］包亚明．后大都市与文化研究［M］．上海：上海教育出版社，2005．

［58］［美］爱德华·W．苏贾．后大都市：城市和区域的批判性研究

[M]．李钧，等译．上海：上海教育出版社，2006.

[59][澳] 杰华．都市里的农家女：性别、流动与社会变迁［M］．吴小英，译．南京：江苏人民出版社，2006.

[60][美] 大卫·哈维．希望的空间［M］．胡大平，译．南京：南京大学出版社，2006.

[61]柳冬妩．从乡村到城市的精神胎记——中国"打工诗歌"研究[M]．广州：花城出版社，2006.

[62]赵一凡等主编．西方文论关键词［M］．北京：外语教学与研究出版社，2006.

[63]刘旭．底层叙述：现代性话语的裂隙［M］．上海：上海古籍出版社，2006.

[64]阎嘉．文学理论精粹读本［M］．北京：中国人民大学出版社，2006.

[65][法] 米歇尔·福柯．规训与惩罚［M］．刘北成，杨远婴，译．北京：生活·读书·新知三联书店，2007.

[66][英] 阿兰·德波顿．身份的焦虑［M］．陈广兴，南治国，译．上海：上海译文出版社，2007.

[67]吴宁．日常生活批评：列斐伏尔哲学思想研究［M］．北京：人民出版社，2007.

[68]赵园．地之子［M］．北京：北京大学出版社，2007.

[69]潘泽泉．社会、主体性与秩序：农民工研究的空间转向［M］．北京：社会科学文献出版社，2007.

[70]韩长赋．中国农民工的发展与终结［M］．北京：中国人民大学出版社，2007.

[71]杨宏海主编．打工文学备忘录［M］．北京：社会科学文献出版社，2007.

[72][美] 张英进．中国现代文学与电影中的城市：空间、时间与性别构形［M］．秦立彦，译．南京：江苏人民出版社，2007.

[73]李友梅等．快速城市化过程中的乡土文化转型［M］．上海：上海人

民出版社，2007.

[74]吴治平．空间理论与文学的再现［M］．兰州：甘肃人民出版社，2008.

[75]薛毅主编．乡土中国与文化研究［M］．上海：上海书店出版社，2008.

[76]包亚明主编．现代性与都市文化理论［M］．上海：上海社会科学出版社，2008.

[77]赵允芳．寻根·拔根·扎根——九十年代以来乡土小说的流变［M］．北京：作家出版社，2009.

[78]秦晓．当代中国问题：现代化还是现代性［M］．北京：社会科学文献出版社，2009.

[79]赵静蓉．怀旧——永恒的文化乡愁［M］．北京：商务印书馆，2009.

[80]张丽军．乡土中国现代性的文学想象：现代作家的农民观与农民形象嬗变研究［M］．上海：上海三联书店，2009.

[81][法] H.孟德拉斯．农民的终结［M］．李培林，译．北京：社会科学文献出版社，2010.

[82]周水涛，轩红芹，王文初．新时期农民工题材小说研究［M］．北京：社会科学文献出版社，2010.

[83]谢纳．空间生产与文化表征——空间转向视阈中的文学研究［M］．北京：中国人民大学出版社，2010.

[84]于建嵘．底层立场［M］．上海：上海三联书店，2010.

[85]南帆．冲突的文学［M］．镇江：江苏大学出版社，2010.

[86]蔡翔．革命/叙述：中国社会主义文学——文化想象（1949-1966）［M］．北京：北京大学出版社，2010.

[87]胡惠林，陈昕，王方华主编．中国都市文化研究（第2卷）［M］．上海：上海人民出版社，2010.

[88]郭星华等．漂泊与寻根：流动人口的社会认同研究［M］．北京：中国人民大学出版社，2011.

[89]童强. 空间哲学 [M]. 北京：北京大学出版社，2011.

[90]朱全国. 文学隐喻研究 [M]. 北京：中国社会科学出版社，2011.

[91][英] 埃比尼泽·霍华德. 明日的田园城市 [M]. 金经元，译. 北京：商务印书馆，2011.

[92]李春敏. 马克思主义社会空间理论研究 [M]. 上海：上海人民出版社，2012.

[93]何平. 现代小说还乡母题研究 [M]. 上海：复旦大学出版社，2012.

[94]周保欣. 伦理视野中的中国当代文学 [M]. 北京：人民出版社，2012.

[95]陈国和. 当代性与新世纪乡村小说研究 [M]. 天津：南开大学出版社，2012.

[96]丁帆等. 中国乡土小说的世纪转型研究 [M]. 北京：人民文学出版社，2012.

[97]李强. 农民工与中国社会分层 [M]. 北京：社会科学文献出版社，2012.

[98]彭青. 新世纪文学视野中的"三农" [M]. 北京：中国社会科学出版社，2012.

[99][英] 齐格蒙特·鲍曼. 流动的生活 [M]. 徐朝友，译. 南京：江苏人民出版社，2012.

[100]汪民安. 现代性 [M]. 南京：南京大学出版社，2012.

[101][法] 加斯东·巴什拉. 空间的诗学 [M]. 张逸婧，译. 上海：上海译文出版社，2013.

[102][英] 雷蒙·威廉斯. 乡村与城市 [M]. 韩子满，刘戈，徐珊珊，译. 北京：商务印书馆，2013.

[103]令狐兆鹏. 作为想象的底层——当代乡下人进城小说研究 [M]. 北京：中国文史出版社，2013.

[104]蔡翔，董丽敏等. 空间、媒介和上海叙事 [M]. 上海：上海大学出版社，2013.

[105]潘泽泉．国家调整农民工社会政策研究［M］．北京：中国人民大学出版社，2013．

[106]贺雪峰．新乡土中国［M］．北京：北京大学出版社，2013．

[107][法] 让·鲍德里亚．消费社会［M］．刘成富，全志钢，译．南京：南京大学出版社，2014．

[108]詹玲．改革开放以来小说视域中的城乡问题研究（1978－2012）［M］．北京：中国社会科学出版社，2014．

[109]陈一军．生命迁流与文学叙述：当代农民工题材小说研究［M］．长春：东北师范大学出版社，2014．

[110][法] 亨利·列斐伏尔．空间与政治（第2版）［M］．李春，译．上海：上海人民出版社，2015．

[111]龙迪勇．空间叙事学［M］．北京：生活·读书·新知三联书店，2015．

[112]汪民安．身体、空间与后现代性［M］．南京：江苏人民出版社，2015．

[113]彭维锋．"三农"中国的文学建构："三农"题材文学创作与社会主义新农村建设研究［M］．北京：光明日报出版社，2015．

[114]李静等．城市化进程与乡村叙事的文化互动［M］．北京：中国社会科学出版社，2015．

[115]李强．大国空村：农村留守儿童、妇女与老人［M］．北京：中国经济出版社，2015．

[116][澳] 德波拉·史蒂文森．城市与城市文化［M］．李东航，译．北京：北京大学出版社，2015．

[117][美] 马泰·卡林内斯库．现代性的五副面孔［M］．顾爱彬，李瑞华，译．南京：译林出版社，2015．

[118]江腊生．新世纪农民工书写研究［M］．北京：人民出版社，2016．

[119]赵纪娜，张晓燕，潘峰．转型期小说作品中的"小人物"形象研究［M］．济南：山东大学出版社，2016．

[120][英] 安东尼·吉登斯．社会的构成：结构化理论纲要［M］．李

康，李猛，译．北京：中国人民大学出版社，2016.

［121］尹保红．西方马克思主义空间理论建构及其当代价值［M］．北京：光明日报出版社，2016.

［122］［美］爱德华·W. 苏贾．寻求空间正义［M］．高春花，等译．北京：社会科学文献出版社，2016.

［123］［美］勒内·韦勒克，［美］奥斯汀·沃伦．文学理论［M］．刘象愚，等译．杭州：浙江人民出版社，2017.

［124］潘磊．新世纪"底层文学现象"研究［M］．北京：人民出版社，2017.

［125］贺仲明等．乡村伦理与乡土书写——20世纪90年代以来乡土小说研究［M］．北京：人民出版社，2017.

［126］史修永等．乌金问道：煤矿作家访谈录［M］．北京：煤炭工业出版社，2017.

［127］［美］段义孚．空间与地方：经验的视角［M］．王志标，译．北京：中国人民大学出版社，2017.

［128］刘小枫．现代性社会理论绪论［M］．上海：华东师范大学出版社，2018.

［129］孟君．中国当代电影的空间叙事研究［M］．北京：商务印书馆国际有限公司，2018.

［130］［法］米兰·昆德拉．小说的艺术［M］．尉迟秀，译．上海：上海译文出版社，2019.

［131］刘丽娟．空间视域下新时期打工文学研究［M］．北京：中国社会科学出版社，2019.

［132］费孝通．乡土中国［M］．青岛：青岛出版社，2019.

［133］颜水生，段惠芳，林岚．新时期小说空间叙事研究［M］．北京：科学文献出版社，2020.

［134］［美］罗伯特·塔利．空间性［M］．方英，译．北京：北京大学出版社，2021.

［135］［法］亨利·列斐伏尔．空间的生产［M］．刘怀玉，等译．北京：

商务印书馆，2021.

二、期刊论文（以刊发时间先后顺序排列）

[1]南帆. 躯体修辞学：肖像与性 [J]. 文艺争鸣，1996（4）.

[2]刘庆邦. 短篇小说之美 [J]. 理论与创作，1999（5）.

[3]陈昕. 消费文化：鲍德里亚如是说 [J]. 读书，1999（8）.

[4]钱超英. 身份概念与身份意识 [J]. 深圳大学学报（人文社会科学版），2000（2）.

[5]刘庆邦，夏榆. 得地独厚的刘庆邦 [J]. 作家，2000（11）.

[6]李建军. 作者的态度 [J]. 小说评论，2002（2）.

[7]尤凤伟. 我心目中的小说——在苏州大学"小说家讲坛"上的讲演 [J]. 当代作家评论，2002（5）.

[8]程菁，黄敏. 空间：考察20世纪90年代中国小说的一个视角 [J]. 当代文坛，2003（6）.

[9]荆永鸣. 在尴尬中坚守 [J]. 小说选刊，2003（9）.

[10]冯敏. 生活中的想象和想象中的生活——读《北京候鸟》的五条感想 [J]. 小说选刊，2003（9）.

[11]龙迪勇. 论现代小说的空间叙事 [J]. 江西社会科学，2003（10）.

[12]刘旭. 底层能否摆脱被表述的命运 [J]. 天涯，2004（2）.

[13]陆扬. 空间理论和文学空间 [J]. 外国文学研究，2004（4）.

[14]吴志峰. 故乡、底层知识分子及其他 [J]. 天涯，2004（4）.

[15]潘泽泉. 社会空间的极化与隔离：一项有关城市空间消费的社会学分析 [J]. 社会科学，2005（1）.

[16]陈映芳. "农民工"：制度安排与身份认同 [J]. 社会学研究，2005（3）.

[17]雷达，任东华. 新世纪文学初论——新世纪以来中国文学的走向 [J]. 文艺争鸣，2005（3）.

[18]尚杰. 空间的哲学：福柯"异托邦"概念 [J]. 同济大学学报（社会科学版），2005（3）.

［19］蒋述卓．现实关怀、底层意识与新人文精神——关于"打工文学现象"［J］．文艺争鸣，2005（3）．

［20］丁帆．"城市异乡者"的梦想与现实——关于文明冲突下乡土描写的转型［J］．文学评论，2005（4）．

［21］童强．论空间语义［J］．厦门大学学报（哲学社会科学版），2005（4）．

［22］刘伟厚．躲不开的悲剧——试论刘庆邦的矿井小说［J］．南京师范大学文学院学报，2005（4）．

［23］吴玉军，李晓东．归属感的匮乏：现代性语境下的认同困境［J］．求是学刊，2005（5）．

［24］丁帆．文明冲突下的寻找与逃逸——论农民工生存境遇描写的两难选择［J］．江海学刊，2005（6）．

［25］孙惠芬．让小说在心情里疯长［J］．山花，2005（6）．

［26］严海蓉．虚空的农村与空虚的主体［J］．读书，2005（7）．

［27］南帆．曲折的突围——关于底层经验的表述［J］．文学评论，2006（4）．

［28］李俊国，陈璇．乡土者的新城市经验——荆永鸣小说解读［J］．渭南师范学院学报，2006（4）．

［29］赵静蓉．现代人的认同危机与怀旧情结［J］．暨南学报（哲学社会科学版），2006（5）．

［30］刘雨．现代作家的故乡记忆与文学的精神返乡［J］．东北师范大学学报（哲学社会科学版），2006（5）．

［31］［法］福柯．另类空间［J］．王喆，译．世界哲学，2006（6）．

［32］倪伟．并无传奇的尴尬［J］．读书，2006（11）．

［33］张赟，孙惠芬．在城乡之间游动的心灵——孙惠芬访谈［J］．小说评论，2007（2）．

［34］雷达．论"新世纪文学"——我为什么主张"新世纪文学"的提法［J］．文艺争鸣，2007（2）．

［35］刘进．空间转向与文学研究的新观念［J］．兰州大学学报（社会科

学版），2007（3）．

[36]张德明．空间叙事、现代性主体与帝国政治——重读《鲁滨孙漂流记》[J]．外国文学，2007（3）．

[37]周和军．空间与权力——福柯空间观解析 [J]．江西社会科学，2007（4）．

[38]徐德明．乡下人的记忆与城市的冲突——论新世纪"乡下人进城"小说 [J]．文艺争鸣，2007（4）．

[39]王宇．现代性与被叙述的"乡村女性"[J]．扬子江评论，2007（5）．

[40]赵晓琴．农民工：日常生活中的身份建构与空间型构 [J]．社会，2007（6）．

[41]洪治纲．底层写作与苦难焦虑症 [J]．文艺争鸣，2007（10）．

[42]程锡麟等．叙事理论的空间转向——叙事空间理论概述 [J]．江西社会科学，2007（11）．

[43]逢增玉，苏奎．现当代文学视野中的"农民工"形象及叙事 [J]．兰州大学学报（社会科学版），2008（1）．

[44]徐德明．乡下人进城一种叙述——论贾平凹的《高兴》[J]．文学评论，2008（1）．

[45]李兴阳．新世纪的边界与新世纪乡土小说的边界——新世纪乡土小说转型研究之一 [J]．扬子江评论，2008（1）．

[46]王建民．社会转型中的象征二元结构——以农民工为中心的微观权力分析 [J]．社会，2008（2）．

[47]江腊生．当下农民工书写的想象性表述 [J]．文学评论，2008（3）．

[48]朱虹．身体资本与打工妹的城市适应 [J]．社会，2008（6）．

[49]周水涛．新时期农民工题材小说研究现状及特征考察 [J]．小说评论，2008（6）．

[50]张一兵．消费意识形态：符码操控中的真实之死——鲍德里亚的《消费社会》解读 [J]．江汉论坛，2008（9）．

[51]马琳．空间场域·身份认同·人文关怀——经济变迁背景下的孙惠芬小说 [J]．小说评论，2009（1）．

[52]马大康.反抗时间：文学与怀旧[J].文学评论，2009（1）.

[53]欧阳光明.底层叙事的另一种可能——以小说《白莲浦》和《遍地青菜》为例[J].当代文坛，2009（2）.

[54]贺芒.论底层文学的身体叙事[J].江西社会科学，2009（2）.

[55]杨建兵，刘庆邦."我的创作是诚实的风格"[J].小说评论，2009（3）.

[56]赵本夫，沙家强.文学如何呈现记忆——赵本夫访谈录[J].南京师范大学文学院学报，2009（4）.

[57]龙迪勇.记忆的空间性及其对虚构叙事的影响[J].江西社会科学，2009（9）.

[58]张利民.城市史视域中的城乡关系[J].学术月刊，2009（10）.

[59]邓秀华."新生代"农民工的政治参与问题研究[J].华南师范大学学报（社会科学版），2010（1）.

[60]邹赞.空间政治、边缘叙述与现代化的中国想象——察析农民工题材电影的文化症候[J].社会科学家，2010（2）.

[61]王春光.新生代农民工城市融入进程及问题的社会学分析[J].青年探索，2010（3）

[62]梁波.新世纪乡土小说的"城乡"价值迷思[J].兰州大学学报（社会科学版），2010（3）.

[63]陈晨.论农民工主题写作中的返乡叙事[J].河南社会科学，2010（5）.

[64]李长中.空间转向与文学研究范式转型[J].北方论丛，2010（6）.

[65]童强.权力、资本与缝隙空间[J].文化研究，2010（10）.

[66]孙惠芬.在街与道的远方——乡土文学的发展理论[J].朔方，2010（12）.

[67]江腊生.人本关怀与文学焦虑[J].创作评谭，2011（1）.

[68]刘铮.返乡之路——关于新世纪乡土小说中"返乡"主题的思考[J].扬子江评论，2011（1）.

[69]刘海军.新世纪乡村小说中城乡对峙的文学表达[J].内蒙古社会

科学（汉文版），2011（1）.

[70]陈超. 乡愁的当代阐释与意蕴嬗变：中国当代文学乡土情结的心态寻踪 [J]. 当代文坛，2011（2）.

[71]陈忠. 城市意义与当代中国城市秩序的伦理建构 [J]. 学习与探索，2011（2）.

[72]强乃社. 空间转型及其意义 [J]. 学习与探索，2011（3）.

[73]高春花，孙希磊. 我国城市空间正义缺失的伦理视阈 [J]. 学习与探索，2011（3）.

[74]强乃社. 空间性与社会理论重建——索亚空间哲学思想的一条重要线索 [J]. 社会科学辑刊，2011（6）.

[75]赵学勇，梁波. 新世纪："底层叙事"的流变与省思 [J]. 学术月刊，2011（10）.

[76]江腊生. 城乡焦虑·叙事伦理·和谐意识——新世纪文学中的农民工书写 [J]. 文艺争鸣，2011（14）.

[77]欧阳灿灿. 论福柯理论视野中身体、知识与权力之关系 [J]. 学术论坛，2012（1）.

[78]朱启臻. 取消"农民工"称谓的背后 [J]. 人民论坛，2012（2）.

[79]秦香丽. 农民工题材小说的叙事伦理 [J]. 扬子江评论，2012（3）.

[80]李立. 多维空间叙事结构下的苦难呈示与正义诉求——当代底层文学农民工书写的空间叙事分析 [J]. 文艺理论与批评，2012（5）.

[81]周水涛. 主流农民工文学形象塑造的价值判断 [J]. 西南大学学报（社会科学版），2012（6）.

[82]王宗峰. 农民工文学中的空间正义 [J]. 小说评论，2012（6）.

[83]徐刚. "十七年文学"中的"乡下人进城"[J]. 文艺争鸣，2012（8）.

[84]王兴文. 缝隙空间与道德美学的错位——对新世纪小说中底层叙事模式的一种探讨 [J]. 文艺争鸣，2013（2）.

[85]李兴阳. 中国社会变迁与乡土小说的"流动农民"叙事 [J]. 扬子江评论，2013（3）.

[86]乔以钢，崔彦玲．近年来女作家乡村女性进城的常态叙事［J］．社会科学战线，2013（3）．

[87]李兴阳．新世纪乡土小说的叙事取向与"流动农民"形象［J］．学海，2013（5）．

[88]李兴阳．终结过程中的裂变与新生——新世纪乡土小说中的农民形象综论［J］．南京师范大学学报（社会科学版），2013（5）．

[89]方华蓉．略论农民工小说中的女佣形象及文化寓意［J］．小说评论，2013（5）．

[90]夏静雷，张娟．探析"农民工"称谓及其科学内涵［J］．当代青年研究，2013（6）．

[91]梁波．新世纪城乡关系视域下的"小姐还乡"叙事［J］．兰州大学学报（社会科学版），2013（6）．

[92]陈一军．农民工题材小说中地理空间批评［J］．河北师范大学学报（哲学社会科学版），2013（11）．

[93]庞秀慧．世纪之交"农民进城"叙事的"空间想象"［J］．当代作家评论，2014（2）．

[94]胡洪春．吟唱如歌的叹息——论荆永鸣"外地人"系列小说中的城市书写［J］．小说月刊，2014（2）．

[95]张立新．由"负重"到"失重"——城市化进程中的"农民工"文学形象嬗变［J］．文艺理论研究，2014（2）．

[96]秦香丽．追寻与重构：农民题材小说中的身份认同［J］．江苏社会科学，2014（5）．

[97]江腊生．农民工书写"热"的美学缺失与思考［J］．文学评论，2014（6）．

[98]陆益龙．后乡土中国的基本问题及出路［J］．社会科学研究，2015（1）．

[99]许心宏．人与城：刘庆邦"保姆"系列的城市书写［J］．重庆师范大学学报（哲学社会科学版），2015（1）．

[100]荆永鸣．一个外来者的城市书写［J］．当代作家评论，2015（2）．

［101］杜昆．论刘庆邦"保姆在北京"系列小说的价值与局限［J］．小说评论，2016（4）．

［102］辛楠．论煤矿题材小说的空间叙事［J］．河南理工大学学报（社会科学版），2016（4）．

［103］王纵横．空间隔离的文化反叛——对中国社会城乡文化矛盾的一种解读［J］．山东社会科学，2016（5）．

［104］冯波，徐德明．"乡下人进城"衣食住行日常叙述的差异美学［J］．当代文坛，2017（2）．

［105］刘新锁．底层生存困境及其空间隐喻——论新世纪以来底层文学中的空间书写［J］．江苏社会科学，2017（2）．

［106］盛翠菊．融合与固化：论新世纪乡下人进城小说的叙事［J］．山西师大学报（社会科学版），2017（6）．

［107］贺昌盛，王涛．想象·空间·现代性——福柯"异托邦"思想再解读［J］．东岳论丛，2017（7）．

［108］陈琳．新世纪"乡下人进城"文学的城乡困境书写［J］．江西社会科学，2017（10）．

［109］王鹏程．从"城乡中国"到"城镇中国"——新世纪城乡书写的叙事伦理与美学经验［J］．文学评论，2018（5）．

［110］方英．绘制空间性：空间叙事与空间批评［J］．外国文学研究，2018（5）．

［111］江腊生．论当下农民工书写的乡土情结［J］．华中学术，2018（3）．

［112］涂文学．外力推引与近代中国"被城市化"［J］．江汉论坛，2018（10）．

［113］张闳．论祥林嫂之问——鲁迅小说《祝福》中的灵魂处境及相关难题［J］．文艺理论研究，2019（6）．

［114］刘丽娟，李欣然．空间视域下新时期打工文学中返乡叙事的权力渗透［J］．宜春学院学报，2019（7）．

［115］胡清波．新世纪"乡下人进城"小说中的城市想象［J］．合肥工业大学学报（社会科学版），2019（12）．

[116]周鹏. 进城叙事的范式突围——评付秀莹长篇小说《他乡》［J］. 当代作家评论，2020（2）.

[117]董运生，昂翁绒波. 空间认知的四个维度：以身体空间研究为例［J］. 福建师范大学学报（哲学社会科学版），2020（6）.

[118]伍倩. 脱域写作与新时期以来城乡题材小说的新变［J］. 中国现代文学研究丛刊，2021（2）.

[119]刘虎. 城乡间的挣扎与自我找寻——论孙惠芬小说中的女性形象［J］. 太原师范学院学报（社会科学版），2021（2）.

[120]胡清波. 农民工电影中的空间政治研究［J］. 电影文学，2021（11）.

三、学位论文（以时间先后顺序排列）

[1]范耀华. 论新时期以来"由乡入城"的文学叙述［D］. 上海：华东师范大学，2007.

[2]冯波. "乡下人进城"小说中的"日常生活方式"研究［D］. 芜湖：安徽师范大学，2010.

[3]刘丽娟. 20世纪90年代以来农民工题材小说中的身份建构问题［D］. 温州：温州大学，2010.

[4]梁波. 城乡冲突：新时期小说的一种叙事模式［D］. 兰州：兰州大学，2011.

[5]秦香丽. 移民文学视野下的农民工形象研究［D］. 南京：南京大学，2013.

[6]李静. "空间转向"中的当代中国小说研究［D］. 苏州：苏州大学，2013.

[7]王兴文. 城市化的文学表征：新世纪小说城市书写研究［D］. 兰州：兰州大学，2013.

[8]厉蓉. 第三空间：文学研究的另类视角［D］. 南京：南京大学，2014.

[9]盛翠菊. 百年"乡下人进城"小说叙事研究［D］. 扬州：扬州大

学，2017.

[10]陆欣．新世纪小说的叙事空间研究［D］．兰州：兰州大学，2018.

[11]王建光．全球化时代的中国"进城"故事——中国当代文学中的城市想象及其表现［D］．海口：海南师范大学，2019.

四、报纸文献（以时间先后顺序排列）

[1]弘明，侯钦孟．当代著名作家刘庆邦［N］．中国文化报，2000-09-05.

[2]周立民．孙惠芬的后花园［N］．文学报，2003-04-24.

[3]季红真．人文立场的绝望坚守［N］．厦门晚报，2003-05-05.

[4]贾平凹，郜元宝．《秦腔》和"乡土文学"的未来［N］．文汇报，2005-04-10.

[5]徐德明．"乡下人进城"小说的生命图景［N］．文艺报，2006-12-28.

[6]雷达．新世纪文学的精神生态——雷达在上海市作家协会"城市文学讲坛"上的演讲［N］．解放日报，2007-01-21.

[7]孙惠芬，周立民．懒汉进城——关于长篇小说《吉宽的马车》的对谈［N］．文学报，2007-07-12.

[8]鄢文江．打工文学：一个未来的文学流派［N］．广州日报，2007-09-03.

[9]赵本夫．农民工有城市人做不到的从容［N］．北京青年报，2008-04-27.

[10]王祥夫．我看打工文学［N］．山西日报，2009-12-21.

[11]孙惠芬．这是一次黑暗里的写作［N］．中华读书报，2011-02-02.

五、电子文献资料（以时间先后顺序排列）

[1]深圳4名人大代表建议统一称"农民工"为"援建者"［EB/OL］．http：//news.cntv.cn/20120114/110542.shtml.

[2]十年来中国人口总量低速平稳增长［EB/OL］．

http：//finance. people. com. cn/n/2012/0818/c1004-18772993. html.

[3]国家统计局发布 2012 年全国农民工监测调查报告 [EB/OL].

http：//www. gov. cn/gzdt/2013-05/27/content_ 2411923. htm.

[4]国务院关于深入推进新型城镇化建设的若干意见 [EB/OL].

http：//politics. people. com. cn/n1/2016/0206/c1001-28116429. html.

[5]中华人民共和国 2019 年国民经济和社会发展统计公报 [EB/OL].

https：//tech. sina. com. cn/roll/2020-02-28/doc-iimxxstf5048924. shtml.

六、外文参考资料（以时间先后顺序排列）

[1] Henry Lefevre . *The Production of Space* [M]. London：Blackwell Publishing，1991.

[2] Rob Shields. Lefebvre, *Love and Struggle*：*Spatial Dialectics* [M]. London：Routledge，1999.

[3] Andrzej Zieleniec. *Space and Social Theory* [M]. London：Sage Publication，2007.

附　　录

研究的小说文本

[1]阿宁．灾星［J］．时代文学，2005（2）．

[2]阿宁．米粒儿的城市［J］．北京文学，2005（8）．

[3]艾伟．小姐们［J］．收获，2003（2）．

[4]白连春．我爱北京［J］．人民文学，2001（10）．

[5]巴桥．阿瑶［J］．作品与争鸣，2004（5）．

[6]北村．愤怒［M］．北京：团结出版社，2004.

[7]陈继明．青铜［J］．人民文学，1999（1）．

[8]曹军庆．李玉兰还乡［J］．清明，2001（3）．

[9]迟子建．踏着月光的行板［J］．收获，2003（6）．

[10]残雪．民工团［J］．当代作家评论，2004（2）．

[11]池莉．托尔斯泰围巾［J］．收获，2004（5）．

[12]曹多勇．城里的好光景［J］．小说选刊，2006（2）．

[13]陈然．晕眩［J］．莽原，2006（6）．

[14]陈应松．归来［J］．上海文学，2005（1）．

[15]陈应松．太平狗［J］．人民文学，2005（10）．

[16]陈应松．像白云一样生活［J］．小说月报，2007（3）．

[17]陈应松．夜深沉［J］．人民文学，2010（4）．

［18］陈应松．野猫湖［J］．钟山，2011（1）．

［19］陈旭红．白莲浦［J］．芳草，2009（1）．

［20］邓一光．怀念一个没有去过的地方［J］．十月，2000（4）．

［21］邓刚．桑拿［J］．北京文学，2002（3）．

［22］刁斗．哥俩好［J］．人民文学，2005（5）．

［23］方格子．上海一夜［J］．西湖，2005（4）．

［24］傅爱毛．保卫老公［J］．长江文艺，2005（8）．

［25］范小青．像鸟一样飞来飞去［J］．上海文学，2005（10）．

［26］范小青．城乡简史［J］．山花，2006（1）．

［27］关仁山．九月还乡［J］．十月，1996（3）．

［28］鬼子．被雨淋湿的河［J］．人民文学，1997（5）．

［29］鬼子．瓦城上空的麦田［J］．人民文学，2002（10）．

［30］高晓声．李顺大造屋［J］．新华月报，1979（8）．

［31］高晓声．陈奂生上城［J］．人民文学，1980（2）．

［32］鬼金．金色的麦子［J］．上海文学，2009（6）．

［33］侯蓓．柳巧儿的庆祝［J］．山花，2005（1）．

［34］荒湖．谁动了我的茅坑［J］．长江文艺，2008（10）．

［35］胡学文．虬枝引［J］．北京文学（中篇小说月报），2009（7）．

［36］胡学文．一个谜面有几个谜底［J］．清明，2012（1）．

［37］何顿．蒙娜丽莎的笑［J］．十月，2002（2）．

［38］荆永鸣．抽筋儿［J］．小说选刊，2001（7）．

［39］荆永鸣．哭啥［J］．北京文学，2002（6）．

［40］荆永鸣．纸灰［J］．北京文学，2002（6）．

［41］荆永鸣．外地人［J］．北京文学，2002（6）．

［42］荆永鸣．北京候鸟［J］．人民文学，2003（7）．

［43］荆永鸣．口音［J］．十月，2003（3）．

［44］荆永鸣．耳环［J］．人民文学，2004（7）．

［45］荆永鸣．取个名字叫玛丽［J］．北京文学，2004（6）．

［46］荆永鸣．白水羊头葫芦丝［J］．十月，2005（3）．

［47］荆永鸣．创可贴［J］．山花，2005（4）．

［48］荆永鸣．大声呼吸［J］．人民文学，2005（9）．

［49］荆永鸣．北京邻居［J］．人民文学，2012（8）．

［50］荆永鸣．出京记［J］．十月，2016（2）．

［51］焦祖尧．归去［J］．人民文学，1993（10）．

［52］江少宾．蜘蛛［J］．青年文学，2006（21）．

［53］贾平凹．阿吉［J］．中篇小说选刊，2001（5）．

［54］贾平凹．高兴［M］．北京：作家出版社，2007．

［55］贾平凹．秦腔［M］．北京：作家出版社，2018．

［56］贾平凹．土门［M］．合肥：安徽文艺出版社，2010.9．

［57］梁晓声．荒弃的家园［J］．人民文学，1995（11）．

［58］李师江．廊桥遗梦之民工版［J］．上海文学，2004（1）．

［59］李铁．城市里的一棵庄稼［J］．十月，2004（2）．

［60］李肇正．女佣［J］．当代，2001（5）．

［61］李肇正．姐妹［J］．钟山，2003（3）．

［62］李肇正．傻女香香［J］．清明，2003（4）．

［63］李锐．颜色［J］．上海文学，2004（2）．

［64］李锐．残糠［J］．收获，2004（5）．

［65］李锐．扁担［J］．天涯，2005（2）．

［66］李一清．农民［M］．成都：四川文艺出版社，2004．

［67］罗鸣．城市的庄稼［J］．大家，1998（3）．

［68］李佩甫．城的灯［M］．北京：作家出版社，2009．

［69］罗伟章．我们的成长［J］．人民文学，2004（7）．

［70］罗伟章．故乡在远方［J］．中篇小说选刊，2005（1）．

［71］罗伟章．大嫂谣［J］．人民文学，2005（11）．

［72］罗伟章．我们的路［J］．小说选刊，2006（4）．

［73］罗伟章．回家的路［J］．艺术广角，2011（5）．

［74］刘思华．城里不长庄稼［J］．人民文学，1994（5）．

［75］刘庆邦．家园何处［J］．小说界，1996（4）．

[76]刘庆邦. 月光依旧 [J]. 十月, 1997 (3).

[77]刘庆邦. 神木 [J]. 十月, 2000 (3).

[78]刘庆邦. 到城里去 [J]. 十月, 2003 (3).

[79]刘庆邦. 麦子 [J]. 山花, 2004 (8).

[80]刘庆邦. 回家 [J]. 人民文学, 2005 (12).

[81]刘庆邦. 红煤 [M]. 北京: 北京十月文艺出版社, 2006.

[82]刘庆邦. 走进别墅——保姆在北京之二 [J]. 北京文学, 2012 (5).

[83]刘庆邦. 榨油 [J]. 江南, 2012 (5).

[84]刘庆邦. 找不着北——保姆在北京 [J]. 上海文学, 2012 (11).

[85]刘庆邦. 走投何处 [J]. 长江文艺, 2012 (5).

[86]刘庆邦. 金戒指 [J]. 人民文学, 2013 (3).

[87]刘庆邦. 谁都不认识——保姆在北京之九 [J]. 花城, 2013 (4).

[88]刘庆邦. 习惯——保姆在北京之十一 [J]. 作家, 2013 (4).

[89]刘庆邦. 后来者——保姆在北京之十四 [J]. 十月, 2013 (5).

[90]刘庆邦. 升级版——保姆在北京之十三 [J]. 上海文学, 2013 (7).

[91]刘继明. 送你一束红花草 [J]. 上海文学, 2004 (12).

[92]刘继明. 回家的路有多远 [J]. 山花, 2004 (9).

[93]刘继明. 放声歌唱 [J]. 长江文艺, 2006 (5).

[94]马步升. 被夜打湿的男人 [J]. 小说月报 (原创版), 2005 (5).

[95]马秋芬. 蚂蚁上树 [J]. 十月, 2006 (2).

[96]潘小平. 少男 [J]. 清明, 2012 (1).

[97]裘山山. 老树客死他乡 [J]. 短篇小说选刊, 2003 (1).

[98]乔叶. 紫蔷薇影楼 [J]. 人民文学, 2004 (11).

[99]乔叶. 锈锄头 [J]. 人民文学, 2006 (8).

[100]乔叶. 我是真的热爱你 [M]. 成都: 四川文艺出版社, 2018.

[101]宋剑挺. 麻钱 [J]. 当代, 2004 (2).

[102]孙惠芬. 春冬之交 [J]. 青年文学, 1989 (7).

[103]孙惠芬. 灰色空间 [J]. 海燕, 1990 (4).

[104]孙惠芬. 在外 [J]. 长城, 1993 (3).

[105]孙惠芬.歇马山庄[M].北京：人民文学出版社，2000.

[106]孙惠芬.舞者[J].山花，2001（11）.

[107]孙惠芬.歇马山庄的两个女人[J].人民文学，2002（10）.

[108]孙惠芬.民工[J].当代，2002（1）.

[109]孙惠芬.歇马山庄的两个男人[J].北京文学，2003（1）.

[110]孙惠芬.狗皮袖筒[J].山花，2004（7）.

[111]孙惠芬.岸边的蜻蜓[J].人民文学，2004（1）.

[112]孙惠芬.保姆[M].北京：昆仑出版社，2004.

[113]孙惠芬.天河洗浴[J].山花，2005（6）.

[114]孙惠芬.吉宽的马车[J].当代，2007（3）.

[115]孙惠芬.上塘书[M].上海：上海文艺出版社，2015.

[116]邵丽.明惠的圣诞[J].十月，2004（6）.

[117]盛可以.北妹[M].武汉：长江文艺出版社，2004.

[118]铁凝.哦，香雪[J].青年文学，1982（5）.

[119]铁凝.寂寞嫦娥[J].中国作家，1999（1）.

[120]铁凝.谁能让我害羞[J].长城，2002（3）.

[121]铁凝.春风夜[J].北京文学，2010（9）.

[122]滕肖澜.爬在窗外的人[J].北京文学（中篇小说月报），2006（10）.

[123]魏微.异乡[J].人民文学，2004（10）.

[124]魏微.回家[M].沈阳：春风文艺出版社，2005.

[125]王梓夫.花落水流红[J].江南，2002（2）.

[126]王十月.烦躁不安[M].广州：花城出版社，2004.

[127]王十月.纹身[J].山花，2006（4）.

[128]王十月.示众[J].天涯，2006（6）.

[129]王十月.无碑[M].广州：花城出版社，2009.

[130]王十月.国家订单[J].人民文学，2008（4）.

[131]王十月.开冲床的人[J].北京文学，2009（2）.

[132]王十月.寻根团[J].人民文学，2011（5）.

［133］王十月. 出租屋里的磨刀声［J］. 青年文学, 2014.

［134］王祥夫. 管道［J］. 钟山, 2005（1）.

［135］王祥夫. 五张犁［J］. 人民文学, 2005（12）.

［136］王祥夫. 一丝不挂［M］. 太原: 北岳文艺出版社, 2006.

［137］王祥夫. 端午［J］. 人民文学, 2006（8）.

［138］王大进. 欲望之路［J］. 当代, 2000（5）.

［139］王手. 乡下姑娘李美凤［J］. 山花, 2005（8）.

［140］王昕朋. 漂二代［M］. 北京: 人民文学出版社, 2012.

［141］王安忆. 民工刘建华［J］. 上海文学, 2002（3）.

［142］王安忆. 富萍［M］. 上海: 上海文艺出版, 2005.

［143］王安忆. 骄傲的皮匠［J］. 小说选刊, 2008（3）.

［144］王安忆. 王安忆短篇小说编年［M］. 北京: 人民文学出版社, 2009.

［145］王华. 在天上种玉米［J］. 人民文学, 2009（2）.

［146］王华. 歌者回回［J］. 山花, 2009（1）.

［147］王华. 回家［J］. 当代, 2009（5）.

［148］吴玄. 发廊［J］. 花城, 2002（5）.

［149］吴君. 福尔马林汤［J］. 厦门文学, 2005（12）.

［150］席建蜀. 虫子回家［J］. 当代, 2003（6）.

［151］项小米. 二的［J］. 人民文学, 2005（3）.

［152］夏天敏. 接吻长安街［J］. 山花, 2005（1）.

［153］熊育群. 无巢［J］. 十月, 2007（1）.

［154］余同友. 雨水落在半空里［J］. 清明, 2005（4）.

［155］于晓威. 厚墙［J］. 西部, 2007（7）.

［156］阎连科. 柳乡长［J］. 上海文学, 2004（8）.

［157］阎连科. 把一条胳膊忘记了［J］. 作家, 2013（11）.

［158］许春樵. 不许抢劫［J］. 十月, 2005（6）.

［159］肖江虹. 百鸟朝凤［J］. 当代, 2009（2）.

［160］肖江虹. 当大事［J］. 天涯, 2011（3）.

［161］徐则臣. 啊! 北京［J］. 人民文学, 2004（4）.

［162］徐则臣．跑步穿过中关村［J］．收获，2006（6）．

［163］徐则臣．我们在北京相遇［J］．北京文学，2006（11）．

［164］尤凤伟．泥鳅［M］．沈阳：春风文艺出版社，2002．

［165］尤凤伟．替妹妹柳枝报仇［J］．上海文学，2005（4）．

［166］杨静龙．遍地青菜［M］．杭州：浙江文艺出版社，2013．

［167］赵本夫．即将消失的村庄［J］．时代文学，2003（4）．

［168］赵本夫．无土时代［M］．北京：人民文学出版社，2008．

［169］张弛．城里的月亮［J］．十月，2003（4）．

［170］张继．去城里受苦吧［M］．济南：山东文艺出版社，2004．

［171］张慧敏．玻璃门［J］．山东文学，2005（1）．

［172］张抗抗．北京的金山上［J］．小说选刊，2006（1）．

［173］张抗抗．芝麻［M］．北京：现代出版社，2006．

［174］张学东．工地上的俩女人［J］．长江文艺，2007（9）．

后　记

　　这本书是我的第一本学术专著，书稿是在博士论文基础上加工完善而成的。付梓出版之际，心中除了喜悦之外，更多的是不安与紧张。学术成果的呈现过程犹如孕妇产子，"怀胎十月，一朝分娩"，虽然"分娩"的那一刻常常是欢欣大于痛苦，但"怀胎十月"的艰辛只有亲历者才能切身体会。无论如何，这个"宁馨儿"已经"呱呱坠地"，好坏只能交由学界去评说。

　　我是一名农家子弟，父母双亲至今还在黄土地上辛勤劳作，"一分耕耘，一分收获"是他们从四季的农耕生活中获得的朴素经验，而这也成为我坚守的人生信条。正如作家路遥所说："我在纸上的写作和我父亲在土地上的耕作在本质上是相同的。"之所以将研究对象确定为农民工这一我国社会转型期特有的人群，既和我的阅读兴趣有关，也和自己及家人的"打工"经历有关。父亲在我上小学的时候有过一段外出务工的经历，印象中是在矿上帮人做工，后来他几乎没有和我提及过当年外出打工的那段日子，这估计于他而言是五味杂陈吧。我从农村走出来，常年在城市求学和生活，每年都要在城乡之间奔波往返，硕士毕业后有一段时间"蜗居"于西安城中村，和我同住一栋楼的租客中除了刚毕业的大学生，更多的是在这座西部中心城市从事小买卖的商贩、市场销售员、外卖员和小饭馆的厨师们。虽然我和他们交流甚少，但这些人想要改变生存境况而又不得不屈服于现实的尴尬境遇于我而言心有戚戚焉。所以，与其说我是在研究小说文本中的农民工形象，毋宁说是自己及身边人的现实遭遇给予了我研究的最初动力和精神支撑。

　　书稿的顺利出版，首先要感谢我的博士生导师杨剑龙教授。入学不久后，杨老师就询问关心我学位论文的研究方向，我向老师汇报自己最近阅读相关学术著作和农民工题材小说的心得。杨老师鼓励我进一步开阔研究思路，结合中国现代化的发展实际解读小说文本，力争在前人研究的基础上有所开拓和创新。我深知这份单薄的书稿还远没有达到导师的要求，心中的遗憾和不圆满会鞭策我永不懈怠，在今后的学术征程中继续弥补完善。在拙著出版之际，杨老师又在百忙之中抽时间为我题写序言，字里行间全是一位长者对晚辈后学的提携与勉励。感谢攻读博士学位期间的各位授业老师们，他们是董丽敏教授、黄轶教授、刘忠教授、钱文亮教授，诸位先生不仅带领我登堂入室，窥得学术研究的门路，而且在论文开题、预答辩和答辩过程中都给予我无私的帮助。感谢我的硕士生导师谢廷秋教授，谢老师是我学术道路上的领路人，她不仅在学业上给予我很多的指导，更像一位慈爱的妈妈关心我的生活和家庭。

感谢任职单位山西大同大学文学院和人文社科部各位领导和老师们的关怀。在我迷茫无助的时候，他们为我指点迷津，最终守得云开见月明。感谢九州出版社的郝军启编辑，他细致地阅读了我的书稿，并提出了很多宝贵的有建设性的修改意见，谨对郝编辑的辛勤付出表示衷心的感谢。本书的部分内容曾先后在《都市文化研究》《宁波大学学报》等刊物上发表，谨对这些刊物的编辑老师们表示深深的谢意。

感谢我的妻子杨冰玉女士，无论是在我读博时还是工作后，她都给予我很大的支持与帮助。同为高校教师，她不仅要完成自己的本职工作，还要操心家里的大小事务，让我可以有更多的时间精力从事学术科研工作。感谢岳父岳母不辞辛劳地帮我们照顾两个年幼的孩子，解除了我们的后顾之忧。感谢两个聪明乖巧的宝贝女儿，她们永远是我前进的最大动力。

由于我学识浅陋，书稿中肯定还存在很多问题甚至错谬之处，敬请方家不吝指正。

刘虎

2022 年岁末于平城